忍冬

Twentine 著

青岛出版集团 | 青岛出版社

图书在版编目（CIP）数据

忍冬/Twentine著. —青岛：青岛出版社，2024.9
ISBN 978-7-5736-2029-3

Ⅰ.①忍… Ⅱ.T… Ⅲ.①言情小说－中国－当代 Ⅳ.①I247.5

中国国家版本馆CIP数据核字（2024）第048315号

		RENDONG
书	名	忍 冬
作	者	Twentine
出版发行		青岛出版社（青岛市崂山区海尔路182号）
本社网址		http://www.qdpub.com
邮购电话		18613853563
责任编辑		郭红霞
特约编辑		孙小淋
校	对	郭金乔
装帧设计		千 千
照	排	梁 霞
印	刷	三河市良远印务有限公司
出版日期		2024年9月第1版 2024年9月第1次印刷
开	本	32开（880mm×1230mm）
印	张	11.5
字	数	331千
书	号	ISBN 978-7-5736-2029-3
定	价	49.80元

编校印装质量、盗版监督服务电话 4006532017 0532-68068050

他一定会有一个光明的未来,才对得起他曾经历的一切苦难、一切艰难。

世上本来就没有真正的原谅，
所有的路，踩过就会留痕。
可我依旧愿意。
因为在人生最难的路段，
善拖着恶在走，爱背着罪前行。
等跨过这片荆棘林，
回头看时，真假善恶皆是我心。

「爱情,要么救人,要么杀人,我理解的爱情就是这样。」

忍冬

CONTENTS ---- 目录

第一章	忍　冬	1
第二章	少　年	89
第三章	纠　葛	123
第四章	再　见	149
第五章	纠　葛	189
第六章	少　年	267
第七章	忍　冬	305
尾　声		351
番　外	白仙和许娘子的日常生活	357

第一章

忍　冬

晚自习结束的时候，天已经全黑。

白璐从洗手间回来时，蒋茹还趴在桌子上哭，周围围了一圈女生。

自己的座位被人占了，白璐只好坐在后面等着，旁边一堆人的谈话声传入耳中。

"别哭啦茹茹，都放学了。"

"好了，不要难过了。"

"还有几天就要考试了，不能耽误成绩呀。"

"对，考试才重要呢。"

…………

白璐抽空将自己挂在桌子外侧的书包取下来，拉上拉锁。她刚将书包背起来，肩膀就狠狠地往下一坠，身体也微微晃着，过了几秒，她才适应了书包的重量。

她来到女生们的旁边坐着。

白璐个子不高，小小的脸上戴着一副大眼镜。她的头发颜色浅，在阳光下尤其明显，是淡淡的金色，好多次上体育课时教导主任把她叫出队列，问她是不是染了头发。

女生们还没散开，"叽叽喳喳"，你一句我一句。

可惜这些理科女高中生不太会安慰人，轻声细语地说了半天，也无非就是振作、努力，不要影响考试，完全没说到点子上，而时间已经过去了半个多小时。

"哎！你们干什么呢？"隔壁班的班主任刘老师探头进来，问她们，"这么晚了，开座谈会呢？"他摆摆手，又道，"赶紧的，快走，有什么话明天再说。"

老师来赶人了，女生们纷纷拎起书包。

"那我们走了。"一个女生转过头，这才发现坐在旁边等着的白璐。

"哦，白璐。"

另外几个女生也转过头来，看着白璐，你一言我一语地嘱咐。

"等会儿你多劝劝茹茹呀。"

"对啊，你们一个宿舍的。"

一个女生轻声对白璐说："让她别伤心了，那个男生好差的，一点

· 2 ·

儿也不值得。"

白璐:"……"

多此一举,哪壶不开提哪壶。

果然,蒋茹哭得更惨了。

女生们又要劝,铃声响起来,这是今天最后一道铃,白璐瞄了瞄墙上的钟,已经九点四十了。

白璐对那些女生说道:"回家吧,太晚了。"顿了顿,她又加了一句,"我会劝她的。"

其他人走光了,教室里只剩下白璐和蒋茹。

白璐碰了碰蒋茹的胳膊,小声说:"我们也走吧。"

女孩依旧在啜泣,不知道是不是因为教室里空荡荡的,她的哭声更加明显了。

白璐坐了一会儿,眼看要十点了,说:"再不走宿舍就要关门了。"

蒋茹没动静,白璐又说:"叫阿姨开门的话,要被记录的,如果……"

"你先走吧。"蒋茹从桌面上抬起头看向白璐。

因为哭了太多次,蒋茹的眼睛肿得跟桃子一样,看人的时候只能眯成一条线。

蒋茹跟失了魂的假人一样,头发乱糟糟的。白璐拉住她的手:"来,起来。"

蒋茹不动,白璐说:"咱们回宿舍慢慢说。"

白璐人小小的,声音也小小的,圆润的音色起到了安抚作用,蒋茹被她拉了起来。

"走。"白璐说。

六中是省重点高中,将近两千名全省优秀学生云集于此。

因为不是所有的学生都是本地人,所以六中设有学生宿舍,便宜的一学期八百元,四个人一间;贵的一学期一千二百元,两个人一间。

白璐跟蒋茹住在同一间双人间。

往宿舍楼走的时候,蒋茹一直低着头,白璐牵着她,自己走在前面，以免她直接撞到路灯上。

走了几步，蒋茹停住了脚步。

她比白璐稍高，但也很瘦，脖子长而细，显得头有些大。

蒋茹是高二分班的时候从文科班分过来的。

白璐还记得第一次见到蒋茹的时候，她在七八个学生中最不显眼，马尾辫扎在大大的脑袋后面，眼睛很大，额头又宽又亮。

老师点她的名字时还说，看这个样子，一定是个聪明孩子。

蒋茹不好意思地笑，不知为何，坐在下面的白璐跟着笑了。

蒋茹看着地面，校园里昏暗的路灯灯光把她的影子拉得老长。

"我想出去……"她低声说。

白璐："去哪儿？"

蒋茹："我想出去……"

夜深人静，只有远处的食堂还亮着灯。现在其实是暑假期间，但是全市的高中都在追进度，高三学生八月就开始上课了，因为放学太晚，学校要给住宿的学生供应夜宵，食堂一般会开到十点半。

白璐说："要不先去吃点儿东西？我请你。"

蒋茹松开手，摇头："不，我要出去，你自己回去吧。"

"这么晚了，出去就回不来了，晚上查寝怎么办？"

蒋茹决心已定，说什么都不肯回宿舍，转头往外面走。

白璐看着她的背影，哑然。

蒋茹走着走着，感觉身边多了一个人。她侧头，看见小小的白璐双手握着书包的带子，闷声走着。

蒋茹问："你跟我去吗？"

白璐没说话，点点头。

夏日的夜，躁动又平静，蒋茹轻轻地拉住白璐。

"你真好。"

二人从校园里出来时，门口的黄海大街上已经没有多少车辆了，白璐回头，看了看宿舍楼，心想：明天肯定要糟糕。

蒋茹没有这么多想法。

"我们去一趟他的学校吧。"蒋茹说,"你说我给他打电话让他出来好不好?"

蒋茹嘴里的这个"他",白璐听过很多次,也在蒋茹的手机里看过照片,但是并没有见过本人。

蒋茹从两个多月前,就开始跟白璐聊他。

蒋茹说那天在隔壁学校门口的馄饨店吃晚饭,结果忘了带钱,手机又没了电,她窘迫得不知如何是好,有个同样在店里吃晚饭的男生帮了她。

他叫许辉,是与六中隔着两条街的服艺职业高中的学生。

那时她每次提到他,都会不由自主地笑。

蒋茹有酒窝,有酒窝的女孩儿笑起来格外甜。

蒋茹与许辉认识了两个月,然而最近一个星期,蒋茹的笑容不见了。

白璐问她发生了什么事,她说有一个女的把许辉抢走了。

那个女的是许辉的同班同学,蒋茹每次提起对方都气得面红耳赤。

白璐轻声问:"他有那么好吗?"

蒋茹又不作声了,半晌,才"嗯"了一声,不确定地说:"我觉得有……"

白璐看过许辉的照片,他的确很帅气。

蒋茹和许辉只有一张合影,是蒋茹拉着许辉照的,照片上的男孩儿没有露出笑脸,穿着黑色的衣服,皮肤白皙,发丝微乱。

白璐不难理解蒋茹为什么被他迷得神魂颠倒——许辉的身上有一股不太像十七八岁的年轻人的气息,不管是装的还是真的。

蒋茹抿抿嘴,低声说:"我不想离开他,他的生日是九月六号,我本来想给他过生日的。"

"还有差不多一个月呢。"白璐说。

过了马路,她们从一个老小区里穿过去,小区里很安静。

白璐忽然嗅到了一股香味,在安静的夏夜,这香味显得幽远清淡。

蒋茹似有所感,蓦然道:"花。"

白璐转头，还没来得及开口问，蒋茹已经拉着她走了过去。

香气渐浓。

蒋茹领着她来到路边。小路的两侧是住户，因为是老式小区，所以住户并不讲究，所有住在一楼的人家都在自家门口圈了花圃。

花很小，月白、淡黄夹杂在一起，藏在茂密的树丛中。

或许是因为好活，或许是因为香味清淡，这里的人像是约好了一样，在花圃最外面种上了同一种花。

"香吧？"蒋茹说，"很好闻的。"

白璐问："你认识这种花？"

"当然认识了。"蒋茹弯腰，从地上捡了一小枝花，吹了吹，一脸甜蜜，"他跟我说的。"

此花一枝两株，一白一黄，蒋茹把两朵小花分开，白的插在白璐的头发上，黄的留给自己。

插完，她后退半步欣赏。白璐问："什么花啊？"

"忍冬。"说着，蒋茹"扑哧"一声笑了出来："白璐，你看着好呆呀。"

白璐看着她，不说话。

蒋茹拍拍白璐的手背，轻声说："真的好呆。"

白璐也缓缓地笑了，就像第一次见到蒋茹的时候那样，笑得莫名其妙。

穿过花丛，白璐和蒋茹离开小区。

晚上十点半，六中的校门已经关上。比起蒋茹的一往无前，白璐考虑得更多，比如等会儿回去后要怎么跟保安大叔和宿管阿姨解释。

"到了。"蒋茹说。

她们站在十字路口，现在人行横道上还是红灯。马路对面有一排路边摊、小吃店，转弯处是一扇幽暗的大铁门。

六中和服艺职业高中只隔了两条街，景象和气氛却完全不一样。

现在这个时间，六中门口连来往的行人都很少，只有高三学生的宿舍楼亮着灯，供学生看书用，服艺职业高中的门口却热闹得如同菜市场。

一过晚上十点，路边就会支起一排烧烤摊，服艺职业高中的学生是这些烧烤摊的主要顾客。

白璐在六中念了两年多书，对这所学校略有了解：服艺职业高中也是寄宿制学校，但是并不设门禁，或者说设了也是白设。

此时正是热闹的时间段，烧烤摊之间穿梭着众多脸带稚气的高中生，却没有人是老老实实穿着校服的。

绿灯亮起，蒋茹却没有迈步。

白璐纳闷儿地看了她一眼，发现她脸上发红，嘴唇紧闭——紧张的。

白璐问："你有他的电话号码吗？要不要打电话叫他出来？"

蒋茹点点头："有倒是有……"

白璐："你要叫他吗？"

蒋茹低着头，一只手握紧书包的带子，另一只手摩挲着自己的校服裙。

"还是我去找他吧，我知道他在哪儿。"蒋茹说。

白璐："在哪儿？"

蒋茹抬手，指了指马路对面。白璐跟着看过去，是一家快餐店。

"他这个时候一般是在那里，"蒋茹说，"跟朋友吃东西……"她的脸更红了，白璐拉了拉她的手，冰冰凉凉的。

"你不用这么紧张的。"白璐说。

蒋茹握紧了白璐的手，好像要从白璐这里吸取力量。

白璐："还要去吗？"

"去。"蒋茹坚定地说。

绿灯再次亮起时，蒋茹才深吸一口气，朝马路对面走去。

她一路上几次摸自己的头发、抿嘴唇，白璐已经不知道要怎么安慰她。

店门开着，在距离快餐店十几米的时候，蒋茹对白璐说："你在这儿等着我吧。"

白璐说："陪你也可以。"

蒋茹摇摇头，脸上带着犹豫之色："你不会喜欢那群人的。"

白璐："你喜欢？"

蒋茹又摇头，小声说："我也不喜欢……但我喜欢和他待在一起。"

蒋茹深吸一口气，转头朝快餐店走去。

白璐抬头看了一眼，店名叫"可可快餐"，牌子不是灯箱，夜里看不清楚。

蒋茹前脚进去，白璐后脚就默默跟上了，在店门口停下脚步。

店里出奇地安静，或许是与进去了一个不速之客有关。

"干什么？"一个女孩儿问。

"我又不是来找你的……"蒋茹的声音听起来比刚刚更轻。

"有病啊！"女孩儿似乎并不觉得蒋茹可以冒犯她，声音骤然加大，"谁用你找？"

蒋茹声音颤抖："许辉……"

白璐靠着快餐店的门，等了很久没有听到回话，不经意间一低头，才发现门很脏，许久没有擦过了。

白璐往后退了半步，店里传来一道男声。

"找我干什么？"

白璐脚下一顿，又慢慢站稳。

十七八岁的男孩儿，声音还带着微微的青涩。

或许是因为疲惫，或许是因为提不起兴致，他的声音透着些许低沉。

蒋茹："你跟我出来一下。"

女孩儿"哈"地笑了："叫谁呢你？"

蒋茹憋着一股气："反正没叫你。"

女孩儿拍了一下桌子："你再说？"她声音尖锐地喊道，"死皮赖脸的东西！"

白璐的脚在地上蹭了蹭，一片刚落地的枯树叶被她踩得稀烂。

蒋茹："你说谁呢？你才……"

"你再废话一句试试？！"

女孩儿旁边的几个男生隐约在笑。

"行了。"许辉打断女孩儿的话，问蒋茹："找我什么事？"

少男少女多么奇怪，明明所有的意味藏都藏不住，还是要问一遍，"找我有什么事"。

蒋茹配合极了，回答："我有话跟你说。"

女孩儿插嘴："有话就在这儿说。"

蒋茹深吸一口气，说："许辉，你跟我出来好吗？"

她的语气听起来很平静，带着一个好学生独有的矜持与骄傲，可在这样的环境下，这份隐约的矜持与骄傲显得脆弱又难堪。

女孩儿被说不清楚的感觉激怒了。

"丑八怪！"

小小年纪，越是直接，越是伤人。

蒋茹快要哭出来了："你说什么？你怎么骂人？"

女孩儿一副无辜的语气："我说错了吗？"

蒋茹："你再说一遍？！"

女孩儿"哎"了一声，一字一顿，还提高了声调："丑！八！怪！"

蒋茹跺着脚："许辉！"

"好了，"男孩儿好像一个众星捧月的皇帝，当群臣吵得不可开交时，终于肯出面主持大局了，"都别说了。小叶，别太过分了。"

"喊。"叫小叶的女孩儿冷哼一声，给足男孩儿面子，不再开口。

蒋茹好像又有了希望："许辉。"

静了一会儿，许辉低声说："有什么事你就在这儿说吧。"

大庭广众之下，这样的交谈简直要了蒋茹的命，自始至终，她全靠一口气强撑着。

"能出来一下吗？"

许辉不说话了。

小叶在一旁嘀咕："真是服了。"

蒋茹没有管小叶，强撑着脸面，说："那咱们以后就别见面了吧。"

小叶："噗。"随即她捂住嘴，没有笑得更大声。

许辉倒是没有笑，轻声说："好。"

· 9 ·

没有什么需要坚持的了，蒋茹几次张口，都说不出话，最后眼泪没有止住，她转身跑出店。

她似乎忘记了白璐的存在，一路往外面跑。

硕大的书包在蒋茹的身后左晃一下右晃一下，看起来笨拙不堪。

店里的人聊开了。

有个男生说："小叶，你也太过分了，怎么那么说人家呢？"

另外一个男生："就是，你这飞醋吃得太吓人了。"

小叶笑着跟男生打闹，大声嚷嚷："还敢说我！我说错了吗？咬你啊！"

男生说："其实她也不是特别丑，主要就是头太大了，又那么瘦，跟个外星人似的，刚一进来时吓了我一跳。"

小叶"咯咯"笑："就你嘴贱。"

"大头妹妹。"男生说，"六中的，学习成绩肯定好。"

小叶："书呆子呗，学习好了不起吗？"

男生："嗯，你成绩不好，但是长得漂亮啊。"

小叶："书呆子就去找书呆子好了，瞎嘚瑟什么？"

大伙儿跟着笑，一个男生打趣道："还是辉哥魅力大。辉哥，给我支支着儿，单身太久，身心俱疲。"

过了许久，许辉才开口，玩笑似的说："像我这样的魅力，你这辈子是没希望了，等下辈子吧。"

众人"哈哈"大笑。

店里的服务员一直在看热闹，这时忍不住开口说："小伙子啊，那个小姑娘挺喜欢你的，你这么做不太好吧。"

小叶："什么呀？什么叫'不太好'？！不受喜欢就滚远点儿！"

许辉没说话。服务员被呛了一口："原来不是男女朋友啊？"

小叶一顿，见许辉没说话，又说："不是！就算是又怎么样？又不是夫妻！就算是夫妻还能离婚呢。"

她的语气越发不善，服务员连忙说："对对，你都对。"

"本来就是！"小叶道，"爱的时候呢就哄着，不爱了就分手，谁不是这样？"

地上那片树叶已经被踩到渣也不剩，白璐迈开脚步，往回走。

她在那片忍冬花丛里见到了蹲着哭的蒋茹。

白璐蹲到蒋茹的身边，说："别哭了。"

蒋茹捂着脸，白璐忽然问她："你是不是觉得丢人更多一点儿？"

蒋茹使劲摇头。

静了好一会儿，白璐又说："别哭了，不值得。"

蒋茹哭着说："你不懂……"

白璐："真的不值得，你做你自己就好，不用改变什么。"

蒋茹抬头："他们说得也没错。"她的眼睛红通通的，"白璐，如果我是单纯地暗恋他，那就只是我一个人的事，可我又想他回应，这就不止是我的事了。我既然对他有要求，自己就该付出，这个世界是守恒的。"

白璐笑了："物理学得真好，逻辑性也强。"

蒋茹："长得好看的女生总是更受欢迎……"

白璐："不一定的。"

蒋茹："他就喜欢。"

白璐笑笑："也不一定的。"

蒋茹："什么意思？"

白璐顿了顿，又说："你不觉得他们的言论很肤浅吗？"

蒋茹："是很肤浅，可谁让我也那么肤浅，就喜欢许辉呢？"

白璐："自我批评得真彻底。"

蒋茹翘了翘嘴角，想配合白璐，可始终挤不出笑容来。

白璐："回去吧。"

蒋茹看起来失魂落魄的，白璐又说："等过几天，忘了就好了。"

白璐拽着蒋茹的胳膊，把她从地上拉起来，她脚底打晃，白璐把她的书包取下来拎着走。

蒋茹："谢谢你。"

白璐："没事。"

蒋茹走着走着，不自觉地说："是我给他的爱不够。高三很重要，我不能像那个女生一样全心全意地陪着他。"

白璐轻声说:"不是爱呢。"

蒋茹固执地道:"是爱。"

白璐:"你现在钻了牛角尖而已,感情没那么简单的。"

蒋茹不说话。

"轻轻易易就能给、轻轻易易就能收的,算不上爱情。"

二人走在昏暗的路灯下,即将离开小区。花香不再,路边是淡淡的汽车尾气味。

蒋茹茫然地问:"那你说什么是爱情?"

白璐安静地走出小区,冰冷的长街上,一辆黑色轿车一闪而过。

"可能要再浓烈一点儿。"白璐停住脚步,看着灰黄的街道,思索着,轻声说,"要么救人,要么杀人……"

夜风带着泥土的腥味。

"我理解的爱情就是这样。"

第二天,白璐跟蒋茹两个人被教导主任全年级通报批评。

蒋茹又害怕了。

夜晚带给人的力量非同寻常,然而等太阳出来,事情又是另外一个样子了。

一人一千字的检讨,比一篇作文的字数略多。这还不算,写完了她们要在全班同学的面前念,这才要命。

蒋茹的脸皮薄得像一张纸,她一撒谎脸就红,所以写检讨的时候她整张脸红得好像能滴血。

"算了,"白璐停下笔,看着蒋茹,说,"等下我给你写吧,你到时候誊抄一下,再照着念一遍就行。"

蒋茹低着头:"那怎么行?本来就是我连累了你。"

白璐:"没事,这样两个人写,很容易穿帮的。"

蒋茹咬着嘴唇,眼睛看着一个方向发呆。

现在是下午的体育课时间。高三年级的体育课等同于自由活动,愿意玩的就到操场上玩,想学习的就留在教室或者去自习室学习。

白璐坐在凳子上,顺着蒋茹的目光看过去,发现她正愣愣地盯着玻璃窗出神。

白璐晃晃手,蒋茹回头。

"啊……对不起。"

白璐看着一脸忧愁的少女,问道:"你这样对他他也不知道,不觉得亏吗?"

蒋茹:"我也不想……"

"忘了吧。"白璐想来想去还是那句话,"为他伤心不值得。"

蒋茹看着桌面又发起了呆。

白璐叹了口气,低头写检讨。

一节体育课的工夫,白璐把两篇检讨写完了。

蒋茹目瞪口呆地看着她:"你……你写得这么快啊。"

白璐:"还行吧。"

蒋茹把检讨誊抄了一遍,又看了两遍,熟悉内容,看着看着抿起了嘴唇。

"白璐,你好会编瞎话。"

白璐看着她,她受惊似的摆手:"我不是那个意思。"

"我知道。"白璐笑着将手肘搭在桌面上,"我确实很会编瞎话。"为了帮蒋茹分散注意力,她认真地说,"编瞎话最重要的是逻辑性要强,只要逻辑性够强,别人就会信以为真,但也不能只靠逻辑性,逻辑性不够强的时候就要拿感情来填补。"

蒋茹果然被吸引了:"是不是要编到连自己都相信呀?"

"当然不是。"白璐摆手,"这是最差的。让人信,自己不信,这才是最高境界。"

蒋茹被逗乐了。

白璐看着她,轻声说:"你还是多笑笑好。"

蒋茹摇头,两只小手按在自己的脸上,说:"笑什么啊?我的颧骨太高了,好多人说过,我笑起来像只猴子。"

白璐:"他们乱说的。"

蒋茹闻言,拉过白璐的手:"白璐,你真好。"

白璐:"别无事献殷勤啊。"

蒋茹笑，低垂着眉眼，说："是真的。而且我觉得你好厉害。"

白璐夸张地瞪大眼睛："不要忽悠我，我可是从来没有哪次考试赢过你。"

蒋茹轻轻地打了白璐一拳："你知道我说的根本不是这个！"

白璐耸耸肩，蒋茹认真地说："我说的是真心话。我们俩做同桌一年多了，我还没见你为什么事紧张过，而且你愿意帮别人忙，我觉得在你的身边好舒服。"

白璐静了一会儿，轻声说："可能是我们俩比较像吧，我话不多，也很内向，跟你合得来。"

蒋茹蓦然感叹了一句："内向的人碰到外向的人总是输。"

白璐知道她想起了之前跟许辉的经历。

有风从窗外吹进来。

太阳快落山了，风也有了些凉意。

白璐忽然说："输赢看的不是性格，而是手段，你把他看得太高，才会觉得一切好难。"

蒋茹："什么？"

下课铃声突然响起。

白璐："准备一下吧，等会儿还要念稿子。"

蒋茹有如惊弓之鸟，连忙把检讨拿起来反复地读，神色严肃，脸颊因为紧张而微微泛红。

二人顺利地将检讨念完后，班主任包建勋将蒋茹单独叫了出去。

白璐回到座位上，前面的女生转过头，问她："蒋茹好些了吗？"

这个女生的同桌也转过头来，好奇地说："昨天你出去，是不是陪她去找服艺那个男生了？"

白璐推着她们："转过去转过去。怎么回事？刚才不是都念过了？"

"喊，你骗谁？"坐在白璐前面的那个女生也戴眼镜，此时推了推镜框，对白璐说，"谁不知道她被那个男生迷得神魂颠倒呀？那么乖的女生都学会逃课了。"

白璐低着头不说话。

那两个女生说了一会儿，又回头做试题。

就在白璐也准备翻开试卷的时候，身后传来一道男声：

"你好好劝劝她吧。"

白璐转过头。

"吴瀚文。"

吴瀚文人有些瘦，长相斯文，性格开朗，却也有点儿少年老成。

他是班里的学习委员。在这所省重点高中里，能连续三年担任学习委员，可见其功底。

吴瀚文的桌上堆着如山的试卷，他正在为不久后举行的全国高中化学联赛做准备。

白璐看了他一眼就转回头，吴瀚文又开口："她喜欢的那个男的我知道。"

白璐转了一半儿的头停下。

"什么？"

吴瀚文看着她，他的同桌李思毅伏案疾书，丝毫不为身旁的八卦所动。

吴瀚文问："许辉是吧？"

白璐："你真的认识他？"

吴瀚文脸色不变："读初中时，我跟他在一个学校，但不在一个班。"

白璐："然后呢？"

吴瀚文淡淡地说："什么然后？你劝蒋茹少与他来往就是了。"

白璐："他人很坏？"

吴瀚文皱皱眉，犹豫地说："也不是很坏吧……就是……唉，也说不清楚，其实刚上初中那阵，他的学习成绩还是可以的，后来就不行了。总之，你让蒋茹离他远点儿，服艺的学生好坏也就那个样子了。"

旁边埋头苦学的李思毅终于解开了一道证明题，长出一口气，摇头晃脑地感慨道："这时候为儿女私情牵肠挂肚，实在不智。"说完，他还若有所思地看了吴瀚文一眼，颇有深意地说，"是吧，学委？"

吴瀚文低头："学你的习吧。"

蒋茹从外面走了进来。

· 15 ·

班里的人都不由自主地抬头看她。

蒋茹这件事闹得蛮大，尤其是在六中这样的环境里。她的身后跟着一脸严肃的班主任包老师，包老师进屋后，全班人又低下头开始干自己的事。

白璐给蒋茹让开位置，蒋茹坐下后安安静静地翻开书本。

白璐一看她的表情就知道糟了，果然，一放学，蒋茹就趴在桌子上开始哭。

之前规劝蒋茹的女生们也不来了——现在是关键时期，八卦远没有学习重要，六中的学生对感情懵懵懂懂，但对学业异常敏感。

"包老师让我不要影响别人。"蒋茹捂着脸，竟然比昨天还伤心。

白璐把椅子挪近，坐到她的身边："别哭了。"

蒋茹说："他说我现在这样对班里的影响很不好，告诉我如果我再不能调整好心态，就告诉我的家长。"

白璐还在安慰她，但蒋茹什么都听不进去。

"他怎么能这么说我？我影响谁了？我白给人看笑话还不够吗？"蒋茹越说越难过。

白璐深吸一口气，对蒋茹道："回宿舍吧。"

"我要去找他。"

白璐有点儿想不通："你说什么？"

蒋茹开始收拾书包："我要去找他。"

白璐难得地露出惊讶的表情："现在？昨天我们不是去过了？你们不是说好不再见面了吗？"

蒋茹摇头，眼泪还挂在睫毛上，倔强地不肯掉下。

白璐沉下声音："别去。"

蒋茹："你今天不用陪我，我只是去看看。"

白璐皱眉："你怎么这么倔呢？你再被抓到一次，包老师肯定要通知你家长了。现在已经是高三了，马上要举行会考，上次测验，你的成绩都掉出年级前一百名了，你得收收心了。"

蒋茹把书包背起来，硕大的书包被背在她小小的肩膀上。

白璐转头看窗外，白天还好好的，刚放学就起了风，空气中弥漫着一股闷热潮湿的味道。

白璐："你带伞了吗？"

蒋茹："没带。"

"快下雨了呢。"

"我快去快回。"

"要不我先回宿舍拿伞？"白璐犹豫着。

蒋茹拍拍她的手："真的，我很快就回来。"

白璐看着蒋茹跑着离开教室，就像昨天晚上那样，有点儿笨拙，也有点儿执着。

白璐自己收拾东西回宿舍。

她接了杯热水，开始做习题。

时间一分一秒过去，终于过了宿舍楼关门的时间。

白璐长叹一口气。

宿管阿姨来查寝，瞪着眼睛问白璐："她又不在？"

白璐没回话，这不明摆着吗？

"无法无天了！"宿管阿姨拧着眉头，圆珠笔像刀子一样在记录本上画了一个大叉。

白璐那天等到很晚都没有等到蒋茹回来。

她一夜都听着外面的雨声，盖了两床被子，手依旧是凉的，就像蒋茹临走时那样。

人生说白了与电视剧还是有差别的。

白璐战战兢兢地过了一晚，第二天上学时也看不进去书，似乎在等待某个残酷的消息。

中午，包老师来跟班里的同学说，蒋茹回家了。

白璐一瞬间松开掌心，里面湿漉漉的全是汗。

她打心底里感谢包老师简短而冷冰冰的话语，因为在此之前，她的脑海里一直是这样一幅画面：昨晚她怕下雨，留在了教室，蒋茹一个人背着书包离开了学校。

下课后,白璐去了教师办公室,包老师正一脸严肃地批阅试卷。

"蒋茹?"白璐说清来意后,包老师从试卷里抬起头,念出"蒋茹"这个名字的时候,眉头不由得蹙在了一起。

"哦,你是她同桌。"包老师点点头,"她回家了。"

白璐:"昨晚……"

"嗯,她偷偷跑出学校了。后来有人给她家长打了电话,她家长来把她领走了。"

有人给她家长打了电话,是谁?

白璐没说话,包老师看着她,说:"你们这些女生,专门在这种关键时刻乱来。你也是,你要早点儿跟我反映这个情况,怎么会弄到这个地步?!"

白璐低着头,一副承认错误的样子。

包老师:"昨天那个时间段出去,多危险啊!还下着雨!你说,万一真出了什么事,那不就完了?!"

白璐点点头:"怪我没有拉住她。"

包老师沉声说:"算了,别让事情恶化,家长领走了就算了。你也别再管闲事了,把精力都放在学习上。"

"嗯。"

"回去吧。"

白璐犹豫地问:"那蒋茹什么时候能回来?"

包老师将注意力重新放到试卷上:"这我就不知道了,在家里调整几天可能就回来了。"

往后几天,蒋茹都没有来。

每天繁重的学习任务让白璐也渐渐忘了这件事,只是偶尔轮到她们组打扫卫生时,白璐才会盯着旁边空荡荡的书桌发一会儿呆。

一个星期后,有人传来了蒋茹的消息——

蒋茹被诊断出严重的抑郁症。

严重,有多严重?

白璐不是乐观的人,经常因为自己的想法手脚冰凉。

肩膀被人戳了戳,白璐回头,看见了吴瀚文平静的脸。

"别担心了,已经发生了,担心也没用。"

没过几天,蒋茹就休学回老家了。

蒋茹不是本地人,是中考时从外市考过来的。蒋茹的家境并不是很好,但父母为了她升学,硬是在本市买了房子,现在出了这样的事,她父母干脆给她办了休学手续,带着她回了老家。

白璐曾经给她打过电话,但她的手机已经停机了。

窗外艳阳高照,白鸽翱翔,夏日的校园里,繁花铺满地。

班里前排座位吃紧,不可能留有空位。包老师的填补方式简单粗暴:直接拉后面一个人上来,一列人依次向前挪一位。

于是学霸吴瀚文成了白璐的新同桌。

这位学霸身材干瘦,富有灵性,上课时不见他怎么听讲,但是晃晃凳子,题就做出来了,而且不藏私。白璐不会的题目,他耐心地为她讲解,梳理知识点。

高中阶段,学习成绩好的学生做题比有的老师厉害许多,讲题亦如此。

在学霸的带领下,白璐的会考成绩突飞猛进,年级排名蹿升了几十名。

会考是完全按照高考的模式来的,科目和时间安排也一样。最后一科英语结束时是下午,学校难得地给高三学生放了一次假。

包老师出钱,班里打算搞一次聚餐。

"天气有点儿不好啊……"

今天一天都是阴天,预报有大雨。

同学们纷纷表示,高三的战士不会向狂风暴雨低头。包老师思考了许久,终于说:"那地点你们定吧,晚上聚餐!"

最后,同学们选定了一家自助餐厅。

收拾好东西,全班人"叽叽喳喳"地来到自助餐厅,白璐怕下雨,特地带了伞。

不大的餐厅里人满为患。

白璐拿着盘子夹了两块蛋糕,又夹了点儿炒菠菜。

"你这是什么口味啊?"

白璐转头,见吴瀚文站在她的身边,手里的盘子已经被装满,他微微低着头,盯着她的盘子,一副不敢苟同的样子。

白璐看着他的盘子,说:"你真能吃。"

吴瀚文坦然地道:"脑力劳动,消耗得多。"

一个男生来叫他,吴瀚文便端着盘子走了,剩下白璐一个人。

自从蒋茹离开,她便一直是一个人。

同学们吵吵闹闹地吃满两个小时,服务员过来,委婉地表示时间到了,包老师招呼大家收拾一下准备走了。

"该回家的回家啊,别让我知道谁偷偷跑网吧去了,不然让你们吃不了兜着走!"

大家纷纷应承着。

白璐背起书包,打算回学校。

她刚出门,闪电便亮了起来,紧接着,一个炸雷劈下来,"哗啦啦"地下起了雨。

白璐抬头看时,肩膀被人拍了一下,她回头,是周雨欣和另外两个女生。

周雨欣:"你现在是回学校,还是先在附近逛逛啊?"

白璐:"还是直接回学校吧,我有点儿累。"

"带伞了吗?我们也准备回学校,咱们一起走?"

白璐点点头:"行。"

雨来得凶。

"对了,"走到半路,周雨欣忽然问白璐,"蒋茹走了,现在你们宿舍就你一个人住吗?"

"嗯。"

"真可怜……"其中一个女生道,"一个人睡会不会害怕啊?"

"要不你跟我们一起住吧?"另一个女生提议。

白璐看向周雨欣,周雨欣说:"我们三个是一个寝室的,本来还有一个外班的，不过最近她搬走回家住了，空出了一个床位，你来吧。"

白璐还真的认真地想了想。

周雨欣开始帮白璐规划寝室的书桌怎么使用的时候，四个女生不知不觉间已经快要走到学校了——只要穿过最后一个小区。

白璐觉得，女人在某些方面天生有某种直觉。

距离这最后一个小区还很远的时候，她似乎就已经闻到了被雨冲来的花香。

那香味让白璐想起蒋茹，想起她从地上捡起花，给她们两个人一人一朵，告诉自己，这种花叫忍冬；又想起她蹲在花丛边哭……

小区里面的一根电线杆下站着一伙人——四个男人，只有一把伞，聚在一起聊天儿。

单从年纪上来说，他们或许还算不上男人，是黑夜让他们变得强大。

那三个女生还在热烈地讨论帮白璐搬宿舍的事情，对路边的四个人并没有在意。

白璐在意了。

她们平淡地从嬉笑的他们的身边走过。

白璐目不斜视，只是在与人擦身的几秒里，身边女孩儿们的声音淡去了。

雨滴打在伞上，"噼里啪啦"地响。

四个女生走出十几米远时，一切才仿佛恢复了原样。白璐停住脚步，回头。

他们的身影变得小了许多，每个人都隐匿在树木的阴影和雨的帘幕下，看不清楚。

"白璐？"周雨欣叫她。

白璐转头，三个女生奇怪地看着她。

"怎么了？"周雨欣问。

白璐摇头："没事。"

"走吧。"

白璐还是没有动。

周雨欣来到她的身边,关心地说:"怎么了?怎么发起呆来了?"

白璐回过神来,静了片刻,说:"你们先回去。"

"啊?"

白璐:"你们先回去,我有东西要买。"

"那好吧,你看着点儿时间啊。"

白璐点头,向她们挥手说"再见"。

她还没离开花香的范围。

白璐低着头,走到旁边的一棵树旁站着。她太娇小了,靠在粗壮的树干上,像漫画里的忍者一样,与树融为一体了。

脚下是落叶,她又开始无聊地踩了一下又一下。

过了一会儿,白璐抬手看时间。

十点了,再过半个小时校门就要关了。

白璐微微探出头,看见那四个人还在路灯下聊天儿。

白璐把书包往上提了提,准备离开。

几乎就在她转身的同时,那四个人也散了。白璐顿住脚步,看见其中三个人挤在一把伞下,推推搡搡地往外走。

白璐侧过身子,没一会儿,那三个人就过了马路。

白璐再次回头,电线杆下只剩一个人。

没了伞,人就这样被雨浇着,他却毫不在意。

他没见过她,可她见过他,在蒋茹的手机里。

白璐静静地看着不远处的许辉。

他高高瘦瘦的,穿着深色的衣服,双手插在衣兜里,低着头,不知道在想些什么。五六分钟过去,夜风逐渐变凉,他拿手抹了抹脸上的雨水,转身离去。

他没有顺着这条笔直的路走,而是直接拐进了小区。

白璐悄声跟了上去。

许辉进了最外面的一栋楼。那栋楼高四层,安装了声控灯。

白璐在外面等了一会儿,不见上一层楼道的声控灯亮起,正觉得奇怪,一楼的某个房间亮了。

房间里窗帘拉着,她看不到里面。

许辉家外面跟邻居家外面不太一样，没有拦围栏，也没有种植物，看着光秃秃的。

白璐站了一会儿，手上缓缓动作，收起了折叠伞。

怨恨、好奇、无聊……

事后回忆的时候，她也忘了自己究竟为何踏出那一步。

她只记得屋里的小灯，还有屋外的雨。

茫茫的、滂沱的、无尽的雨。

雨在一瞬间浇湿了白璐的头发，一缕刘海儿贴在她的眼角上，被她轻轻地拨开。

晚上有点儿冷，刚被雨淋到的那一刻，她不由自主地打了个哆嗦，眼睛微微眯起。

白璐走到马路边，将包里的手机拿出来，设成静音模式，然后脱掉校服一并塞到包里。

她抹抹脸上的雨水，朝着一楼走去。

旧式楼房，楼台很低，可以想象，下雨的日子，一楼的房间也会十分潮湿。

楼道口堆着被丢弃的柜子，最下方有一只灰蓝色的帆布鞋，另一只不知道哪儿去了。

白璐搓搓手掌心，来到许辉家门口，静静地听了一会儿。

门里没有动静，白璐只能听见外面"哗啦啦"的雨水声。

白璐深吸一口气，抬手敲门。

敲门声很小，轻轻的三下，险些被雨声掩盖。

但屋里的人还是听见了。

"谁？"

即使隔着一扇门，白璐也听出了许辉的声音，比起之前，他的语气慵懒了不少。

男生不像女生那样存有那么多戒心，他也没从猫眼看一看，就直接开了门。

白璐本来就娇小，又被雨水淋透了，整个人如同一只流浪的小猫，弱不禁风。

许辉一愣，低头看她："你是谁？"

白璐抬起头，嘴唇被冻得发青。

他应该是刚冲了一个热水澡，脖子上还搭着米黄色的毛巾，脱了湿衣服，换了件干净的深蓝色T恤衫。T恤衫有点儿大，脖子和肩膀露了出来，他皮肤略白，身材高且瘦。

白璐缩起肩膀，轻声说："不好意思，我是路过的……本来跟朋友约了时间见面，但是突然下雨来不及了，我没有带手机，附近也没有小卖店，我能不能借用一下你的手机？"说完，她又连忙补充，"我可以给钱。"

许辉听完，只是淡淡地"哦"了一声，就返回屋里。

"你等会儿。"他说。

他一边走一边用毛巾擦头发，白璐往屋里看——

一室一厅，很小的房子。

他一个人住？

屋里不算整洁，但也称不上乱。白璐看到卧室门口的角落里扔着几件衣服，正是他刚刚在外面淋雨时穿的那几件。

许辉很快回来了，将手机解锁后递给白璐，人就去客厅的沙发上坐着了。

手机是某品牌的最新款，白璐很快注意到屏幕上有日历，八月二十号那天有一个重要记事的标记。

白璐飞快地瞄了许辉一眼。他停止了擦头发，看表情似乎是突然想起了什么事情，随即起身朝卧室走去。

白璐点开八月二十号的重要记事。

这则重要记事很简短，只有一行字："医大二院住院部，十点半，许易恒。"

许辉还没有出来，白璐拨打了自己的手机号码。

自己的手机该是在背包里一下一下地亮着。

"小茹，你还在等吗？别等了，天气不好，我赶不过去了。"

"……"

"你别怪我，我也没办法呀。"

"……"

"嗯,我知道你不开心,我也不开心。"

"……"

"不过没关系,下次见面的时候,我们就都好了。"

"……"

"再见。"

白璐挂断电话,删掉通话记录,许辉走过来,白璐拿包掏钱。

"不用了。"他微微眯起眼睛看着白璐。

白璐低着头,轻声说:"那谢谢你了。"

许辉"嗯"了一声,白璐转身往外走。她刚走过楼道的转弯处,许辉的声音就从背后传来。

"你没伞?"

白璐脚步一顿,转头:"嗯。"

许辉眉头微蹙,有点儿不耐烦地道:"那你在屋里待一会儿吧。"

白璐双唇紧闭,半晌才点头,细声细气地说:"谢谢。"

许辉也只是让白璐在玄关处等着,并没有让她进屋,白璐靠着门框站着,许辉把电视打开,按来按去按了两三遍也没停下。

白璐觉得他根本不是想看什么,只是无聊而已。

最后他将电视停在了电影频道,里面正在播放一部韩国电影——《黄海》。

电影血腥阴暗,此刻,男主角被一群警察围捕,逃到了山上。胳膊中了一枪,他自己撕了衣服,笨拙地包扎止血,最后无助地痛哭起来。

许辉眼睛盯着屏幕,似乎看得很认真。

男主角的妻子去韩国打工,杳无音信,男主角为了几万块钱,答应偷渡杀人,只为了找到妻子,开始新的生活。

"很可怜呢……"白璐看着电视里阴冷的色调,轻声说。

许辉似乎这个时候才想起白璐的存在,看向她,没有说话。

白璐转头,与他对视,又说:"这个男主角,很可怜啊。"

或许是因为无聊,许辉搭了腔。

"可怜什么?谁让他去杀人了?"

白璐："可人不是他杀的呀。"

许辉"哼"了一声："那是没赶上，别人先动手了，赶上了不就是他杀的？"

白璐没有说话，许辉又说："恶有恶报，他为了还债就答应杀人，这种人称不上可怜。"

"不是为了还债。"白璐平静地道。

"那是为了什么？"

"是为了不像狗一样活着。"

许辉抬起头，白璐也正看着他。

"男主角是朝鲜族人，虽然和韩国人同属一个民族，却很难被韩国主流社会接纳，韩国人甚至认为他既野蛮又粗俗，好事没有人想着他，罪都由他来背。在这个故事里，他是个彻头彻尾的悲剧人物，没有尊严，就算奋力反抗，最终也没走出黑暗……"白璐说到这儿，停顿了一下，又道，"哦，对不起，我剧透了。"

许辉神色平静，电视里继续播着影片，他的目光却还停留在白璐这儿。

"你看过？"

白璐："以前看过。"

许辉好像对流浪猫一样的女生看这种血腥阴暗的电影的事感到新奇，但也没有问什么。

"哦。"

萍水相逢，没有什么可聊的，许辉又将头转了回去。

白璐看了一眼时间，觉得再不回学校就不止是写检讨的问题了，于是对许辉说："雨应该停了，我先走了，今晚谢谢你。"

许辉："停了吗？"他站起身，来到窗边，拉开窗帘。

雨幕绵绵，窗外的世界模糊不清。

许辉："没停，你这么走能行吗？"

白璐面露难色："要么你……你能借我……"

"你拿把伞走吧。"许辉接着白璐的话说下去。

白璐忙说："我给你钱。"

"不用。"许辉走过来,从门后面拿出一把长伞递给白璐。

白璐握着伞,低声说:"那你平时什么时候在?我来还伞。"

"算了吧,我家里也不止这一把,这伞挺破了,估计也就能再用一两次。"许辉无所谓地说。

白璐拿着伞,再次道谢,才转身离去。

门关上,白璐没有回头。

白璐出门后打开长伞。伞面红白相间,上面有一家出租车公司的广告。伞果然很破,伞骨断了三根,右边的伞面完全是塌的。

白璐撑着伞走过街道,在保安大叔严厉的目光中进了学校。

果不其然,第二天白璐又要在班级里念检讨书。念检讨书时,她的声音带着浓浓的鼻音——昨晚的瓢泼大雨让白璐脆弱的身板面临感冒的威胁。

"你这次还打包了一份办公室谈话套餐。"白璐写完检讨后被包老师叫到了办公室里,回来之后,吴瀚文从试卷上抬起头来调侃她。

白璐没有理他,坐到自己的座位上。

"蒋茹的魔性不小啊,"吴瀚文说,"还带得你也有后遗症了。怎么这么晚回学校?"

白璐转头:"你题做完了?"

吴瀚文一脸淡定:"并没有。"

白璐:"九月份就要去参加比赛了吧?"

吴瀚文皱眉:"你这人怎么这样?哪儿薄往哪儿捅。我好歹给你讲过那么多题,思路有多清晰你不知道?"

白璐看着他,没等她说话,吴瀚文马上又说:"不过这么说也不准确,毕竟给你讲的题比赛时也不会考。"

白璐哼笑一声。

吴瀚文挑了挑眉,转头接着做题。

昨夜下过大雨,今天晴空蔚蓝。

白璐转身拿书本,看见躺在书包最里面的手机时,停了一下,还是将手机拿了过来。

"最近通话"的第一项不再是一个没有备注的手机号码——昨晚回宿舍后,白璐将那个手机号码保存了起来。

半夜拿着手机时,白璐怕节外生枝,没有直接将许辉的名字写上去。

电闪雷鸣中,夜却好似比平常更静,她在床上躺了好一会儿,脑海中浮现出蒋茹将花戴到她们俩头上的画面。

她将他手机号码的备注名写成"忍冬"。

白璐今天一天都浑浑噩噩的,还不停地擦鼻涕,到晚上时,已经用了整整一卷卫生纸。

吴瀚文皱眉:"行不行啊你?"

白璐摆手:"没事。"

她坚持做完一套理综试卷,然后抬头,刚好看见墙上的日历板——八月十七号。

二十号刚好是周六。

"用不用吃点儿药?"晚上放学时,周雨欣和几个女生过来,关切地问白璐。

白璐耷拉着眼皮摇头。

"离我远点儿吧,别被传染了,现在这么关键。"

"好吧,那你好好养一养。"周雨欣道。

白璐身后的李思毅安慰白璐:"白璐,你知不知道生病的时候其实是学习状态最好的时候?"

白璐:"……"

李思毅一脸认真:"因为这个时候容易专心。"

吴瀚文:"你看你的书吧。"

"哎,学委你还不相信。"李思毅对吴瀚文说,"中考的时候我就发烧了,迷迷糊糊地就考上六中了。"

吴瀚文:"那你现在壮硕如牛,高考时岂不是毫无指望了?"

李思毅高度近视的小眼睛在镜片后面瞪起:"我正减肥呢!"

白璐在身边此起彼伏的调侃声中伏案睡着了。

睡前她想:这场感冒能撑过两天吗?

事实证明，白璐完全低估了感冒病毒的实力，别说两天，就是坚持十天对这场感冒来说也是小菜一碟。

十九号晚上，白璐去找包建勋请假。

周六本来也是自习时间，不上新课，包老师批假批得很痛快，甚至要她周日也不用来，在家里彻底把病养好。

白璐明白，他这么豪爽地批假，完全是因为担心她会传染其他人。

包建勋是数学老师，从高一开始就带他们班，今年三十岁，带过两届毕业班，属于谨慎严肃的类型，平日不苟言笑。

白璐拿着包建勋给的假条，没有上晚自习，提前回了宿舍。

宿舍里现在只有她一个人住。上周三放学回来，白璐发现蒋茹的被褥和日用品全部被拿走了，去宿管阿姨那儿问，才知道是蒋茹的家长来拿的。

她没碰到人，不然很想问一问蒋茹现在怎么样了。

桌子旁立着一把细长的伞——被叠得很整齐。

白璐用手机查了一下医大二院的地址，记好后，洗澡，做题，上床睡觉。

周六也是个晴天，天气预报说气温是二十二摄氏度到二十八摄氏度。白璐把校服收好，换了一件白色的亚麻质地的八分袖上衣、一条浅棕色长裤，背着双肩包，戴着口罩，慢腾腾地去坐公交车。

她前两天熬夜做题，又没有吃药，身体状态奇差无比，在燥热的公交车里被挤得七荤八素，下车的时候险些一头栽倒。

医大二院门口堵得厉害，白璐在塞得水泄不通的马路上穿来穿去，终于挤到了医院的大门口。

周末，医院里人满为患，白璐站在烈日下，先扔掉汗湿的口罩，然后给自己扇风。

住院部是一幢单独的大楼，足有四十层高，站在楼下仰头一望，简直震撼。后院在施工，被围了起来，里面正在打地基。据说另外一幢四十层高的住院楼明年应该能成形了。

白璐是本地人，小时候也来过医大二院，她记得那时候医院的规模也就是现在的五分之一。没想到短短十年过去，人的身体竟变得如此脆弱。

白璐进了楼，里面的冷气激得她微微打了个战。

不少病患坐在一楼的大厅里休息，来往的医生神色严肃，大步流星，白大褂带起一阵风。

白璐搓搓手，从双肩包里取出一件薄衫披在身上。

白璐找到导诊台，刚要询问，一张嘴先打了个喷嚏。

"对不起。"白璐手忙脚乱地从包里掏面巾纸，捂着嘴巴说。

护士面不改色："你要问什么？"

白璐取出新口罩戴上："我来看望我的朋友，不过我不知道他住在哪间病房。"

护士："叫什么名字？"

白璐："许易恒。'许诺'的'许'，'容易'的'易'，'恒心'的'恒'。"

"稍等……"护士在电脑上很快查到了，"许易恒，在七区，A710。"

"谢谢。"

等电梯时，白璐抬头看向电梯旁边的住院部索引牌。

七区下面有两个病区：神经内科病区、康复科病区。

"叮咚"一声响，电梯到了，白璐随着人流挤上去。

医院的消毒水味让她头疼，而电梯里每个人的身上好像都有消毒水的味道。

她出了电梯，楼道里没有多少人，白璐顺着指示牌找到了A710。

这间病房的门没有开，不过隔壁的门敞开着，那是一间三人间的普通病房。

白璐看了一眼时间，不到十点。

她在病房门口转了转。A710旁边的病房刚好临着转角，白璐转过转角，看到那边有四间病房，并没有楼梯和电梯。

白璐就在转角后面的凳子上坐下休息。

等了十几分钟，觉得有点儿无聊，白璐从包里翻出单词本背单词打发时间。

十点二十分的时候，白璐收起了所有东西，将注意力放在A710病房门口。

十点半过了。

十点四十分……五十分……

十一点。

她还是没有等到人。

他是不是不来了？

白璐努了努嘴，长叹一口气，收起单词本，准备回去。

电梯半天不来，门口已经挤了很多人。看这架势，就算等会儿电梯来了，人也不能全部被运走，白璐干脆去走楼梯。

进楼梯口的瞬间，白璐像踩了电门一样，倏地将脚尖缩了回来，转身靠在楼道外侧的墙壁上。

她的心"扑通扑通"地跳着。

白璐张了张嘴，还没有缓过神来：搞什么？这么吓人！

半分钟后，白璐微微侧身，在确保自己的身体没有露出去的前提下，眼睛往外瞄。

他还站在原处。

许辉穿着那天在外淋雨时穿着的衣服：黑衬衫，牛仔裤，白色休闲鞋。他站在楼梯下方，看着窗外发呆，脸色说不上轻松。

窗台上有一个塑料袋，隐约能看出里面是水果。

人来了，却没去病房？

白璐耐心地等着，过了几分钟，许辉像是突然回过神来，转身下楼。

白璐跟了上去。

白璐本来想保持一点儿距离，后来发现完全是自己想多了。许辉的速度很快，白璐别说控制距离了，得尽全力飞奔才不至于被他甩开太远。

看到住院部大门的一瞬间，许辉突然放缓了脚步，白璐紧赶慢赶，终于在他走出住院部的前一刻拍了拍他的后背。

许辉回头，白璐因为惯性差点儿撞上去。还好许辉反应快，在她撞上他前拉住她的胳膊,把她扯到一边。

他的动作略粗鲁,她的手臂略疼。

许辉皱眉,脸色奇差地盯着她。

"干什么?"

白璐上气不接下气,嘴巴在口罩后面大口大口地呼吸。

许辉转身就走。

"哎——"

白璐叫住他。许辉再次转头,表情更不耐烦了。

"到底……"

白璐一把扯下口罩,脸被室外的热气熏得发红。

她指着自己,深吸一口气。

"记……记得我吗?"

许辉顿住,眉心松开了一些,显然是认出了白璐。

"是你。"

白璐点头:"还记得我呀。"

许辉上下打量白璐。

"嗯。"

白璐抽了抽鼻子,鼻子因为剧烈运动一阵发痒,开口说话前打了一个大大的喷嚏。

许辉:"感冒了?"

白璐蹭蹭鼻子:"上次淋雨淋的。"

许辉:"来看病?"

"对,顺便来看望朋友,他在这儿住院,下楼的时候刚好看到你。"她看着许辉,小声说,"你走得好快,我差点儿就追不上了。"

许辉淡淡地笑:"是吗?"

白璐:"本来想叫你,但不知道你叫什么。你也是来看朋友的?"

许辉看起来有点儿心不在焉,两只手插在裤兜里,头微微低下。

"嗯……"

白璐手握着背包的带子,问道:"你吃午饭了吗?"

许辉抬头。

他在她的面前显得很高。白璐垂下头，声音低了一些："要是没吃，要不要一起吃？正好答谢你上次的帮忙。"

许辉目光微闪，打量着白璐，好像在冷静地审视什么，最后摇了摇头："不用，我先走了。"

他转身，又被拉住了。

许辉皱着眉回头："我说了……"

他的话语被她递过来的东西打断了。

那是一个塑料袋，里面是打包好的小金橘、提子和苹果。

许辉看着塑料袋。白璐说："刚刚看到的，你忘记拿了吧？"

许辉愣了半响，目光停在袋子上，手上却并没有接过。白璐动了动，许辉从塑料袋上挪开眼。

白璐目光清澈，细小的汗珠凝在额头上，小嘴微微张着。

"就是看到这个才想叫住你的，结果你走得太快了，我差点儿没追上。"白璐轻声说。

许辉抿嘴，不知为何，将目光移开了。

白璐把袋子往前送了送，露出微微疑惑的表情，说："拿着呀。"

许辉看着旁边的花坛，随手把袋子接过来。

白璐低着头，两个人一时无话。

过了一会儿，白璐往上提了提背包，说："那我走了……再见。"说罢，她迈步，从许辉身边走过。

"喂。"

夏日难得地刮起风，地上滚过来一张碎纸片，白璐面无表情地转过头。

"怎么了？"

许辉站在后面。他的头发微长，乌黑发亮，被风吹得挡住了眉角，瘦高的身体被阳光剪裁成简洁明快的线条。

"一起吃个饭吧。"他漫不经心地说。

白璐低头："好的呀。"

两个人并排往医院外面走。

白璐问道："你想吃什么？"

许辉："随便。"

　　白璐走路的习惯不太好，她总是低着头，看着自己的脚尖，碰到小碎石头就轻轻踢开。

　　走在人行道上，白璐忽然淡淡地说："咱们吃馄饨吧。"

　　许辉的心思并不全在吃饭上，他还在思索别的事情，听了白璐的话，不作他想，点头。

　　"行。"

　　白璐把手机拿出来："我找找看附近有没有馄饨店。"

　　许辉站在旁边等着，看着车水马龙的街道。

　　地图上显示周围两千米内有三家馄饨店，白璐看着屏幕，低声说："没有呢。"

　　许辉转头："你想吃馄饨？"

　　白璐收起手机："也不是很想，周围都搜不到……"

　　许辉："哦，我学校附近倒是有一家，不过得坐车过去，就近找个店随便吃一顿吧。"

　　白璐看着他："你学校在哪儿？"

　　许辉一顿，说："服艺职业高中，在我家旁边。"说着，他瞥了白璐一眼，"你还记得我家吧？"

　　"当然记得。"白璐说，仰着头，怯生生地看着许辉，紧跟着又说了一句，"其实我也要去那附近的。"

　　许辉蓦然笑了，看着一旁，嘴角勾着，那笑容有种了然于胸的意味。

　　"行啊，"他淡淡地说，"那就去吧。"

　　两个人去坐公交车，是白璐来时坐的那一趟。

　　车上还是下饺子一样，人挤人。

　　许辉站在白璐的身后。

　　人太多，两个人难免会碰到。

　　车转弯时，白璐身体一晃，头微微往后仰，马尾辫在许辉衬衫的领口处轻轻一贴，一蹭。

他的锁骨处有些痒。

许辉垂眼,白璐的头发在阳光的照射下泛着淡淡的金色,带着自来鬈,看起来柔软又脆弱。

她会喜欢吃什么样的馄饨呢?

像蒋茹那样的女孩儿,纤细、敏感、天真……蒋茹碰到他的那天,吃的是什么样的馄饨?

之前她们每天一起去食堂吃饭,蒋茹的饭量很小,就算处在六中这么高负荷的学习生活中,她每顿最多也只能吃下二两饭。

蒋茹喜欢吃青菜,不能碰辣的食物,吃一点儿辣的就满脸通红。

"选好没?"许辉问。

白璐抬头。许辉坐在她的对面,一只手搭在桌子上托着下巴,另一只手无聊地敲着桌面。

"你已经看半天了。"他说。

旁边站着等的服务员也看着她,白璐还了菜单,说:"对不起……就……就三鲜的吧。"

服艺职业高中的学生周六并不需要上课,因此周六学校基本空了,学生们三三两两地结伴出去玩,馄饨店里远没有工作日热闹。

馄饨店里只有零星的五六个人,许辉和白璐坐在靠外的座位上,许辉脸上有点儿疲态,一落座就保持着一个姿势看着外面,等待上馄饨的时候打了好几个哈欠。

"没有休息好吗?"白璐问。

许辉淡淡地说:"也不是。"

白璐又轻声问:"有心事吗?"

许辉瞥来一眼。白璐坐着的时候有些驼背,显得人更小了。他摇摇头,换了个话题,问她:"你家也在这附近?"

白璐:"嗯,我住在这附近。"

馄饨被端了上来,许辉从旁边的筷子筒里抽出一双一次性筷子,又把醋拿来,在馄饨的周围画了两个圈,最后用筷子搅拌均匀。

吃饭的时候二人都很安静,白璐在病中,没有什么胃口。

吃到一半儿的时候,许辉的手机响了。

他嘴上不停,一只手拿出手机接通。

"喂?"

"……"

"我在外面吃饭。"

"……"

"什么时候?"

"……"

"今天不行……明天也不行,我要在家睡觉,后天晚上再说吧。"

他说到最后,语气越发不耐烦。

"我说不行,听不懂吗?爱谁谁,不想等你们就自己去玩!"

说罢,他挂断电话,将手机摔在桌子上。

白璐缩缩脖子,小声问:"你朋友找你吗?"

"嗯。"

许辉吃得差不多时,白璐又问:"你是在旁边这个高中上学吗?"

"对。"

"几年级?"

"高三。"

"哇,"白璐轻声说,"要参加高考了呢。"

许辉看来是饿了,把最后一点儿碎了的馄饨皮也捞出来吃了。

"学习很累吧?"白璐又问。

"不累。"他随口应道,又把旁边的醋拿过来,在汤里加了一点儿醋。

白璐盯着他的动作,又问:"升学压力大吗?"

许辉听得好笑,轻哼一声,把碗捧起来,喝了几口汤,又从桌上的纸抽里抽出两张餐巾纸,擦了擦嘴。

"问我这么多,你呢?"许辉用漆黑的眼睛看着她,"你也是学生吧?"

白璐点点头。

"哪个学校的?"

白璐的脸有点儿红,她不好意思地摆摆手。

"学习成绩不好……别问了。"

许辉叫来服务员,从后裤兜里掏出钱。

"别别!"白璐连忙拉住他,"不用你,我来。"

许辉:"不用。"

"上次你还帮了……"

许辉皱眉:"说了不用。"

他的语气不佳,似乎是不想再奉陪一样。白璐闭上嘴,不再说话。

结完账,许辉站起来,双手高举伸了个懒腰,打了个哈欠。

衬衫随之而起,露出窄窄的腰。

"那就这样吧。"许辉拎起装着水果的袋子,没等白璐说什么,转身往外走。

白璐坐回座位上,侧着头,看着窗外少年的背影,若有所思。

当天下午,白璐去了趟六中对面的超市,买了一袋柠檬、两罐蜂蜜,还有一个玻璃罐。

她回到宿舍的时候已经接近傍晚。周六的自习课下午五点结束,后面六点半到九点二十分的课是自愿上的,有些学得累的同学这个时间已经准备回家了。

白璐在外折腾了一天,浑身乏力,拖着病体往宿舍走。

在宿舍楼门口,白璐碰见了一个意想不到的人。

"吴瀚文?"

吴瀚文背着书包,正站在宿舍楼门口的台阶上,好像在等人。

"你回来了?"吴瀚文见到白璐,从台阶上下来,"你这什么大病?检查了一天!眼睛扫到白璐手上的塑料袋,吴瀚文眉毛一挑,"哟,还去逛街了?轻伤不下火线啊。"

白璐无力斗嘴,摆摆手:"我累了,不跟你说了。"

"哎,"吴瀚文把白璐叫住,"别啊,等你半天了。"

白璐转头,有气无力地说:"啊?"

吴瀚文皱眉:"你把口罩摘了行不行?女鬼一样。"

白璐摘下口罩，吴瀚文从书包里掏出一沓试卷。

"喏，上次的试卷发下来了，上面的是你的，下面的是我的。今天下午包老师把数学试卷讲了，我的试卷上有笔记，包老师让我拿给你。"

白璐接过，看见了自己的分数。

127分……还不错啊，白璐比较满意，随手翻到下面一张试卷，148分。

白璐抬头，看见了吴瀚文淡定的脸。

白璐把试卷插在购物袋里："学委真是辛苦了。"

吴瀚文："好说。"

白璐："我先回去了。"

"你的病怎么样？"

"没事，普通感冒，吃点儿药睡一觉就好了。"

"周日也休息吧，好好养一养，周一再来。"

白璐轻轻地"嗯"了一声。

吴瀚文看着她："你怎么累成这样？到底干吗去了？"

白璐缓缓转头："我看着累吗？"

"累啊。"

"我不累。"她凝视着他，却又好像在对自己说话，"我今天出去玩了一天。"

吴瀚文一脸诡异地看着她："你是不是烧糊涂了？"

白璐摇着头进了宿舍楼。

回到宿舍，白璐一头栽倒在床上，躺了二十多分钟又爬了起来，去洗手间洗了一把脸。准备拿柠檬时白璐忽然想起，屋里少了两样东西：刀和盐。

以前，蒋茹每天放学后都要到附近的水果店买水果，并让店员切完后在盘子里拼成好看的图案，然后与白璐一人一支小叉子分着吃。

蒋茹的小物件很多，白璐从前没注意，现在蒋茹走了，白璐在生活中才偶尔会觉得不习惯。

白璐看着镜子里的自己，病中的她更为憔悴了。

她的耳边恍惚响起那个带来蒋茹消息的同学的声音："你们知道

吗？蒋茹被诊断出严重的抑郁症了！"

"为什么呢？"白璐最近休息不好，眼眶发黑，在洗手间昏暗的灯光下，隐隐有种阴冷的感觉。

她轻轻地拧上水龙头，拿着饭卡下楼。

学校的小卖店主要经营食品和文具还有简单的日用品。白璐从货架上拿起刀和盐。

排队结账的时候，她碰到班里一伙吃完饭从食堂过来的男生，打头的就是学委吴瀚文。

"哟——"吴瀚文也看到了白璐，其他几个男生去挑吃的，他走过来，"缘分啊。下来吃饭？"

白璐摇摇头。

吴瀚文余光扫见白璐手里拿着的刀，微微张开口。

"这是干什么？"吴瀚文一脸狐疑地看着白璐，"你不是让什么玩意儿附身了吧？"

白璐嗓子疼，不想说话，指指旁边，意思是"一边待着去"。

男生们选好吃的了，吴瀚文跟着他们到后面排队。

白璐回宿舍后，先用开水烫刀，又把柠檬拿出来，用盐搓洗了一遍，在桌子上垫上干净的纸，将柠檬去掉首尾，切成薄片。

接着，她又把空的玻璃罐洗好擦干，在下面倒了一层蜂蜜，把柠檬片一片一片地铺上去，然后倒一层蜂蜜，之后再铺柠檬片，再倒蜂蜜……等罐子被装满，她用保鲜膜封住罐子口，盖上盖子并拧紧，保持罐身不动，用纸巾将罐子外面擦干净，最后捧着出门找宿管阿姨。

"阿姨，能不能借用一下冰箱？"

为了方便学生，宿舍楼每层都有一个公用冰箱，不过为了避免错拿，学生们在使用之前要在宿管阿姨那里登记。

"哟，蜜渍柠檬。"阿姨一边登记一边频频点头，"大夏天的挺会享受啊。"

白璐笑笑："感冒了，想吃点儿凉的。"她将东西留在阿姨处，"请帮我放在保鲜层。"

"行了，知道了。"

她回到宿舍洗漱完毕已经是晚上九点多了。

白璐这时才吃药，定好闹钟，上床睡觉。

她的睡眠质量并不好，鼻子不通气，白璐只能用嘴巴呼吸，半夜口干舌燥醒了一次。

第二天一大早，白璐去阿姨那里取来罐子，用一条新手巾围住罐子，放到包里，出了门。

白璐在那条小路上站了好一会儿。

她第一次注意到阳光下的忍冬花。

白色的部分渐渐淡去，黄色的花朵开始引人注意。

她来到许辉家门口。

他家今日比之前更为安静，连雨声都没有。

白璐轻轻地敲门。

她等了等，里面没动静，她再敲，总算有人应了声。

许辉声音低哑，慵懒模糊。

"谁——"

伴随着说话声、拖鞋在地上"趿拉趿拉"的响声，门开了。

许辉穿着黑衣短裤，唇色浅淡，他睡得眼皮半耷，头发也走了样。晨光之中，他这副邋遢的模样却有种新鲜的初生感。

白璐说："是我。"

许辉盯着白璐，半睡半醒之间，他的目光比之前更为直接，却也更为迷糊。

他嗓音低哑地问："你来干什么？"

白璐把手抬起来，小声说："还你。"

许辉缓缓低头，是一把伞。

将满是褶皱的伞被整个儿浸湿，然后在阳光下晒干，伞面会恢复平整。白璐手里的伞干净整齐，扣子转圈一扣，看着像新的一样。

许辉的目光从伞上移到白璐的脸上，比之前深了一点儿，他淡淡地看着她，不说话。

白璐轻声说："伞骨断了两根，我用胶粘了一下，可能不太结实……"

许辉还是没说话。

白璐等了一会儿，许辉依然没有开口，她将头垂得更低了，声音轻不可闻地说："前几次都……谢谢你了。"

四周静了静，她的头顶上忽然传来一声笑，许辉靠在门上，懒懒地"嗯"了一声。

他们在门口站了一会儿。

许辉沉默得别有意味。

最后还是白璐先开口，问许辉："你今天一天都在家吗？"

许辉揉了揉头发，比起白璐的小心，他显得随意许多。也不知道是想起了什么，许辉低声反问："你不是知道吗？"

白璐微微张口，抬头。

许辉高高在上地看着她，嘴角带着一丝浅笑。

"昨天我打电话时，你不是听得挺仔细？"

白璐像是被发现了什么秘密一样，倏然又将头低下了。

许辉笑了笑，又想说话，被白璐一个喷嚏打断了。

"对不起。"白璐连忙捂着嘴，吸了吸鼻子，有点儿尴尬地转过身，鼻音甚重地说，"那我不打扰你了……我先走了。"

许辉叫住白璐，皱着眉。

"你的感冒还没好？"

白璐低着头，轻声说："嗯，对不起。"

许辉觉得有点儿荒唐："你跟我'对不起'什么？"

白璐还保持着捂着嘴的姿势，没有动。

许辉侧过身体，说："进来休息一会儿吧。"

白璐轻轻点头，跟着许辉进了屋。

许辉来到沙发前，自顾自坐下。白璐规规矩矩地坐在沙发旁边的凳子上。

白璐看着桌角，余光里，许辉坐在沙发上，时而发呆，时而揉头发，时而打哈欠。

她人虽然被放进来了，可许辉没问她需要点儿什么，连象征性地拿一杯水都没有。

他不太关心别人，大概是因为平日都是别人在关心他，他没有照顾别人的概念，也没有照顾别人的习惯。

就这样坐了一会儿，许辉的困意消除了大半，他坐在沙发里与白璐闲聊起来。

"你们学习也不忙？"

白璐点头："不忙的。"

许辉："你也是高中生吧，几年级了？"

白璐冲他轻声笑，柔声说："你看我像几年级的？"

许辉乐了，挑眉，下巴微仰。

"我看你像小学生。"

白璐抿唇。

"长得太小了。"许辉盯着她，又有点儿嫌弃地补充，"个子也矮。"

白璐不甚在意，摸了摸鼻尖，回想起什么，开口道："没准儿我比你还大。"

许辉嗤笑一声："不可能。"

白璐的声音轻柔温润："我的生日是九月六号呢……"

许辉的手忽然顿住："什么？"

白璐："我的生日是九月六号，你的生日是哪一天？"

许辉第一次露出惊讶的表情："我的……也是九月六号。"

白璐微微瞪大眼睛："你的是阴历还是阳历？"

许辉："阳历。"

白璐将手盖在嘴唇上，故作惊讶地道："我的也是。"

许辉转头："你几点出生的记得吗？"

白璐："晚上。"

男孩儿终于露出若有若无的笑容："哦，那你还是比我小，我是凌晨出生的。"

太阳已经完全升起，许辉家的窗帘一直没有拉开，但客厅朝南，就算窗帘拉着，屋里依旧很明亮。

许辉的手机响了。

"喂?"

"……"

"嗯,起了。"

"……"

"今天吗?你们在哪儿?"

"……"

"哦……下午……"他思索着,道,"也行,想过来就过来吧,不过吃的喝的买好,我这儿什么都没有。"说完,他又道了句,"我请客。"

简短的一通电话,他说完就挂断了。

他放下手机,白璐先开了口:"是你朋友要来找你玩吗?"

许辉点点头:"嗯。"

"那我先走了。"

许辉没说什么。白璐把包从身后拿过来,从里面掏出罐子。

手巾的保温性能良好,罐子还是凉的。

"这个给你。"白璐把罐子轻轻地放在茶几上。

"什么?"许辉将罐子拿过来。他单手拿着罐子,歪过来往里看。白璐着急地站起来:"别别,不要弄倒了。"

她不敢贸然去碰许辉的手,在旁边干着急。

许辉把罐子放回茶几上,安慰她:"倒不了。这是什么?"

白璐小声说:"一点儿吃的,我昨天晚上弄的,做多了吃不了,正好给你带一份。"

许辉淡淡地瞥了她一眼,似笑非笑地道:"做多了?"

白璐知道他在看她,头深深地低着。

许辉把手巾拿开,罐子里面是被摆放得整整齐齐的柠檬片和甜蜜的蜂蜜。

许辉轻声说:"柠檬啊。"他看了白璐一眼,"想酸死我?"

白璐:"你不喜欢酸的吗?其实也不是特别酸,泡着蜂蜜呢。"

许辉摇摇头,饶有兴致地看着罐子。

白璐坐在一旁,弱小而安静。

难道昨天吃馄饨时,他倒了一圈一圈的醋只是习惯性的举动?看起来他好像完全不记得了。

"没不喜欢，我爱吃酸的。"许辉说。

"那就好。"白璐说，"你把罐子放到冰箱里，再放一两天就……"

白璐的话还没说完，许辉就已经拧开盖子，拇指、食指合并，从玻璃罐里捏了一片柠檬上来，仰头放到嘴里。

白璐："……"

许辉含着柠檬片，抿抿嘴，下颌骨带动脖颈、喉结轻轻地动。

白璐看得腮帮子发涩，忍不住问他："现在吃不酸吗？"

许辉摇头。

白璐站起身："那我先走了，你下午还有事情，我不打扰你了。"

"哦，这么懂事？"

白璐不回话，走到门口时，许辉在那边问："常在这边玩吗？"

白璐停住脚步："我住得很近。"她犹豫着，支支吾吾地道，"要不……留一个电话号码，可以吗？"

许辉从鼻腔里发出轻轻的笑："嗯。"

白璐说："你告诉我你的手机号码吧。"

许辉报了一串数字。

白璐："我还不知道你叫什么……"

"许辉，'许诺'的'许'，'光辉'的'辉'。"

白璐将电话拨过去，然后挂断。许辉问："你呢？"

"白璐。"

"哦，'一行白鹭上青天'啊？"

白璐笑笑："嗯。"

双方存完对方的手机号码，白璐出门，许辉也来到门口。

"白天我一般在学校，不一定方便，你……"许辉刻意顿了顿。

白璐了然，说："我知道，我不会总打电话打扰你的。"

她朝许辉摆摆手："那我走了。"

许辉点头。

出门的时候是下午，白璐忙活了一个周末，终于可以真正开始"养病"了。

回到宿舍，白璐吃了药，盖上厚被子发汗，睡了两个半小时的觉。

醒来时，她觉得头脑清醒了不少。

白璐出了一身汗，身上黏黏的，不舒服，但她也不敢洗澡，换好衣服后坐在宿舍里看书、做题。

与此同时，许辉家里来人了——

四个，两男两女，拎着两箱饮料和几大兜子吃的。

"等晚上再叫烧烤来！"朋友们嘻嘻哈哈地进屋，不大的客厅瞬间满了。

"辉哥自个儿在家干什么呢？无不无聊？"大海过来，靠在许辉的身边，"咚"一下坐进沙发里。

许辉任由他推搡："不无聊，补觉来着。"

"早上没睡够？"

"被人吵醒了。"

"谁啊？谁吵你？"小叶过来，一脚把大海蹬开："一边坐着去！"

"嘿，你这……"见小叶的眼睛竖了起来，大海立刻举手投降，"得得，我滚还不行吗？"

换成小叶坐到许辉的身边。

"饿了没？咱们带吃的了。"她把袋子拿来，里面装着各种零食。

"我不饿，你们先吃吧。"

大海去把电视打开，从卧室里搬出卡拉OK机，插上插头就开始玩。他们都不是第一次来许辉家玩，对许辉家里的陈设熟悉得不行。

几个人闹闹哄哄一直到晚上，许辉终于有点儿饿了，大家又吵吵嚷嚷地打电话叫外卖。

他们对这一片的外卖太熟悉了，点了将近三百块钱的烧烤，大海拿着电话跟店老板一顿砍价。

"我们买了那么多，便宜点儿。次次照顾你们家的生意，咱们学校多少人是我领去的！"

"……"

"是吧，这才够意思！"

老板给他减了二十块钱，大海跟打了胜仗似的，跟其他人炫耀。

另外一个女生张文慧一脸鄙夷："瞅你抠的……"

大海："敢情不是你请客，装什么大款？！要不你请，我这就给老板打电话，把钱加回来。"

张文慧被数落得满脸通红，气急败坏地拿茶几上的空饮料瓶扔他。

"那也不是你请的！"张文慧声音尖锐，"辉哥请的客！你也少装！"

大海躲过空饮料瓶。

"行行行，不跟女人一般见识。"他坐到旁边一个安静一点儿的男生的身边，"老娘儿们……没辙。"他拍拍旁边的人："孙玉河，你说是不？"

孙玉河是在场男生里比较安静的，除了许辉，数他话最少。

张文慧还要叫嚣，大海喊："行了啊，别闹！"

小叶也劝她："算了，他嘴贱，你不知道啊？"

张文慧坐回去，白了大海一眼，转过身跟小叶说话。

烧烤很快被送到，屋里的气氛更热烈了。

"饮料呢？冻得差不多了吧？"大海问。

孙玉河站起身，往厨房走："我去看看。"

孙玉河去冰箱拿饮料时，刚好碰见从洗手间出来的许辉。

"干吗呢？"

"拿饮料呢，烧烤到了。"

"哦。"

孙玉河把冰箱的上层打开，取了几罐饮料出来，低声问了句："昨天去医院了？"

许辉的眉头不经意地一皱。孙玉河转开话题，说："我去外面看看，大海又在那儿号什么呢？"

孙玉河说着，看见许辉的目光落在被打开的冰箱里，他顺着许辉的视线看过去，是一个包着白色手巾的玻璃罐。

"这是什么？"他伸手去拿。许辉在他的身后说："竖着拿，别倒了。"

"柠檬？"孙玉河不由得皱皱眉，"你还真是喜欢酸的啊。"

许辉不置可否。

过了几秒,许辉忽然笑了笑,又说:"阿河,我碰到了一个跟我同一天生的人。"

孙玉河:"同年同月同日生?"

许辉点头。

"哇!"孙玉河问,"谁啊?"

许辉:"你们不认识,我也是赶巧碰见的。"

孙玉河眯起眼睛看许辉,有点儿好奇地问:"是妹子吗?"

许辉笑了一声:"对,是妹子,留了联系方式。"

"我就知道。"孙玉河"啧啧"两声,感慨道,"你这女人缘……"饮料有些冰,他便将饮料放到厨房的台子上,又问,"什么样的妹子?"

许辉:"普通人。"

"好看吗?"

许辉撇撇嘴:"一般吧。"

孙玉河"哎"了一声:"你眼光别太高了行不行?"

许辉难得诚恳地道:"这个是真的一般。"

"一般你还留她的联系方式?"

许辉:"碰到好几次,留就留了。"

孙玉河:"你的电话要被打爆。"

许辉耸耸肩。

孙玉河对这个突然冒出来的女生很感兴趣:"你说她'一般',是指不好看?"

回忆的当口,许辉脑海中浮现的却不是白璐的脸,而是那天从医院出来,他们坐公交车时,白璐站在他的前面,瘦瘦小小的背影。

她有些弯曲的头发,在阳光的照射下泛着淡淡的金色。

"也……不是难看吧。"许辉说,"就是一般人。"

"跟小叶比呢?"

许辉摇摇头:"没有小叶好看。"

"怎么认识的?"

"咱们上周在家门口聊天儿那次,不是下雨了吗?她来避雨。"

孙玉河想起了那天:"啊……"他嘴角勾起,"不会是故意的吧?怎么这么容易就挑到帅哥家？怎么从来没有妹子上我那儿避雨？"

许辉用鄙夷的眼神看着他。

"你家在十一楼，去你那儿避雨才叫故意吧。"他的声音渐轻，"不过，跟她确实挺有缘，好多事情都撞上了。"

"难得你说跟哪个女的有缘。"孙玉河看着许辉，"有缘就珍惜呗。"

孙玉河语气颇酸："反正这种事你无往不利。"

许辉摇头，有点儿无奈。

"你没见到，真的很普通啊。"

"得了便宜还卖乖。"孙玉河忍不住骂道。

外面传来大海的吼声："饮料呢？！饮料被你们俩偷喝了是不是？！"

孙玉河朝外面喊了一声："来了！"

孙玉河拿着饮料去外面，剩下许辉在原地伸了个懒腰。外面，卡拉OK机发出的声音震耳欲聋，许辉打了个哈欠要往回走，余光扫到冰箱，脚步又停住了。

他拐了个弯进了厨房，打开冰箱，又捏了两片柠檬放到嘴里，这才回到客厅。

信念决定成败，这句话放在高三学生的身上格外管用。

忙活了一个周末的白璐，凭借自己强有力的信念，硬生生地战胜了病魔，周一上学的时候已经好了不少，到周三基本一切如常了。

六中是不允许学生带手机的，但是大多数学生有手机，他们将手机调成静音模式或振动模式，悄悄地带着。

白璐的手机一直被装在书包的最里面。

从周日回到宿舍开始，她就没再将手机拿出来过。

白璐对待问题，有着很明确的界限。

学霸同桌跟她开玩笑的次数日益减少，因为再过几天，他就要去参加全国高中化学联赛了。

吴瀚文不住校，他的家人在学校附近给他租了个房子。他读高三这年，他妈妈特地辞了工作，在租的房子里照顾他，帮忙备考。

因为住得近，吴瀚文每天到校很早，早到可以跟住校生白璐同学媲美。

周四清晨，白璐又是第一个到教室的，坐下没一会儿，吴瀚文也到了。

"你最近上学都化妆吗？"白璐看着吴瀚文的黑眼圈，问。

吴瀚文坐下："别这么损啊，积点儿口德。"

白璐重新低头做题。

今天的课程比较轻松，下午是三节自习课加一节体育课，相当于一个下午都是自由时间。

吴瀚文照常去图书馆自习找感觉，整个人学到入定状态，一直到最后一节课的下课铃响了才回过神来。

他一看表，就慌慌张张地收拾东西，一路小跑回到教室。

教室里，人已经走得差不多了，大都去吃饭了。

吴瀚文"呼哧呼哧"地喘着粗气，登上讲台。

他一抬头，惊讶地发现黑板已经被擦完了。从干净程度看，那个人应该是先用黑板擦擦了一遍，再用湿抹布擦了一遍。黑板槽里整洁如新，太短的粉笔头都被扔掉了，换上了新的。

他转头，地面也被打扫干净了，墙角的垃圾也已经被倒掉了。

吴瀚文张张嘴巴，看向自己的座位。

白璐不在，应该是去吃饭了。

吴瀚文回到自己的座位上，把书本放到桌子上。

今天归他打扫卫生，更准确地说，是他和白璐做值日生。

事先分配工作的时候，吴瀚文秉承着男人铁肩担道义的精神，揽下了擦黑板、擦窗台、倒垃圾三项工作，只留给白璐扫地一项。

吃完饭，同学们陆陆续续回来上晚自习。

白璐回来得不早不晚。

她安静地入座，安静地拿书，安静地掏笔，然后安静地转头看着吴瀚文。

"咱俩第一次见面？"她问。

吴瀚文"啧"了一声:"你看,你这样就生疏了不是?"

白璐:"那你这么看着我干什么?"

吴瀚文:"你不明知道?"

白璐转过头做题,吴瀚文歪着头从下而上地看她。

"对不起啊。"语气还挺真诚。

"没事。"

"我是真的没注意,放学铃响了才回过神来。"

白璐转头:"你这是道歉呢还是自夸呢?"

吴瀚文笑了笑:"明天我做东,食堂一日游。"

白璐静静地看着他。吴瀚文改口:"就请你吃顿饭,我是真的挺不好意思的。"

"行。"

晚自习下课后,白璐往宿舍楼走,路过学校小树林的时候,隐约看见两个往校门口走的背影,趁着别人不注意,将手拉在了一起。

就那么几秒的时间,两只手又分开了。

高三的生活如同复印机,一天接一天地复印着,按部就班。

可在这循规蹈矩的坚实土地下,偶尔也会有一两根不甘寂寞的野草,顺着缝隙,悄悄地生长。

许辉是什么时候想起白璐的呢?

第一次是在柠檬吃完的时候。

他喜欢吃酸的食物,柠檬配上蜂蜜,在夏日里简直完美。许辉不住校,晚上回家后无聊就吃几片,三四天就吃完了一罐。

那个时候他想起白璐一次。

第二次是周五晚上。

周五服艺职业高中放学后,班里的同学们照例一起出去玩。男生们吵了半天,最后决定去一个同学家里玩游戏——他家有好几台电脑,还拉上了许辉。许辉不太喜欢玩游戏,就开了一台电脑看电影。

他挑了几部电影,都觉得无聊,正准备睡一会儿的时候,旁边的孙玉河凑了过来。

许辉跟孙玉河一个班,在班里坐得又近,几乎是抬头不见低头见。可这次不知为何,见到孙玉河的一瞬间,许辉就想起了白璐。

也是赶巧了,孙玉河随口问了句:"你那位有缘少女呢?"

许辉没说话。

孙玉河:"给你打电话没有?"

许辉静静地坐着,孙玉河眨眨眼。

"不是没搭理你吧?"

"滚!"

"哈哈——"孙玉河点头,"我滚我滚,哈哈——"

他想起了白璐,这个星期第二次。

许辉掏出手机。他手机里的各种社交软件常年处于忙碌状态,找到"通话"和"信息"两栏,许辉的目光简单地扫了一遍,白璐并没有联系过他。

许辉站起身,往房间外面走。

"去哪儿呀?"后面有人问。

"上厕所。"

小叶嘀咕道:"房间里又不是没有厕所。"

大海在旁边说:"男人的事你们女的少问。"

转眼间,大海和小叶又吵了起来。

许辉推开屋子的大门,外面的空气比房间里的强一万倍。

夏夜空气清新,风吹得许辉眼眸半眯。

他掏出手机,然后按下通话键。

六中的学生们在上晚自习。

背后的书包猝不及防地振动起来时,白璐正在做一份英语听力题。

校方为了让高三学生练习英语听力,专门给每个高三学生发了一个小型收录机,收录机只能播放与试卷配套的英语听力题。

她戴着耳机,耳中朗读者正用标准的美式英语读选择题。

她抬头,包老师正一脸严肃地批改试卷。

她的目光凝住了。

背后那一下一下，不仅仅是振动，也是提醒，是信号，是一种证明。

白璐淡淡地收回目光，低下头，专心地将后面的题做完。

手机响过一次就不再响了。

晚上放学后，白璐回到宿舍，拨通了许辉的电话。

房间里，众人玩得热火朝天，许辉把手机拿出来，挂断电话。

过了几秒，手机铃声再次响起，他再次挂断。

手机铃声第三次响起时，许辉才缓缓站起往外走。

回到刚刚给白璐打电话的地方，许辉接通电话。

"喂？"

"许辉？"

"不然呢？"

白璐小声问："你刚刚给我打电话了？"

"不然呢？"

"我的手机放在家里了，今天没有带。"白璐说，"对不起……你找我有事吗？"

许辉淡淡地说："没事就不能打电话了？"

白璐连忙说："我不是这个意思。"

白璐说话的声音又轻又细，许辉听着，莫名其妙地想起了她那天穿的白色衣服和软软的、带着鬈的、会在阳光下变成金色的头发，还有她低着头捧着罐子的样子。

许辉一只手拿着手机，另一只手插在裤兜里，看着马路上的车。

"你上学忙吗？"

白璐："还行，也不怎么忙。"

"没给我打过电话。"

白璐解释道："我想打来着，但不知道你什么时候有时间，就……就……"

许辉没等她说完，活动了一下脖子，低声问："周末有空吗？"

白璐抿抿嘴："要做什么？"

许辉:"出来玩。"
"去哪儿?"
许辉皱眉,静了一会儿。
白璐心想:他并不擅长约人。或许是因为他总是被约的那个。
过了一会儿,许辉道了句:"算了……不用来了,我先挂了。"
挂电话之前,白璐赶着问:"东西你吃完了吗?"
"啊。"许辉这才想起来,"吃完了。"
白璐:"还想要吗?"
许辉没说话。
白璐:"我周六晚上去你那儿拿罐子,再给你做。"
电话那端还是一片安静。
白璐等了一会儿,小心翼翼地开口:"还是……先不做了?"
又是十几秒过去,这次白璐听见了许辉淡淡的声音。
"几点?"
最后他们约在了周六晚上六点。
"那么晚?"许辉隐隐有些不满,"周六又没事,为什么不早一点儿?"
"我周六白天要帮家里做事……"女孩儿用商量的语气道,"一直到晚上。"
"好吧……"
六中的学生周六就算不上晚自习,也要下午五点多才放学。
躺在床上的时候白璐想起,周日真的要回家一趟了。
白璐虽然是本地人,但是因为家距离学校太远,最后也选择了住校。白璐的父母是普通的工薪阶层,因为白璐从小就比较懂事、独立,所以也不怎么管教她。
一般情况下,白璐两周回家一趟,跟父母聚一聚,说说在学校的情况,父母再给她一点儿零用钱。

周六白天,白璐照常上自习。
许辉一共给她打了两通电话,一通是上午十点多,另一通是下午两点多。

两通电话白璐都没有接。

下午五点半,白璐开始收拾书包。

"哎?等下晚自习不上了?"吴瀚文问。

"嗯,先回去了。"

吴瀚文:"回家?"

白璐摇摇头:"回宿舍,明天回家。"

"宿舍里多没学习气氛,在教……"

白璐拎起书包往外走去。

"嘿——我说不是……你这怎么又不听人把话说完?"吴瀚文盯着白璐的背影,瞠目结舌。

后座的李思毅又幽幽地抬头。

"学委,你也不容易。"

吴瀚文回头瞪他:"什么?"

小眼睛紧紧地盯着吴瀚文,李思毅表情深沉地说:"看着我的双眼……"他伸出两根手指指了指吴瀚文的眼睛,又转过来指了指自己的眼睛,神神道道地说,"不要想着隐瞒,我早已洞悉真相。"

吴瀚文静静地看着他,半晌,点点头,轻声说:"行。"吴瀚文转过头,"以后碰见不会的题你也自己作法求解吧。"

"什么?"李思毅小眼睛瞪起,"学委!"他从后面抱住吴瀚文的肩膀,"学委我错了啊学委!"

周末超市的人有点儿多,这是白璐始料未及的。

她排队等待结账的时候已经五点五十多分了。

许辉的电话又打过来了。

白璐把塑料袋换了一只手提着,接通电话。

许辉上来就是一声冷哼。

"你的手机拿来当摆设的是不是?"

白璐:"……"

许辉:"给你打电话你从来就没接过。"

白璐小声说:"我这不是接了吗?"

许辉只当没听见。

"没接到电话不知道给我回一个?"

白璐:"对不起……"

许辉不说话了。

隔着手机白璐也能感觉出他的不高兴。

"我在超市排队等着结账,马上就过去拿罐子,你再……"

话说了一半儿,手机里传来忙音,白璐一愣,将手机拿下来看,才发现许辉把电话挂了。

"……"

终于轮到白璐结账了。她结完账,离开超市的时候发现旁边有一家肯德基,思索了几秒,掉转方向,朝那儿走去。

她到许辉家的时候已经六点二十多分了。

白璐敲门,没人应。

她知道他不可能不在家,于是一边敲门一边说:"许辉,我是白璐,帮我开门。"

还是没人应。

白璐停顿了一下,这一瞬间的直觉告诉她,许辉现在就抱着手臂靠在门后,无声地表达着不满。

白璐说:"对不起,我不是故意不接你电话的。"她又敲了敲门,"你开门,我给你好好解释行不行?要不你就从窗户把罐子递给我,等下我还得回家一次,事情都没做……"

她还没说完,门就开了,许辉还是穿着简单的黑色T恤,裤腿被挽起,露出精瘦的脚踝。

"你都做什么?做一天也做不完。"他居高临下地看着她。

白璐:"帮家里干活儿。"

许辉嗤笑一声。白璐说:"今天对不起。"

"算了。"许辉转头进屋,走了两步发现后面的人没有跟上,还站在门口。

白璐轻声问:"你是不是真的生气了?"

许辉不说话。

白璐："你要生气了，就直接把罐子给我，我这就走了，明天给你送来。"

许辉的眼眸又深又黑，他静静地看了她一会儿，转头往屋里走。

"进来。"

白璐脱鞋进屋。

"罐子在厨房的冰箱里。"

白璐往屋里走，许辉跟着她过去，靠在厨房的门上。

"你既然带了东西，就在这儿做好了。"许辉说。

白璐看着他："方便吗？"

许辉哼笑一声："有什么不方便的？"

"那好吧……"白璐挽起袖子，开始准备。

她打开冰箱门，发现里面有很多吃的，瓜果、蔬菜、海鲜、零食，还有各式各样的饮料，大多是新的，还没开封。

他得到了许多关爱。

因为得到得太容易，所以失去时他也不会珍惜。

许辉在厨房门口看着白璐，她把柠檬拿出来，将罐子用水泡上，熟练地制作着。

"你在家里经常做家务？"许辉问。

白璐点点头："嗯，我很小就自己做家务了。"

"哦。"

白璐转头看许辉："你呢？你一个人住，会做饭吗？"

许辉摇头。

"那怎么吃饭？"

许辉说："学校有饭，不在学校的时候有外卖，没有外卖也有人给我送。"

白璐停下手里的活儿，洗了洗手："我也给你送一次吧。"

"什么？"

白璐从旁边的袋子里又拿出一个袋子，递给许辉。

许辉拎着袋子往里面一看，而后黑漆漆的眼睛瞥过来。

"儿童套餐?"

白璐回去接着切柠檬。

许辉从袋子里拿出一个汉堡包,若无其事地咬了一口。

手机响起,许辉似乎每天都有好多电话。

"喂?"许辉嘴里吃着东西,腮帮鼓起,咀嚼的时候那鼓起的地方就上下滑动。

"哦,小叶。"

白璐本在倒垃圾,闻言停顿了一下,抬起头看他,然后又默默地回到厨房的台子前,将柠檬片放成一排。许辉家的厨房很新,菜板上的纹路很清晰,是买来后基本没用过的证明。

"今晚不去了,你跟他们玩吧。"

白璐往罐子里倒蜂蜜,许辉又咬了一口汉堡包。

"在家里,不想动。"

"……"

"明天可以。"

许辉几口就吃完了一个汉堡包,用耳朵和肩膀夹住手机,又去塑料袋里翻薯条。

"一会儿?也不是不行。"许辉拿下手机,"要来就来吧,晚上我一个人在家。"

许辉放下手机时,白璐已经摆好了最上面一层的柠檬片。她将蜂蜜倒好,拧紧盖子,把玻璃罐放到冰箱里。

"可以了。"白璐洗洗手,"冷一冷就可以吃了。"

"哦。"

白璐擦完手,许辉还在厨房门口站着。

白璐觉得他并不内向,却经常很安静。

"谢谢了。"他说"谢"时不诚心,但也不敷衍。

白璐说:"那我先走了。"

许辉看着她。

因为他们的身高差得有点儿多,所以他看白璐的时候总是垂着眼睛,看着有点儿倦意,像是没睡醒的孩子。

白璐走到厨房门口时，许辉还没有让开。

他往门框上一靠，长腿随便一伸，就将门堵住了，干净的脚踝上青筋分明。

"怎么了？"

白璐抬头，发现他似乎更高了，一双眼睛肆意地看着她。

不管白璐是出于多么复杂的目的站在这里，从客观角度讲，此时此地，许辉才是那个有主动权的人。

小小的白璐只能老老实实地待在被他圈出的范围里。

这种不走心的调笑，许辉信手拈来。

"你干吗给我买儿童套餐？"许辉问。

白璐："你不喜欢吃？"

许辉："你喜欢？"

白璐抿抿嘴："喜欢的呀。"

许辉抽出一根薯条放到嘴里，嚼了嚼，说："嘲讽我。"

白璐："哪有……"

许辉轻哼一声。

许辉哼的声音轻不可闻，可白璐还是听到了，她的身体有一瞬间的酥麻。

这是一种本能的触动，与任何心理活动都无关。

"我真的要走了，等下家里人该着急了。"白璐拿出手机看时间，"好晚了，都快九……"

她的手机被许辉抽走了。

"欸？"白璐抬手去拿手机。

许辉一根手指钩着先前装着儿童套餐的塑料袋，另一只手拿着她的手机举起来。

"这么忙是不是谁都不联系？"许辉一边缓缓地说着，一边不紧不慢地点着她的手机。

"你这什么破手机……"许辉眉头皱着。

白璐脸色微红，抬手去够自己的手机："还给我。"

许辉个子高，白璐站在他的面前勉强到他的肩膀，就算他一副吊儿郎当的姿态弯腰驼背，胳膊一伸，白璐照样蹦起来都够不到自己的手机。

"我看看你今天的通话记录。"许辉将后脑勺儿靠在门框上，"是不是只不接我的电话？"

"真的没……"白璐一着急，拉着许辉的衣服往下拽。

许辉的T恤比较松垮，被她一拉，他精瘦的胸膛就露了出来。

许辉手脚不动，眼睛向下看。

"想干什么？"

白璐低着头往后退了半步。

"没什么……"

许辉脸色不变："这么害羞？"

白璐低声说："不是……"

"没见过？"

白璐的额头有点儿发烫。

"这么呆呢。"他低声说。

那一刻，白璐想起了蒋茹。

蒋茹也曾笑着说她呆。

白璐闭上眼睛，觉得脑袋里有点儿乱。

许辉像什么事都没发生过一样，接着慢悠悠地点她的手机。

白璐想找些事情分散注意力，让自己快点儿恢复正常，想来想去，在心里背起了化学元素周期表。

她背到"铁钴镍铜锌"的时候，许辉的声音轻轻地钻入了她的耳朵里。

"忍冬？"

所有的化学元素瞬间飞散，白璐指尖发凉。

她怎么会忘了这么基础的事情？她是来干什么的？

还没等她想出什么，白璐忽然觉得眼前一暗。

她抬头，发现许辉手插在裤兜里弯下了腰，脸就在她的面前。

他第一次离她这么近。

许辉很白，脸小，皮肤很好，五官相对其他男生而言，精致许多。

无怪有那么多女孩儿喜欢他。

"为什么叫我'忍冬'?"

他的脸上还是没有什么表情。

四目相对。

许辉静静地等着白璐的答案。

夏夜燥热,屋外不时有人或自行车经过,为沉寂的环境增添了一抹若有若无的声响。

许辉这时表现出了与他的年纪不太相符的耐心。

白璐在经过起初的慌乱后,极快地镇定下来。

许辉还在看她,白的脸,黑的眼,清瘦的身材,在厨房的白炽灯光下,他同背后的门窗、夜色融合,好像一幅只晕染过一层的清淡水彩画。

白璐的眼睛一眨不眨,语气柔和:"因为这个小区里有很多这种花。"

许辉目光平静:"就因为这个?"

白璐浅笑,不说话了。

许辉淡淡地说:"我喜欢忍冬。"

白璐:"因为你喜欢,有人也就喜欢了。"

许辉看着她:"你们女生就喜欢这么拐弯抹角,有话直说不好吗?因为我喜欢,你就喜欢,是这样吧?"

白璐还是笑,慢慢低下头,不知在想什么。

她的下巴被一根手指托住,慢慢向上抬。

他的手指很凉。

许辉看着白璐的脸,左看看右看看,最后去摘白璐的眼镜。

白璐拦下了他。

许辉也不在意,缓缓直起身,将手机还给白璐,又从袋子里抽了一根薯条放到嘴里。

"凉了。"他把袋子放到一边,"不好吃。"他从袋子里又掏出一个玩具,随手撕开包装袋。

"哆啦A梦。"他拿着玩具,晃了晃。

白璐看着蓝色的哆啦A梦，问："喜欢吗？"

许辉笑了："逗小孩儿玩呢？"他手指修长，把玩着玩具，又说，"我可比你大。"

白璐挑挑眉，没有说什么。

许辉刚要张嘴，电话响了。

他把玩具握在手里，接通电话。

"哦，小叶，已经到了吗？"许辉把手机拿开，看了看时间，"这么近接什么？"

电话那端的女孩儿撒着娇，站在许辉旁边的白璐也听得见。

许辉最终同意了："行吧，你在公交车站等着吧，我这就过去。"

许辉放下电话，白璐先说话了："你朋友来了，我先走了。"

许辉摆弄着手机，没有看白璐，白璐转身往外走，许辉在她的身后说："一起出门吧。"

许辉跟着白璐来到门口。他没穿袜子，直接踩着帆布鞋，也没将鞋后跟提起，当成跋拉板儿，一步一拖地往外走。

白璐知道从这里出去，往左边走有公交车站。右边是六中高三学生的宿舍楼。

"我先走了。"白璐冲他摆摆手，"再见。"

"哎。"许辉叫住她，白璐以为他会说句"谢谢"，结果许辉只是看了看她，"没事……"他又转头走了。

夜晚空荡的公交车站上，一个少女靠着站牌站着。夏夜迷离，少女穿着露脐背心，外面套着一件黑色薄衫，下面则是一条超短牛仔裙，裙子下是修长紧实的双腿。

她的头发此刻被高高地绑在脑后，露出了脖子。

骑三轮车的老大爷路过公交车站时，按下刹车，眼睛无意间瞟了过来。

"看什么看？！"少女嗓门儿大，一嗓子吼过去，老大爷腿一哆嗦，骑着三轮车走了。

少女翻了个白眼，长长的睫毛像是黑色的蝴蝶，在闷热的午夜一个圈刚翻到一半,她就看到了从对面马路过来的男孩儿。

一瞬间,少女眼睛发亮,将小包甩到身后,几步跑过去,直接跳到男孩儿的身上。

"阿辉!"小叶像挂在了许辉的身上一样,紧紧地搂着他的脖子,"这么慢呀……"

许辉"嗯"了一声:"刚刚有点儿事。"

小叶噘着嘴:"什么事啊?"

许辉没多说,小叶识趣地不再发问。

她了解他。

拉着许辉的手,小叶走在前面,领着他回去。

到了许辉家门口,小叶熟练地从许辉的后裤兜里掏出钥匙,把门打开。许辉也不拦,双手插兜,淡淡地说:"这儿到底是谁的家?"

小叶拉着许辉进门,反手关上门,踮起脚试图靠近他。

许辉神色自如地看着她,"小叶!"他的语气里似乎有警告的意味。

小叶听见,停下了动作,脸上的红晕也渐渐褪去。她将嘴贴在他的耳边,问他:"你不喜欢我吗?"

许辉转过头,看着正上方。

"不是说过来吃饭?"

"说吃饭就只是吃饭?"

"不然呢?"

小叶重新站好,明媚的脸庞此时看着稍显灰暗。

"我喜欢你……"

对于小叶的表白,许辉并没有过多的反应。

平时强势的女孩儿,此时也露出了脆弱的一面。

"阿辉,我喜欢你……"

许辉"嗯"了一声。

他还是那么淡定潇洒,与平日一样。她被这样的他吸引,也被这样的他伤害。

小叶委屈得哭了出来。

"阿辉,你为什么不交女朋友?"

许辉看着天花板，没有回答。

她试图从另外的方向找寻突破口。

"是不是因为以前家里的事，你将自己封闭了起来？"小叶靠过去，动情地说，"不要紧的阿辉，那跟你没关系，我愿意陪着你，你跟我……"

她还没说完，人就被推开了。

他还没用过这么大的力气去推一个女生。

"走。"许辉并没有大声说，只是语气比之前任何一次都要冰冷。

小叶有点儿慌了："阿辉，我不是那个意思，我……"

"我说走。"

他低头看了她一眼。

仿佛有一桶凉水从头浇下，小叶隐约察觉自己说错了话。或者说并不是说错了，而是她说得太过肤浅，语言并没有把她的心声表达出来。

这些不过脑子的话把此时微妙的气氛和两个人的关系破坏掉了。

"阿辉——"她连哭都忘记了。

许辉站起身，明显动怒了。小叶拉住许辉的手，却被他甩开。

他走到厨房，从冰箱里取出两罐可乐。小叶光着脚站在地上，做着最后的努力。

"阿辉，我陪你好不好？"

两罐可乐被放在了茶几上，许辉抬头，那平静的眼神无形之中说着，"你怎么还在这里"。

小叶垂下头，缓缓弯腰穿上高跟凉鞋。

临走时，小叶将手扶在门上，转头看许辉。许辉坐在沙发里，随手开了一罐可乐，半点儿回头的意思都没有。

门被轻轻地关上，许辉平复心情，深深地呼吸。

吐出气的时候，他看到茶几上有一个小小的玩具——蓝色的哆啦A梦。

许辉的手停顿了一瞬，而后他握着那罐可乐，仰头饮下。

北方的夏夜，风吹得树叶轻轻飞舞。

白璐接到许辉的电话时刚好做完一套试卷，晚上十一点半。

她拿着手机来到窗户边。

她的宿舍在二楼，向南的窗户外面有三棵桃树，春天的时候，窗台上很容易积满被风吹下的残花。

夏日炎热，白璐开着窗户通风，纱窗上粘着几片树叶，她用手轻轻弹开。

"喂？"

电话里没有人说话，只有粗重的呼吸声。

"许辉？"

夜太静，静得时间都开始变得绵长。

不知过了多久，电话里才缓缓地传来一声"嗯"。

他一开口，白璐就听出他是刚醒。

他的声音很慵懒。

"你刚醒？"她问。

许辉此时的思维比平日慢了许多，半天过去，他又低沉地"嗯"了一声。

"有事吗？"

"我愿意。"

"哦。"

白璐静了一会儿，问："你做什么事都是凭心情吗？"

许辉又"嗯"了一声。

白璐："没人怪过你吗？"

这次许辉停顿的时间有点儿长，随后，他满不在意地说："怪又怎么样？"

"我又不在乎。"许辉又说，"我不在乎……"

他慢慢进入了自己的世界，忘了白璐，忘了手机，忘了自己还在打电话。

"怪我……谁都怪我……怪我的人多了去了，跟我有什么关系？他们愿意做什么是他们自己的事，出什么事也都是他们自找的，跟我没关系……"

"跟我无关,谁也别想怪我……"

白璐握着手机,看见一只小小的飞虫被屋里的灯光吸引,钻进纱窗的孔里,挣扎着出不来。

许辉在电话那端絮絮叨叨,语无伦次。

过了一会儿,白璐停止思考,轻声说了句:"许辉,你是哭了吗?"

白璐没有问出许辉到底哭了没有。

她也不需要他的回答,这样的夏夜里,没有什么比啜泣声更让人敏感了。

许辉对着电话自言自语了很久,最后慢慢恢复平静,呼吸也平稳了,一下又一下。

"睡着了?"白璐问。

他当然没有回答。

"许辉,你是困了吗?"白璐看了一眼桌上的钟,已经十二点多了。

"浪费话费。"白璐说,顺手挂断了电话。

晚上十二点多睡觉对高三学生来说太正常了,周日清晨,白璐六点半起床,去洗手间洗了个澡,神清气爽地去上学。

吴瀚文今天到得比白璐早,不过没在学习,而是拿着一瓶牛奶在喝。

"头发还没干就出来,好了伤疤忘了疼啊。"

白璐坐下,取出书本。吴瀚文又说:"今天下午回家?"

"嗯。"她看了吴瀚文一眼,"现在有空吗?"

吴瀚文把牛奶瓶拿到面前,对白璐说:"你问问它。"

白璐转头,吴瀚文马上说:"行了行了,开玩笑的,有空。"

白璐抽出一本习题册,翻开一页给吴瀚文看。

"这道题怎么做?"

"啧啧。"吴瀚文一边把习题册拿过来,一边说,"包老师是怎么说的来着?问问题时态度一定要好,不然解题的人脑子不灵的。"

白璐双手叠着,放在桌子上,身体微转,面对着习题册,小小的人看起来乖巧安静。

吴瀚文玩笑开到一半儿，看见白璐的样子，人忽然老实了，推了推眼镜，看向习题册。

"哦，这个公式推不出来？"吴瀚文开启学霸模式，拿着笔在本子上"唰唰"地写，没一会儿就把主要的解题步骤写了出来。

白璐看着习题册，吴瀚文看着她。

白璐神情专注，窗外的阳光照在她头发上，像是给她的头发铺了一层淡淡的金粉。

吴瀚文揉了揉脖子，咳嗽两声，又说："其实这种数列求和放缩小于某个常数的题，有一些简单的通解，不过不一定适用于所有类型。"

白璐看过去，吴瀚文转开眼睛。

"那个……我把公式给你写一下。"吴瀚文写下几行公式，又说，"这个公式目前适用于不含根号的数列，含根号的要更麻烦一些。"

白璐拿过笔，自己在草稿纸上写写算算，过了一会儿抬头，眼睛微亮。

"真的，厉害啊！"

吴瀚文的脖子就这么猝不及防地热了起来。

"这……这这……这个叫'级数不等式'。级数不等式证明的放缩法有很多，比如分析通项法、等比放缩法、裂项放缩法、积分放缩法、切线放缩法、二项式放缩法……"

一个胖子从吴瀚文的身边路过——李思毅斜眼看着吴瀚文，走到他后面一排，幽幽地叹了口气。

吴瀚文听见，咬着牙闭上嘴。

白璐不懂他说的这么多到底都是什么，她的注意力都在刚刚那个总结出来的公式上。

同学们陆陆续续来到教室，周日短暂的上午自习课开始了。

白璐将昨晚做的题重新看了一遍，转头看向吴瀚文，真心实意地说："谢谢。"

她身后的李思毅突然插话："谢什么？谁不知道我们学委……？"

吴瀚文回头瞪了他一眼，李思毅淡然地接着说道："谁不知道我们学委大公无私，最喜欢帮助同学？"

白璐问吴瀚文："化学联赛什么时候开始？"

吴瀚文："高一高二开学之后，九月七号。"

白璐静了静，又问："九月七号？"

"很快就到了。"

白璐看着挂在教室最前面的日历牌，轻声说了一句："是啊，很快了。"

中午放学后，白璐背着书包回家。她家离学校很远，得倒两趟公交车，要两个多小时才能到。

白璐住在一个普通的小区里，房子是大概十年前白璐爸爸的单位分的，现在已经很旧了。不过，白璐的妈妈很勤快，屋子被保养得很好，小家甜蜜、温馨。

白璐到家的时候，饭菜已经准备好，爸爸妈妈都在家等着她。

"饿了没？先吃东西。"妈妈把她领到餐桌前，爸爸也坐了下来。

"学校里有什么事情没？学习怎么样？"

白璐摇头："没什么事，学习还好。"

"有需要爸爸妈妈帮忙的吗？"

"没有。"

"零用钱还够用吗？"

"够用。"

白璐的妈妈看着白璐安静地坐在椅子上吃饭的样子，与白璐的爸爸对视一眼，两个人的眼中不约而同地流露出一点儿无奈之色。

白璐很乖，但是从小内向，这种性格随着年龄的增长慢慢地突显出来。

她不常跟父母交流，但是似乎也并不叛逆，小学、初中、高中……到现在马上要参加高考，她的步调不快不慢，一切都按部就班。

可做父母的毕竟了解自己的孩子，他们隐约感觉出自己的小孩儿并不是那种只会学习的书呆子，可她读初中时，他们翻来覆去地观察，也没有发现她有什么出格的征兆。

后来，白璐考上了全市最好的高中，做父母的也就不再反复观察她了。

吃过饭，爸爸给了她三百块钱。

白璐说："用不了这么多。"平时爸爸只给她两百元零花钱——一周一百元。

"拿着吧，现在学习太累，你平时买点儿好吃的给自己补一补。"

白璐把钱收好："嗯。"

白璐去厨房帮妈妈洗碗，其间妈妈好几次想跟白璐进行一下深入的母女交流，可说着说着，话题就莫名其妙地断了。

将厨房收拾好，白璐跟妈妈往客厅走，路上妈妈忍不住说了一句："璐璐，有时候妈妈真的不知道你在想些什么。"

妈妈说话的声音很小，也不知道白璐听见没有。两个人来到客厅，跟爸爸一同吃水果、休息。

陪爸爸看电视的时候，白璐感觉手机振动了一下。

周末，手机一般是被她放在裤兜里，振动之后，她站起身，低声说："我去趟洗手间。"

绕过父母，白璐来到洗手间，把门关好。

手机屏幕上是"忍冬"二字，许辉发来了一条短信："昨晚我说什么了？"

白璐看着这句话，回复了一句："你刚刚睡醒。"

她用的是肯定句。

许辉的消息回得很快。

"嗯。"

白璐没有急着打字，过了一会儿，许辉又发来一条消息："晚上有空吗？"

白璐："干什么？"

许辉："吃饭。"

没等白璐再回复，许辉又发来一条："我请。"

白璐看了一眼时间。她周末一般会在家待到晚上八点多，到校时正好赶上宿舍关门。

现在不到六点。

白璐想了想，回复了一个字："好。"

下一秒，有电话打进来。白璐接通，压低声音："许辉？"

许辉的声音还是有些含混不清。

"几点到？"

"你想几点吃饭？"

"现在。"

"现在不行，我家里有事没有做完。"

许辉的声音嘶哑低沉："你家里哪儿那么多事？"

"……"

"算了，八点，带两瓶水过来。"他嘀嘀咕咕，"家里没有水了……"

白璐觉得他还有点儿迷糊，说着说着就挂断了电话。

白璐回到客厅，跟父母说有朋友找，想提前回学校。

"哪里的朋友？"

"学校里的。"

白璐的父母从来没有怀疑过白璐，他们都知道白璐的朋友很少，自从蒋茹离开，她很久没有在家里提到什么朋友了，今天说了一个，父母都没有细问，直接表示支持。

"跟朋友好好相处。"妈妈说。

白璐背上书包，若有所思。

"会好好相处的。"

白璐在路上买了两瓶矿泉水，赶到许辉家的时候正好八点。

一开门，白璐就看到客厅里乱糟糟的，真不知道昨天她走后，他在屋里做了什么。

"进来。"许辉眼睛里有血丝，头发乱蓬蓬的，是完全没有休息好的样子。可他昨晚给她打电话的时候明明是刚睡醒，今天下午给她发短信的时候也是刚睡醒，睡了那么久，怎么还是这副模样？难道是他睡眠质量太差的缘故？

白璐进屋，看见茶几上有两个大塑料袋。

"你叫外卖了？"

"嗯，"许辉打了个哈欠，"随便叫的，你看看想不想吃，不想吃再点别的。"

白璐把两瓶矿泉水放好，安静地坐在沙发上，小声说："我吃什么都行。"

许辉揉揉脸："看都不看就'吃什么都行'？"

他随手拆开一个塑料袋，里面是一个高级刺身龙船：东星斑、冰山蚌、牡丹虾、帆立贝、鲜章鱼……

刺身切割规整，摆盘考究，龙船的下面一层铺着碎冰，刺身上还摆着花和竹叶作为装饰。

白璐看了一眼塑料袋上的标志，认出这是六中对面一家高档日式料理餐厅的标志。

旁边一袋里还有特色寿司和小菜、甜点，色彩清新，香气四溢。

许辉对白璐道："吃东西啊。"

白璐抿抿嘴。说实话，她还没吃过这么高级的日式料理呢。

许辉看她不动，问："不好意思？"

许辉看着干坐着的白璐，疲惫的脸上难得地有了笑意。

"哦，还真的不好意思。"他活动了一下筋骨，因为许久没有正儿八经地运动，关节"嘎嘣"地响，"没见过像你这么呆的人。"

许辉说着，把外卖盒都打开，将调料放到碟子里，筷子也拆了，然后一一放到白璐的面前。

白璐没拿。

许辉侧着头看她："还得怎么伺候，白大小姐？"

白璐的耳根有点儿红。

许辉把筷子塞到白璐的手里。

白璐："你不吃吗？"

"等会儿吃。"

白璐放下筷子，轻声说："那我也等会儿吃。"

许辉转头凝视白璐。

疲倦让他看起来格外安静。

"龙船"散发着凉气，许辉看着看着，慢慢探身过去。

他伸手,去摘白璐的眼镜,依旧被白璐拦了下来。

这次白璐握着他的手腕。

他很爱干净,年轻的肌肤带着几分男孩少有的细腻。

许辉低声问:"摘一下都不行?"

白璐摇头。

许辉的语气冷静得近乎没有感情:"你不是喜欢我吗?"

白璐还是摇头。

许辉冷笑一声:"你长得一般,心倒是挺细,乱七八糟的事做得不让人讨厌,不过差不多就行了,再多就不讨人喜欢了。"

白璐静静地望着他,夜晚也给了她力量。

许辉表情不变:"还不承认?你当我是傻子?"

这时,白璐忽然开口了,声音平静:"是啊。"

许辉默然。白璐看着他,正正经经地说:"我就是当你是傻子。"

许辉被白璐定义为傻子之后,愣了足足有半分钟。

最后他泄气似的垂下头,"嗯嗯"了两声,嘀咕道:"傻子,我是傻子……"

白璐感觉他还迷糊着。

许辉退回去,打个了转,躺倒。

他个子高,手长脚长,要稍微蜷缩才能窝进沙发里。

他侧着身体,面朝沙发,一副昏昏欲睡的样子。

白璐拿着筷子,看着他,问:"许辉,你累了吗?"

许辉没动静,白璐坐了一会儿,发现他还是一动不动,于是慢慢站起身,来到他身边,弯腰,再问:"许辉,你是不是累了?"

沙发是黑色的,许辉的脸在沙发里显得有些苍白。

白璐抿抿嘴,小声说:"那我先回去了……"

说着,她真的转了身。

她刚走一步,手腕便被拉住,整个人被扯了回去。

"哎——"白璐怕摔倒,下意识地要扶身边的东西,可手边就是刺身龙船,还没动过,她实在不想拿手按上去。

就犹豫了一秒,白璐便被绊倒在沙发边上。

她坐在地上,脸皱在了一起。

"许辉!"她一只手捂着自己的屁股,另一只手挣开许辉的手,朝他的肩膀上打了一下。

"哟,知道动手了。"许辉懒洋洋地转过身,白璐忽然发现他们离得很近很近。

白璐往后退,许辉一把抓住她的肩膀,没费什么力气就将她拉了过来。

"躲什么?"许辉手指用力,又察觉到什么,前后捏了捏,"肩膀好薄……"他小声说,"你是用纸片做的吗?"

白璐挣开他的手,从地上站起来,回到旁边的沙发上坐好。

许辉像一条水生动物,在沙发上翻了个身,枕在靠垫上看着她。

比起白璐,许辉姿态放松,不论看人还是呼吸,都游刃有余。

白璐握着筷子,有点儿僵硬地说:"吃不吃饭?不吃我走了。"

许辉无奈地叹气,慢吞吞地从沙发里坐起来,拿起一双筷子。

"你急着走?"

白璐说:"晚上还有事。"

许辉揀了一块刺身放到嘴里:"你总有事。"

白璐:"帮家里做事。"

"父母做什么的?"

"很普通的……我平时有时间会打打工。"

许辉很自然地问:"缺钱?"

白璐想都没想就摇头。许辉说:"不缺钱打什么工?"

白璐看着他,许辉放下筷子,与她四目相对,似乎在等着她说些什么。

白璐目光淡然,脸上没有任何表情,平静地开口:"我有一个妹妹,前些日子受伤了,做了一个手术。"

许辉"哦"了一声:"得病了?你帮她攒钱?"

白璐低下头,声音轻不可闻:"算是得病了吧。"

"什么叫'算是'?"

白璐揀起一块寿司,放到嘴里。

许辉盯着她的脸，半晌，有点儿嫌弃地说了句："说话慢，吃东西也慢。"

白璐咽下最后一口寿司，说："我要走了。"

许辉皱起眉头，看了看时间："这才几点？"

"九点多了。"

许辉撇撇嘴："算了，走吧。"

白璐："谢谢你请我吃东西。"

许辉耸耸肩，不甚在意。

许辉跟着白璐走到门口，看她穿鞋，低头问："送送你？"

"不用。"

白璐临走时看了许辉一眼，他还抱着胳膊懒散地靠在门口，白璐隐隐觉得他有些话想问她，但他们最终谁也没有说什么。

走在回校的路上，白璐心想，他应该是记得的，记得那天自己大半夜迷迷糊糊地打电话给她，跟她讲了那些零零碎碎的话，讲到最后哭着睡着了。

虽然他们谁都不曾提起。

白璐觉得从那顿饭起，她与许辉之间的来往走到了另外一个阶段。

许辉很少找她了，她也不再每周绞尽脑汁设计花样。

好像最初的新鲜感过去，他们都开始淡化这段关系。

可他们还是没有断了联系。

偶尔一些夜晚，在白璐做着习题，或者回到宿舍洗完澡躺在床上的时候，许辉会发几条短信，问她在干什么，打工忙不忙。

短信总是聊着聊着就突然断了。

就这样，时间一晃来到九月。

六中正式开学了。

"看着新生，总觉得自己老了啊。"高三学生纷纷感慨道。

天气也更热了。

下午上体育课时已经很少有人离开教室，大家宁愿留在教室里发呆，也不愿意出去晒太阳。

几个女生去食堂买了冰激凌，回教室里吃，一边吃一边笑着聊天儿。

她们的声音很小，因为教室里有许多睡觉的同学。

白璐也在睡觉。

昨晚将所有的事情做完已经是后半夜了，今天白璐出奇地累。

伏在桌子上睡并不舒服，白璐睡得不踏实，蒙蒙眬眬间似乎听见有人在自己的周围说话。

"去啊……说啊……"

"怎么一到这时候你就怂了？"

"再不说我可要走了……"

"你别拉我啊！"

"喂……"

白璐缓缓睁开眼，刚好看见在她旁边拉拉扯扯的吴瀚文和李思毅。

声音戛然而止，两个人开始咳嗽，眼神飘忽。

吴瀚文悄悄地瞪了李思毅一眼，李思毅全当没看见，把吴瀚文往白璐这边推了一下，然后低头开始看书。

白璐看着吴瀚文："你有事跟我说？"

吴瀚文热得额头出汗。

白璐在他哑口无言的时候，脑中混沌地思索着，或许学习好的孩子额头都很大，宽宽亮亮。

吴瀚文刚冷静下来就发现白璐盯着他的脑门儿，他下意识地去挡自己偏高的发际线。

"这个……这个……"

白璐看向他的眼睛。

"怎么了？"

"没事……"吴瀚文放下手，转回身子，面向书桌上的试卷。

白璐想了想，轻声问："今天六号了，明天你就要去比赛了吧？"

吴瀚文肩膀一震，转过头："你记得啊？"

白璐点头，困意没完全消失，她忍不住打了个哈欠。

"你加油。"

吴瀚文笑了笑。白璐又问:"在哪儿比?"

"全省统一的考场,我已经去看过一次了。"

白璐"嗯"了一声:"清华、北大在向你招手。"

吴瀚文:"这个时候给我加压,是不是不怀好意?"

白璐:"考试前不应该心有杂念。"

吴瀚文搔搔头:"那个……"他手指头玩着试卷,把试卷的角搓成一个个小卷,"那个……晚上……"

白璐等着他说完。

"那个……"

李思毅忍不了了,一拍桌子。

"晚上学委请你吃饭!大战在即,同桌帮着饯行,行不行?"

吴瀚文惊呆了。

李思毅盯着白璐,小眼睛竖起来。

"行不行?给个痛快话!"

吴瀚文炸毛了:"你捣什么乱?!是不是……?"

"可以啊。"旁边的白璐说。

李思毅这才把目光转向吴瀚文,胜利般挑了挑眉。

白璐说:"你想吃什么?我请你吧。之前你给我讲了那么多题,我还没有好好谢过你。"

吴瀚文大度地道:"同学之间相互帮助,应该的。不用你请客,咱们在食堂吃一顿就行了,主要就是打打气。"

白璐点头,转念想到什么,又说:"不过可能你要等我一下,放学后我要去送个东西。"

吴瀚文问:"送什么?"

"有人今天过生日,我送个生日礼物。"

"谁啊?"

白璐笑笑:"你不认识。"

吴瀚文恍然,点点头:"行,那我放学后在食堂等你。"

九月六号,有人过生日。

白璐放学后背着书包来到许辉家门口。她没有敲门,因为知道里面没有人。

许辉要跟朋友聚会,之前邀请过她,白璐说晚上有事,没有时间。

她还记得他挂断电话时冷淡的语气。

书包里是她准备了一晚上的东西。将东西拿出来,轻轻地插在门缝里,白璐转身离开。

许辉的确在外面。今天朋友请客,十多个人一起,疯到没边儿。

许辉作为寿星,今天也是放开了,最后累得倒在沙发上就睡着了。

夜晚,许辉睁开眼。

小叶坐他的身边,一边叫嚷着一边看着玩牌的男生们,没有注意到许辉醒了。

他坐起身,小叶才反应过来。

"阿辉你醒了!"屋里太吵,小叶的大嗓门儿吼得许辉头更疼了,"你要不要吃点儿什么?!"

许辉摇头,站起身,想出去透透气。

他一转头,发现孙玉河也站了起来。

"出去透透气?"孙玉河问许辉。

许辉点点头。

从包间里出去后,许辉觉得自己又活过来了。

"屋里太闷了。"孙玉河说。

"几点了?"许辉一开口,才发现声音嘶哑得自己都快认不出了。

"早着呢,才九点多。"

许辉揉了揉太阳穴,肩膀酸得发胀。

"哦,对了,"孙玉河问他,"你之前不是说认识了一个跟你一天生的妹子吗,怎么没叫她来?"

"哼。"许辉不知想起了什么,冷着脸嗤笑出声,还摇了摇头。

"怎么了?"

"没什么。"

许辉说罢,从后裤兜里抽出钱夹,又从钱夹里抽了一张卡出来。

孙玉河看见后，淡淡地说："别介啊，今天你是寿星，大伙儿得请你吃饭。"

许辉把卡给孙玉河："我请吧。"

孙玉河静静地看着许辉，半晌，叹了口气，接过卡："行吧。"

"我走了，你们玩吧。"

孙玉河："不打声招呼？"

"不了。"

说完，许辉转身往外走。孙玉河站在原地，看着他远去的背影。

许辉连个最起码的背包都没有，走哪儿都只带着一个钱夹。

他走路时有点儿驼背，但个子高，不太明显，只是偶尔看着，会给人一种形单影只的错觉。

白璐正在打饭。

说好了她请客，结果到了食堂，吴瀚文说什么都不让她掏饭卡。

"别啊，说出去我丢不起人。"吴瀚文往白璐的怀里塞了个餐盘，"你要吃什么就自己拿。"

白璐没有拂吴瀚文的好意，拿着餐盘半开玩笑地说："那学委可要破费了。"

"瞧不起人不是？"

食堂的夜宵还算丰盛，但白璐也吃不了多少，只拿了一份汤圆、一份薄饼。

吴瀚文打了满满一盘子饭，白璐看着，问他："你怎么吃这么多？"

"脑力劳动消耗大啊。"吴瀚文晚饭都没吃就等着白璐，但他没有跟她讲。

夜晚的食堂安静得近乎空旷，熬夜的高三学生三三两两地坐在各个角落。

"明天几点考试？"白璐打破两个人之间的安静。

"下午。"吴瀚文说。

"怎么那么晚？"

吴瀚文耸耸肩："谁知道呢？人家这么安排我们就听着呗。"

白璐从汤圆碗里抬起头，静静地看着吴瀚文："紧张吗？"

吴瀚文笑笑，笑容里隐约藏着骄傲。

"不紧张，挺有把握的。"

白璐说："那要真拿了一等奖，清华、北大去哪个啊？"

吴瀚文有点儿不好意思："别挤对我，不一定是这两个大学，今年的政策有变化，浙江、上海的大学也有可能。"

白璐点点头。吴瀚文放下手里的筷子，看着她，问："你呢？你想去哪个大学？"

白璐咬了一口汤圆。

"能考到哪儿去哪儿。"

"没有目标？肯定有吧，不好意思说？"

白璐："我的成绩一般，高考最多也就能考六百冒个头吧。"

"那能选择的大学也很多啊，你想留在北方还是去南方？"

白璐浅浅地吸了一口气，看着碗里有些混浊的汤，轻声说："不知道，到时候再……"

她的手机忽然振动起来。

今天白璐的手机刚好被放在书包的外侧，一振动她就感觉到了。

吴瀚文还等着她说完呢，结果白璐低下头："稍等。"

她拿出手机，看也不看就接通了。

"你在哪儿呢？"又是那种低沉的声音，嘶哑，慵懒。

白璐背弯着，两鬓的头发从发箍中落下，挡住了两边的脸颊。

"聚会结束了？"

吴瀚文搛菜的手一停，又默不作声地接着吃起来。

"结束了，怎么样？"

"不怎么样。"

"管我？"

"没有。"

"你出来。"

"不行。"

"出来。"

"真的不行……"

十米远外,在食堂里打扫的阿姨忽然朝这边喊了一嗓子:"快点儿吃啊,等会儿要关了!"

安静的环境里忽然爆出洪亮的声音,白璐的肩膀无意识地一缩。吴瀚文看见了,连忙转头对阿姨喊回去:"马上马上,我们很快就吃完了!"

电话里出现数秒的安静。

白璐埋着头,用手指拨弄着破损的坐垫。

许辉简短地问道:"谁?"

"嗯?"

"谁在说话?"

又是几秒的安静,电话里传来一声嗤笑。

许辉低声说:"不老实的女人……"

电话被挂断了。

白璐把手机放回书包里,抬头,刚好与吴瀚文四目相对,他好像在等她说些什么。

白璐不想谈其他的,拿着汤勺在碗里转了转,又吃了一个汤圆。

"时间也不早了,你快点儿回家吧,明天还要去考试不是吗?"

吴瀚文放下筷子,伸了个懒腰,忽然正襟危坐起来。

六中男生的夏季校服是白色的棉织半袖翻领衬衫、深灰色的长裤。因为太热,吴瀚文的衬衫的第一颗扣子被解开了,领子有点儿歪。

"给我打个气。"吴瀚文说,"正式一点儿的。"

白璐也直起腰:"要怎么正式?"

吴瀚文"呃"了一声:"就……你自己看着说呗。"

白璐的眼珠缓缓转了半圈,最后她看向吴瀚文。吴瀚文挑高眉毛,等着她说话。

"加油。"

吴瀚文:"完了?"

"完了。"

吴瀚文挠了挠耳后:"行吧。"说着,他笑出声来,意味不明地说,

"是要加油……"

夜半时分。

许辉躺在沙发上。

屋里没有开灯,但并不暗。靠近马路的低层,好处之一就是随时随地能借到路灯的光。

桌子上的手机不停地响,许辉没有动。

打电话的是给他庆祝生日的朋友。

他离开三个小时后,玩得昏天黑地的人们终于发现寿星不见了。

手机一直响到没电,自动关机。

整个世界都安静了。

许辉转了个身,皱紧眉头靠在沙发背上,睡了过去。

他是被一阵敲门声吵醒的。

他的手指有些发麻,眼睛也睁不开。

"阿辉!我是阿河,你在里面没?"

门被拍得山响。

"喂!你没事吧,阿辉?"

许辉从沙发里缓缓起来,去玄关处开门。

孙玉河满头是汗,大口喘气。

"怎么不接电话?"

许辉摇头。

"以为你出什么事了,别这么吓唬人行不行?"

许辉转头往屋里走。

孙玉河跟在后面,看着他面无表情地坐到沙发里。

"我是偷偷出来的,把你放走了我差点儿被他们弄死。小叶嚷嚷着要来找你,被我拦下了,给我好一顿掐,你瞅瞅……"孙玉河掀起袖子,让许辉看自己的小臂。

"哎,你这屋怎么灯都不开?这么黑。"孙玉河环顾一圈,皱眉说,"太闷了,把窗户打开吧。"

许辉低着头发呆,孙玉河看了他一会儿,轻叹一声,也坐在沙发上。

"要不，叫小叶过来？"

许辉终于开口了："不用。"

孙玉河："我说大哥，你过生日呢，别这么苦兮兮的行不行？高兴一点儿。"

许辉盯着一处发呆许久，孙玉河低下头，才发现桌子上放着一个小文件夹。

"这是什么？"

"生日礼物。"

孙玉河看向许辉："谁给你的？"

许辉没回答，疲惫的脸上忽然有了笑容。

孙玉河说："那个跟你同一天生的女生？"

许辉不经意地瞥向他。

"你怎么会猜是她？"

孙玉河自己也不知道。

"随便一想，乱猜的。真的是她？"

"嗯……"

孙玉河撅屁股伸手："送的啥玩意儿？我看看。"

许辉拿起文件夹举到另一边。

孙玉河瞪眼："嘿？怎么回事？不给看？"

孙玉河又去拿，许辉提脚把他蹑回沙发里。

孙玉河点头："行，行啊许辉，兄弟不做了是不是？我怕你不接电话是出了什么意外，大半夜的打车跑过来，结果你连个生日礼物都不让我看，你行啊。"

许辉轻声嗤笑："来什么劲？"

孙玉河仰仰下巴："不开玩笑，送的什么？这么薄，不会是情书吧？"

许辉把文件夹打开，从里面抽出一张纸来。

A4纸，加了塑封。

孙玉河将纸拿到手里，借着屋外的路灯看过去。

"画啊？"

他手里的是一张素描，笔法轻盈，调子淡淡的，画的是一小片矮树丛，纷乱的树叶一层叠着一层。

"你过生日给你画一幅黑白树叶，怎么个意思？"

许辉骂了声"滚"，不耐烦地解释道："那是花。"

"哪儿来的花？"

许辉伸出手指随便一指。

孙玉河眯着眼睛使劲看，终于在一片树丛里找到了一朵小花，一枝两朵，并株而开。

"这……"孙玉河正要感慨点儿什么，画就被人从手里抽走了。

孙玉河笑着问："是不是有什么意思啊？"

许辉把画放回文件夹里，淡淡地问："什么？"

孙玉河跷着二郎腿："别装啊。"

许辉把文件夹放到茶几上，靠在沙发背上。孙玉河说："你不是说长得也不算难看？"

许辉转过头："那也算不上漂亮。"说着又想起什么，他撇嘴补充，"还不老实……"

孙玉河指着许辉："你瞅你那矫情样！"

许辉没搭理孙玉河。

"有照片没？给我看看。"

"没有。"

"真没有？"

"……"

孙玉河"呵呵"地笑了两声："咱俩什么关系？一张床上睡过好几次了，我还不了解你？"

许辉："你别恶心我。"

孙玉河冲许辉勾了勾手指，许辉不情不愿地把手机拿出来，翻出白璐的照片。

照片一看就是偷拍的。

那天白璐来这里做蜜渍柠檬，许辉在厨房门口看着她，小叶打来电话，许辉拿手机的时候，白璐刚好转过头，他便随手给她拍了一张照片。

抓拍的瞬间，白璐仰着头看着他，嘴巴微张，表情有点儿呆，几缕弯弯的头发落在脸颊两侧，大眼镜架在鼻梁上。

"好娇小啊……"孙玉河看着照片，感叹了一句。

许辉没说话。

"这也不难看啊，就是朴素了点儿，看底子还不错。以后收拾收拾，打扮一下就好了。"

许辉耸耸肩，一副满不在乎的样子。

"你喜欢还不好意思追？"

许辉难以置信地看着他："谁喜欢？"

"那你还偷拍人家？"

许辉看向一边。

"是不是喜欢？"

许辉倒在沙发里，低声说："也不是喜欢吧……就是……"

孙玉河："是什么？"

许辉自己也说不清楚，静了半晌，呢喃道："就是碰上了……"

没那么多理由，也没那么多感触，就是莫名其妙地碰上了。

"她看着挺普通的。"深更半夜，许辉迷迷糊糊的，不知该如何形容。

他揉了揉脑袋，头发凌乱，像是鸟窝。

孙玉河有一搭没一搭地听着他更为凌乱的解释。

"我本来都没当回事的，可就……就撞上了，好多事情都是。还有感觉……感觉也是，平时不常有，就那么几个点子，全都踩对了一样。"

孙玉河听不懂他的胡言乱语，但还是点头："嗯嗯，全都踩对了，所以你还要不要接着嫌弃她？"

许辉看过去："我什么时候嫌弃她了？"

"你……"孙玉河长舒一口气，"行行行，你没嫌弃。"

许辉垂下头，看着自己的手掌，半晌，低声道："就是碰上了而已。"

"约出来吧。"孙玉河说。

许辉窝在沙发里不动弹。孙玉河推他:"嗯?约出来啊。"

许辉将脸埋在垫子里。

孙玉河:"怎么回事?"

推搡半晌,孙玉河有点儿不耐烦了。

"不说我走了,这都后半夜了,两个大老爷们儿在这儿玩什么纯情?"

孙玉河站起来,作势往外走,走了几步回头偷瞄了一眼,发现许辉抱着身子,埋着脸,一动不动。

孙玉河犹豫了一下,又走了回去。

"哎,"孙玉河碰了碰许辉的肩膀,问,"怎么了?"

许辉缓缓摇头,从沙发里坐起来:"算了,没意思……"

说罢,许辉靠到沙发背上,神色冰冷。

孙玉河退回一旁坐着:"你别又这样。"

许辉转头:"怎样?"

孙玉河与他对视了几秒,然后耸耸肩:"你要算了就算了吧,我本来还想着要不要帮帮你。"

许辉冷笑一声:"要你帮?"

孙玉河:"那你自己来喽。"

许辉转回头,盯着黑暗中的茶几一角,默默不言。

孙玉河又问:"你能不能别别扭了?"

许辉:"我别扭什么了?"

"得。"孙玉河一拍手,"那就这样,你哪天把人叫出来,让我见见总行吧?她是哪个学校的?"

许辉摇摇头:"不知道。"

孙玉河又问了几个问题,许辉通通摇头。

许辉这时候才发现,对这个女孩,他除了她的名字和手机号码,一无所知。

孙玉河:"按我说的,你把人叫出来,我把惠子带着,一起玩玩。"

许辉听了,说:"好久没见你带惠子出来了。"

惠子名叫陈惠，和孙玉河是一起长大的，比孙玉河大一岁，现在在一家餐厅上班。

"她工作忙。"

许辉忍不住骂了一句："一群女的，忙个什么劲？！"

"怎么？她也忙？"孙玉河说，"她叫什么来着？"

许辉："白鹭，一行白鹭上青天。"

"我的提议怎么样？正好我也好久没跟惠子出去玩了。"

许辉默不作声，孙玉河知道他这是答应了，起身说："那你跟她约好时间，到时候告诉我就行，我再去问惠子。"

站了一会儿，孙玉河问："听见没啊？"

许辉这才轻轻地"嗯"了一声。

正式开学后，墙上计时板上的数字显得更为瘆人了。

"我就说这数字不能用红笔写。"李思毅说，"每次看到都感觉血淋淋的。"

"拿什么写都该是多少还是多少。"吴瀚文说。

"哎，你是行了啊。"李思毅一拍吴瀚文的肩膀，"哥们儿还没着落呢。"

吴瀚文参加完全国高中化学联赛，看神情应该是胜利归来，老师来问他考得怎么样，他说考得很顺利。

他的心情也比较放松。他不再像之前那样，一天跑八百遍自习室，最近一个多星期，每天捧着本厚厚的英文书，悠闲地走在校园里，体育课上，有时甚至会到楼下跟班里的男生一起打篮球。

只是他打得比较烂。

吴瀚文擦了擦额头上的汗，把球扔给同学："你们先玩，我这身子骨受不了了。"

"所以说，老天爷还是公平的。"坐在一边乘凉的李思毅对吴瀚文说，"老天给了你灵活的大脑，就不能再给你协调的四肢。"

吴瀚文体力确实差，一会儿工夫已经上气不接下气："你给我消停点儿……"

李思毅把水瓶递给他，问："包老师让你帮忙弄运动会的报名表，你弄好没有？"

吴瀚文坐在一边的台阶上休息，听到这话，问李思毅："怎么，你有什么想报的项目？"

"你开什么玩笑？！"李思毅一巴掌扇在吴瀚文的后背上，说，"虽然咱俩关系这么铁，但是俗话说得好，距离产生美，你应该适时地将我遗忘。"

吴瀚文笑了："不行，我们班男生少，大家又不主动报名，排号轮到你了你就得上。"

李思毅在一边哭号，号到一半停下了，推推吴瀚文的胳膊，下巴朝一个方向仰。

白璐正坐在升旗台下面。

她膝盖并拢，头低着，不知道在想些什么。

"她怎么一直一个人啊？"李思毅说，"也不跟其他女生一起玩。"

吴瀚文看着白璐，说："以前她跟蒋茹关系好，蒋茹走了，她的话比以前更少了。"

提起蒋茹，李思毅不胜唏嘘。

"傻姑娘啊傻姑娘。"

李思毅身边的人站起身。

面前出现一道影子的时候，白璐就将手机收了起来。

"干吗呢？"吴瀚文来到她的身边。

"没干什么。"

吴瀚文指着她："偷偷玩手机，被我发现了。"

白璐转头："你是纪律委员吗？"

吴瀚文："高三学生的宗旨——'学习就是一切'，按递推关系，我是学习委员，在班干部里起统领作用。"

白璐笑了笑。

风把她脸上的汗吹干了。

"你回教室吧。"白璐看着他，说，"天气要变凉了。"

吴瀚文还没开口回应，白璐自己站了起来。

她朝教学楼的方向走了几步,停住脚步,回头问吴瀚文:"运动会不排我的学号,可以吗?"

她的声音很轻,轻得吴瀚文一愣,下意识地就点了点头。

"可以啊。"

白璐说了声"谢谢",也或许没说,走进教学楼。

"真是重色轻友啊!"李思毅不知道又从哪儿冒出来,跟吴瀚文一起看着白璐消失的方向,感慨道。

吴瀚文回过神来,推了他一下,两个人笑着打到一起。

体育课还没结束,白璐拿着手机来到一楼的一间空教室里。

许辉第三次发来短信,语气已经很不耐烦。

"到底行还是不行?能不能说清楚点儿?"

白璐终于回复了一句:"行,但是时间要在二十九号。"

许辉回复:"能接电话吗?"

白璐起身,把教室门关上。

许辉的电话打了过来。

"二十九号?这么晚?"

"嗯,我在这之前走不开。"

许辉静了一会儿才道:"成天这么忙,当领导了吗?"

就算知道他看不见,白璐也摇了摇头:"没有领导忙。"

许辉"哼"了一声:"那就二十九号,能定下来吧?"

"可以。"

"到时候再联系吧。"

电话被挂断。

白璐转头,教室的窗户没有关,紧邻着一片树丛,树丛后面是嬉笑玩耍的学生,他们的声音听着有些遥远。

更遥远的是天边的霞光、傍晚的红云。

白璐一个人坐在教室里,一直到下课铃声响起。

第二章

少　年

吴瀚文说到做到。

运动会前三天的晚上,吴瀚文把运动会的报名表贴在了教室里的黑板上。

第二天上学的时候,不知道哪个好事的趁着班干部不注意,在"报名表"三个字前面写了个"被"字,惹得全班同学"哈哈"大笑。

"行了啊。"包老师也难得地露出笑意,"那这张'被报名表'你们都看完了没?"

"看完了!"

"自己的项目都记着点儿,到时候领号码牌,班委把我们班的台子稍微布置一下。"

运动会挨着十一长假,学校不敢不给国庆节面子,高三学生要放三天假。这是高中最后一年唯一的"长假",学生们难掩兴奋,整个学校的气氛都躁动起来。

李思毅运气奇差,被分到了男子三千米长跑,哭丧着脸把吴瀚文一顿暴捶。

吴瀚文努力躲开他的魔爪:"没办法,公平起见,这不是我一个人分的。"

"呸!公平?"李思毅龇牙道,"那怎么有人没被分到啊?"

白璐刚好不在教室,吴瀚文大大方方地说:"女生人多,本来也有空出来的。"

"怎么就空得这么巧?"

"肯定要选看着体质好的啊,太柔弱的就不上了。"

李思毅眯着眼睛,"哒"了一声,说道:"行啊,你哪儿来这么多歪理,怎么说怎么有,教教我。"

白璐从洗手间回来了,吴瀚文又转头看起书来。

运动会前一天,班长领着班干部布置看台。高三学生已经参加过两次运动会,现在对比赛的兴趣远没有对放假的兴趣大。

下午提前放学,整栋教学楼都沉浸在节日的气氛里,平时管这管那的教导处主任此时也放任学生在走廊里跑跳吵闹。

白璐收拾好东西,背起包准备走。

"哎！"

白璐回头，吴瀚文在后面跟一堆彩带做斗争："来帮个忙呗。"

白璐走过去，帮他整理彩带。吴瀚文从彩带里抬起头，问："你明天几点来？"

白璐的手不经意地顿了顿，随即又继续整理彩带。

"你没有参赛项目，早点儿来，跟班委一起发号码牌怎么样？"吴瀚文笑嘻嘻地看着白璐，说，"做点儿贡献，到时候给你免费的巧克力吃。"

"你们买巧克力了？"

"嗯，用班费买的，还有葡萄糖，给运动员补充体力的。"

"运动员……"白璐嘴角含笑。

吴瀚文也乐了："李思毅说了，走下来也叫'完成比赛'，上场的都是运动员。"

帮忙整理好彩带，白璐跟吴瀚文道别，背着书包回家了。

吴瀚文在她走后才想起来，他还没问出来她第二天几点到校。

第二天，白璐从家里去学校。临走时，妈妈给了她一个小饭盒，里面装着吃的。

白璐出门坐公交车，一个小时后，来到位于市中心的商业步行街。

青石砖地上带着薄薄的晨雾，胶底的鞋踩上去有点儿打滑。

清晨时分，步行街上人很少。

喷水池旁是一棵高大的老槐树，白璐赶到的时候，许辉就站在树下。

他穿着黑色的连帽衫、牛仔裤、浅色的板鞋。

他安静地站在树下，没有带包，背却微微弯着。

他侧着身，就像那天淋雨时一样。

今天天空有点儿阴，刚刚入秋，天气微微转凉，清晨尤为明显。

他可能出门前才洗过澡，头发还没有完全干，黑得凝重。

与他的发色相比，他的脸更白了，像朦胧的晨雾。

"你怎么才来？"他永远是不满意的神色。

白璐已经是小跑过来的，后背都出了点儿汗。

"你等久了吗？"她问。

许辉皱着眉，低头看她："说好七点，现在几点了？"

白璐看表："六点五十七呀。"

"……"

她一不注意，手腕就被他拉住了。

"哎！"白璐的胳膊被他拧着拉了过去。

许辉看着白璐的手表，嗤笑一声："表不准。"

他松开手，白璐握了握自己的手腕，小声问："你戴表了吗？"

她看向许辉的手腕，上面什么都没有。

许辉瞥了她一眼："我看的手机，已经过七点了。"

白璐不跟他犟嘴，问："你吃过饭了没？"

"没。"

"那要不先找个地方吃饭吧。"

"等一会儿，还有两个人。"

白璐一愣，下意识地问："什么？"

许辉说："我一个同学，带他的朋友来。"

"你之前怎么没说？"

许辉拧着眉头看过去："不行？"

"也不是。"

许辉盯着白璐上下打量了几遍，一直撇着嘴角，嘀咕说："也不知道穿好看点儿……"

白璐穿得很普通——妈妈觉得运动会肯定要动来动去的，特地给她准备了一身运动服。白璐太瘦小，最小号的运动服穿在她的身上都显得肥大。

过了一会儿，她听见许辉朝一个方向喊了一声："这边！"

"阿辉！"

白璐抬头，看见前方走过来两个人。

一个男生跟许辉年纪差不多大，也是瘦高体形，一头圆寸，穿着休闲衫、短裤，长相帅气。

他身边的女孩儿中等身材，穿着一身碎花连衣裙，化了妆，脸上带笑。

"这是阿河，我朋友。"许辉手都没抬，向白璐简短地介绍道。

白璐轻声说："你好。"

孙玉河在十几米外就将目光落在了白璐的身上，走近了就更为直白了，看得白璐的头一点点低下去，最后只能盯着自己的鞋尖。

"你是白鹭？"

"嗯。"

"我叫孙玉河，是阿辉的同学。这是我青梅，惠子。"

孙玉河又对白璐说："阿辉总提起你呢。"

许辉总算出声了，"呵呵"道："你可以编得再假一点儿。"

孙玉河耸肩，表情看着却不像是被拆穿的样子。

许辉淡淡地瞥了他一眼，转身往步行街里面走。

孙玉河在后面乐。

时间定得太早，除了白璐，剩下的三个人都没有吃早饭，许辉带头进了一家粤式餐厅。

餐厅不大，但装修精致，墙上挂着各种木质框架的挂画和海报，角落里到处都是绿色的植物。

他们找了一处靠窗的位置，从窗户往外看，能看到刚刚的喷水池和老槐树。

服务员拿来菜单，许辉先给对面的两个人。

"吃什么，你们自己点吧。"许辉说道。

白璐跟许辉坐在一侧，他在她的身边开口，声音比往常要低一点儿。

孙玉河与惠子点完菜，将菜单递给白璐。

白璐摆摆手："我吃过饭了。"

"什么都不吃了？"

"不吃了。"

孙玉河看向许辉，许辉把服务员叫来，把点的菜说了一遍，又加了一块小蛋糕。上菜的时候，服务员看了看桌上的四个人，然后很自然地将小蛋糕放到白璐的面前。

一顿早餐花了将近三百块钱,许辉掏钱结账。

吃完饭,惠子嚷着要看电影,几个人便朝着最近的那家电影院走去。

白璐收拾东西慢,是最后一个出餐厅的,许辉走在最前面。

白璐一边走一边摘下背包。

"要干什么?"

白璐侧头,是孙玉河。惠子在前面跟许辉闲聊,孙玉河刚好走在白璐的身边。

"要给他钱?"孙玉河的脸上是了然的笑意。

白璐也不瞒着,点点头。

"不用给。"

白璐没说话,孙玉河无所谓地笑笑:"真的不用,出都出来了,就别弄这些了。"

孙玉河说着,打算快走两步到前面追惠子,刚要提速,白璐淡淡地开口:"他很有钱吗?"

孙玉河脚步一顿:"什么?"

白璐又问了一遍:"他很有钱吗?这么喜欢请客。"

孙玉河似乎没有料到白璐会问这样的问题,张张嘴,没有回答,一时有点儿冷场。

他"呃"了两声,看向前方,最后小声说了句:"他不缺钱。"

白璐:"他家里条件很好?"

孙玉河睁大眼睛,白璐面不改色地看着他。

"嚯,"孙玉河重新打量白璐,感觉自己长见识了,"看不出来啊。"

白璐:"怎么了?"

"没。"孙玉河笑着摇摇头,"真敢问,你怎么不直接问他?"

白璐还没回应,惠子回头叫他:"阿河,来呀。"

许辉正在电影售票处买票,惠子把孙玉河叫过去:"选个位子。"

许辉选择的电影是一部上周上映的国外科幻大片。

许辉买了爆米花和饮料,几个人拿着进了电影院。

上午电影院里的人并不是很多，又赶上放映厅是一个能够容纳五百人的大厅，所以看着有些冷清。里面还开着空调，白璐在进门的一刻打了个哆嗦。

她好久没有来电影院了，拿着自己的票仔细地核对着排数和座位号，后面又响起不耐烦的声音。

"往里走。"

白璐回头，许辉手插在裤兜里，下巴往右撇了撇，白璐把票收起来，直接拐了进去。

许辉跟在她的后面。

等坐到座位上，白璐才发现，他们四个人的座位是分开的。

她与许辉坐在一起，是后面几排的位子；孙玉河跟惠子坐在前面，跟他们隔了很远。

这个发现让白璐嘴唇抿紧。

"拿着。"爆米花是最大桶的，杯槽放不下，许辉直接将它塞到白璐的怀里。

灯光暗下之前，孙玉河回头跟许辉和白璐挥了挥手，白璐抬手回应，许辉坐在软椅里一动不动。

孙玉河挥完手，就与惠子凑到一起窃窃私语。

电影开始放映。

巨大的银幕上是浩瀚的星河，白璐定睛看着电影，怀里抱着的爆米花一口都没吃。

不仅她没吃，许辉也没有吃。

时间过得有些缓慢。

手在爆米花桶上放的时间太长，掌心慢慢生了一层薄汗，白璐将手拿开一点儿，空调的风就把那层汗吹干了。

白璐吸了一口气，转头。

"你不吃吗？"

她的声音不大，又刚好赶上电影的打斗镜头，从银幕中传来的声音震得座椅微颤，许辉没有听到她刚刚说的话，只是注意到她转过头，他于是也侧过脸。

一左一右,两个人对视。

银幕上的光照在他的脸上,他的神色淡淡的。

前方孙玉河和惠子窃窃私语的身影随着大银幕上的光亮一明一暗,时隐时现。

白璐问:"不吃爆米花吗?"

许辉低声道:"你吃吧。"

白璐把爆米花桶往他的方向送了送,也不说话,静静地看着他。

许辉被盯得久了,终于撇了撇嘴,随手抓了一把爆米花放到嘴里,"嘎嘣嘎嘣"地嚼着。

他抓完一次,手又伸过来,这次却没放到爆米花桶里,而是手肘直接搭在了座椅扶手上,掌心朝上。

男孩儿的手掌瘦长,关节清晰。

白璐歪着头看着他:"还想吃吗?"以为他的手放错了地方一样,她把爆米花桶往他的手边送了送。

桶边碰到许辉,他的指尖下意识地缩了一下,又放平了。

桶又碰了碰许辉,白璐还要再开口的时候,他站起身。

白璐被吓了一跳,仰头看他。

"怎么了?"

许辉睨了她一眼,说了句"去一下洗手间",转身往外面走。

他的身影很快消失在她的视野中。

白璐转回身坐着,银幕上的影像根本没有进入她的脑海。

捡了一粒小小的爆米花放到嘴里,白璐从鼻腔里轻轻地哼笑了一声。

电影结束时已经是中午,周末的步行街人终于多了起来。许辉从电影院出来就一副没什么兴致的样子,孙玉河领着三个人来到商场顶层的电玩城。

电玩城里人满为患,各种音乐和游戏的声音混杂在一起,离得老远就震耳欲聋。

一进来,孙玉河跟许辉就去换游戏币,剩下惠子跟白璐在后面等着。

白璐没有来过这样的地方，一进来很不习惯，眼睛被烟熏得有些酸涩。

孙玉河和许辉过来了，两个人各拿了一袋游戏币。

"来来来，今天大战三百回合。"孙玉河跟许辉坐到格斗游戏机前，朝里面扔游戏币。

惠子对孙玉河说："我去买饮料，想喝什么？"

孙玉河："什么都行。"

惠子："那我看着买了啊。"

惠子说着转身，看见旁边站着的白璐，微微一顿。

白璐看起来跟这里的气氛有点儿格格不入。停顿过后，惠子拉着白璐："走吧，咱俩一起。"

在饮品店里等待的时候，惠子问白璐："你没怎么来过这里吧？"

白璐摇头："没来过。"

"他们常来的，男生都爱玩这些。"惠子又朝白璐靠近了一点儿，说，"阿辉很厉害的。你跟他什么时候认识的？"

白璐看向她，惠子又说："他们俩初中就在一起玩，是最好的朋友。阿辉很帅，喜欢他的女生超多！"

白璐低着头，过了一会儿，缓缓点了点头。

"哦。"

许辉生气了。

好像除了白璐，谁都发现了。

四个人从电玩城出来的时候已经是下午四点，找饭店的时候，孙玉河跟惠子两个人频频对视。

白璐拎着包走在许辉的身边，跟得有点儿紧。

许辉腿长，走得快，完全没有等白璐的意思。

吃晚饭的地方是孙玉河选的，在步行街最里面，一家街边的面馆。白璐来过这里，这是一家老店，开了几十年了，物美价廉，口碑很好，客人爆棚。

面馆门口正是步行街的尽头，临着一座明清时期的老建筑。那座建筑现在做了博物馆，周围栽满了松柏，夏末秋初的季节里，松柏郁郁葱葱。

博物馆门口是一座小型的大理石喷泉，胖胖的小天使抱着乳白色的壶向外洒水。

许辉在吃饭期间一言不发，不过孙玉河并没有受到影响，依旧跟惠子有说有笑。

吃到一半儿，许辉起身。

"干吗去？"孙玉河问。

许辉："去趟洗手间。"

"又一个人闷声走了……"孙玉河看着他离去的背影，嘀咕道。

"让他去嘛。"惠子把饮料递给孙玉河，"喝饮料。"

孙玉河咬住吸管，吸了几口。惠子抽空问白璐："你怎么也不给他买点儿喝的？"

白璐："我问了，他说不喝。"

惠子和孙玉河都笑了。

"哦，要都听他的那没的好了。"孙玉河笑着摇摇头，"不能听他的。"

白璐微微低着头，面前的面条也没有吃多少。

衣兜里的手机振动起来，白璐在桌子下面小心地将手机拿出来看了一眼，是吴瀚文。

手机振动了七八下，停了。

白璐将手机放回衣兜里，孙玉河跟惠子还在说笑。

白璐轻声说："我也出去一下。"

惠子转头："干吗去？"

白璐："买点儿喝的。"

惠子"扑哧"一声乐出来："行啊，去吧。哦对了，阿辉喜欢喝什么来着？"

孙玉河："柠檬水。"

惠子问："听见没？"

白璐默默地点头。

白璐出去后，孙玉河拿筷子搛小盘子里的花生米，惠子在他的身边说:"阿辉为什么对她特别在意?"

"怎么了?"

"没小叶漂亮。"

孙玉河斜眼,冷笑一声:"你怎么知道他喜欢漂亮的?"

惠子不吃他这一套,反问道:"你喜欢不漂亮的?"

孙玉河"哼哼"两声,接着攥花生米。

惠子感慨地说:"不过阿辉这人……"

"怎么?"

"也不太好相处。"

见孙玉河笑了,惠子问他:"我说得不对吗?"

"不对。"

"怎么不对?"

孙玉河转头,看着惠子,说:"他这个人只是看起来有点儿不近人情,其实最好相处了。我们上初中刚认识的时候,他就是班里的头头儿。有人天生就是这样,大家都喜欢跟他在一起,觉得跟他在一起有面子。那时候他人很好,对谁都不错。"说着,孙玉河开玩笑似的又道,"刚上初中的时候,我觉得他真的挺帅的,一开始都不敢领你跟他一起玩。"

"真的假的?"惠子笑着说,"后来怎么敢啦?"

孙玉河没有回答,似乎思索了一阵,然后放下筷子,伸了个懒腰,说:"我还是出去看看那个小白兔回来了没有。"

白璐拎着一杯柠檬水,在喷泉旁边打电话。

电话那边吵吵闹闹的,隐约还传来打鼓和广播的声音。

"喂喂喂?你是不是被外星人抓走了?"吴瀚文喊道。

白璐说:"你的嗓子怎么哑了?"

吴瀚文:"你听出来了啊。加油来着,我喊了一天喊坏了。你还没告诉我呢,你是不是被外星人抓走了?需不需要营救?"

白璐问:"今天没去的人多吗?"

"不算多。"

"有人查吗？"

吴瀚文"嘿嘿"两声，似乎走到了一个僻静一点儿的地方。

"害怕了啊。"

白璐不说话。吴瀚文说："你胆子也忒大了，运动会第一天就敢跑，连招呼都不打一声。不过还好，"吴瀚文话锋一转，又说，"你的运气奇佳，今天包老师的孩子发烧，他领着孩子去医院了，换了语文老师来临时带班。"

语文老师是个五十多岁的女老师，除了上课，班里的什么事都不记。

白璐："是你点的名吗？"

"是呀。"

白璐低下头，说道："谢谢你了。"

"拿什么谢啊？"

白璐："请你食堂一日游。"

"哈哈。"她还记得他说过的话，吴瀚文笑嘻嘻地说，"不行不行，这回我帮的可是大忙。"

白璐静了一会儿，才问他："那你说要什么？"

人生的每个阶段，都有精力格外充沛的时刻，比如小学时的春游、大学时的散伙饭，再比如高中时的运动会。

平时不敢想的事，今天敢想了；平时不敢说的话，今天敢说了。

"你给我买盒巧克力吧……"

初秋的晚风带着一丝凉意，小天使神态安宁，抱着圆滚滚的壶，一缕清泉顺着壶嘴流下，溅起灵动的水花。

吴瀚文忽然醒过来了一样："啊，开玩笑的！"

"可以，明天给你。"白璐说，"我现在有事，先挂了。"

"行行，你忙你的。"

倒是吴瀚文匆匆地先挂了电话。

"明天给谁呀？"

白璐回头，孙玉河从店里出来了，正懒洋洋地看着她。

"要请谁食堂一日游？"

白璐问:"你听到我打电话了?"

"我不是偷听,我就站在你的身后,你自己没发现。"

白璐点头:"嗯。"

天色渐渐暗了下来。

"你今天是逃学出来的?学校在开运动会?哪个学校的?"

白璐:"嗯,我是偷偷跑出来的。刚刚给同学打电话问老师有没有发现。"

孙玉河低头看她:"那发现了没有?"

白璐抿嘴笑了笑:"没有,老师的孩子发烧了,老师今天没有去学校。"

"我就是跟你说一声,别被他那样子吓到。"孙玉河踢了踢地上的沙土,又说,"他就那别扭脾气。"

半晌,他又低声说:"也跟他的家人有关……他以前不这样的。"

他在自言自语,白璐并没有往下问。

白璐静静地站着。孙玉河看了她一会儿,说:"你好像总跟他有距离感,这样他肯定不高兴的。"

忽然,他话锋一转,又说:"你不要看他长得帅,成天跩得二五八万似的,其实这家伙超没安全感的。"

白璐抬头:"没安全感?"

孙玉河还要说什么,余光扫到白璐的后面,眼角一动,半弯下腰,小声说:"不信你看着啊……"

当白璐意识到什么时,孙玉河已经离她很近,眼睛盯着她的头发。

"哎,好像有什么东西呢。"孙玉河自言自语,一边说,一边抬手,手指钩上白璐的发梢,轻轻地往下捋。

明明什么都没有,他却特地吹了一口气,像是吹掉了杂毛、棉絮之类的东西。

"啊,阿辉……"孙玉河一顿。白璐转头,看见许辉从后面走过来。

黑色连帽衫跟夜色微微相合,让他看起来有种少年人独有的单薄感。

孙玉河冲许辉说:"去洗手间去了这么长时间啊。"

许辉走过来，没有应声。

"我先去看看惠子。"孙玉河笑着跟许辉打了招呼，回到面馆。

白璐抬手重新梳头发——刚刚孙玉河将她的一缕发丝扯了出来，目光无意间跟许辉的撞了个正着。

他的目光落在白璐的头发上。

白璐手上的动作变缓了。

天使喷泉的流水声混杂着商场里的灯红酒绿，大理石石身变得五彩斑斓。

几秒之后，许辉忽然笑了笑，侧过头，有点儿无奈地小声说："他就喜欢这么闹，天天激别人，以为别人都是傻子吗？"

白璐重新将头发绑好，然后将手里的那杯柠檬水递给许辉。

"给你喝。"

许辉垂头瞄了一眼："吸管插上啊。"

"哦。"白璐重新低头，将吸管插好。

许辉接过去，喝了一口。

"回去吧。"白璐心里想着时间，迈步往面馆里走。

刚走两步，她忽然脖子一扬——头发被人从后面扯住了。还好白璐走得不快，所以没怎么感觉到疼，就是一时间重心不稳，往后连退了好几步。

在撞到许辉胸口的一瞬间，白璐停住了脚步，可她的背还是微微地贴上了。

他扯白璐的头发时一点儿也不温柔，她脆弱的发丝在他的指间绷得很紧。

"放手……"白璐别着脖子，手本能地将头发往下扯，却刚好握住了许辉的手腕。

他的手腕上戴着两个硅胶材质的彩色运动腕带，透过腕带的缝隙，她感觉到男孩儿的皮肤有点儿凉，触感跟自己的完全不同。

许辉的声音从后上方响起，有点儿慵懒，暗藏着些许不满。

"别随随便便让人碰啊。"

白璐停顿了一秒，打算用力地将头发扯出来。

许辉似乎有所预感，在她使劲的前一秒松开了手。

白璐快速地理了理头发，然后转身站到许辉的面前。

她的脸因为刚刚的拉扯，微微泛红。

许辉像没事人一样，手重新插回衣兜里。

白璐定睛看着他，镜片后面那双大大的眼睛比往日要亮一些。

"我之前说过，你还记得吗？"

许辉侧侧头："什么？"

白璐难得诚恳一次："你真就是傻子。"谁刺激他他都上当，明知道是阴沟还往里跳。

沉默了一会儿，许辉放松地笑了两声，原地动了动身体。

他太清楚自己得天独厚的优势。

他在她的面前，那幅画面就像一张无意间被风吹皱的照片，散发着青涩的味道。

许辉一边迈步，一边往她的怀里塞了一个纸袋，颇为潇洒地留下一句："不要就扔了。"

说罢，他轻飘飘地从白璐的身边走过。

袋子里是一个方形的黑色盒子。

白璐把盒子打开，里面是一条项链。细细的链子下面挂着一朵银色的小花，金色的亮钻点缀着花蕊，看着精巧又可爱。

项链的下面有一张纸，上面写着两行字：

"补给你的。

生日快乐。"

白璐坐在看台上，低着头发呆。

她有点儿困，周围嘈杂的锣鼓声和叫嚷声并不能让她精神起来。

运动会的第二天，白璐昏昏欲睡。

昨晚她回家太晚。

吃完饭，孙玉河与惠子就离开了，剩下白璐跟许辉两个人在步行街上闲逛。

她看看时间,说要回家了。

许辉在路口随手拦了一辆出租车。

白璐说:"我坐公交车回去。"

"哦。"

司机见没人上来,就把车开走了。

"明天有事吗?"

白璐没说话。

"过来吗?"

白璐低声说:"应该不行,明天我要回家。"

"还打工?"

"嗯,有事要做。"

"哦。"

许辉的语气听着心不在焉,他把白璐送到公交车站。

白璐说了句"谢谢",许辉"嗯"了一声。

他还没走,白璐又说了声"再见"。

"就这样?"许辉的眉头终于又皱了起来。

白璐微微低着头。许辉沉沉地吐了口气:"我也真是服了你了……"

白璐:"生气了?"

"没。"

白璐静静地看着他,也不说话,半晌,点点头。

许辉突然咧嘴笑了。

公交车来了,白璐往前跑了两步,回头说:"再见。"

"嗯。"

车上人很多,白璐把包放到身前,从前面两个肥硕的女人间的缝隙看向窗外。

她刚好与许辉四目相对。

车开动,他转过身。

"喂——喂喂喂!"

白璐回过神来,看见了旁边满头大汗的吴瀚文。

运动会第二天，学校的约束也少了，大多数同学没有穿校服，吴瀚文穿了一身淡黄色的篮球服，手里捧着一堆东西。

"比完了？"

吴瀚文的身上还贴着号码牌。

作为学委，不能不起带头作用，吴瀚文跑步实在不行，勉勉强强报了跳高和跳远，结果"不负众望"地两项都在第一轮就被刷了下来。

"别提……别提……"

吴瀚文"呼哧呼哧"地喘气，坐在一旁灌了半瓶淡盐水。

"哟，学委，你这是逛瀑布回来了？"两个男生路过，看见吴瀚文的狼狈样子，打趣道。

"去去去。"

"我们隔老远就看见你跳高的时候直接坐竿上了，是吧？"

"一边待着去。"

吴瀚文也知道自己运动细胞缺乏，被调侃得脸色通红。

那两个男生嬉笑而去。吴瀚文抹了抹脸上的汗，转头，发现手抵着一盒东西。

跟他比起来，白璐的身上很干爽。

其实今天天气不错，秋风飒爽，还没有大太阳。

白璐的发丝被背后的风吹得在脸前轻晃。

"你的巧克力。"白璐说。

"记着呢，我就开个玩笑。"嘴上这么说，吴瀚文还是把巧克力拿到手里。

牛奶巧克力，用一个圆圆的小盒子装着。

"谢谢你帮我。"白璐说。

气渐渐喘匀了，吴瀚文深呼吸，说："好说好说。"

"等会儿我留下帮忙吧，是不是要收拾看台？"

"是要收拾，"吴瀚文扭头看白璐，"不过不强制留人，只有班干部是必须留下的。你想帮忙吗？等一会儿可就要正式放假了……"

"我帮忙。"

吴瀚文一拍手："那行！等一会儿结束了我去主席台把奖品发了，

你在这里等我一会儿。"

假期的诱惑难以抵挡，最后，八个班干部偷偷跑了三个，多出来一个白璐，还有一个走完三千米快要累瘫的李思毅。

"你也是个奇人。"吴瀚文一边捡地上的垃圾一边跟李思毅说，"我第一次碰见裁判求运动员退赛的比赛。"

三千米长跑，李思毅满打满算跑了三百米，剩下的都是走的。

前面的学生陆陆续续离开，不是跑完了就是退赛了，到最后就剩他一个人，走了一圈又一圈，到最后，体育老师上去求他退赛。

"你懂个屁，这叫坚持。"

"对对，我不懂。"

"别跟我说话……"李思毅瘫软在看台的最上面，"我现在就是一团有机物，没有思考的能力……"

"您老躺着，好好休息。"

白璐拿着大大的垃圾袋，将看台上的彩带、纸屑和空瓶子装起来。吴瀚文去她的身边帮忙："我捡，你拿着袋子就行。"

"好。"

一群人干了半个多小时，看台总算被收拾干净了，同学们都开始整理自己的东西准备回家了。

"你……"

"你……"

两个人同时开口，吴瀚文挠了挠鼻尖："你先说。"

白璐："去吃个饭吧。"

吴瀚文有一瞬间的愣神："啊？"

白璐："还是你等下有事情？"

吴瀚文马上说："没事啊。"他看天气一样抬头环顾，"正好天快黑了，折腾了一天也没吃东西，饿死了。"

白璐说："我请你吃。"

吴瀚文没拒绝："行。"

学校食堂也放假了，他们去了六中对面超市里的一家快餐店，坐在靠窗的位置,能看见对面六中的校园。

光辉将尽,天际橘红。

欢腾的一日结束了,剩下疲惫的余温。

吴瀚文端着餐盘坐在白璐的对面。

白璐看着他餐盘里的食物,说:"你还是吃这么多。"

吴瀚文笑着说:"啊,今天是体力劳动嘛。"

"化学联赛的成绩有消息了吗?"

吴瀚文的嘴角依旧弯着:"好像还不错,确定了之后告诉你。"

"恭喜。"

"过一阵再说也不晚。"

白璐只点了一份包子。包子下面垫着软纸,她拿起包子咬了一口,然后问道:"你从初中开始,学习成绩就这么好吧?"

吴瀚文嘴里满满地包着饭:"还行吧,其实初中一开始,我的学习成绩也不是特别好。初中不是分片的吗?我读的那个初中比较水。"

"怎么个水法?"

"鱼龙混杂。"

白璐淡淡地点头,又咬了一口包子。

吴瀚文看见,说:"你那嘴也太小了,跟小猫一样呢,一个包子得吃多久?"

白璐抿嘴,低了低头。吴瀚文以为自己说得过了,连忙又说:"不过慢点儿吃好,据科学分析,一顿饭吃二十分钟以上才能真正吸收。"

白璐盯着自己的包子,低声说:"哦对了,你好像提过,蒋茹喜欢的那个职高的男生,跟你是同一个初中毕业的。"

吴瀚文"啊"了一声:"许辉吧?是啊。"

白璐看着吴瀚文:"他很会捣乱吧?在这样环境的初中里能考进六中,你真的好厉害。"

吴瀚文顿了顿,似乎是摇了摇头。

白璐放下包子:"怎么?"

"也没什么……"吴瀚文小声说,"其实他……也不是……"

白璐凝视着他:"许辉?他怎么了?"

"哦。"吴瀚文又吃了口饭,蓦然笑了起来,"哎,我要是跟你说,初中的时候,他的学习成绩比我的好,你信吗?"

白璐:"什么?"

吴瀚文:"真的,初一、初二的时候,他的成绩在整个年级都是数得着的,人又帅,在学校里很拉风。"

白璐笑了:"那现在怎么这样了?"

吴瀚文回忆说:"他家里出事了。"

"什么样的事?"

吴瀚文抬起头:"你怎么问起这个了?"

"闲聊。你说他的学习成绩比你的好,我不太相信。"

吴瀚文不好意思地笑了:"你把我想得太厉害了……"

"他家出了什么事?"

"啊,我也是听人说的。"吴瀚文说,"一开始大家都知道他家里条件很好,那时候小嘛,男生都喜欢炫耀,他经常请客,给人买的生日礼物什么的也都是比较贵重的。"

"他家人是做什么的?"

"他爸好像是做生意的,具体干什么我不太清楚。不过后来……"

吴瀚文欲言又止,白璐接着他的话题问:"后来出了什么事?"

"许辉的妈妈在他念小学的时候得病去世了,我们上初二那年,他爸爸又娶了一个女人……"谈起别人家的隐私,吴瀚文有点儿不好意思。

白璐静静地看着他:"就这样?"

"当然不止。他爸跟那女的其实过了很久了,领回家里的时候大家才知道,都已经有个孩子了。许辉那段时间过得特别混乱,一天也没老实过,这事全校都知道。"

"所以他的学习就这么被耽误了?"

"也不完全是……"吴瀚文放下筷子,说,"后来又出事了。"

"他那个同父异母的弟弟吧,比他小四岁多,特别喜欢他……"吴瀚文说到这儿,耸耸肩膀,小声说,"那时候他学习成绩好、体育好、长得又帅,男生女生都喜欢他。他只要对他弟弟好一点儿,他弟弟就恨不得天天黏着他。他弟弟来过学校，我们还见过呢。"

"然后呢？"

吴瀚文努努嘴，筷子尖不知何时落到桌面上，他自己都没察觉。

"初二那年过生日，他可能不想带他弟弟，就骗他弟弟说晚上在学校补课，然后请了十几个朋友去外面玩。那天很晚的时候，他弟弟偷偷去学校找他，结果出事了。"吴瀚文抬手比画着，"他弟弟来学校的时候学校的大门已经锁了，他弟弟就去爬后门。那时候后门附近的空地在施工，地上被刨了坑，天太黑他弟弟没注意，就摔进去了，"他指指自己的头，"磕到脑袋了。这事闹得大，都上报纸了。"

白璐微微张开嘴："严重吗？"

她想起了那个炎热的夏日。

灰黑色的楼层索引。

七层。

神经内科病区、康复科病区。

"很严重，好像进了医院就没出来过……其实很惨的，他弟弟被发现的时候，怀里还抱着给他做的机器人模型。"

吴瀚文说着，叹了口气。

"许辉就是从那时候开始，彻底变了。"

窗外的雨在落，墙上的钟摆在摇。

白璐尖细的指尖一下一下地敲着桌子，书被风吹得翻过一页。

妈妈走进屋，把窗户关上了。

"下雨了，你也不知道关窗户，雨进来了怎么办？"

白璐从书桌上撑起身体，打了个哈欠。

妈妈又说："困了吗？别看书了，睡觉吧。"

"没有困。"

"眼睛都睁不开了，还说不困。"妈妈自作主张将桌子上的书收起来，"放假了不用学到这么晚。"

白璐："别的家长都看着孩子学习呢。"

妈妈体贴地一笑，觉得此刻温情难得，摸了摸白璐的头发，说：

"学习没有身体重要，身体是革命的本钱嘛——哎，这是什么？"

妈妈余光扫见桌子上的一个东西，伸手拿了过来。

"哟，项链，很好看啊。"桌上有镜子，妈妈拿着项链对着自己的脖颈比了比。母女二人皮肤都白，戴起银色的项链来显得格外精致。

"自己买的？"

白璐没回答，妈妈当成了默认。

"好呀，学习那么辛苦，平时奖励自己一下。"妈妈放下项链，"行了，睡觉吧，明天不是要返校吗？"

明天是十月三号，后天要上课。白璐作为住校生，要提前一天回学校。

白璐躺在床上，妈妈帮她盖好被子。

关上灯，妈妈离开房间。

几乎与此同时，白璐的手机振动了起来。

是许辉的短信。他发来了一张照片：

夜幕下，他站在江边，江面泛着微波，对面的人家若隐若现。

他靠在石头围墙上，穿着衬衫和牛仔裤，衬衫的一角和额前的发丝一起被江风吹起。

他的身边有一个女孩儿，女孩儿笑得恣意张扬。

入秋了，女孩儿还穿着热裤，露出一双雪白紧实的长腿。

白璐换了一个姿势，侧着头躺着。

他已经给她发过好多张这样的照片，从昨天开始。

十一假期，许辉跟朋友出门玩，曾在九月三十号叫白璐一起去，但是白璐没有答应。

许辉表达不满的方式总是很直接。

白璐打字："吃饭了吗？"

电话很快打过来——许辉懒得发短信。

"喂？"

"嗯……"

"声音这么小，你干什么坏事呢？"

"没，家人睡觉了。"

手机里有风声，江边风大，吹得他的声音比往日遥远。

她听到了江水拍岸，听到了树叶"沙沙"，也听到了不远处女孩子爽朗的笑声。

白璐问："吃过饭了吗？"

"吃了。"顿了一下，许辉满不在乎地问，"你呢？"

"也吃了。"

"哦。"

沉默了一会儿，许辉问了一句："你就没什么要问我的？"

"有。"

许辉又是一顿，然后调整语气，轻轻地笑着说："问吧，要问什么？"

"冷吗？"

电话那端的人像是愣了一下，才问："什么？"

"我们这儿下雨了，天气变凉。你还穿着半袖，江边不冷吗？"

"哦，"许辉低声说，"还行，不是很冷。"说着，他又忍不住道，"没有别的要问的？"

白璐："明天回来吗？"

"回来……"许辉的声音有点儿急躁，但是很快，他又笑了起来，"你啊……"

白璐："怎么了？"

许辉低声道："你就跟我装吧。"

白璐眨眨眼："什么？"

许辉："那个是我朋友，一起来玩的，普通同学。"

"我知道。"

"你知道？"

"她叫小叶，长得很漂亮，说话声音很大。"

电话那端的人安静了许久，白璐听到手机里的声音也渐渐淡了，应该是许辉自己走到了僻静的所在。

他一只脚踩在花坛的矮栏上，漫不经心地感慨："女人真可怕。"

白璐："怎么了？"

许辉想了想，笑着说："是不是那天我打电话的时候听到的？她的嗓门儿是很大，你隔着手机都听见了吧？"

白璐躺在漆黑的房间里，被子盖到嘴边，说话的声音被遮住了："或许比那次更早呢。"

"那我想不到了。"许辉一只手扶着胯，半低着头，轻轻地笑着说，"之前也打过电话吗？记不清了。看你天天不问这也不问那，原来都记着。"

他语气轻松，白璐也笑了。

"是啊，我都记着。"

"明天我回去，晚上一起吃饭。"

白璐说："好。"

假期的最后一天还是雨天。

夏雨含倦，秋雨带杀。

从清早开始，外面的天就阴沉沉的。

"要不再晚一点儿。"吃过午饭，妈妈看着外面的天，"天气太不好了，还下着雨，等雨小一点儿再走吧。"

"没事。"白璐拿着伞，在门口穿鞋。

"那……"妈妈犹豫了一下，"打车去吧。"

"不用。"白璐将书包背好，跟父母道别："我走了。"

"路上小心。"

雨太大，路上不好走，公交车在路上挤了将近两个小时也没有到学校。

来来去去的乘客把公交车里弄得湿漉漉的，汽油味、尾气味加上泥土的腥味充斥着鼻腔，白璐有些晕车，提前三站下了车。

她步行来到许辉家。

她的头还有些疼，昏昏沉沉的，许辉开门的时候，她有一瞬间的错觉，好像时光倒流了。

他洗了个澡，头发没有完全擦干，穿着T恤衫和长裤，光脚踩着鞋。

"这次是迟到了吧。"他靠在门框上,低头看着她,还把手腕抬了起来,"我可戴表了。"

白璐看了一眼,轻声说:"不准。"

许辉轻轻地笑:"别学我啊。"

而后又是安静。

白璐不知道他是不是也想起了他们第一次见面的场景。

她这么想着,他忽然说:"有点儿像那天……"

白璐抬头。

出门玩了两天的许辉看着有些疲惫。

倦意生出回忆,他也想起了那一天。

"总觉得过去很久了……"他一边"喃喃"地说着,一边侧身让开路,"进来吧,没吃饭呢吧?饿了没?"

白璐跟着许辉进屋。

她还没在客厅坐下,许辉就拽着她来到厨房。

"你看着做吧。"

白璐看着灶台,觉得头更疼了。

许辉刚刚应该去了超市,塑料袋上还留着雨水。他买了几大袋子蔬菜和肉,还有各种海鲜、水果和饮料。

白璐回头:"这是什么?"

"饭啊。"许辉斜靠在厨房门口,"你给我做饭。"

白璐低了低头:"为什么要我给你做?"

许辉说:"你不想给我做?"

白璐笑了笑,回头看他,问:"我做什么你都吃吗?"

许辉刚要点头,想到什么,改口道:"我买了这么多东西,你好歹做点儿像样的,别弄碗蛋炒饭糊弄我。"

"太难的我不会。"

"不用太难的,你看着做。"

白璐默默地把菜拿出来,选了几样方便快捷的,放到盆里清洗。

白璐做饭的时候,许辉一直在后面安静地看着。她最终做了醋熘白菜、烩茄子和一条鱼。

许辉只在白璐做鱼的时候开了一次口。

不久之后,白璐问他:"你家里有没有啤酒?"

许辉问:"干什么?"

"做鱼。"

许辉挑挑眉:"哦,家里没有,现在去买的话,来得及吗?"

白璐点点头。

一顿家常便饭,两个人吃得很安静。

吃完饭,"我要走了,等会儿太晚了。"她说。

许辉看向她:"今天也打工?"

"有事。"宿舍要整理,还有试卷没有看完。

"你到底缺多少钱?你妹妹动手术为什么要你挣钱?你爸妈呢?他们没钱?"

白璐动作一顿,转头:"什么?"

许辉没有坐在沙发里,而是直接坐在茶几旁的地上,屈起腿靠着沙发。

他打了个哈欠,没有听清白璐刚刚的话。

窗外的雨势更大了,黑暗笼罩,雨砸在窗檐上,让屋里的环境显得更为封闭。

"你有兄弟姐妹吗?"白璐看着许辉,轻声问。

"嗯?"许辉明显走神了。

"你有弟弟吗?"她更直接地问。

许辉的眉梢微微沉下:"你问什么?"

"你明明听清了。"

许辉深吸一口气,看向一旁,白璐站起身后,他又迅速回头。

"是不是我之前说了什么?"

白璐没回话。许辉又说:"那天晚上,我做了好多梦,迷迷糊糊地打电话给你,我是不是说了什么?"

白璐还是没回话。

"你到底会不会说话?!"许辉从地上站起来。因为起来得太急,头有些晕,他打了一个晃。

"小心点儿。"白璐轻声说。

许辉手揉着脸,窗外大雨滂沱,屋里阴冷蔓延。

"我说了对不对,还是你自己从哪儿知道的?"

许辉果然容易被刺激。

许辉的呼吸慢慢变得急促,没等白璐说什么,他就频频点头。

"对……对……你什么都记得,多小的事情你都记得。医院那次虽然是偶然碰上的,但是这些都很好猜,你问也问得到。"

白璐:"你对你弟弟好吗?"

"闭嘴!"许辉瞪着眼,"你算我什么人,对我指手画脚!"

白璐低下头:"没有。"

许辉指着门口,压低声音:"滚。"

白璐点点头:"好。"

雷雨声盖住了他的脚步声,白璐刚走到门口,肩膀就被扳了回去,心猛地一跳。

她被他抵在门上。

许辉低头看她,此时他满脸通红,是激动导致的。

"你凭什么这样?凭什么这个态度?"

白璐看起来有些茫然:"我什么态度?"

"就这个态度!"许辉指着她,咬牙,"你知道我的事对不对?你这样什么意思?怪我,还是怨我?跟你有什么关系?……"

"许辉。"白璐打断了他的话。

她凝视着他,轻声细语地说:"我没有干涉你,我只是问了一句,'你对你弟弟好吗'。"

她说完话,许辉就怔怔地站着。

他的目光没在她的身上,也看不出落在何处。

借着头顶上冰冷的日光灯,白璐看见许辉的眼角红了。

许辉很快安静下来,不理白璐,甚至也不理自己。

过了一会儿,他拖着步子来到窗台边上,贴着墙坐下,手肘搭在弯曲的膝盖上,头低着,脸埋在双臂之间。

外面天已经黑了。

雨势完全没有变小的意思。

白璐放开门把手,转身回到客厅。

她坐在许辉的旁边。

这种感觉有些奇怪。

十几厘米外是另外一个人的身体,自己似乎能感觉到热气,听到浅浅的呼吸。

白璐抱着自己的膝盖,没感觉到地面凉。

"我的朋友都说不怪我……"不知过了多久,许辉开口了。

他的声音被他自己圈在了双臂之下,低沉,执拗。

"怪?"白璐的话更为简单。

许辉侧过头,从臂弯里露出一只看上去有些蒙眬的眼睛,眼睛半睁不睁,看着地面。

"不怪我……怪他们自己……"

白璐别开眼,巨大镜框后的双眸像被雨洗过一般凉。

"你还没回答我。"

"什么?"

"你对你弟弟好不好?"

许辉把头紧贴着手臂扭回去,一声不吭。

白璐说:"要么我换一个问法,你对你弟弟好过吗?"

许辉把脸埋得更深了,轻轻地蠕动着,像是要缩到蛋壳里的雏鸟。

"好过的吧?"白璐看着他,一字一句地说,"不然他怎么会那么喜欢你……黏着你,想在你的身边,能记住你说过的每一句话。"

许辉抱着膝盖,手紧了点儿,呼吸重了点儿。

他露在外面的脖颈骨节凸出,皮肤白皙细腻。

白璐静静地看着他,说:"你明知道自己不一样。"

许辉冷笑了一声,身体轻轻地动了一下,慢慢坐直了。

他脸上的冷笑还没散去。

他不在意地问:"怎么不一样?我有两个脑袋?"

白璐的声音落在许辉微垂的睫毛之上。

"你明知道别人那么容易就会喜欢上你。"

许辉怔住了。

他的脸看起来和善了许多,沉静发呆之际,有股茫然的气息萦绕。

白璐:"想拿就拿,想扔就扔,你回头看过吗?"

许辉收了收下巴,眼睛盯着地面,忽然发起脾气来。

"你不要跟我说话。"

白璐也垂下头,试图看着他的眼睛。许辉没让她得逞,在对视的前一秒硬生生地别过头去。

白璐的目光紧紧地追随着许辉,身子也侧过来,声音不大,却字字都钻到了他的耳朵里。

"你回过一次头吗?就算什么都不做,只是看看他们现在怎么样了。"

许辉的声音陡然变大,他抬起头瞪着她。

"不看!我凭什么看?跟我没关系,他们自找的!"

白璐眼睛一眨不眨地看着许辉,他被她看得更加暴躁了。

"我让他喜欢我了?我逼着他给我送生日礼物了?我什么都没有答应过,他自己愿意的,出了事凭什么怨我?他死与不死,跟我无关!"

过了一阵,白璐努努嘴,好似忽然想起了什么,轻声说:"你弟弟那时候十岁吧。"

不知道是"弟弟",还是"十岁",总之,这句话里一定有某些内容,在出口的瞬间击垮了他。

许辉呼吸不匀,肩膀松垮,眼眶如火烧,却依旧强忍着。

眼泪落下来的前一秒,许辉从地上站起来,指着门口。

"滚——"他陡然大吼,"滚!以后也不用来了!"

白璐拍拍衣服,低着头走到门口。

天气有所好转,白璐在楼门口撑起伞,缓缓步入雨中。

可走了几步,白璐就停住了脚步。

还是在那根电线杆下。

昏暗的路灯,淋漓的雨水,一个打着伞的男孩儿。

他好像正在赶路,被无意中的一瞥惊到了,愣愣地站着。

白璐只停了一秒，就若无其事地接着往前走。

她路过背着大书包的吴瀚文身边时，他有所反应，想叫她，但声音被雨声和路过汽车的喇叭声盖住了。

白璐低着头从吴瀚文的身边走过，他跟了上来。

背后的脚步声有点儿沉重，她可以理解，吴瀚文学习成瘾，每天都要背着二十斤重的书包上学放学。

白璐知道吴瀚文有晚上去学校自习室看书的习惯，只是不知道为什么这么晚。

进了校门，白璐往宿舍楼走。

"哎！"吴瀚文到底还是叫住了她。

白璐回头："怎么了？"

"你……"

校园里的灯光更暗，白璐看不清他的脸色，开口问："怎么这么晚还来学校？"

"啊，我白天在学校帮包老师弄试卷，走后发现有东西忘拿了，回来拿。"

"太晚了，你回去时小心点儿。"

"没事，我住得近。"

白璐点点头，转身离开。

这次吴瀚文没有叫住她。

一场秋雨一场寒，第二天凌晨的时候，雨停了，校园里满地残花落叶，终于有了秋的氛围。

今天，白璐和吴瀚文格外安静。

白璐本身话就不多，而往日喜欢跟同学闲聊的吴瀚文，也从早埋头看书到晚，连李思毅来问问题，他都是直接在本子上把答案写好后给李思毅。

李思毅开始还调侃了几句，后来发现气氛是真的不对劲，也就乖乖地闭了嘴。

最后一节课上完，同学们陆陆续续去吃饭，白璐在前往食堂的路上拐了个弯，来到食堂后面。

转身，毫不意外地看见了吴瀚文，白璐笑了笑。

"又想请我吃饭？"

吴瀚文神情严肃，皱着眉头的样子很像班主任包建勋。

"怎么回事？"吴瀚文问。

白璐："什么怎么回事？"

吴瀚文："你知道我说的是什么。"

白璐安静地低下头。

吴瀚文有点儿急："到底是怎么回事？你怎么从那里出来？"

白璐抬头："那里怎么了？"

"那里是……"吴瀚文纠结地道，"是……是他家啊。"

"谁家？"

吴瀚文深吸口气："许辉家。"

白璐问："你怎么知道他住哪儿？"

"我租的房子也在那附近，我见过他，好歹念过一个初中——"吴瀚文解释了几句，忽然感觉不对劲，赶快把话题扯了回来，"我是在问你！你怎么会从他那儿出来？你认识许辉？"

白璐抿着嘴，轻轻地"嗯"了一声。

"认识啊，我们是朋友。"

吴瀚文被她轻描淡写的态度震惊了："不是，你……你……他……"

白璐说："偶然认识的。"她迈步往食堂走去，"没什么事，你就当没看见吧。"

"不可能。"

白璐停住脚步。

他不止会学习，秋风一吹，把一个理性的学习委员唤醒了。

"你们不是朋友。"吴瀚文笃定地道。

他脑筋灵活，在这短短的时间内，思维迅速地发散。

白璐意识到什么，试图打断他的思路。

"回去吧，别想了。"

"不不……"吴瀚文抬手，想起的事情越来越多，多到在寒凉的夜晚肩膀出汗,"我们一起吃饭的时候,你还问过我他的事情,你是故意问的?"

最先回想起的一点,无形之中给了这位十八岁的少年闷声一击。

"你本来想问的就是他是吧?"

白璐抿嘴。

吴瀚文原地走动了几下,又说:"是不是之前运动会的时候你也是……?"

白璐没有说话,但是目光分明已经给出答案。

吴瀚文双手叉着腰,脸皱到一起,急得都有些驼背了,痛心疾首地说:"你怎么会跟他弄到一起呢?!他是什么样的人你还不清楚吗?蒋茹在他的身上栽了那么大的跟头你都没记住?亏我还帮你瞒着包老师!"

白璐摇摇头:"你想太多了。"

"我想什么了就想太多了?那是晚上,你从他家里出来,你告诉我怎么往少了想?"

白璐无声地看着吴瀚文,他的目光渐渐严厉起来。

"你解释啊!"

白璐:"还是你先解释一下吧。"

吴瀚文一愣,问她:"我解释?我解释什么?"

白璐:"为什么这么在意我的事?"

吴瀚文好像忽然间被噎住了,目光乱窜,支支吾吾。

"我……我就是……就是问一下。"

"有这么问的?"

"你毕竟是我同桌……"

"谢谢。"

吴瀚文抬头,对上白璐的眼睛。

"谢谢你关心我。"

她的话里没有任何嘲讽的语气,吴瀚文渐渐放松下来。

"你……"

"不是你想的那样。"

吴瀚文迎着白璐的目光，终于找回了自己的声音。

"我想的什么样？"

白璐抬头："那样。"

"可你也不会平白地去……"说到一半儿，吴瀚文忽然停住，眼睛亮了片刻。

白璐曾很多次从他的脸上见过这样的表情，那是他在解开难题的瞬间才会出现的表情。

"因为蒋茹。"

吴瀚文猜测的时候还犹犹豫豫的，可话说完的一刻，他忽然就确信了。

"因为蒋茹，对不对？"

半晌，白璐缓缓叹了口气。

吴瀚文叉着腰，来回踱步，觉得有好多话想说，可一时又不知该从哪儿开口。

白璐忍不住问："不晕吗？"

"不！"吴瀚文瞪了她一眼，接着走。

"那我先走了。"

"站住！"

白璐回身："再晚就来不及吃饭了。"

吴瀚文瞪眼："你还有心思吃饭！"

"你不饿吗？"

"我……"

白璐摇摇头："来，我请你吃。"

吴瀚文立在当场。白璐又催了一句，吴瀚文哑口无言，挠挠头，跟了上去。

两个人一同往食堂走。

白璐："啊……"

"你别想再打听许辉的事！"吴瀚文的话连珠炮似的蹦出来。

白璐嘴才张了一半儿，诧异地看着吴瀚文："什么？"

白璐的神情让吴瀚文觉得自己是个斤斤计较的人，他有些尴尬地说:"没没,怎么了?"

　　白璐:"哦,你想吃什么?"说着,她又笑了笑,"别太贵,手下留情。"

　　"放心!"吴瀚文爽快地说,"刀削面走一拨。"

　　吴瀚文开始讲下次考试的事情。

　　白璐低着头走上台阶,听着吴瀚文的话,嘴唇抿着,唇色淡淡的。

第三章

纠　葛

夜晚很静，小区里更静。

出租车停在小区门口，坐在副驾驶位子上的少年给了钱，开门步入夜色中。

最近连下了几场雨，空气潮湿，下车的时候他咳嗽了一声，随即用手盖住嘴。

许辉来到一幢别墅前。

这座花园小区不算新，有近二十年的房龄，刚开盘的时候是本市最贵的楼盘，几年前被超过了。

他的印象太深了。

本来他父亲是准备在那个新楼盘里买房的，定金都已经付好了。

那年他初二，父亲有一晚兴高采烈地回家，说房子年底就能交钥匙了，等装修完，明年就能搬过去。

父亲把结构图拿回来，给全家人看。

新别墅也是三层，一层一间主卧。大家围在一起讨论分配屋子的时候，父亲笑着跟王婕说："咱俩就住二楼的主卧吧，我住房子就喜欢住二楼。"

王婕连连说"好"，拿着结构图兴致勃勃地看着。

从书里抬起头，许辉偶然回想起，母亲从前住在三楼。

许易恒被王婕抱在怀里。王婕问："小恒喜欢几楼？"

许易恒从王婕的怀里挣脱出来——王婕去拉没拉住——直接蹦到坐在一边的许辉的身边，脆生生地说："哥哥住哪儿我住哪儿！"

王婕有点儿尴尬。

"别打扰你哥哥看书……"

许易恒那时十岁，是男孩儿最能疯的时候，可他的性格比较内向，在学校从来蔫头蔫脑，只有回家了在父母的面前才会放开一些。

许辉低着头看他，没说话。

父亲提点似的对许辉说："要不你跟你弟弟住三楼？三楼宽敞，还有个阁楼。"

许易恒激动地拍手："阁楼！"他拉着许辉的袖子："哥——哥——"

许易恒长得很可爱，继承了父母的美貌。

毕竟有血缘关系,他看起来跟许辉有几分相似。

许易恒的眼睛大而有神,他小心地盯着许辉:"哥……咱们住三楼吧。"

许辉不知道想到什么,沉默了好久。

父亲低声叫他:"阿辉……"

许辉抬头,看见父亲与王婕都看着他。

他点点头:"行。"

许易恒趴在许辉的背上开心地大叫。

那天晚上,许易恒赖在许辉的房里,很晚都不肯走。

他很兴奋,在许辉屋里蹦蹦跳跳。

许辉躺在床上玩游戏机,许易恒趴过来。

"哥,你后天过生日!"

许辉"嗯"了一声。

"你在哪儿过啊?是不是有同学去?我也去吧。"

许辉哼笑一声,眼睛并没有离开游戏机。

许易恒扒着许辉的手:"在哪儿呀?"

许辉拨开他,皱着眉:"别乱动。"

"那在哪儿啊?在哪儿在哪儿在哪儿?"

节奏被打乱,许辉操纵的机器人终于被炮火轰到,倒地不起。

许辉闭上眼,把游戏机扔到一边。

许易恒还在旁边问:"在哪儿啊哥?"

许辉不耐烦地把被子盖起来:"我要上学,生日不过了。"

"啊,怎么不过了?"许易恒有点儿失望。

"学校补课。"许辉随口一说,说罢,蒙上被子睡觉。

他不过是随口一说……

院子没有人打理,里面全是杂物。

父亲在外谈生意。

都说家是避风的港湾,可最近两年,父亲回来的次数屈指可数。

没有人气的房子,看着格外寒凉。

许辉掏出钥匙开门,钥匙拧到一半儿,里面有人打开了门。

是保姆吴阿姨。

吴阿姨今年四十多岁,是一个职业家政人员。

家里出事之后,父亲找她来帮忙照顾王婕,已经好几年了。

许辉很少见到她,她一踏入许家大门就陪在王婕的身边,是以对许辉有着强烈的敌视情绪。

吴阿姨应该是听见了门口的动静才过来开门,见到许辉,禁不住"啊"了一声,然后马上挡在门口,打量着许辉,说:"你爸没在家。"

许辉僵硬地"嗯"了一声:"我回来拿点儿东西。"

吴阿姨有点儿犹豫:"今天你妈回家住……"

许辉手插在裤兜里。

"她在家?"

"是啊,白天一直在医院,最近身体不好,晚上回来休息。"她看着许辉,"所以,你过两天再拿吧。"

"她……"许辉欲言又止,头一直垂着,看着地面。

这时,另外一道声音传来,那是一道有些柔弱的女声。

"吴姐,谁呀?"

"没人!"吴阿姨马上回头喊了一句,然后转回来,使劲给许辉使眼色:"赶紧的呀。"

许辉别开眼,犹豫了一下,脚还是没挪地方。

拖鞋的声音渐渐近了,吴阿姨抬手推了许辉一下,就要关门,许辉抽出一只手,抵住门。

"吴姐?"王婕走过来,终于看见了门口的许辉。

"……"

吴阿姨一跺脚:"嘿!"说着她狠狠地白了许辉一眼。

王婕还不到四十岁,人已经老得不成样子,完全看不出当初的风姿,头发白了大半也没有染,皮肤粗糙,眼袋又黑又大。

她看见许辉的一瞬间,人呆立住,而后转过头,默不作声地往楼上走。

"小婕!"吴阿姨跟过去扶着她,剩下许辉一个人被晾在门口。

"王姨。"许辉开口。

王婕回头，没等许辉说什么，就开口道："你要拿什么就拿什么，不用问我。"

"不是……"许辉感觉胸口像压着石头一样，说话时很吃力，"小恒……"

他刚说出这两个字，王婕便凄厉地大叫："你要拿什么就拿什么！要拿什么就拿什么！不要问我！别问我！"

她的声音太尖太锐，到了破音走调的程度。

吴阿姨一边抱着她，一边拍她的后背。

"好了好了，小婕，不想了啊。"吴阿姨又指着站在门口的许辉，眯着眼睛，指尖如锥子一样。她咬牙切齿地说："年纪轻轻怎么就这么坏呢？！就没见过像你这么恶毒的！害了自己的弟弟现在还回来害妈！"

刚刚初秋，可屋里已经冷如冰窖。

王婕崩溃了，捂着脸，大声哭号。

"真坏啊你！"吴阿姨还指着许辉，脸都被气变形了，嘴里不住地说，"你妈都什么样了你还说这些！这个家全让你毁了，好好的全让你毁了！"

许辉插在裤兜里的手握成拳头，没用力，却抖得不行。

地上有一道门槛，不高，他却永远也跨不过去。

许辉一句话都不能再听，狠狠地摔上门，背过身跑掉了。

吴阿姨瞪着眼睛看着门，尖声叫喊："什么东西？！什么东西啊这是？！"

王婕跪倒在地上，吴阿姨一下一下地抚着她的后背。

"别理他！"吴阿姨叹了口气，说，"真是坏到家了！小婕，要我说你就盯准许正钢，最好自己再生一个，到最后一分钱都别给他！让他知道报应！唉——你这么善良，老天不长眼，好心没好报啊。小恒多好的孩子，聪明又可爱。"

空荡的别墅里，哭声近乎疯癫。

他跑了很远，出了院子，出了小区，跑出去整整两条街才停下。

他浑身都是汗，嗓子干涩无比。

小卖店里，许辉抽了一瓶矿泉水，扔下钱就走。老板在后面使劲喊他："找钱啊！找钱！"许辉都当没听见，大步离开。

一瓶矿泉水卖了一百块钱,老板乐得嘴角咧到了耳根。

许辉在路边一口气灌了整整半瓶矿泉水,剩下的一半儿倒在了身上,衣服湿透了,可身上还是烫的。

将空瓶子扔到一旁,许辉狠狠地抹了一把脸。

脸上很湿,不知是水还是其他。

十几分钟过去了。

湿了的衬衫被晚风一吹,紧紧地贴在皮肤上,夜幕下,他看起来更为单薄了。

许辉坐在马路沿上,双手按住自己的头,紧紧地。

汗散尽,他开始感觉到冷。

白璐在睡梦中被吵醒。

后半夜了,她从电话里嗅到了公路的气息。

他说话时上气不接下气,声音都变了调。

"到底为什么?"

白璐迷迷糊糊地问:"什么?"

"你到底为什么那么说我?你凭什么那么说我?……"

白璐刚醒,无法适应突如其来的光亮,皱着眉头闭上眼睛。

许辉声音颤抖,好像比她更为迷茫。

"到底为什么跟我说那些话?"

白璐静默了一会儿,说:"对不起。"

"谁让你跟我道歉的……"

"那要怎么样?"

要怎么样?

他也不知道要怎么样。

白璐在沉默的间隙看了一眼时间,两点半。

他还站在大街上吹风。

听筒里的呼吸声渐重,白璐低声说:"你要是不喜欢我说的那些,就当我没说过吧。"

她似乎听到了他的磨牙声。

心中百转千回,过了很久,许辉泄了气,低声说了一句:"都怪你。"

"什么？"

"都怪你……"许辉说着，比起埋怨，听着更像是走投无路时的赖皮。

白璐头脑昏沉，不想深思许辉的话到底是什么意思，简单地将之归结为上次令他不顺心的谈话造成的后遗症。

"对不起。"她不想动脑，夜里想太多容易睡不着，明天有周测，她不想为许辉的电话耗费心神。

许辉怪罪了她一通，白璐一次又一次地道歉。

昏昏欲睡让白璐的声音显得格外轻柔，饱含诚意。

"算了……"许辉的语气终于恢复正常，只有疲惫还是那么明显，"也没什么……我都习惯了。"

白璐闭着眼睛，慢慢失去意识，完全听不到许辉说了什么。

电话里只剩下许辉一个人自言自语。

"其实，我本来也想问问……我好久没有见过他了……"

他变得太脆弱。

"我不敢见他……

"上次我偷偷去了一次，他就剩下那么一点儿了，浑身的肌肉都抽在一起。

"他跟以前完全不一样了。

"你说他醒了还能不能变回原来的样子？……

"白鹭……"

风"呜呜"地吹着，掩盖住他脆弱得不堪一击的声音。

"我很害怕……"

白璐的记忆出现了断层。

早晨醒来时，她发现自己的身边放着手机，最后一个通话记录是许辉。

她记得半夜他打来电话，但她不记得是什么时候挂断的。

至于内容……

她在食堂买了早饭，在往教学楼走的路上，回想起那一句——"都怪你"。

白璐坐在座位上啃完包子,其他同学才陆陆续续来到教室。

十月中旬了,燥热退去,秋日安宁。

教室最前面的计时板上的数字一天一天地往下减,大家已经习惯了。

六中高三学生每周一次的测验被安排在周四下午。

上午照常上课,吃完午饭,同学们回到教室,简单地收拾文具。这时,学委会的人在教室里的黑板上贴了一张考场表,考场是按照上一次周测的成绩分的,同学们按照表上的安排,去自己的考场参加考试。

白璐把笔袋整理好,背着书包跟着大部队出门。

门口有些堵,吴瀚文走到白璐的身边。

"考个试而已,带这么多东西?"

白璐看了他一眼:"也没多少,随便带的。"她一边说一边上下打量吴瀚文,"光杆儿司令啊?"他没背包,手里也是空的。

"看得不仔细了吧。"吴瀚文抬手,指了指自己的胸口。原来他的衣领处夹着一支水性笔,白璐刚刚没有注意到。

"就一支笔?"

"啧。"吴瀚文一撇嘴,"眼瞅要考数学了,你这思维这么局限可怎么办?"说着,他一扭身,拎着自己的衬衫提起来,露出了裤子。

他的裤兜处别着另外一支水性笔。

白璐转回脸。

吴瀚文:"我开玩笑的,思维不能乱发散,不好集中精力。"

人终于走得差不多了,白璐迈开步子,吴瀚文在门口跟上她。

"哎……"

白璐回头,吴瀚文闭嘴。

"学委。"

"啊?"

走廊里到处是去往考场的学生,拖拉的脚步声和细碎的说话声充斥在慵懒的午后。

虽然懒,虽然慢,但每个人都走在自己的节奏里。

白璐在某一个无人注意的空当冲吴瀚文笑了一下。

这一切发生得很快，不过眨眼的工夫。

笑容狡黠，含着恃宠而骄的意味，甚至有点儿邪恶，最后她挑眉说："没事。"

白璐说完便走了。

吴瀚文傻眼了。

"什么感觉？"

转头看见李思毅背着书包站在自己的身后，吴瀚文愣愣地开口："你怎么还没走？"

李思毅坦然地道："刚刚太挤。"

吴瀚文："你真是一个称职的胖子。"

李思毅皱眉："别转移话题，什么感觉？"

吴瀚文长叹一口气，拍拍自己的胸口。

"唉，说不清，动不动给我来这么一下子。"

李思毅"呸"了一声："别往自己的脸上贴金，什么动不动？第一次吧。"

吴瀚文："……"

吴瀚文踢了李思毅一脚："赶紧考试去。"

白璐坐在考场里靠近窗户的位子上，窗子开了一道小缝，风刮进来，有点儿凉。

这次考的是理科科目——数理化。

试卷在周六早上被发了下来。

吴瀚文捧着试卷进教室时脸色不太好。

白璐是个敏感的人，预料到什么。

果然，吴瀚文一脸严肃地将试卷发到白璐的手里，白璐看了一眼，竟然舒了一口气。

抬头，她有点儿无奈地说："我还以为差了多少。"

吴瀚文眉头紧皱，坐回座位上。

包老师讲题的时候大家都保持着安静，一直到课上完了，吴瀚文鼻孔里的气才出来。

白璐："真没差多少。"

吴瀚文："比上次低了吧。"

白璐："三科加在一起差了不到二十分……"

"二十分！"

吴瀚文可能这辈子都没碰到过这么恐怖的分差。

他差点儿从凳子上蹦起来。白璐往后躲了躲："你冷静点儿。"

"二！十！分！"

中文真是博大精深，只是这么简单的三个字，吴瀚文在念出口的同时已经感同身受般生出一层冷汗，好像被雷劈中了一样，脑袋上隐约冒出黑烟。

吴瀚文表情沉痛地说："你知不知道我们省今年有多少考生？"不等白璐说话，他马上自答，"将近三十万！三十万！一分就能跨过多少人，你还敢说差二十分！"

白璐哑口无言。

考试的时候她的状态的确不好，前一天半夜的电话到底影响了她的休息，整个考试过程，她的头都有点儿疼。

吴瀚文慢慢静下来，眼睛盯着白璐，在白璐回视他的时候，他又移开目光看向书桌。

吴瀚文虽然安静了一会儿，可白璐知道，话题没有结束，刚刚开始吧？

吴瀚文一只手拿着黑色的水性笔，没有摘下笔帽，在桌子上乱画。

"是受影响了吧？"他问。

"说话时不要省略宾语。"

"嗤——"吴瀚文抽气，转头看白璐，后者笑笑："逗你呢。"

吴瀚文："我没跟你开玩笑。"

白璐的笑容渐渐淡去，吴瀚文的神色严肃起来。

"是不是受影响了？"

"没。"

"不可能。"吴瀚文坚定地说。

白璐看了看他，而后点点头："那就是吧。"

"什么？"

"学霸说的都是真理。"

吴瀚文挺了一下腰，而后镇定地说："你不要跟我嬉皮笑脸，没用！"随后，他搓着指尖，放缓语气，又说道，"那天回家之后，我又想了想这事，总觉得……觉得……"

白璐转头。

她在等待别人说话的时候，神情格外专注，专注到让对方不得不谨慎地对待自己的发言。

吴瀚文抿抿嘴，一口气说完："我还是觉得不太妥当。"

"什么不妥当？"

"你这件事。"

白璐低下头。吴瀚文诚恳地说："白璐，不可能没有影响的，我们现在是高三。"

他的神情太过认真，让话语也格外有说服力。

"你总要分出时间的，人的精力有限，没有人能真正做到一心二用。"

白璐淡淡地看着桌面上自己的双手，吴瀚文知道她将自己的话听进去了。

"你告诉我，你到底怎么想的？我不是你的敌人。"

半晌，白璐低声说："也没怎么想……"

吴瀚文有点儿急："那你接近他干什么？这么关键的时……"

白璐转首，刚好与吴瀚文四目相对。

"我不知道。"她说。

吴瀚文："什么？"

"不管你信不信，我自己也不知道。"白璐低声说，"我说不清楚……"

她不像是完全在敷衍。吴瀚文有些欣慰，说："那也总要有点儿理由……你之前说是为了蒋茹，全是为了她吗？"

白璐的反应很慢，他看出她陷入了回忆中，她在思索。

过了一会儿，白璐轻声说："蒋茹离开学校前最后那几天，我一直陪着她。"

吴瀚文点点头："我知道。"

白璐："我跟她说了很多话，我真正的想法都告诉过她。"

吴瀚文："你一直在帮她。"

白璐凝视着吴瀚文，强调道："所有的想法，我都告诉过她。"

吴瀚文："是啊……"

"可她还是那么草率地做了决定，就为了那么简单的理由。"

白璐此刻的眼神里有难得的决绝。

"她走得我不爽快……你懂吗？好像结局已经定下来，他们所有的认知都是对的，他们大获全胜。她这个结局太蠢了，我不服气。"

吴瀚文哑然。

白璐很快恢复了原样。

"其实本来是无所谓的，只是那天晚上太巧了。"

那个燥热、无聊、没人陪伴的雨夜。

一切太巧了。

她和他就那么遇到了。

一道悬而未决的题目横空再临。

那一瞬间，老天爷的指尖在她的心口一拨，她根本来不及细究，提笔就去了。

吴瀚文又问："这就是你一开始的想法？"

白璐："开始时没有想法……我没想过会开始，想法都是后来慢慢有的。"

"那现在呢？"

白璐有一瞬间的愣怔。

现在……

她是个严谨的人，要把所有的记忆过滤一遍，才能决定此时的想法。

可不知为什么，白璐并不想回忆。

"忘记了，太久了。"

"他现在知道吗？"白璐看向吴瀚文，他又问，"你们是朋友了吗？"

白璐没有说话。

吴瀚文条件反射般握紧了笔。

"是朋友吧。"白璐说。

吴瀚文紧紧地盯着她："白璐，要不……还是算了吧。你不觉得不值得吗？为什么要在他的身上浪费时间？"

白璐："没有多久。"

"怎么没多久？你已经好几个周六没有上晚自习了。"

白璐沉默。

"我说的是真的。说白了他跟你也没有什么关系，你找上他也只是一念之差，还是不要继续了。"

白璐呢喃道："一念之差……"

"是，而且……"吴瀚文欲言又止。

白璐看向他："而且什么？"

吴瀚文支支吾吾。

白璐："什么？"

吴瀚文声音极低，磕磕巴巴地说："你不怕……不怕自己也……"

白璐目不转睛地看着他："自己也什么？"

吴瀚文磨叽了半天，终于把话说全了："你不怕自己跟蒋茹一样？"

他很聪明，看着吴瀚文的白璐心里想着。这个问题，他需要她否定的答案，所以他把蒋茹加上了。

在这个不等式里，两边都是正数，而蒋茹就好像是一个负号。

她想赢，就不能带着蒋茹——不能像蒋茹一样。

白璐低声说："不会。"

她说得很坚定，可吴瀚文眼中的担忧半点儿都没有消退。

"白璐，许辉这个人……"

铃声骤然响起，包老师急匆匆地从外面进来了，到讲台上翻找材料。

白璐和吴瀚文同时转头做自己的作业。

等包老师走了，他们也没有抬起头来继续说话——交谈的氛围已经没有了。

话题就这样断了。

许辉这个人……

许辉这个人……

他到底怎么样呢？

屋里吵吵嚷嚷的。几乎每个周五的夜晚都这样，周围的住户都习惯了。起初几次有人来找过，但是被那一屋子的少男少女起哄轰走了。

唱片机震天响，一个男生唱着最近流行的网络歌曲，唱得兴奋了，还蹦跶起来。

小叶没有跟其他人一起疯玩，坐在沙发里，有些不安，连旁人送到她嘴边的零食都没有注意到，眼睛一直瞄向门口。

一首歌曲唱完的时候，小叶终于按捺不住，站起身往门口走。

到门口准备换鞋的时候，她被人拦下了。

孙玉河斜靠在门上，拿着手机，两只手飞快地打着字，目光落在闪着光的屏幕上。

小叶不满地问："干什么呀？"

孙玉河将所有的注意力都放在了手机上，随意地仰仰下巴："回去回去，乱跑什么？"

"我出去看看。"

孙玉河好像被手机上的某些信息逗笑了，抽空问小叶："什么？"

小叶大声说："我要出去看看！"

孙玉河皱了皱眉："看什么啊？"

小叶伸手去拨孙玉河："你让开，我去找阿辉。"

孙玉河好歹是个大小伙子，而且体格比许辉还结实一些，哪儿能被她轻易弄走，站在原地打了个小晃，脚半分都没动。

小叶的凌厉劲上来了："干什么？！"

孙玉河像是不敢领教一样，收起手机，跟她好好说："等一等啊，他在打电话呢。"

"跟谁打电话？"

"我哪儿知道？"

"怎么这么久？"

"久吗？还不到十分钟呢。"说着，孙玉河朝小叶笑笑，"你给他打电话哪次不是半个小时起？"

小叶白了他一眼："那是我打的，这是他给谁打的？"

青春期的女孩儿在涉及心爱的男生的问题时,心细如发。

"我哪儿知道?"孙玉河转开眼。

"看着我说!"

孙玉河一撇嘴:"我是真不知道。"

"孙……"

小叶刚要发飙,门开了。

凉风先灌入,许辉低着头跟在后面。

孙玉河拿着手机到别处去了。

许辉关上门,走到屋里,一落座,小叶就靠了过来。

"给谁打电话了?坦白从宽!"她嘟着嘴巴,轻轻撞了他一下。

许辉觉得有点儿渴,又站起来,问孙玉河:"我拿点儿饮料来,你喝不喝?"

孙玉河玩着手机,随口说:"行啊。"

许辉拿了三瓶饮料过来,坐下后,小叶自觉地帮他打开,许辉看着孙玉河,后者依旧玩手机玩得不亦乐乎,不时还傻笑。

许辉似有一肚子气没处发泄,一把把孙玉河的手机抢过来。

"哎?!"孙玉河瞪眼,"闹什么?"

许辉垂眼看了一眼,冷笑一声:"天天发,腻不腻?"

孙玉河过来把手机拿回去:"我乐意。"

小叶在旁边问:"怎么了?跟谁聊天儿呢?惠子?"

许辉"哼"了一声,不屑地说:"还能有谁?一天聊二十个小时也不够。"

孙玉河重新靠在沙发背上,瞄了许辉一眼,意有所指地说:"嗯,我就是聊不够,你能把我怎么着吧?至少我还有聊的对象……不像有些人,想和人聊还没机会呢。"

许辉全当没听见。

小叶脸色不好,坐在一边生闷气。

许辉去上洗手间后,小叶问孙玉河:"阿辉是不是看上谁了?"

孙玉河哼哼唧唧。小叶掐了他一下:"是不是?!"

"嘿,你掐我干什么?"孙玉河从沙发上坐起来一些,"你有事问他去行不行?"他看着小叶的脸色,又低声道,"化身女鬼了这是……"

小叶"哼"了一声,跷起二郎腿,抱着手臂看着孙玉河,审讯一样。

"哪儿的呀?"

"什么哪儿的?"

"那女的哪儿的?"

孙玉河晃晃脖子,心里骂着:许辉那混账又躲到洗手间发短信去了。明明人家半天不回复,他还在那儿发。

小叶的审问还没结束。

"不是我们学校的吧?"

孙玉河只能应付道:"嗯……不是。"

"外面的?"

"嗯。"

"阿辉怎么没把她叫来一起玩?"

"工作忙吧。"

小叶不屑地笑了一声:"哟,工作了啊,这都几点了?"她象征性地看看时间,"十一点了,这个点还没下班,她干什么工作的啊?"

孙玉河忽然觉得有点儿好笑:"哎,你们女的都这样吗?"

小叶紧皱着眉头:"什么样?"

孙玉河摇摇头。

许辉回来了,脸色不佳。

小叶一扭头,坐到一边,似乎是要跟他冷战。

许辉并没有理会她,坐下后接着喝饮料。

那一晚散场的时候,大家或多或少发现了气氛不对劲。

孙玉河走得晚一些,临走时,许辉的脸色还没有改善。

他偷偷地问了一句:"不回你?"

许辉周身的气压极低:"嗯。"

"人家有事呗。"

"能有什么事?天天有事?"许辉斜着眼睛看孙玉河,"一个女生,这么晚打工?"

孙玉河无辜地看着许辉:"你跟我较劲有什么用?"

孙玉河换好鞋，走到门口，又回头看了一眼。

不管现在如何自甘堕落，许辉到底从小家教良好，每次送客人的时候，就算心不在，也一定把客人送到门口。

大家玩了一晚上，屋里乱得不成样子，不过现在显得有些空荡。

许辉也很疲惫，头低着，不知在想些什么。

孙玉河走回去几步，在许辉不注意的时候，把他的手机抽了出来。

许辉抬头："嗯？"

"把小白兔的手机号码给我吧。"

许辉的目光一瞬间谨慎起来："干什么？"

"你看你那表情……"孙玉河指着许辉，"我瞅着就不想帮你。"

许辉："帮我什么？"

"说说好话。"

"用不着。"

孙玉河无声地笑。

许辉："……"

"别的也就算了，这事你就不要跟我装了。"孙玉河将手插在口袋里，斜着头，一脸欠揍样，"不是吹，哥随便一点儿经验说出来，都能造就一代情圣，你还跟我争什么？"

"……"许辉停顿了一会儿，慢吞吞地拿出手机，把白璐的手机号码调了出来。

"你不要乱说话。"许辉小声说。

"我就记一下，最多也就帮你问问情况。"孙玉河把白璐的手机号码存到自己的手机里，看了许辉一眼，"你死要面子，很多话又不好说出口。"

许辉还低着头，轻声道了句"谢谢"。

孙玉河一拳头捶在他的肩膀上："差不多行了啊。"

人都走光时已经快零点了。

许辉回到屋里，客厅里一片狼藉，他也不想收拾，回到卧室，一头栽到床上。

他拿起手机看了看，什么信息都没有。

他将手机随手一扔，翻身睡去。

白璐正在宿舍做一套数学题。

厚如砖头的《五年高考三年模拟》磨炼了一代又一代青少年。

那天与吴瀚文有始无终的谈话让白璐多少有些介意。

试卷被拿回来后，白璐看了好多遍，这几天每天晚上都在做数学模拟题。

放在一边的手机又振动了一下。

白璐没有当回事。

今晚手机振动了很多次，都是许辉的信息。开始的时候白璐回复了他几句，后来见说明了自己晚上有事，许辉依旧不依不饶，她就只当没看见。

手机又振动了一下，白璐无意间斜眼一看，发现发信息的是一个陌生的手机号码。

她拿过手机，点开第一条信息。

一颗硕大的头蹦了出来，白璐被吓了一跳。

这是孙玉河走在大街上的自拍。

下面配着一条信息："大妹子，下班了没？！"

深更半夜的，这信息实在是有点儿搞笑，白璐乐了，回复道："还没。"

"这么晚还不下班？"

"事情有点儿多。"

"给阿辉回信息了没？"

"之前回了，后来做事去了就没有回。"

"他黏人吧？"

白璐将手放在手机上，不知道要回些什么。

过了一会儿，孙玉河发来了一条长信息。

"妹子，你别怪他，我之前跟你说过，阿辉这人看着跩，其实特别没安全感。我跟他认识很久了，你知道他经常请人吃饭，而且一吃就吃到很晚，其实他不是喜欢玩，他就是有时候一个人待着心里会慌。

"他的脾气是有些臭，那是因为他家里的情况特殊。他以前不是这样的。现在不方便跟你全讲,以后有机会了告诉你。其实,我真的觉得他对你很上心,你要是平时工作闲了,就多找找他,他这个人很好哄的。

"你就当行行好,帮我们这些朋友照看他一下。

行吗?"

行吗?

白璐看完信息,将手机锁屏,轻轻地推到旁边,让目光重新回到试卷上,提笔做题。

她强迫自己把所有的注意力都集中在习题上,一丝一毫都不分出去。

一道证明题,白璐用了整整两页草稿纸。

她翻来覆去,用了好多办法都解不出来,最后只能去翻答案。

然而她意外地发现,看似复杂的题目其实简单得近乎不可思议。

一条辅助线画出来,从上到下,贯穿中央;两个公式,题目迎刃而解。

白璐看着试卷,也不知自己在想些什么。

她看得久了,辅助线似乎发生了变化。

一会儿它好像变成一条细细的钢丝,脆弱不堪;一会儿它好像又变成一柄利剑,插向人的心口。

孙玉河不愧是许辉多年的朋友,给他的那个"黏人"的评价万分到位。

许辉习惯了白璐繁忙的生活,不常打电话了,但短信依旧发得频繁。

不过,他的短信内容有所变化,不再以让白璐回话为目的,与其说是沟通,不如说是他自娱自乐。

白璐课间偷偷看了一眼手机,发现依旧是许辉经常发来的诸如"起床晚了,不想去学校"的短信。

现在上午第二节课都已经上完了。

又是几个小时过去,她收到了下一条短信——"被教务主任骂了,我好郁闷"。

等到上课了，许辉还会点评各个老师，比如吐槽数学老师，"这题解得也太慢了吧"。

看着这条短信，白璐陷入了微微的恍惚中。

"我要是跟你说，上初中的时候，他的学习成绩比我的好，你信吗？"

她与吴瀚文的交谈好像就发生在昨天。

说巧也巧，白璐刚想到吴瀚文，他人就从外面回来了，脸上带着抑制不住的放松。

"哟哟哟——"后座的李思毅书也不看了，一门心思追寻着吴瀚文脸上的蛛丝马迹。

"满面春风啊。"吴瀚文落座后，李思毅在后面戳他，接着说，"是不是前方传来捷报了？"

吴瀚文一转头，刚好白璐也看着他。

她的目光里带着轻微的探询意味。

"好消息？"

吴瀚文终于忍不住了，笑意像夏天的西瓜，裂个小口后就再难抑制。

"啊，"他点头，"是啊，好消息。"

李思毅那两只胖手搭在吴瀚文的肩膀上，可劲地晃。

"一等奖？去哪儿？给准确的消息没？"

"是一等奖，应该有信了，过两天招生的时候再弄一下，就差不多了。"

"哪个学校啊？"

吴瀚文有点儿不好意思："应该是上海交大吧……"

"哎？清华、北大哪儿去了？"

"去清华的话要参加复试，高考加分。我和家里人考虑了一下，还是想要保送名额。"

"你怎么这么懒？"

吴瀚文笑，晃着肩膀："说了别挤对我……"他说着说着，目光不由自主地落到白璐的身上。

午后,阳光从窗户照进来,逆着光,他被她轻柔的笑打动了。

她也十分轻松,声音里带着鼓励和一点儿调皮,还是那句:"厉害啊!"

吴瀚文抿抿嘴,低声说:"你也要加油……"

白璐看着他。

古人云,"人逢喜事精神爽",很有道理。

他虽安静,照样神采飞扬,每一眼看去,都像是在笑。

手机又振动了一下,在吴瀚文应对别人的问话时,白璐低头看了一眼手机。

许辉在上体育课,给白璐发来了一张他的自拍照。

他坐在操场的看台上,把校服外套脱了放在一边,身上穿着的是那件她十分眼熟的黑色衬衫。

风把他的头发吹得有点儿乱。

他与她不同,阳光之下,他的头发依旧黑漆漆的。

许辉的视角从上而下——他低着头看着镜头,午间的色调让他的眉眼格外清晰。

图片没有配文字,可能他觉得,这样看着,已经算是说话了。

他与吴瀚文不同,就算笑着,看起来也总像是沉默着。

白璐又想起了吴瀚文的话——"上初中的时候,他的学习成绩比我的好"。

可如今他们走向了完全不一样的道路。

白璐低着头,隔着一块屏幕,好像在与许辉对视。

自然公平而强力,阳光之下,所有类似痛恨、不满等负面情绪都慢慢淡化了。

人的观感变得直白、简单。

寂静的午后,孤单清俊的少年。

白璐第一次在教室里回复他的信息。

"你在干什么?"

许辉可能完全没有料到白璐会回复他,发了一连串问号。

白璐:"……"

下一秒,他又发来一条短信。

"哦,你看到了啊。"

白璐有点儿无语,也有点儿想笑。

"看到了。"

他又安静了。

上课铃声马上要响起,就在白璐打算收起手机的时候,许辉又发来一条短信。

"周日忙不忙?能出来吗?"

铃声响起,英语老师的矮跟鞋踩在走廊里照样发出"咚咚咚"的声响。

白璐手指飞舞,打出一个字并发送,然后关了手机。

吴瀚文转过头的那一刻,刚好看见她将手机放回书包里,吴瀚文嘴唇嚅动,却也没有说什么。

周日早上,白璐给家里打电话,告诉妈妈她今天下午不回家了。妈妈只当是白璐功课忙,并没有在意,只嘱咐了她几句多注意身体,不要太累。

中午上完自习,白璐收拾书包。

"下午要不要去图书馆?"吴瀚文问她。

白璐转头:"你不是都被保送了?"

吴瀚文:"哎,老话怎么讲?'学如逆水行舟,不进则退',切记不能取得一点点成绩后就骄傲自满。"

白璐:"你应该报个师范类院校,你是当老师的材料。"

吴瀚文又胡侃了几句,白璐就将书包收拾好了。

他终于问:"你去哪儿?是回家吗?"

白璐笑了笑,没有回答吴瀚文的问题,道了句"再见",然后离开教室。

她到许辉家的时候是下午一点多,明明是艳阳天,许辉家的窗帘却全部拉了起来。

窗帘用的是最厚重的材质，从两侧一盖，屋里暗了许多，虽然依旧什么都看得清楚，但是屋里的东西都像是被加了一层淡红色的蒙版。

"怎么不拉开窗帘？"白璐问。

"太晒了，晃眼睛。"

"你见光死吗？"

"是呀。"

许辉或许又熬夜了，眼圈很黑，眼皮往下耷拉，一副半睡半醒的模样。

他穿着宽大的半袖衣服、收腿的八分裤，光着脚躺在沙发上。

他从开了门回到客厅里就没动过地方，哦不，他把白璐让到中间的沙发上坐着，然后人就又躺下了。

白璐贴着沙发边坐下，身后就是手长脚长的许辉。

"你几点睡的？"白璐问。

许辉迷迷糊糊地说："五点吧……"

"晚上还是早上？"

"早上……"

白璐挑挑眉，没有说话。

许辉动了动。

他们坐得太近，近到他每个动作都好像贴着白璐一样。

"你叫我来干什么？"

"看电影。"

许辉翻了个身，从茶几底下抽出一个小箱子，打开，里面是各种各样的电影碟片。

这有点儿出乎白璐的意料，许辉的电影碟片都是正版的，看封面上的标志，是在中心图书城买的。

电影的种类很多，中国的、外国的，爱情片、战争片、科幻片、惊悚片……

白璐估算了一下，有近百部电影。

对一个高中生来说，买这些碟片的花费不是一笔小钱。

许辉把电影按照类别区分开，想找什么十分方便。

他生活得并不含糊……白璐想。事实上，他比很多同龄人生活得细致许多。

白璐无意识地翻着电影碟片，手忽然停住了。

许辉看似半睡半醒，但白璐一停，他的目光就转了过来。

"哦，《黄海》……"许辉声音慵懒，"你还记得吗？那天没有看全，我去店里买来了。"

她当然记得。

白璐轻轻地"嗯"了一声，就要把碟片翻过去。

她的手忽然被拉住了。

白璐转头，许辉侧躺在沙发里，歪着脑袋看着她，要赖似的说："要不再看一遍吧。"

"不是看过了吗？"

"你看了两遍，我才看了一遍。"

白璐指尖一颤，许辉的手握得更紧了，还晃了晃。

"行不行？"

"行……"

其实没有人看电影。

电影播放期间，白璐的眼睛在电视上，脑子不在。

许辉则是眼睛、脑子都不在电视上。

"打工累吗？"他问。

"不。"

"你妹妹的病好点儿了吗？"

"不知道。"

她静静地看着影片，看着男主角再一次陷入重重包围。

她没有注意到他靠得近了。直到他开口，她才惊讶地发现他的声音如此贴近自己，他却没有丝毫越界，是真正在担忧。

"别太累了……你看你这小身板，豆芽菜似的。"

白璐小声说："不至于。"

"怎么不至于？"

客厅里又是一阵安静。

他就留在白璐的身边，把腰弯着，从她的角度看过去，好像一只倒在她身边的大虾。

　　他淡淡地说着话，眼睛不知道看着何处。

　　"我那天回家了。"

　　白璐觉得屋里好静，只有他的低语声。

　　光阴凝固在静谧的下午。

　　"其实我有想过回去看看，但往常都是我爸在家的时候我才会回去，至少他在，我们不至于撕破脸……"

　　谈起家里的事，少年的语气无法再轻松。

　　他将脸埋在胳膊里，闷声说："我的朋友一直跟我说不是我的错，虽然我知道他们只是在哄我，但拉不下脸的时候，我就把这些话当真了……"

　　白璐感觉到自己的一只手被许辉握住了。

　　他的手掌很大，修长纤细，掌心有汗，指尖在抖。

　　"我很想见小恒……但我又不知道要怎么见他，他一定恨死我了，全家人都恨死我了。"

　　他自言自语了很久，最后手足无措之际，又下意识地埋怨白璐。

　　"你跟我是一边的吧？你那天不该那么说我，本来都好好的。你当初追我的时候的温柔劲去哪儿了？你现在对我一点儿都不好了……"

　　白璐转过头，看见在黑发的衬托下，许辉细长脖颈上的皮肤更加白皙了。

　　他是个细致而孤独的人，眼睛里带着微微的憔悴。

　　"摘掉眼镜给我看看。"

　　白璐摇头。

　　"看看。"

　　白璐轻声说："别没事找事。"

　　许辉在沙发里蠕动："是不是我对你好一点儿，你就得寸进尺了？"

　　白璐侧着头，无意识地点了点头。

　　许辉吸了一口气，白璐觉得他可能是想扳回点儿什么。

　　可许辉什么都没有说。

吸完了气，他自己憋着，鼓了鼓脸，又将气吐了出来。

他又靠近了一些。

"睡会儿吧。"白璐低声说。

他像个被安抚的孩子，身体蜷了蜷。

"那我躺一会儿……"他"喃喃"地说，"你先自己看，我等下陪你……"

他又说："我昨晚睡不着。"

"我知道。"她细细的声音有种令人身心平稳的力量，他闭上眼睛，很快入眠。

白璐侧着头。

他的睡颜很纯净，纯净而无辜。

白璐看了一会儿，把目光挪回阴暗的电影画面上。

恍惚之间，她想起之前与吴瀚文的对话。

吴瀚文问她，关于接近许辉这件事，她现在的想法跟开始时是不是还相同。

她随口回答，太久了，我忘了。

如今似乎一语成谶。

第四章

再　见

商场里已经开始播放音乐，温柔地赶人。

孙玉河双手插兜，一脸不满地跟在许辉的身后。

他们本来是来步行街打电玩的，结果半路上这位大爷忽然觉得无聊了，扔下一干朋友，自己出来了。孙玉河不知道他抽什么风，但也只能放弃排了许久队的游戏机跟着他出来，结果发现他是去逛商场了。

"有劲没劲啊你？"孙玉河在后面使劲催许辉，"赶紧回去，我跟大海还约了抢十，马上就要开始了。"

许辉的目光被一家水晶饰品专卖店吸引，柜台里天鹅造型的饰品在灯光的照耀下闪闪发光。

"哎！"孙玉河见许辉对自己爱理不理的，不满地喊道。

许辉一边走近了一点儿看，一边无所谓地说："你回去好了，也没让你跟着。"

"嘿我说你！"孙玉河简直无语了，一根手指指着许辉，点了点，"你看看你这完蛋样！"

许辉恍若未闻，问在身边等待的营业员："你们这个款式的，除了天鹅造型的，有别的没？"

许辉本来就白，在店里强光的照射下，也像个透明的饰品一样。

年轻的营业员高高兴兴地为他服务。

"请问别的是指……？"

"别的动物造型，不要天鹅造型的。"许辉想了想，问，"鸭子造型的有吗？"

孙玉河在旁边嗤笑一声："又开始矫情了是不？谁是鸭子？我看你才是鸭子。"

许辉睨了他一眼，淡淡地说："男的身上别随便戴鸭子造型的饰品。"

孙玉河顿了顿，而后咧开嘴："谁往那方面想了？"

许辉玩世不恭地一乐，旁边比他们大不了几岁的营业员脸色微红。

许辉看过去，营业员结结巴巴地说："不……不好意思，这种暂时没有鸭子造型的。不过有小熊和兔子造型的，要看一眼吗？"

孙玉河在后面不耐烦地说："就天鹅造型的呗，赶紧买了赶紧走。"

150

许辉充满耐心地对营业员道:"帮我拿一下吧。"

"请跟我来。"营业员领着许辉往里面走。

孙玉河在后面痛心疾首。

"陷进去了,你是彻底陷进去了。我的天老爷!说出去谁信?白瞎了你那张脸,外强中干的厌货!"

许辉不以为意,哼笑一声:"你要不要给惠子买点儿什么?"

"你出钱啊?"

营业员把小熊和兔子造型的饰品放在柜台上给许辉看,许辉一边看一边说:"行啊。你看中了哪个?我买。"

孙玉河被噎了一下,磨了磨牙,看着许辉一脸认真挑礼物的样子,莫名其妙地有点儿来气,可气还没撒出来,转眼又觉得心酸。

少年心事在胸口扭了一扭,最后孙玉河走过去踹了许辉一脚。

许辉回头:"找打?"

孙玉河指着兔子造型的饰品:"就这个了,别挑了。"

"这个好?"

"嗯。"孙玉河随口应和。

许辉冲营业员点点头,营业员拿着兔子造型的饰品包装、开票。

许辉拿着店里的袋子往外走,孙玉河说:"挺长时间没见你叫她出来了。"

许辉:"他们今天进行期中考试,她之前在准备考试来着。"

"准备考试?她学习好吗?"

"不知道。"

孙玉河:"哪个学校的?"

自动门不是很灵敏,许辉提起脚晃了晃,门开,两个人出了商场。

"不知道。"

"你怎么都不问问?"

"问那个干什么?不重要。"

"那你们在一起都干什么了?"孙玉河问完,用有点儿邪恶的眼神看着他,"啊,干什么了?"

许辉嗤笑一声:"我都懒得理你……"

太阳快落山了，深秋时节，风一天比一天冷。

"我打算过些日子回家一趟。"许辉低声说。

孙玉河看过去："你爸回来了？"

"嗯。"

涉及许辉家里的事，孙玉河的言辞变得严谨。

"那就回去看看。晚上回来吗？"

"不知道。"

"别太当真了。"孙玉河撇撇嘴，"你家那俩老娘儿们，爱怎么的就怎么的吧。你弟弟的事又不是……"

"行了。"许辉皱眉，低下头。

孙玉河又撇了撇嘴。

孙玉河总觉得，每次提到许辉家里的事情时，他都有点儿喜怒无常。

两个人都沉默了。

安静下来后，许辉那种希冀帮助的孤独感更加明显了。

孙玉河不知如何帮他。

孙玉河偶尔会觉得有点儿无力——许辉对朋友很好，他们都想帮他，可没人知道该怎么拉他一把，没人能找到切入口。

"阿河。"许辉看着地面，额前的头发落下，挡住了眼睛。

孙玉河很快抬头："怎么了？"

许辉："我想跟我爸要点儿钱。"

孙玉河："什么钱？"

许辉淡淡地说："我不想让她天天打工，我想给她点儿钱，给她妹妹看病。"

孙玉河一愣，有点儿感慨地问："有这么喜欢？"

许辉听完问话，没有马上回答，仔细想了想，最后轻轻地笑了一声。

那笑短暂如天边的红霞，转瞬即逝，但余韵犹在。

孙玉河在那个瞬间手不由自主地颤了颤，好像一直困扰他的问题无意中被解决了。

不论用了什么方法，总算有人找到了那个突破口。

许辉抬起头，看着孙玉河，说："我之前考虑过，反正家里容不下我，我也不想回去，我现在也成年了，打算跟我爸要五十万元，当借的，以后还他。"

"那要完钱呢？"

"等她毕业，看她想不想上大学，上的话我就去她上大学的城市，不上的话我们就留在这儿。"

"啊？去别的城市？干些什么？"

"随便干点儿什么。"

"能活吗你？！"孙玉河不由自主地瞪大眼睛，使劲一拍巴掌，"你看清自己的本质行不行？你根本就是个少爷命啊，五十万元给我够活，给你，能不能撑一年都是问题！"

许辉歪着头，看着孙玉河，有些疑惑地问："少爷命？我这样的？"

孙玉河咬紧牙。他见不得许辉这样，心里憋屈。

"阿河，你信也好，不信也好，我不是少爷命。"许辉拎着装着礼物的袋子，淡淡地说。

"那你离开家后有什么打算吗？"

许辉也有些茫然："我再慢慢想……"未来有很多不确定的地方，可他还是尽量给自己打气，说，"走一步看一步吧。"

孙玉河"啧啧"两声："哟，有了妹子就是不一样了。得，有你这话就行了。"

许辉拿出手机，说："我要去找她了，我们约好晚上见面的。"

孙玉河："那我先回去了。"

许辉被刚才的谈话勾起了心事，点点头，说了句"再见"。

最后一门考试结束的铃声响起，监考老师在讲台上拍拍手。

"最后一桌同学收试卷和答题卡，其他同学先不要动。"

十一月中下旬，北风开始变得刺骨。

花都谢了，叶都落了。

同学们穿的衣服与做的习题一样，一天比一天多。

深秋的季节，天一直泛着黑青。

白璐背着书包，把校服的拉链拉到最高处，盖住了半张脸，闷头往学校外面走。

她的身后传来脚步声，肩膀被拍了一下。

"去哪儿？"

吴瀚文的问话越来越简洁。

白璐说："考完试，出去走走。"

吴瀚文："别去了。"

白璐没有说话。吴瀚文也背着书包，低声说："我知道，同样的话说的次数越多越没力度。"

白璐："不会……"

"就算没力度我也要说。"吴瀚文正色看着她，"白璐，别去找许辉，你不懂他。"

"我需要懂什么？"

"你是不是已经……？"

"没。"

吴瀚文沉了沉气，说："白璐，你不能犯这种错误。"

"什么错误？"

"你去找他本身已经是个错误！"吴瀚文忽然厉声说，"你那么聪明，我不信你不懂，你早该明白这事没意义，还拖着干什么？"

白璐一言不发。

吴瀚文有点儿忍不住了。

"你喜……"

"我说没有。"

冷风吹着，让人觉得好似置身荒野。

"我就知道……我就知道……"吴瀚文声音微颤，小声说着，"许辉这人太……我就知道早晚……"

"吴瀚文，"白璐眯起眼睛，一字一顿地道，"我说没有。"

"那你去跟他说清楚啊！"吴瀚文底气十足，"没有就说清楚啊！白璐，咱们跟他不一样，你现在跟他耗时间，他能拖死你啊，你得不偿失的！"

白璐："我懂你说的。"

她低下头。

再这样耗下去，很多事情就变了。

事实上，就现在而言，许多事已经不是最初的样子。她不得不承认吴瀚文说的话很有道理。

许辉这个人太沉重了，她要分出很多力量才能拖动他，而她不敢这样。

"你懂什么？！"吴瀚文激动地说，"懂就别跟他扯了好不好？"

静了一会儿，白璐开口："你不用激我，该怎么做我知道。"

"你要……"

"我想过的。"白璐的声音很轻，"我想过了，这几天……我会弄好的。"

她的确已经想好了——不告诉他什么，也不解释什么，只是掐断一段尚不明朗的……

吴瀚文根本没有听清白璐的话，兀自在讲："你不懂，你根本就不知道，好几个月之前我就跟你说过的，你就不应该……"

他自顾自地说着，白璐背着书包转身就走。

话语戛然而止，吴瀚文看着她的背影，咬了咬牙，半眯着眼睛，似乎是有了决定。

许辉打车回家，见到白璐的时候，她正低着头站在他家门口的树丛前。

花早就谢了，他不知道她看什么看得那么入迷。

进了屋，许辉往沙发上一倒。

"好累……"

白璐去厨房倒了两杯水拿出来，许辉还躺在沙发里，只不过翻了个身，换成脸向上。

白璐站在沙发边上："我要往下倒了。"

"……"

许辉拉着白璐也坐下，一只手拿着水杯，另一只手把精致的纸袋拿给白璐。

"礼物。"

白璐把袋子放到一边："把水喝了。"

许辉喝了口水，顿了顿，问白璐："考试考得好不好？"

白璐："还行吧。"

许辉："你能考上大学吗？"

白璐看着许辉："干什么？"

许辉："没什么，就问问。"

"我也不知道……"

过了一会儿，许辉有点儿犹豫地问："你妹妹做手术差多少钱？"

白璐干坐着，眼睛看着茶几的一角。

许辉在她的身边问："嗯？差多少？"

她的声音轻得不能再轻："没多少。"

许辉好像松了口气："那就好，太多的话我也不知道能不能搞到。少的话要多少？十万元？二十万元？"

白璐别开眼，却刚好看到一边的礼物盒。

她瞬间起身。

这屋里好像没有可以安放视线之处。

"怎么了？"许辉窝在沙发里，问道，"要是……"

白璐霍然转头。许辉止住话头，又问："到底怎么了？"

"许辉。"

"嗯？"

白璐看着他的眼睛，低声说："我先走了，过几天再来，我有话跟你说。"

"什么话？哦，对了……我过些日子也要回家一趟。"说着，许辉笑了笑，"我也有些话要跟你说。"

白璐背起书包："那好，回头再说，我先回去了。"

她匆忙离开，许辉在后面喊了一声，她也像没听到。

许辉不明所以，回到屋里，忽然看见了沙发上的礼物盒。

他走过去，把袋子拿起来，放到茶几上。

"东西也不拿走……"

人的记忆很奇怪，那些久久没有被提起、本以为已经被遗忘的东西，有时候却会被某一根小小的引线瞬间扯出。

就好比现在——

屋里难得地有了点儿热闹的气氛，吴阿姨跟王婕在厨房做饭，许辉跟许正钢在餐厅的桌子旁坐着。

许正钢在看一份报纸。

这样的画面让许辉隐约有种熟悉感。当开始回忆的时候，他发现脑海中类似画面的主人公都是王婕和许易恒，母子俩温馨相对，带动着有点儿沉闷的许正钢和他。

许正钢多久没有回来过了？

快一年了吧，许辉记不清了。

没有人喜欢待在这样的家里，许正钢最近几年把精力完全投在了工作上，男人总是擅长逃避负面的环境和情绪，许辉也是。

饭菜被端上桌，王婕和吴阿姨的手艺都不错，简单的家常菜两个人也做得色香味俱全。

王婕坐在许正钢的身边，吴阿姨本来要离开，被王婕叫住了。

"吴姐，一起吃吧。"

"不用不用。"吴阿姨连忙摆手，"我就不了，我在厨房吃点儿就行了。"

王婕看着她，像是在寻求依靠。

"过来坐，吴姐。"王婕一边说，一边看向许正钢。

许正钢太久没有回家，不太清楚是什么情况，瞄了一眼吴阿姨，随口道："行啊，坐着吃吧，也没外人。"

"哎哟，这太不好意思了。"吴阿姨说着，坐到王婕的身边。

一顿饭吃得沉闷无比。许正钢问了问王婕家里的情况，王婕低声说："没事，一切都好。"

许正钢："钱够用吗？"

王婕:"够用……"

许正钢:"不够了就跟我说。"

王婕:"知道。"

许正钢看着没有精神的王婕,试着开导她,说:"过两天你出去玩一玩吧,快入冬了,你去南方旅旅游,散散心,别天天在家里待着。"他看了看吴阿姨,又说,"自己去没意思的话就找个人陪着,买点儿东西。"

吴阿姨小心地碰了碰王婕:"可以呀,出个门看看风景,也换换心情。"

王婕缓缓摇头:"不了,我走不开。"

许正钢:"就几天工夫,也不久。"

王婕捏着筷子,抬起头,怔怔地看着许正钢:"几天也不行,一天都不行,要走你走。"

吴阿姨见气氛不对,连忙打圆场:"那就不去了,在家也行。"她又对许正钢说:"我家里的小狗最近刚好下崽了,我想着给她拿一只来,那狗可可爱了!"

许正钢也不知听没听清,随便点了点头,转头搛菜。转头之际,他又看见了对面坐着吃饭的许辉,问道:"你呢?在学校怎么样?"

许辉低声说:"还行。"

"成绩呢?"

许辉:"就那样吧。"

"考不考大学?"

许辉顿了一下,回答道:"不考。"

许正钢沉住气,放下筷子。

"你以前学习多让人省心,怎么现在连大学都不考了?成绩下降到这个份儿上了?"

许辉一声不吭。

许正钢又说:"有没有出国的念头?我有个朋友是做这方面生意的,你要是想出国,我就让他给你准备一下。"

许辉摇头:"不出国。"

"那……"

"爸,"许辉抬头,看着许正钢,"你能跟我来一下吗?我有点儿事情跟你说。"

许正钢一愣,王婕也看了过来。

吴阿姨瞅了王婕一眼,对许辉说:"咱们先吃饭吧,你妈做了好久的,等会儿就凉了。"

许正钢的眉头常年皱着,此刻也不例外,他问许辉:"什么事?"

许辉:"跟我来一下。"

许正钢放下碗筷,起身往二楼走,许辉跟在他的后面。

吴阿姨也把筷子放下了,小声说:"没的好了……"

王婕一言不发,低头吃饭。

来到书房,许正钢把门关好,坐在皮椅上,拿出烟抽了起来。

许辉开门见山:"我想借点儿钱。"

许正钢脸色不变:"借钱?"

"嗯。"

"借多少?"

许辉犹豫了一下,说:"五十万元吧……"

许正钢抽烟的动作一停:"五十万元?你要这么多钱干什么?"

许辉说:"我去外面住。"

"你现在也在外面住。"

"我是说不回来了。"

许正钢自顾自地抽烟。许辉又说:"钱当我向你借的,我可以给你打个欠条,五年之内还你。"

许正钢没说话,过了一阵,好笑似的说:"不回来了……"他忍不住骂了一句,"这个家都成什么样了?"

许辉低着头,看地面。

许正钢一拍桌子,声音带着火气:"你说你这几年都干了什么?学不好好上,书不好好读,日子也过不明白!你都多大了!我在你这么大的时候已经开始养一家子人了!"

许辉垂着眼,听着父亲的训斥。

许正钢越说越气:"你不想学习我不逼你,但你最起码把家照顾好,有个男人样!你看看你现在!"许正钢直接站了起来,"你再看看这个家!爸爸的要求高吗?你说,我的要求高吗?!"

许辉忽然抬头,眼神带着倔强。

"又不是我不想!"

许正钢:"那是什么?!谁不给你机会了?谁不……?"

许正钢的话说了一半儿,书房门被"咣"的一声推开,王婕站在门外,目眦欲裂,紧紧地盯着许辉。

"我吗?"她的声音很轻,甚至还在颤抖,"我不给你机会,你是这意思吧?"

吴阿姨在后面紧紧地拉着王婕:"算了算了,别气啊,咱们下去。"

王婕甩开吴阿姨,也不看许正钢,拍着自己的胸口,大声地质问许辉:"是不是我?!你是不是想说我不给你机会?!"

"够了!"许正钢再也忍不了了,从桌上捡起一个烟灰缸,泄愤似的使劲往地上一砸,碎片四溅。

许正钢转身就走,"噔噔"地下楼,像是一秒都不想多待。

很快,楼下传来"咣当"一声响,大门被关上,二楼的人都听见了院子里汽车发动的声音,但也像没听见一样。

王婕慢慢走过来,站到许辉的面前。

许辉的个子比她高很多,她仰着头,声音异常轻柔:"许辉,你知道我跟你爸的事情吧。"

许辉侧过头,王婕不给他逃避的机会:"我跟你爸是一块儿长大的,他一文不名的时候,是我陪着他熬过来的,是我……等他有钱了,你那个妈就凑上来了,把你爸灌醉……然后有了你。"

许辉往门口走,被王婕拉住。

"你妈刚死的时候,你爸说怕你接受不了,我就带着小恒没名没分地在外面生活,一直到你上初中了才嫁进来。小恒因为没有爸爸,从小受了多少委屈,可他从来没抱怨过。他那么乖,那么喜欢你,他那么喜欢你……"

胳膊上的力拖着他,许辉大声说:"放手!"

王婕的声音越发凄厉,像索命一样。

"他那么喜欢你,熬了好几天给你做生日礼物,你怎么忍心?!你就那么容不下我们?!是不是我们真欠你们母子的?是不是啊?!你说我不给你机会,你给过我机会吗?我求求你也给我们一次机会行不行?我带小恒走,我们不来了,我们再也不来了……"

"放手!"

许辉到底是一个大小伙子,甩开王婕就要夺门而出。

吴阿姨在门口堵着,许辉伸手去拨,就这个空当的工夫,他又被王婕抓住了。

王婕拉着许辉的身体将他转过来,与自己面对面。

他撞进那双衰老的眼睛里,忽然打从心底害怕起来。

"我不会原谅你,你把我们这一生都毁了。"王婕一字一句地说着,满嘴血腥,好像要把余生的力量全部融进这些诅咒中。

"你但凡还是个人,就该自己下地狱。"

许辉战栗地抽出双臂,王婕在他的身后说:"你不配过好生活,你不配——"

许辉大步下楼,在还剩最后几级台阶时一跃而下,猛地推开大门,冷风灌入脑,他才觉得自己活了过来。

地上有两道明显的车辙,那是刚刚许正钢离开时留下的。

许辉腿长,步子奇大,脚下生风地往小区外面走。

晚上六点半,正是准备晚饭的时候,许辉走在路上,随处都能闻见菜香。

锅碗瓢盆,柴米油盐,满满的人间景象。

许辉跑着离开小区,盲目地走在大街上,身边,车一辆一辆地驰过,大家火急火燎,匆忙前往下一个目的地。

好像只有他一个人不知要去往何方。

女人的声音追着他,一遍又一遍地在他的脑中回响。

"你但凡还是个人,就该自己下地狱。

"你不配过好生活……

"你不配……"

北风吹着,身上的汗都被吹干了,许辉头皮发麻。

他环顾四周,在这嘈杂的大千世界里,有那么一瞬间,他只能听见自己的呼吸声。

翻出手机,许辉手指打战,快速地拨出一个手机号码。

他知道这个时间白璐不会接电话,可他还是忍不住拨通了她的手机号码。

他听着那十几声规律的声响,一直到挂断,心渐渐稳定下来。

这是他自己找到的,一种安神之药,一处躲避之所。

他不知道这种感觉从何而来,也不想探究。

在这个简单纯粹的年纪里,没有什么事需要理由。

许辉拦下一辆出租车,坐在后座上,看着窗外一闪而过的路灯和枯树。

手机还在掌心,可他攥得没有之前那么紧了。

到家的时候是晚上八点多,脑子里很乱,他没有马上回屋,而是换了身衣服在家门口的小路上来回走,不时地看表。

他在等十点,那时白璐会接电话。

时间慢得不像话,许辉随手从树丛中揪了一片叶子,吹了一口气,将其送走。

夜晚寒凉,已经隐约能看见呵出的白色雾气。

叶子还没落地,他的身后传来声音。

"许辉!"

许辉转过头,看见一个男孩儿站在身后不远处。

男孩儿走过来,身材消瘦,人很精神,穿着一身深蓝色的秋季校服,校服的右胸处有一个圆形的图案,里面是一只昂首的飞鸟——六中的校徽。

"哦……"对方走近了,许辉认出了他,"吴瀚文。"

吴瀚文走过来,对许辉笑笑:"好久不见了啊。"

许辉点点头。

吴瀚文："虽然住得近，但是我们放学的时间不一样。"

许辉轻轻地笑了一声："嗯。"

吴瀚文被这一笑弄得有些恍惚，拎着书包的手不自觉地收紧了。

他还跟以前一样。

不，他比以前更甚。

许辉看起来并没有什么想对吴瀚文说的，简单地打了招呼，又抬起手腕看表，转身往另外的方向走。

他穿着深灰色的针织衫，背影纤瘦，吴瀚文看着他渐渐进入黑暗，脑子飞速地转动着，目光闪动。

"许辉，我有事跟你说！"

许辉的目光还停留在抬起的手腕上，他嫌弃指针转得太慢……

许辉在小路的岔路口停住脚步，回头，轻声道："嗯？"

媒体近年一直在报道环境问题，唠唠叨叨地说着温室效应，全球变暖。

今年的初雪却比往年都要早。

不知是不是老天爷也喜欢戏剧性。

周日的上午，雪就开始下了，天色灰蒙蒙的，云层厚重，见不到太阳。

北方下雪太平常，同学们对诗意的初雪一点儿感觉都没有，只顾闷头做题。

吴瀚文今天迟到了。

"唉，到底开始懈怠了不是？"李思毅摇头晃脑地说。

白璐停下笔，看着旁边空了的座位。

在她的印象里，吴瀚文并没有请过假。

有一阵闹禽流感，全校戒严，每天早上，老师戴着口罩在教室门口给同学们量体温，一个一个过筛子。那天吴瀚文感冒了，有点儿发热，老师让他回去，他死活不走，最后还是有人录了老师上课的录像，他才老实回家养病。

把头转回来，白璐在书桌下面拿出手机，编辑了一条短信。

"中午我过去。"

写完,她点开通信录,在"忍冬"这个名字上轻轻一点。

发完短信,白璐接着做题,却有一丝分心。

许辉第一次回短信回得这么慢,这么短——

一个字:"好。"

白璐抬头,看见窗外雪花漫漫。

还没有来暖气,屋里也没有空调,白璐坐在窗户边,冷到骨头里了。

一直到中午放学,吴瀚文都没有来上学。

白璐背着书包往外走。

仅剩的温暖在抵抗,气温在零摄氏度左右徘徊。

第一场雪留不住,落到地面上就化了,路面潮湿泥泞。

白璐没有打伞。

她带了伞,在背包里,可她懒得拿。

在这样一个日子里,她做什么都觉得没力气。

过了马路,走进小巷,白璐来到许辉家。

门没有关,白璐进屋,发现窗帘又拉着。

今天跟之前不同,本来就是阴天,再拉着窗帘,屋里昏暗得好像深夜。

电视里放着电影,沙发上隐约躺着人。

白璐走到窗户边,手搭在窗帘上,就要拉开。

"别……"

她身后的沙发上传来沉闷的声音。

白璐手在窗帘上一拨,许辉像个见不了光的地鼠一样,猫着腰,小声说:"别别……"

白璐把手停下,又把窗帘拉紧了。

她转身往回走,走到一半儿的时候,许辉又说:"也别开灯……"

白璐在黑暗里看着他。

许辉的声音很小很小,和她打商量一样:"就这么说吧……"

白璐走过去:"怎么了?"

她看不清许辉的脸，可听他的声音，感觉他有点儿不对劲。

"没事。"许辉从沙发里坐起来，人好像迷迷糊糊的。

白璐走了一步，差点儿被绊倒。她低头看，地上横七竖八满是零食袋子和饮料瓶子。

"昨晚朋友来了？"

许辉干什么都比平日慢半拍。

"没……"

白璐："总不是你自己吃的、喝的吧？"

许辉不说话。

白璐弯腰把袋子和瓶子捡起来，放到一边："你该不会是心情不好，化悲愤为食欲了吧？"

许辉低着头，两只手虚虚地握在一起："嗯，我什么事你都知道……"

白璐简单地收拾了一下后，坐到旁边的沙发上。

她渐渐适应了黑暗，也看清了黑暗里静静坐着的许辉。

这样的黑将安静无限放大。

白璐忽然不知道要怎么开口了。

许辉抬起双手，揉了揉脸，问："你吃饭了吗？"

"吃过了。"白璐问，"你呢？"

许辉没回答。又隔了一会儿，白璐看见许辉转过头，抬手招呼她。

"过来坐。"

白璐站起身，坐到他的身边。

屋里的空气很混浊，像是几个月没开过窗。

"我前两天回家了。"许辉低声说。

他的声音虽然很低，可白璐还是听出来了，他的嗓子哑了。

"是吗？"

"我跟家里人又吵了一架。"

白璐也低着头，两个人肩并肩坐着，像两个小学生。

白璐听了许辉的话，轻轻地"嗯"了一声，问："吵赢了吗？"

许辉的头似乎更低了："没有……"

他的嗓子哑得不像话，白璐从书包里拿出一瓶水，递给他。

许辉接过来，说了声"谢谢"。

他拧了两三次都没有把瓶盖拧开。

"我使不上力，你帮我。"

白璐拿过水瓶："你这几天到底干什么了？"拧开瓶盖后她重新将水瓶递给他，许辉仰起头喝了几口。

她把他的异样归在回家的经历上。

"是这次没赢，还是一直没赢过？"

"一直没赢过。"许辉"喃喃"地说，"一次都没赢过……赢不了的……"

白璐低声说："笨蛋。"

许辉弯着背："是挺笨的……"

电影放完了，画面停在最后的"谢谢观赏"上。

"我跟我爸说，我想离开家。"许辉低声说，"我跟他借了点儿钱，想自己去外面生活。"

白璐："去哪儿？"

"我也不知道。"许辉顿了顿，不确定地说，"他今天早上给我打了电话，告诉我他同意我的要求。那时候我迷迷糊糊的，他还把我骂了一通。"

白璐静静地听着，许辉自己往下说。

"之前我跟阿河说过，他说我是少爷命，在外面过不了。当时我否认了，可现在我真的有点儿没底……我从小没吃过什么苦，不管家里怎么样，至少我没在钱的事情上犯过愁。"

白璐轻轻地"嗯"了一声。许辉两只手握在一起。

"你知道吗？今早我爸告诉我他答应我的要求，过几天就把钱转给我，他挂断电话的那一刻，我忽然有种……"

他顿了顿，像是咽喉被卡住了，得用力才能往下说。

"我忽然有种我什么都没有了的感觉。"

他双手用力，呼吸也变重了。

"我……"

"许辉。"白璐转过头,打断了他的话。

许辉下意识地看向她。

她明白了他不开灯、不拉开窗帘的原因。

他哭得太多,眼睛通红,肿得厉害。

白璐目不转睛地看着他。

"没家没路时,才能看出男人的本事,你别被自己吓死了。"

许辉定定地看着她。

"你跟我一起吗?"

白璐心神一晃,脸上神色不变,头轻轻地摇了摇。

许辉还看着她:"跟我一起……"

白璐还要摇头,被许辉握住了胳膊。

不怪他拧不开瓶盖,他那长长的手指一点儿力气都没有。

可她也没挣开。

"你说吧,你想考哪所大学?"许辉费力地看着她,"想去哪所?留在这里还是去外地?"

白璐有点儿慌神:"什么?"

"说啊。"

许辉的手掌一点儿一点儿地恢复了力气。

"钱我给你,你愿意用在谁的身上就用在谁的身上。你肯定是要上大学的,我去你上大学的城市。"

白璐甩开许辉的手,站了起来。

"你说什么?"

许辉紧紧地盯着她,复杂的目光中渐渐地似乎也有了怒意。

"还不够?"

白璐下颌缩紧:"你在说什么?"

"我在说什么?"

许辉似乎想笑,可试了几次都笑不出来,最后不由自主地化成哽咽。

"你不知道我在说什么?

"嗯?……白璐?"

白璐手脚发凉。

他之前也唤过她许多次，她却敏感地察觉，这是他第一次叫她的名字。

"许辉。"

"你说。"

他干脆地看着她，等待着她的回答，抑或是解释。

白璐被他这样的姿态唤醒，站直身体，看着他。

"没什么。"

"没什么？"

静了几秒，白璐又开口："没什么。"

许辉慢慢地从沙发里站起身。

他好像瘦了，才几天的工夫。

"白璐……"

他只说了一个名字，声音就忍不住开始颤抖，听不出是委屈，是伤心，还是愤怒。

"你不能这样。"

"怎样？"

许辉上下唇互碰，连番几次。

他因为白璐的反问而大口吸气。

"怎样？"许辉指着白璐，声音提高时，嗓子哑得更明显了，"你还问我怎样？你这个时候还跟我装？"

入冬了到底有些冷，白璐抬起手臂，抱住自己。

她与许辉对视。

许辉还指着她，憔悴的脸更为清晰。

"你就没有什么要跟我说的？"

白璐嘴抿成一条线，也在固执地坚守什么。

许辉好像一块下一秒就会破碎的玻璃，点着头，眼泪鼻涕一起往下流。

"好，那你跟我道个歉，我就当没发生过……"

白璐依旧安静。

许辉忽然嘶哑地大吼:"你给我道个歉!你之前不是很会说'对不起'吗,怎么现在不会了?!怎么该说的时候就不说了?!"

白璐的手指无意识地绷紧:"我为什么要道歉?你道过歉吗?"

许辉平静地看着她:"我对你,没有需要道歉的。"他犹自嘴硬,"其他人我不管,跟我没关系!"

白璐背起包,转身就走。

许辉自然不会放她走,他的力气又回来了。

他们在门口纠缠着,许辉按紧门,把她顶在中间。

"我对你好不好,你自己知道!"

白璐试图推开他:"那别人对你好不好,你是不是也知道?"

许辉粗重的呼吸落在她的脸颊前,她的发丝颤动着。

她下巴微仰:"让开吧。"她的声音很低,但没有反对的余地。

"好……好……你不想道歉,那现在先不道歉。"许辉还是退让了,"我们说其他的。"

白璐的呼吸也加快了。

"没什么其他的了。"

"有……"

"没了。"

许辉固执地大喊:"我说有!怎么可能没有?!"

白璐靠在冰冷的铁门上,仰着头,看着近在咫尺的许辉。

"真的没了,我来就是说这个的。"

许辉咬牙:"不行。"

白璐试图在狭窄的空间里转动身体,又听见了他的哽咽声。

他们的距离太近了。

他的眼泪好像直接摔碎在她的心上。

他又变得软弱了。

"我只想了一个将来……白璐。"

她没法儿开口。

许辉忽然冷笑一声:"你要替朋友报复我,至少也要看到成效再走。"

白璐看着他:"现在就是了。"

于是他的冷笑也维持不住了。

沉默再一次蔓延,许辉低下头。

"我爸刚给我打完电话……你至少别在今天……"

白璐:"我今天留下,明天就会再留。"

"那就留啊!"

白璐摇头:"许辉,我不是因为要留下才来的。"接着,她又道,"今天不是,当初也不是。"

许辉没有说话。白璐接着道:"但我也没想过会是现在这样。"她看向沙发,那里有一个纸袋。

"那里面是你送给我的所有东西,单据都在里面,能退的都退了吧。"

她将目光转回来的时候,刚好跟他四目相对。

静了很久,许辉松开手。

他似乎认了,认了现下这种对他来说并不是很陌生的感觉。

"那我最后问你……"他慢慢站直身体,因为刚刚的大吼有些脱力,"你跟我在一起的时候,喜欢我吗?"

"不。"

许辉笑了,揉了揉脖子,一整晚,他第一次笑得如此轻松,如此笃定。

"白璐,你骗……"

"是不告诉你。"

一瞬间,他的笑容凝住了,而后慢慢化了。

她转身开门,最后回头看了他一眼,忽然想说一句"别哭了"。然而心里像有一根线拉着,她到底没有将这句话说出口。

冷风大雨,霜花初雪,我全都留在这里。

"许辉,再见了……"

从楼道里出来后,白璐干站了一会儿,似乎被单元门圈出的画面吸引了——

四四方方，好像一幅图画。

画里有青天枯树、白雪枝丫。

只是几秒的工夫，她的鼻尖就湿润了。

今天是阴天，没有阳光，也缺少色泽。可比起那个房间，外面的世界依旧斑斓。

白璐低着头，走到雪中，呼吸着冰冷的空气。

她走在路上，头脑空白。

时间才是下午，可她总觉得好像一天都过完了。

马路上的车辆来来往往，鸣笛似乎都比平日急躁，声音尖锐。

一直到迈进校园的那一刻，白璐才感觉步伐踏实起来。

天气不好，校园里没什么人，白璐闷头往宿舍楼走。

下午她不想看书了，想睡觉，倒在床上，蒙头大睡。

一想到舒适的床，白璐心里莫名其妙地得到了安慰，步伐也变快了。

她在宿舍楼门口停住脚步。

那里站着一个人。

因为此时的校园比往日孤寂，所以这个人格外显眼。

白璐停顿了一刻，接着往前走。

吴瀚文很难得地没有穿校服，穿了一身自己的衣服，不过背后还是背着那个硕大的书包。

可能是天气寒冷的原因，他围了一条大大的围巾，蒙住了大半张脸，只露出半个鼻梁和银色的镜框。

她并没有在他的身边停留，迈过去，人就要往楼里走。

"白璐。"吴瀚文叫住她。

白璐停住脚步，慢慢回头："什么事？"

吴瀚文手放在身体两侧，指尖微微弯曲。

"我在等你。"

天冷，说话都有雾气。

吴瀚文看着白璐："你去找他了？"

"嗯。"白璐看着他，冷笑一声，"你不是也去了？"

吴瀚文顿了一顿，然后背挺直。

"是，我去了，我把你的事说了。"

白璐静静地看着他。

吴瀚文刚要开口，白璐打断了他的话："算了，不重要了。"

她的语气里有种衰败的感觉，吴瀚文几步走过来，拉住她的胳膊。

"白璐，"他的语气有点儿急切，"你是不是怪我了？我是真的怕你陷进去，这么关键的时候，你不能跟他耗时间。"

白璐："放开我。"

吴瀚文的手抓得很紧："你不了解许辉，他这个人跟我们不一样，他真的会拖死你，他这个人……"

白璐忽然侧身，抡起胳膊，将吴瀚文的手打掉。

她的手刮到了吴瀚文的脸，厚厚的围巾落下，吴瀚文马上又将它围了起来。

可白璐还是看见了。

"怎么回事？"

"没事。"

"你把围巾放下。"

吴瀚文摇头："真没事，我现在不是在跟你说这个。"

"我让你放下。"

"……"

白璐干脆自己上手，拉着围巾的一角往下拽。

"哎哎——"围巾到底被白璐扯下去了，吴瀚文又手忙脚乱地捂住脸，结果胳膊也被白璐扯下去了。

"吴瀚文！"

身材瘦小的白璐突然发飙，吴瀚文真的被吓得定在当场。

他伤得不算轻，左侧的颧骨整个紫了，脸颊微微肿胀，嘴角带着猩红。

吴瀚文被白璐看得有点儿不好意思，又拿手去挡。

"他打的？"白璐问。

吴瀚文"嗯"了一声，摸了摸嘴角——还是很疼，小声说："下手

172

太狠了……"

抬头，见白璐还看着他，吴瀚文又说："也不怪他……"

他凝视着白璐，一张凄凄惨惨的脸上一点儿懊恼后悔的表情也没有。

"你不了解许辉，"吴瀚文接着刚刚的话说下去，正色道，"他跟我们不一样……"

白璐看向一旁，吴瀚文低声说："他这个人就像泥潭，不管是有心还是无意，他都不会给人好影响。"

白璐低下头，吴瀚文的声音也变得更低。

"你怪我也好，觉得我多管闲事也罢，反正……反正……"

后面的话，他半天说不出来。白璐侧头看他："反正什么？"

吴瀚文一吸气，脱口而出："反正我不后悔，再来一次我一样说。"他咬咬牙，"恶人我当好了。"

白璐轻轻地笑了一声："跟你有什么关系？事情都是我做的。"

吴瀚文这个文弱书生，脸上挂着彩，眼神却异常坚定。

寒冷无形中催化了沉默，吴瀚文的气势也渐渐消减。

"白璐，你是不是……？"

"我不怪你。"白璐开口，声音很轻，好像连生气都提不起兴致。

吴瀚文："我……"

"真的不怪。"白璐眼睛看着地面，说，"只不过……"

"不过什么？"

又静了一会儿，白璐淡淡地说："本来想着断掉就算了，没想让他知道那么多。"

吴瀚文看着她，白璐自言自语："你说得对，他就像片泥潭……"

"白璐……"

白璐抬起头，又看见吴瀚文的花脸，提起精神问："因为这个白天没来上学？"

吴瀚文"啊"了一声，摸了摸自己的脸，说："我妈快被吓死了，一直问我怎么回事，我说不小心磕的，她不信，还说要来学校问，我今早一直安抚她来着。"

"上药没？"

"上了。"吴瀚文说，"不要紧。"

白璐点点头，看着吴瀚文，说："对不起，把你牵扯进来。"

"没，是我自己要做的。"吴瀚欲言又止，最后还是说了出来，"其实我也有点儿害怕，一直……一直觉得你会生气，因为昨晚许辉就像……"

"好了。"白璐打断了他的话，"不提他了。"

吴瀚文一愣，从她的话语中感受到一种无形的坚持，又看向她的眼睛，进而察觉到更加明显的拒绝。

吴瀚文愣了一瞬后便明白了，她是在心里与许辉划清界限了。

白璐清楚高三时期的重要性。

或许她也感受过来自许辉的吸引，但是最后一刻，她还是强迫自己放弃了。

白璐与其他喜欢上许辉的女生不同。

吴瀚文在心底想着。

她比她们聪明。

也许，越聪明的人，越自私。

白璐说："我上楼了，你早点儿回家吧，拿冰敷一下，能好得快一点儿。"

吴瀚文把书包往上背了背："我去图书馆，你去休息吧。这几天休息得不好吧？脸色都不好看了。"

与吴瀚文告别，回到空空的宿舍，白璐也在床上。

与被子贴合的那一刻，白璐心想，她再不要离开床了，干脆晚饭也不吃了。

她身上的力气像被抽干了一样。

周一，吴瀚文来学校后，同学们纷纷被吓了一跳。

李思毅直接拍案而起。

"谁？！"小眼睛瞪着，李思毅"愤怒"地说，"谁为民除害，替广大群众出了这口恶气？我要给他送锦旗！"

· 174 ·

吴瀚文一笑，扯到了嘴角的伤口。

"你滚啊。"

白璐闷头做题。

期中考试的成绩出来了，白璐的名次在整个年级降了近四十名。

拿到试卷的时候，白璐的脸上没有太多表情。

课堂上，包老师点了几个成绩退步的学生的名，白璐不出意外地身在其中。

"离高考还有多久，你们自己也清楚。"包老师的声音随着空气慢慢变冷，他指着墙上的牌子，使劲拍了一下讲台，"不清楚的就自己抬头看看！"

压力一天比一天大。

放学后，白璐没有马上走，吴瀚文也留了下来。他捏着笔，在指尖轻盈地转了一圈又一圈，语气轻松地说："没事，别太在意。"

白璐转头："你上次可不是这个态度。"

吴瀚文一哽，随后道："现在不一样了嘛。"

白璐收拾书包，吴瀚文手里的笔越转越快，最后"啪叽"落到桌面上。

"那个……"白璐收拾好书包后，吴瀚文终于开口了，"有空的时候跟我去图书馆吧。"

白璐转身，吴瀚文仰仰头。

"你只要不分心，我保证下次考试你的成绩能追上来。"

他说得很简单，语气却异常坚定。

任何人都可以变得自信而锐利，只要在他们熟悉的领域里。

"行。"白璐答应他，"谢谢你。"

她还是有点儿恍惚，肩膀被拍了一下，吴瀚文又说："别担心。"

他看出了她难得的忧虑，兴致勃勃地为她提供帮助。

白璐的手机一直关机，一周之后，她偶然开机，里面有几十条未读短信，是孙玉河在一周之内发来的。

"小白兔，你跟许辉怎么了？"

"许辉好几天没来上学了，电话也不接。"

"你俩吵架了？"

"你怎么也不接电话？"

"到底怎么了？能不能说句话？我昨天去找许辉，他是受什么刺激了吗？"

"你们发生什么事了？你多体谅他一点儿行不行？他现在谁都不见，你劝劝他。"

…………

最后一条是他今天发来的，比之前的都要长一点儿。

"我见到许辉了。我不知道你们之间发生了什么事，但你不能就这样扔下他不管。他的状态很不好，比初中那个时候还差，他好不容易才好了一点儿，现在又这样了。我之前跟你说了，他这人有时候是有点儿自我，你们就一点儿缓和的余地都没有了吗？"

白璐重新关掉手机，坐在桌前做题。

宿舍里很静，空着的床位早就被报了上去，但是一直没有人搬进来。

白璐写着写着，笔尖停了。

她的背紧紧的，手也紧紧的。

片刻之后，她手中的笔又动了起来。

吴瀚文履行了自己的诺言。

白璐也领教了学霸的学习能力。

吴瀚文头脑清晰，对于如何复习和梳理高中三年的知识点有独特的方法，按他自己的话讲，那叫"节奏"。

白璐的手机自从上次关机，就再也没打开过。

简单的日子里，时间变得快了起来。

真正入冬了。

地上的雪一天比一天厚，吸收了天地的声音，处在市中心的校园一片寂静。

吴瀚文的学习方法十分有效，白璐的成绩稳步提升，她不时请他去食堂吃顿饭，吴瀚文欣然接受。

"谢谢你帮我。"

"你跟我说什么谢？"

外面飘着雪，图书馆里自习的学生不多，零零散散地坐在有空调的位子下面。吴瀚文和白璐并排坐着，旁边就是窗户，窗外白茫茫一片。

"慢慢来，你的基础没问题，系统地深化一下就好了。"

白璐点头。吴瀚文手肘撑在桌上，问她："考哪所大学决定了没有？"

"还没。"

"眼看就期末了，下学期就要彻底地冲刺了。"

白璐侧过头："没有就是没有呀。"

听着她轻轻的声音，看着她坦然的表情，吴瀚文咳了一下，淡定地说："那什么……我觉得吧……你看，上海是个大城市……"

白璐挑挑眉，吴瀚文马上话锋一转："行行，不说了，我知道你听烦了。"

白璐："讲了二百遍了。"

"绝对没有，说话要凭良心。"

"二十遍有了吧？"

吴瀚文一噎，随后无赖地说："那就考虑一下呗。"

白璐的目光回到书本上。

"上海好学校多，但分数也高。"

"考得上的。"

白璐侧头："哦，上海交大？我就在梦里读读吧。"

吴瀚文"啐"了一声，用手点桌子："这么没有信心呢？"

"真的考不上。"

"交大考不上也有其他学校啊，你看上大啊，上财啊，东华大学啊……"

白璐无奈地说："考不上的。"

"怎么就考不……？"

"吴瀚文。"

他的声音止住。白璐收起书本,低声说,"我去哪儿都无所谓。"

吴瀚文一愣,随即道:"为什么?"

白璐摇摇头,没有说话,转身收拾东西。

吴瀚文静了一会儿,也没有再往下问。

时光流逝得飞快,转眼间,一个学期结束了。

白璐对自己期末考试的成绩比较满意。

"绷成这样,年过得都不爽了。"包老师在前面布置假期作业的时候,李思毅在后面嘀咕。

六中高三学生的寒假跟在职员工的春节假期长短差不多,过完正月初七就结束了。

除夕夜,白璐跟着父母来到爷爷奶奶家。虽然在同一个城市,但是爷爷奶奶家比较偏远,加上平日爷爷奶奶喜欢出门,她平均一个月才能与爷爷奶奶见一次面。

白璐的奶奶是四川人,做的菜很好吃。老人做的菜通常有一种厚重的口感,跟现学现卖的不同,跟餐厅、酒店的也不同。

除夕夜,奶奶做了白璐最喜欢吃的八宝饭。八宝饭出锅后,被扣在盘子里,一圈一圈的,好看又好吃。

"过完今年就要参加高考了,璐璐要加油呀。"吃年夜饭时,全家人首先祝愿白璐高考能有好成绩。

白璐点头:"我一定会加油的。"

爷爷奶奶年纪都不小了,但照样熬到了跨年那一刻。

春节联欢晚会的主持人站成一排,开始倒计时。

最后一声落下,舞台欢腾,钟声齐鸣,外面烟火飞扬。

白璐的手机也振动起来。

白璐的腿有一瞬间的打战。

这种感觉隔得太久了。

不会是朋友,也不会是同学的新年祝福,还没有拿出手机,白璐就已经感觉到了。

她拿着手机,来到阳台。

爷爷奶奶家是老楼,有向外的独立阳台,不过冬天时阳台门一直关着,外面放着杂物,上面落了一层灰尘和雪。

阳台门一被拉开,冷风就吹了进来,鞭炮的声音也更清晰了。

手机还在振动,白璐接通电话。

"喂?"

电话里是长久的安静,白璐回头看了一眼,父母都在客厅,忙着给朋友发短信,还没有注意到她来到了阳台上。

"有事吗?"白璐一只手揽着风,低下头,"许辉。"

她自己也没想到,时隔这么久,念出他的名字,会是这样的感觉。

"我想见你……"

她的手在打战,不知道是因为冷,还是因为其他。

"……"

"白璐……"他小声地叫着她的名字。

白璐觉得他给她打电话完全是无意识的举动。

他似梦似醒:"白璐……"

"你身边有人吗?孙玉河在吗?"白璐低声问,"还是自己一个人在外面?"

"白璐……"

他一直这样,不管白璐说什么,他都只懵懵懂懂地喊她的名字,像是根本没听见她说的话。

她知道,如果清醒,他不会打来这个电话。他可能又是长时间没休息,意识模糊了。

白璐静默,而后在他一声声的呼唤中,轻轻开口:"许辉,新年快乐。"

礼花在她的头顶上绽放,变幻着色彩,绚烂而短暂。

就如同你我的青葱年华,没时间看清,也来不及回味。

"还有……对不起。"头深深地低着,白璐用力攥着手机,"对不起,许辉……对不起……"

许辉依旧迷迷糊糊地叫着她的名字,片刻后,白璐挂断了电话。

"璐璐,来吃点儿酒酿圆子,奶奶刚热的。"妈妈在屋里喊,"哎哟,你跑到外面干吗？着凉了怎么办？"

白璐回到屋里："我去看鞭炮。"

"多大了还看鞭炮，马上就要上大学了。"妈妈把碗端来，"吃点儿热乎的东西，暖暖身子。"

年一过去，气氛更加紧张。

"真正的战斗来了！"

高三组的老师们一个个如同打了鸡血，眼神都跟正常人的不一样了。

学习任务翻倍地增加，大家很快迎来了第一次模拟考试。

而后便是百日誓师大会。

全校的高三学生都被拉到操场上，周围挂满了红旗和条幅，一人领了一条红带子，系在额头上，上面写着"必胜"二字。

"这……"李思毅跟吴瀚文两个人私下讨论，"你不觉得我们的样子有点儿搞笑？"

吴瀚文手指头放到嘴边："小点儿声……小点儿声……"

白璐在那天最后一次收到许辉的消息。

准确地说，是孙玉河发来的消息。

消息很简短，只有一句话：

"许辉去外地了，不回来了。"

她看到消息的时候，校长正在台上大吼着口号，下面的同学声嘶力竭地跟着叫嚷。

之前一直吐槽场面搞笑的李思毅，是全班喊口号喊得最激烈的，用力到嘴都快裂开了，眼睛也眯成了一条缝。

高三是一种状态，一辈子只有一次的状态。

时间真的太快了。

这一整年，做梦一样。

二次模拟，三次模拟……

报名咨询，考前心理辅导……

墙上计时板上的数字一天比一天少。

有人说,高三学生就像是机器,背后有弦,一点儿一点儿地被拧紧,就等着最后那几天的释放。

绷得越紧的,释放时力量越大。

白璐的成绩在经过小小的爬坡后,慢慢趋于稳定。

她家里也曾开过小会议,讨论报考的学校和专业。

爸爸的建议是学数理化一类。

"俗话说得好,'学好数理化,走遍全天下'。"爸爸发言,"而且璐璐本来也是理科生,也只能报这类专业。"

"谁说的?"妈妈不同意,"你那都是老一套了,学那些物理化学出来干什么?搞科研?反正我是不建议学化工,那身体都搞完了。"

"那你说学什么?"

"医生怎么样?"

"那不还是跟药挂钩?跟化工差多少?还是听璐璐的吧。"

于是,在外转了一圈,选择专业的大权还是被交回白璐的手里。

"我学什么都行。"

"没有爱好的?"

白璐想了想,说:"没……什么爱好吧。"

"哎哟,我的宝贝女儿,你怎么就一点儿爱好都没有呢?"

"妈……"白璐忽然插了一嘴。

妈妈问:"怎么了?"

白璐想起不久前,从校园回家的路上,经过那条小巷时的情景。

忍冬含苞了。

它依旧细腻,依旧脆弱,依旧只在那一家的门口,安宁空寂。

白璐瞬间产生了一种逃避的心理,不想再见到那间房子。

"我想……考得远一点儿。"白璐低声说,"从小到大没有离家太远,我想在大学时期锻炼一下。"

爸爸妈妈对这个提议均表示赞成。

"好啊,趁着年轻,多走走,爸妈支持。"

高考终于来了,在一个炎热的夏日。

天气闷热起来。

人民教师也难得"迷信",全部穿起了某品牌的衣服,只为胸前那大大的对号。

包建勋还在做最后的动员。

"记住:试卷拿到手里后先看一遍!心里有数了再答题,不差那一点儿时间!谁也不许提前交卷!"

考场门口全是家长。

这个考场里的基本是重点高中的学生,六中的学生占了大半。知道日子特殊,政府特意派交警在校门口那条主干道上维持秩序,以便让车辆安静有序地通过。

不用参加考试的吴瀚文也来了,跟包老师站在一起。

人太多,白璐在进考场之前回头看了一眼,自己的妈妈爸爸也在人群中。

她朝他们挥了挥手,又无意间瞥到了吴瀚文。

吴瀚文站在高处,举着双臂,远远地朝她招手,见她看到了,他顿了一下,然后两只手四个手指各自合起,只剩下两个高举的大拇指。

白璐笑了笑,进了考场。

两天的考试时间。白璐觉得,或许是因为做了太多试卷,答高考题时自己都有点儿精神麻木了。

尤其是最后一科,考生们答得飞快,没用多久就完成了考试。

可大家依旧记着老师的教诲,并没有提前交卷。

下午阳光温柔,却晃得人睁不开眼。

最后几分钟,屋里开始躁动。

监考老师也露出了理解的笑容。

"行啊,你们终于要解放了。"

走廊里鼓噪的声音越来越响。

终于,铃声响起——

十二年寒窗生涯结束了。

几天后,高考答案新鲜出炉。

同学们再一次去学校。这回大家都没有穿校服,校园里花花绿绿,一片七彩景象。

叶又绿了,花再开了,风吹在脸上,温柔又轻盈。

包建勋经过几天的休息,精神也趋于稳定,手里拿着高考各科试卷的答案,尽量用镇定的语气说:"等会儿把答案发给你们,别互相讨论,先把自己的对完。头脑要保持清醒,最后一哆嗦了,千万不要乱,听见没?"

"听见了!"

吴瀚文坐在白璐的身边,问:"你自己的答案都记下来没?"

"嗯。"白璐把几块大橡皮放到桌子上。

这是高考时记答案的通用方法。

对答案的过程很快。其实高三学生在经过一年的磨炼之后,对于分数有着独特的敏锐性,大多数人在考完的那一刻就基本摸清楚自己的分数了。

"跟我估计的差不多。"白璐放下笔,看向一直盯着自己的吴瀚文,"六百分吧。"

"不错不错。"吴瀚文在一边帮忙出主意,"报哪个学校定下来了吗?"他从书包里翻出一个大本子,推推眼镜,"我帮你看了一下,你这个分数的话,北京化工、中国传媒、大连理工都能报,还有一些学校,主要看你喜欢什么类的专业。跟父母研究过吗?"

"今天回去研究。"

高考结束后,紧绷的弦松开,大家忽然变得有些懒散。

白璐跟父母讨论了几天,最后敲定了报考的学校和专业。

一切落定之后,夏日变得更为漫长了。

高中生涯的最后一项任务——谢师宴到来。

包建勋兢兢业业地带了大家三年,万事以学业为中心,对任何会影响学生成绩的风吹草动均采取严酷的态度,有时候甚至让人觉得他有一点儿神经质和不近人情。

就算高考结束了，他那根坚实的粗筋也没有完全扭过来。

"谢师宴别太夸张了啊，一切从简。"

班委没有听从包建勋的要求，最后选了一家海鲜行，将时间安排在中午。

"你早点儿来呗。"吴瀚文跟白璐说。

"早去干什么？"

"点菜。"吴瀚文拍拍胸脯，"任务落在我的头上了，你来帮忙看一看。"

白璐提前一个小时到饭店，帮着吴瀚文点菜。

高考结束后，班里的男生们便开始撒欢，据吴瀚文说，男生们最近几天基本天天泡网吧，包一排位子，玩到昏天黑地。

"还有去游戏厅的。哈哈，你知道吗？方小川竟然还会玩游戏机，在学校时蔫得跟什么一样，瞒得可真紧。"

白璐有点儿惊讶，方小川是物理课代表，跟吴瀚文一样是名文弱书生，没想到喜欢玩游戏机。

"我看他打格斗游戏还蛮厉害的。"吴瀚文指着一条鱼，服务员将其捞起称重，"人不可貌相啊……"

服务员拿鱼过来："三斤半。"

白璐伸手，在鱼身上戳了戳，说："是呢……"

上午十一点半，同学们陆陆续续来到酒店。菜早已经点好，男生们叫嚷着要上酒。

包建勋出声制止，但不好使，一箱啤酒被悄无声息地抬了上来。

"行啊，我现在说话不管用了。"包建勋指着几个学生，眼睛照样瞪，可自己都觉得没有力度。

"算了，毕业了，喝点儿就喝点儿吧。"

有好事的男同学把女生的酒杯也倒满了。

"来来来，别矜持了，都要上大学了，还这么呆怎么办？"

白璐面前的酒杯同样被倒满了，吴瀚文凑过来，偷偷跟她说："喝不了就不喝，等会儿我给你换成冰红茶。"

白璐："没事。"

"来来来，举杯了啊！"班长站起来，同时对两桌人喊道，"感谢我们可亲可爱的包建勋老师三年来的悉心教导！在教授我们知识的同时，告诉我们怎么做人……"

旁边有人嘀咕："班长年纪轻轻的就搞得官腔这么重，这以后上了大学可怎么办？"

班长洋洋洒洒的五分钟发言结束后，包建勋站了起来。

"现在高考结束了，你们也'放羊'了，但是还是要记着不能松得太厉害，尤其要注意安全。我听说有人一考完试就去游戏厅了，有没有这回事？"

包建勋眼睛一斜，余威犹在，男生们纷纷扭头。

包建勋又说："你们要记住，高考只是人生的一个阶段，绝对不是结束！有太多学生一过高考就开始懈怠，大一、大二不好好学习，天天玩游戏、逃课，等到最后毕业了才发现什么都没学到。大学才是真正至关重要，决定你们未来命运的时期！"

学生们完全不当回事，未来怎么样，谁管？瞻前顾后的从来不是年轻人。

"吃饭啦老师！！！开饭了！"

包建勋严肃的发言还没结束，一群同学已经在喊："饿死了！"

包建勋也知道他们听不进去："行了，吃饭吧。"

一声"吃饭"，桌子上筷子翻飞。

吃着吃着，气氛活跃起来，男生女生也聊开了，两桌子人轮番去灌包建勋酒。

包建勋也知道这是最后的相聚，也比往常放得开了，来者不拒，谁来敬酒都接着。

轮到白璐时，她端着酒杯准备过去。吴瀚文拉住她，看着她那满满一杯酒："行吗？"

白璐拨开他，朝着包建勋走过去。

"老师，我敬你一杯。"

"哎。"三四瓶啤酒下肚，包建勋脸上涨红。

白璐跟包建勋碰杯，然后一仰头，一杯酒下肚，竟然比龇牙咧嘴的包建勋轻松多了。

"呀，行啊。"包建勋惊讶地看着她，"啧啧"称赞，"真是看不出来啊。"之后他又顿了顿，抬手指了指白璐，果断地说，"你聪明，脑子够用的。"

白璐腼腆地笑了，跟包建勋鞠躬道谢，然后回到自己的位子上。

大家喝了酒，气氛都不一样了。

三巡过后，包建勋终于醉了。不止他，好多人醉了。

他们没有沉迷于酒精，那是一种状态性的迷醉，比酒更甚。

包建勋喝得外套大敞，不顾形象，此时拿着酒杯站起来，发言也有点儿混乱了。

"我带了你们三年！"他拍拍自己的胸脯，用力地说，"我自认为我上心了，我负责任了！所以在今天这样的日子里，我能坦坦荡荡地跟你们吃饭喝酒！我能坦坦荡荡地跟你们讲未来！很多人说人最美好的日子是大学时代，我说不是！是高中时期！十七八岁才是真正的美好时代！你们奋斗、努力、难过、挣扎，什么都不添加，你们这辈子最干净、最纯粹的感情都放在这里了！"

迷乱的午后，醉了的包建勋使劲拍了一下桌子，然后抬起手，不知指着什么方向。

"我知道你们每一个人都挥洒过汗水！但不是所有人都尽其所能、彻彻底底地努力了！现在你们回头看看，告诉我——高中三年里，你们有遗憾吗？！"

两桌学生几乎毫无迟疑，异口同声地大喊："有！"

有好奇心重的服务员和食客循声摸到包间门口，透过门缝悄悄往里瞧。

他们的声音很大，但没有人忍心打断。

包建勋还嫌不够一样，使劲抻着脖子吼道："你们有遗憾吗？！"

"有！！"

多少学生眼泛泪花。

他们没法儿细究，在这青涩混沌的时刻。

他们想不起是为了什么事，也想不起是为了什么人。

只是你一提到遗憾,我的眼泪顿时就流了下来。

心比脑子快了一步,也根本不敢往下想。

李思毅在对面哭得差点儿晕过去,吴瀚文赶紧帮他拍后背,一边安慰他。

白璐在嘈杂的声音中低下头,看着自己攥着的手指。

花迎风,鸟飞扬。

时光转瞬即逝,一切还没来得及开始,就已经结束了。

第五章

纠　葛

天朗气清,艳阳高照。

时间不算早,但整栋楼还是安安静静的。

细细听的话,隐约能听到轻轻的脚步声——从楼梯上来,慢慢拐进五楼的过道。

说是五楼,严格来说其实是六楼,真正的一楼是宿管阿姨的地盘。

"赤裸裸的欺骗!"

当初第一天报到的时候,白璐来到寝室门口,推开门,就听见里面一个女生愤愤地抱怨楼层的问题。

脚步声停在一个房间前,门上挂着"517"的字样。

白璐拿出钥匙,为了不吵醒里面的人,轻轻地拧动钥匙。

屋里昏昏暗暗,窗帘也没有拉开,屋里有一股睡觉独有的氛围,地上拖鞋乱放,衣服堆在椅子上。

白璐关好门,把手里的东西放到一边,站到离门最近的一张床下面,踮起脚拍上面床铺上的人。

"喂——喂——"

被子里老大的一坨慢悠悠地翻了个身,如同会移动的山峦。

"起床了——"白璐还在叫。

"山峦"有气无力地"哼哼"了两声,又没动静了。

白璐把桌子上的东西拿过来,将袋子拨开一些,举到上面。

"山峦"抽抽着鼻子挪过来,脑袋终于从被子里露出来,声音依旧微弱,但语气已经有力。

"哎哟,煎饼啊……"

"山峦"一伸手就要过来拿煎饼,煎饼却离远了些。

"快起床。"

长叹一口气,"山峦"一个打挺儿坐了起来,看一眼手表,底气十足地喊:"来来来,别睡了都!一天天的是想怎么的?……老三!"

一声暴喝,"山峦"还嫌不够,抄起身边的一只沙皮狗玩偶,朝着对面的床扔过去。

"山峦"天天扔,准头足够,对面的床还挂着蚊帐呢,"山峦"却硬生生从两个小开门中间的夹缝里把玩偶扔了进去,砸在了熟睡的人的脸上。

"要死啊……"

"山峦"一边穿裤子一边吼："快快快，今天有点儿晚了。"

经过一番折腾，"山峦"从上铺下来，把煎饼抢来，香喷喷地吃着，一边说："寝室长，估计我这大学念完，回忆里除了你买的煎饼，基本啥都不剩了。"

白璐看了看表，说："快点儿收拾，早自习要迟到了。"

剩下的两个人也起床了，三个女孩子在洗手间里挤来挤去抢地方，打闹嬉笑。白璐把窗帘拉开，一瞬间阳光照入，她的眼睛不由得微微眯起。

楼下是一块巨大的草坪，有修草工正在剪草，传来"吭哧吭哧"的声音和浓浓的草香味。

已经有学生走在去教学区的路上，嘴里叼饼的，手里拿豆浆、饮料的，比比皆是。

白璐很快适应了刺眼的阳光，就像她已经完全适应了南方的生活一样。

大一刚来报到的时候，她曾被南方的天气震慑。

都说"上有天堂，下有苏杭"，刚到杭州时，白璐却对这句话产生了严重的怀疑——

夏天太热，阳光太足，晚上太潮。

记得军训的时候，宿舍里没有空调，她晚上躺在床上，每睡二十分钟就要拿纸巾擦一次汗，尤其是下巴那里，半夜醒来一摸全是水。

学校为了方便同寝室的同学沟通，尽量安排来自相近地域的同学住在一个寝室，于是全班加上白璐满打满算四个北方女生，全部被分在了517寝室。

不止白璐，其他三个小姑娘一开始来杭州时也是万分不适应，没半个月，感冒的感冒，起湿疹的起湿疹。皮姐说她成年之后体重唯一一次下六十五千克，就是大一开学那会儿。

好在随着日子慢慢推移，大家都适应了。

时间是万能的。

最先从洗手间出来的就是刚刚吃了煎饼那位——曹妍，山东人，体格健硕，双眼有神，因为酷爱沙皮狗，所以被朋友们称为"皮姐"。

后面两个是老三和老幺，一个来自哈尔滨，一个来自北京。

全宿舍最瘦小的白璐反而是年龄最大的，比皮姐大了半岁多。

七点半，四个人准时出门。皮姐一个煎饼下肚还觉得不够，又在去教学楼的路上买了一盒煎饺。

"都大三了，上什么早自习啊……"四个人排成排走，老三半睡半醒地抱怨。

皮姐吃得嘴巴流油："谁说不是呢？"

旁边的小学弟被皮姐的膀大腰圆和平底拖鞋吓到了，偷偷瞄了一眼。皮姐嘴里嚼着煎饺，转过头。

"往哪儿看呢？"

小学弟哆哆嗦嗦地把眼睛转了回去。

"哈哈哈！"

皮姐的笑声爽朗又豪放。

大三，不上不下，不尴不尬。

她们褪去了刚上大学时的稚嫩，还没感受到考研、实习的巨大压力，堪称赋闲人员。

她们事事通，事事松，彻头彻尾的老江湖做派。

自习课上不能吃东西，皮姐在进门前咽下最后一个煎饺，把油乎乎的袋子扔进垃圾桶。

她们进教室的时候，班长黄心莹正准备点名，看见她们四个人，赶紧招手。

"快快快，马上要点名了。"

黄心莹人白净，圆脸盘，长相甜美，一为别人着急的时候眼睛就不由自主地睁大。

皮姐漫不经心地白了黄心莹一眼，四个人坐到后面的座位上。

"装什么清纯！"皮姐低声嗤笑道。

白璐坐到她的身边，把书拿出来："小点儿声。"

皮姐"哼"了一声，趴在桌子上睡觉。

除了白璐，她们整个寝室都跟黄心莹有仇——说是仇，其实最多也就是对黄心莹感到厌烦，没到撕破脸的程度。

起因是老幺的一次志愿者经历。

大二那年，杭州举行全国性的大型运动会，在各个高校挑选志愿者。白璐从不参加这些活动，皮姐懒得要死，老三忙着谈恋爱，只有老幺为了加学分去了。

当时班里一共选上了两个人，除了老幺，还有一个就是黄心莹。

黄心莹跟谁都笑呵呵的，性格外向，讨人喜欢，起初老幺觉得跟黄心莹在一起挺开心，但后来相处的时间久了，不对劲的地方就多了。

首先，黄心莹总是请假。

老幺觉得她是班长，学校里的事情多，就一直帮她顶班，没有在意。后来志愿者的工作太多，没有办法，黄心莹才回来帮忙。

其次，黄心莹总爱占别人的便宜。

早上她俩去食堂吃饭，刷卡的从来都是老幺，黄心莹天天跟老幺勾肩搭背嬉笑打闹，就是从来不提还钱的事情。

老幺脸皮薄，也觉得自己不该斤斤计较。

最后一次志愿者活动结束后，黄心莹叫上一个播音系的男生，跟老幺一起吃饭，在校门口的重庆火锅店。黄心莹点菜，点了四百多块钱的，结果剩了一桌子菜。

最后是老幺请客——黄心莹说她家那边都是这样的，你请一次，下次换我请。

可惜老幺一直没等到黄心莹请客。

老幺脾气好，自己在外面的事情从来不说。后来大二下学期快结束的时候，有一天皮姐从外面回来，一直嘀咕着什么，一问之下，大家才知道，黄心莹跟皮姐一起从机场打车回学校，车费一百多块钱都是皮姐出的，这都好几天了，也不见黄心莹还钱。

老幺这时候才跟皮姐说了之前的事情，三个人顿时同仇敌忾。皮姐横刀立马，捏着自己的沙皮狗玩偶，嘴都快撇到地上去了。

"还真是'有便宜不占王八蛋'！我还以为她是忘了，这女人，天天装得人模狗样的，我今天非要让全班同学看看她什么货色！"

皮姐当时就要上楼——黄心莹的宿舍在六楼。

还是白璐把皮姐拦了下来。

"咱们现在才大二，她是班长，跟老师、辅导员的关系都很不错，不好直接撕破脸。"

"欠债还钱，天经地义！"

"给她发条短信，私下催她还了就行了。"

"我……"

"皮姐。"

白璐是寝室长，也是整个寝室年龄最大的，说话多少有点儿分量。

这事就这么算了，但黄心莹也从此被划进了517寝室的黑名单。

点完名，团支书走到前面，说了一下模块课报名的事情。

"还没报名的同学快点儿报，其他班级的都已经上交了。"

白璐是传媒专业的，模块课要选修其他专业的课程。可供选择的课程有不少，517寝室的四个人打算报同一个课程，到时候相互也有个照应。

早自习下课之后，白璐找到团支书，给她们四个人都报了数字媒体艺术的模块课。

"哎哟，你可真是赶巧了，最后四个名额了。"团支书把白璐及室友的名字写上。

白璐正低着头看，忽然感觉身上一重。

"璐璐！"她转头，黄心莹抱住她，又对团支书说："小凤凤，我们的名字写了没有？"黄心莹一低头，"啊"了一声，有点儿着急地看着团支书，"我之前不是说给我和杨婷留两个数艺的模块课名额吗？你忘啦？"

团支书张张嘴："啊……你之前不是说不一定吗？我忘了。"

"你就这么忘了？"黄心莹拿手指尖戳了戳团支书的额头。

团支书看了看白璐："那怎么办？"

黄心莹抱着白璐摇："璐璐——"

白璐抿抿嘴："行，那我们四个一起换到广告学吧。"

"行行行。"团支书将白璐她们的名字擦掉，写到广告学下面。

回到寝室，白璐把这件事告诉了室友们，皮姐又爹毛了。

她捂着脑袋："又是这个混账，我这个血压……我这个头……"

白璐帮她按摩缓解。老幺在一边说："算了吧，广告学就广告学吧。"

老三正在镜子前试唇彩，说："寝室长，我可听学姐说过，广告学的模块课最后考试很麻烦的。不是笔试，要自己去外面找店铺，给人家拉关系做广告，大热天的烦死了。"

皮姐："什么？！"

老幺打圆场："反正报都报了。到时候大家一起出去找店，咱们这儿是大学城，附近这么多店铺，吃的、喝的、玩的到处都是，很好找的。"

老三扣上唇彩，一锤定音道："得了，就这样吧。下午没课，我要去约会了，姐几个怎么定？"

老幺："我去一下社团，有彩排。"

皮姐："我还没缓过来，头疼，睡觉。"

白璐揉了揉皮姐的脑袋，最后一个说："我去自习室。"

又是一日清早，老三早上六点半跟白璐一起起了床。

"你怎么起这么早？"白璐悄声问。

"寝室长，你过来。"老三的声音更轻，她悄悄地把白璐叫过去，低头在白璐的耳边说，"我今天要出门，上课的时候你帮我喊一下'到'好不？"

白璐扭头看她："怎么又出去？"

老三推推白璐，一副"你明知故问"的表情："大刘来了呀。"

白璐："他前几天不是还削发明志来着？"

老三的男朋友是旁边艺术院校的学生，因为体格庞大，被老三喊作"大刘"，也念大三。搞艺术的一般文化课成绩都不怎么样，大刘大三了英语四级还没过。据说今年开学的时候，他家里给他下了死命令，不过英语四级就断生活费。

前几天大刘请全寝室的人吃饭，饭桌上喝了酒，情绪激动，说是要让大家给做个见证，在谁都没反应过来的时候，直接拿剪子把自己留了三年的头发剪了。

一周不到，他又原形毕露了。

"看书也得劳逸结合。"老三毫不在意，收拾停当后拍拍白璐的肩膀，"寝室长，全靠你了。"

好在今天课不多，上午一节下午一节，上午的还是两个班级一起上的大课，老师在前面点名，白璐帮老三顺利过关。

"哎哟——不管看几次都觉得神奇，你怎么就这么淡定呢？"皮姐支着胳膊肘子，侧着脸看着白璐，还是纳闷儿，"今天帮同学喊'到'的成功率还是维持在百分之百的高水平线上，寝室长就是寝室长，牛。"

白璐笑了笑，小声说："别开玩笑。"

中午老幺提前回宿舍，白璐跟皮姐去食堂吃饭。

"也不知道老三跟大刘在哪儿呢。"皮姐饭量惊人，打了满满一盘子荤菜，"不至于光天化日的就生命大和谐了吧。"

白璐坐在皮姐的对面，抬头瞄了她一眼："吃饭。"

皮姐撇撇嘴，又要说什么，手机响了。

"哟，老三打来的。"

皮姐接了电话，"嗯嗯啊啊"地聊了几句，挂断了。

"得，猜猜什么消息。"皮姐说。

白璐："不知道。"

皮姐甩甩手机："让我送钱去！"

白璐从饭菜里抬起头："送钱？"

临时来了活儿，皮姐紧着扒拉两口饭："啊，说是玩得太投入了，没注意，钱花光了，现在还差两瓶酒的钱。"

白璐皱眉："大中午就喝酒？"

"谁知道呢？"

"你去把人带回来吧，喝了酒就别留在外面了。"

"您就甭操心了，等着吧，我马上把人领回来。这大刘也不行啊，膀大腰圆的连个钱也没有，吃个饭都付不起钱。"抹了抹嘴，皮姐站起来，"寝室长，下午的课帮我俩占个座啊。"

白璐应下。

下午，皮姐踩着上课铃声奔入教室。

"天哪——累死我了可！"皮姐一脑瓜的汗，因为跑步赶路，脸红扑扑的。

"老三呢？"

"别提了，不回来！"皮姐厚厚的嘴唇抿到一起，"玩疯了！"

"在哪儿？"

"一家新开的清吧。"皮姐说，"好像才开了半个月，在广场后面的大厦里，十一层和十二层，两层，桌游、水吧、客房都有。"

皮姐凑过来小声跟白璐说："跟我借了两百块钱。我看这是直接睡在那儿的架势，寝室长你说说，这青天白日的……"

"人家两口子的事你管什么？大热天的你不怕上火吗？"

老教授慢悠悠地来到教室，推推眼镜腿，也不点名，直接开始上课。

一直到晚上，宿舍楼关门之时，老三才回来。

"这一身酒味啊！"皮姐还没看见人，就捏着鼻子喊道。

"啊——"老三一声娇吟。

皮姐搓着两臂回头，鄙夷地看了老三一眼。

白璐和老幺也看过去。

老三如入无人之境，拎着包，转着圈地往屋里走。

"哎！别磕着！"皮姐拉开凳子。

老三又转了回去，最后"咣当"一声贴在门上，又是一声："啊——"

"干什么到底？！"

老三手掌捂着胸口，慨然一叹。

"爽！"

"有毛病是不是？！"

老三伸出手指在皮姐的面前晃了晃："处女没有发言权。"

皮姐急脾气，上去就要抽她。

老三闭上眼睛，好似回味无穷："今儿真是……帅哥、美酒相伴，好久没这么高兴了。"

老幺忍不住笑了一声。皮姐嘘老三："哎哟，还帅哥……你让你家大刘照照镜子行不行？劳改犯一样，还帅哥！"

"啧。"老三白了皮姐一眼，"谁说我家大刘了？"说完感觉不对，她又补充了一句，"我家大刘也是帅哥。"她晃晃脑袋，接着说，"我说的是玩的时候那个老板。"

"什么老板？"

"那家清吧的老板呀。"老三一边说一边回味，"真的太帅了……还年轻。哎哟，那白得，跟瓷人儿似的。"

皮姐不屑地道："什么玩意儿？！"

"真的。"老三眼珠子瞪大，指着皮姐，"你别不信邪，老好看了！"

皮姐冲阳台仰仰下巴："跟那群人比呢？"

皮姐嘴里的"那群人"，指的是正前方那栋楼里的人。那栋楼与女生宿舍楼隔了一片草地，是离女生宿舍楼最近的男生宿舍楼。

那栋楼里住的是播音学院的男生。

白璐学校的播音学院是强学院，招生时要求特别严，里面的学生无一不是身材高挑，每天把自己打扮得光鲜亮丽，一张嘴就是标准的播音腔。

学校里谈恋爱的美女，有七成是跟了那栋楼的人。

谁知皮姐一抬出那栋楼，老三马上大嘴一歪，一脸看不上的样子，挥舞着手臂，喷出两个字："不！配！"

皮姐："……"

"差远了。"老三回到自己的桌子前，放下包，转向白璐："寝室长，你了解我吧，我什么人？虽然平时喜欢玩，但对钱还是有谱儿的。结果——"她使劲拍了一下桌子，"我今儿花了个底儿朝天啊。"

白璐："你怎么花的？"

"就……"老三醉酒之中支支吾吾，"就……就看他拿着酒，冲我笑了笑，问我要不要来一瓶，我就……"

皮姐："你就缴械了？"

老三哐巴哐巴嘴："其实他也没给我推销，就是随口一问，但……唉，就皮肤贼细腻，小眼神一瞥，说话声音也轻，那画面……得了，我就当看电影买票了。"

"没用的东西！"

老三侧头，对皮姐说："我不跟你说，周末带你去你就知道了。"

皮姐："行啊，你请客！"

"自己掏钱！"老三说罢，转头又问白璐和老幺："一起去？"

老幺不太好意思："我没怎么去过这种……"

"怕什么？清吧。"老三特地强调了一下"清"字，"正经地方！里面全是附近大学的学生，热闹得很。你不是愁找不着对象吗？去那里物色物色。"

老幺使劲点头："行啊。"

"寝室长呢？"

"我就不去了，"白璐说，"你们玩吧。周末要听防火宣讲，每个寝室都要派一个代表。"

"呀，忘了……"老三挠挠脑袋，"那就……"

"我去听宣讲，你们玩你们的。"

接下来几天，寝室一直处在激烈的争论中。

争论双方主要是老三和皮姐。

皮姐一边抱着自己心爱的韩剧，为男女主角的感情经历痛哭流涕，一边损着老三，说她眼皮子浅，没见过世面。

老三各种不服，扯着嗓子跟皮姐吵。

终于，混乱复杂的一周过去，周六那天，除了白璐，寝室剩下的三个人手拉手、肩并肩地离开了宿舍。

白璐起得比平时晚了一点儿，听完宣讲，吃了午饭，然后去自习室看了会儿书，回到宿舍时已经是下午五点多，宿舍里还是空无一人。

白璐挑挑眉，心想看来又是玩开心了。

一直到晚上八点多，白璐在看网页的时候，门"砰"的一声被撞开。

白璐吓了一跳，险些把鼠标扔出去，转头，第一眼看到的就是挡在门口体格健硕的皮姐。

她喝了酒，脸色酡红，神色坚毅地手指前方，鼻孔放大。

"广告学模块课就选他家了！苍天作证，挡路者死！我要是拿不下来，天打五雷轰！"

宿舍门还没关上，整层楼都回响着皮姐的声音。

"天打五雷轰！"

"天打五雷轰！"

"天打五雷轰！"

…………

自从皮姐发了毒誓，517寝室的众人就开始紧锣密鼓地安排了。

模块课如期开始，老师是广告学院的人气女教师，姓王，长相甜美，波浪长发，穿着高跟鞋健步如飞，上第一堂课的时候就讲了期末考试的内容。

"想必大家已经有所耳闻，我们广告学模块课的期末考试不是笔试模式，要同学们自己走出去。外面广场有那么多店铺，大都是做大学生生意的，你们找一家，把自己的宣传理念跟店家说清楚，拉到店家的赞助后开展实践活动。店铺不限，活动内容也不限。"王老师一边说一边给学生举例。

"跟你们说啊，知不知道门口的影城给咱们学校的师生单独办了优惠卡？好多同学手里都有吧。那就是去年广告学模块课上，一个组跟影城谈妥的。还有那家高档自助餐厅，也是我们的学生给宣传的。所以啊，你们记着，别怕店大，别不敢干，只要你们肯想，就没有什么是做不成的。

"啊，最后再说一点，期中考试是交策划书，期末考试以演示文稿的形式进行成果展示，一组最多五个人最少三个人。从今天起，你们就可以着手干活儿了。"

白璐不经意地转头，看见身边的皮姐烈火熊熊的双眸，那模样，好像恨不得吃了讲台。

"压力好大。"

下课后，517寝室的四个人走在一起，老三说："你们听说没？好几个组要跟我们抢食。"

皮姐："谁来也不好使。"

"先下手为强？"

"必须的。"

说罢，三个人一齐转头看白璐。

"寝室长！"

白璐："嗯？"

皮姐一胳膊把白璐揽过来："你也出主意啊，都我们弄太慢了。"

白璐："你们想做就跟他们老板说呗。"

皮姐思索片刻后说："怎么开口好呢？"

白璐被皮姐搂得有点儿呼吸困难，指着她的粗胳膊："这样吧，你就把他也夹在你的胳膊里，说'你不同意我就挤死你'。"

"哈哈哈！"皮姐松开白璐，还帮她抚了抚后背。

老三："说真的，寝室长，拿个主意。"

白璐："什么主意？你们要觉得突然开口太唐突，就先准备一个初步的策划案。"

"还要策划案？"

白璐斜眼："我怕到时候你一看到人家就不会说话了。"

皮姐："哈哈哈！"

老三一脸不忍直视的表情："完蛋玩意儿，不以为耻反以为荣。"

不过皮姐到底上心了。从白璐说出那句话开始，一直到晚上，皮姐都在念叨策划案，连韩剧都顾不上看。

"你魔怔了。"老幺说。

白璐也劝皮姐："不要想太复杂的，想个可行性高点儿的。"

"可行性……"皮姐横跨在凳子上，眉头紧皱，"我发自肺腑地讲一句，我唯一能想到的办法，就是把小老板的脸印在明信片上，逮谁发谁。"

老三一拍手:"我看行!"

"……"

白璐忍不住了,笑出了声:"嗯,你们弄吧,写个简单的方案,我等下去打印出来,你们看看什么时候有时间,我们一起去一趟。"

皮姐拿出期末复习的架势,眼镜一戴,屁股一沉,一个下午就交待进去了。

"去吃饭吗?"

"别叫她啦,写论文也不见她有这大劲头。"

"那等下给你带饭回来。"

皮姐补了一句:"再帮我买两个蛋挞!"

在食堂吃完饭,白璐让老三把皮姐的份儿先带回去。

"我去给她买蛋挞。"

"哟呵,她可真是功臣了呢。"老三拎着饭回去,老幺跟着白璐:"寝室长,我跟你去,正好散散步。"

太阳落山,晚霞漫天。

"天气真好。"老幺挽着白璐。

白璐跟她闲聊:"你们社团的事情忙完了吗?"

"没啊,好多事情。再过两个多月有个比赛,大家都忙着排练。"

老幺参加的是一个动漫社团。她上学早,十七岁就上了大学,今年才十九岁,还有点儿小孩子的做派,喜欢看动画片,收集动漫画报。

"那很快了啊。你演什么角色?"

"哪儿有角色啊?我上不了场的,我是负责准备道具的。"老幺不好意思地说。

"怪不得天天在宿舍剪这个剪那……"

侧头的一瞬间,白璐目光一晃,话也停了下来。

老幺还等着她往下说:"怎么啦?小的东西我就拿回寝室做了,大的道具还得在工作室弄,要是……寝室长,寝室长?"

白璐被叫回神:"嗯?"

"怎么了?"老幺看向白璐盯着的方向,马路上川流不息。

"没什么……"白璐的声音太轻,被一声鸣笛声盖住了。

"啊？"

白璐换成了摇头，拉着老幺接着往前走。

老幺很快忘了刚刚的插曲，兴致勃勃地接着讲社团的事情。

白璐默不作声地走着。

刚才……有那么一瞬间，在拐角的地方她似乎看见了一个人。

他的朋友吧。

那人叫什么来着？好像姓孙……

自己看错了吧。

她有一下没一下地回忆着，很快走到奶茶店，买了几杯鲜奶茶和一盒蛋挞，打道回府。

晚上，等皮姐的策划案完成，全寝室的人一齐审核了一番，删减了多余的部分，又加了点儿材料，重新排版，白璐拿去打印。

最后，日子被定在了周五晚上，寝室四个人同行。

学校生活区的对面是一家大型商业广场，跟杭州主市区的广场不同，这里更多的是为大学生服务的小店铺，不管是饭店、服装店，还是电影院、酒吧……都比较平价。

广场后有一栋高楼，挂着酒店的名牌，其实各层都已经租出去了，大部分做了旅店，也有的做了工作室。

这家清吧开业不久，但生意异常地好，老板的手笔也不小，十一、十二两层楼都被他租了下来。电梯刚在十一层停下，白璐就隐约听见了外面的喧闹声。

大厦每一层有十几个房间。据皮姐说，十二层是短租、住宿的地方，十一层是玩乐的地方。

大学附近总有这样的地方，能供班级聚会、自己做饭、多人玩桌面游戏。

看这个规模，这家清吧在整个大学城范围内也算大的了。

十一层有两扇房门开着，不知道是哪所大学的学生，应该来了有一阵了，不知道在玩什么游戏，叫嚷声一声高过一声。

皮姐在房间门口探头往里看，说："不认识……"

老三:"他们老板在吗?"

"好像不在,没看到。"

"另外一个房间里呢?"

"我去看看。老三,你去打听一下。"皮姐往里面走,白璐和老幺跟在后面。

到了另外一间屋子的门口,皮姐敲敲门,然后大大方方地进去了。

过了一会儿,她的声音传来。

"哎,那位!来一下,有事说!"

"好的,稍等。"

这是一个男孩儿的声音。

白璐忽然有一瞬间的恍惚。

男孩儿的声音在十几岁到二十多岁间变化得很快,在这嘈杂的环境里,其实听不出什么,但是那熟悉的感觉从何而来呢?

或许还是因为,女人天生的某种直觉。

白璐抬头,皮姐走出房间,没几秒,跟出来一个人,跟前面的皮姐说说笑笑。

皮姐:"你们老板呢?"

"找他干什么?跟我说不是一样?"

"哎,重要的事情。"

"那更得跟我说啦。"

两个人嘻嘻哈哈,没个正形。

那天自己看到的并不是错觉。

白璐站在侧后方,安静地看着前面孙玉河跟皮姐你一句我一句。

到底是同龄人,共同语言多,孙玉河跟客人交谈轻车熟路。

"什么事这么重要啊?我牌才打……"声音一定,目光也一定,孙玉河看向白璐的方向。

皮姐:"啥呀?"

"才打了一半儿,就出来了。"他也只定了一下,就接着往下说了,只是声音比刚才小了一点儿,一副若有所思的样子。

"另外开个房间呗,有事说。啊对了,"皮姐指向白璐这边,给孙玉

204

河介绍,"这是我们寝室的。老三、老幺,你上次见过。"最后她指向白璐,"这个你没见过,这是我们寝室长。"

白璐冲孙玉河点点头,低声道:"你好。"

孙玉河似乎想笑,又挤不出笑容,最后干脆抹平了脸,点点头:"你好。"说罢,他看向皮姐:"来这边吧。"

孙玉河领着众人往里面的房间走,避开那两间热闹的房间。

几个人跟着孙玉河来到一间更为开阔的房间——一个小型的高层水吧,装修简约,正放着轻音乐。

里面有几个客人,都坐在靠窗的位子上,一边喝东西聊天儿,一边看大学城的夜色。

孙玉河找了个大台子坐下,点了根烟。

"说吧,什么事?"

老三开口:"你们老板呢?"

皮姐接话:"对啊对啊,你们老板呢?"

白璐看向一边,不知道孙玉河的目光有没有落到她的身上。

明明是盛夏天气,她却觉得皮肤发紧。

老板。

她想起了当初老三和皮姐对这位"老板"的描述……

白璐站起身。

"怎么了?"老三看过来。

白璐拿着包,低声说:"你们先说,我有事去外面一下。"

"去哪儿啊?……哎!"皮姐叫了两声,白璐头也没回。

皮姐转回头:"奇了怪了。"

孙玉河在旁边弹弹烟灰,笑着说:"觉得闷吧,待不住。没关系,咱们接着说。"

白璐走出水吧,离开空调的范围,空气燥热起来。

白璐走到走廊尽头,看着外面的景象,脑海之中空空如也。

明明该是忘记了的事情,却沉在她心里的最深处。

事情已经过去很久了……但也好像没有过去很久。

心中的深潭清可见底,她只要低头,就能看见。

"叮咚"一声响,电梯门开了。

眼睑莫名其妙地一颤,白璐回过头。

一个人从电梯里走出来。

黑色衬衫,长裤,板鞋。

他似乎比以前高了一点儿,但依旧很瘦,走路时微微驼背,没精神。

他一副刚刚睡醒的样子,冷漠而茫然,头发微乱,露在外面的皮肤白到瘆人。

他揉着头发往前走,走了几步之后似乎意识到前面有人。

他抬头,手还在黑漆漆的发里。

四目相对。

不怪老三和皮姐那样说。

他长大了,也成熟了。

几秒之后,他放下手转过身,往另外一个方向走去。

"许辉。"

人站住了,可并没有回头。

白璐在看到他的那一刻,想起一件事来。

她觉得,也许就是这件悬而未决的事情,让本该被遗忘的过去一直在无形中牵扯着自己。

"去年冬天,我接到一个电话。我接通了,但没人没说话……是你吗?"

也不知静了多久,许辉重新迈开步子,一言不发地离开了。

白璐就这样看着他的背影一点点消失在走廊的尽头。

里面的人还在讨论,老三和皮姐都发现孙玉河有点儿心不在焉,以为是自己的策划案对方不满意,皮姐脑子飞转,想着其他的办法。

忽然,她眼睛一亮,注意力被门口的人吸引。

其他人也意识到什么,一起转过头。

皮姐对孙玉河说:"你们老板来了啊。"

许辉进来后直接去吧台后面掏了瓶冰啤酒喝。皮姐和老三的目光从他进来后就移不开了。

"那什么……"皮姐推了推孙玉河,"要不叫你们老板过来,咱们一起讨论一下?"

孙玉河似笑非笑,低声道:"嗯,是得讨论一下。"

他侧身仰头:"阿辉。"

许辉恍若未闻,还在灌酒。

孙玉河看着壁灯下的人,皱起眉头,声音也大了:"阿辉!"

许辉总算将酒瓶放下,转过头。

孙玉河说:"过来一下。"

许辉走过来,坐在空出来的座位上。

他气场不对,皮姐三个人作为外人不敢开口。

许辉的声音很低:"什么事?"

孙玉河:"没睡醒?"

许辉眼睛半睁:"到底什么事?"

"哟,还不耐烦了?"孙玉河看着他,忽然意味不明地哼笑了一声。

皮姐跟老三面面相觑,不知道什么情况。

孙玉河对皮姐说:"没事,你接着说就行了。"

"啊……"皮姐把事情跟许辉说了一遍。许辉头微垂,发丝挡在眼前,耳中有一搭没一搭地听着。

老幺的手机忽然响了一声,老幺看了一眼,对皮姐小声说:"寝室长说她先回去了。"

"啊?"

孙玉河瞄向许辉,后者的头抬起来了,眼睛淡淡地看着说话的老幺和皮姐。

"她说她先回去了,让我们谈。"

"她怎么能回去呢?不是就在门口透透气吗?"

"我也不知道……她就说了这一句,要回她什么?"

"就说……唉,算了,回就回吧,可能有事吧。"

皮姐说着说着,忽然感觉到身旁的人的目光,转过头去,与许辉黑漆漆的眼睛对了个正着。皮姐虎躯一震,脱口而出:"老板什么事?"

许辉笑了,温柔地道:"别这么叫我。"

皮姐："那怎么称呼？"

"我叫许辉，你们可以叫我'阿辉'。"

"阿辉"可比"老板"听着亲近多了。皮姐被许辉笑得心旷神怡，说："阿辉，你刚刚从门口进来的时候，见没见到一个女生？那时她应该还没走。那是我们寝室长，我们一块儿来的，本来要一起谈的，结果不知道怎么她就……"

"我见到了。"许辉说。

孙玉河在旁边又点了一支烟。

许辉说："你们把刚刚的事再跟我说一遍吧。"

半个多小时后，皮姐三个人心满意足地回了学校。

周五晚上八点多，这是大学生活最丰富多彩的时间点。店里人来人往，客人渐渐多了起来。

几个店员忙得不可开交，一个店员挨个儿屋子找，却一无所获，只能抓来另外一个店员，问："看见孙哥和辉哥了吗？"

"没啊，我这儿也在找呢。"另一个店员也很急，"里面的客人还要找他们玩呢，哪儿都找不着人，手机也打不通。"

十二楼跟十一楼只有一层之隔，但是差别很大。

大厦的隔音效果不错，楼下的喧嚣并没有传到这里。

走廊的尽头是一块大的落地窗，拦着栏杆。从玻璃窗向外看，能看见热闹的大学城。保洁阿姨最常来这里，因为这里的垃圾桶的使用率总是最高的。

不过，垃圾桶里面通常没有垃圾，而是堆满了烟头。

这儿好像一块抽烟的风水宝地，谁来都忍不住抽两根。

孙玉河闷声抽了两根烟之后才开口，问对面的许辉："什么意思？"

许辉没说话，靠在墙上，侧着头看窗外。

天已经完全黑了，可窗外的世界毕竟带着光亮，照在许辉没有表情的脸上，添了几许青白。

"问你话呢。"孙玉河紧紧地盯着他，缓缓道，"我说呢……放着北上广不去，非要来杭州，原来是这么回事。"

208

许辉抿着嘴,似乎是陷入了自我的恍惚中。

孙玉河忍不住推他的肩膀,手下的人肩胛削瘦,摸过去尽是骨头。

许辉吃痛,皱着眉,自己揉了揉:"干什么?"

"干什么?我还想问你干什么呢!"孙玉河气不打一处来,"你来杭州就是来找她的吧?你在她身上吃了多大苦头你自己不知道?还来?"

许辉不说话时给人一种冰冷的感觉。

孙玉河:"既然这样,当初我要找她的时候你怎么不让?"

两年前,许辉走后不久,孙玉河高中毕业了去找他玩,在许辉一次醉酒的时候,得知了白璐和他分手的真正原因。

当时孙玉河想找白璐算账,被许辉拦了下来。

孙玉河气得额头青筋暴起:"你来杭州是不是来找她的?!"

许辉:"不是。"

"不是?!"

许辉的眉头皱得更紧了,低声说:"你不要跟我喊,这么大的声音我头疼。"

孙玉河接着大吼:"你还知道头疼?!"

许辉耸耸肩。

孙玉河看着他,问:"要不,你回屋休息,今晚我去忙?"

"不用。"

"又怎么的?"

"你又没有我帅。"

"你什么意思?!"孙玉河"狂暴"地吼了一声,看见许辉的表情,才知道他在开玩笑,咬牙切齿一番后,孙玉河收敛心神,指着许辉的脸说,"你就在这儿跟我扯淡吧,我是不管你了,你自己爱找罪受就找罪受去。"

许辉薄唇抿着,孙玉河又说:"哎,你要是被那个女人玩死了,你我好歹兄弟一场,你就说你想要啥吧,到时候托梦告诉我,美元、英镑、欧元……要啥哥都给你烧。"

许辉轻轻地笑,孙玉河狠狠地"哼"了一声。

"阿河,"许辉也点了一根烟,淡淡地对孙玉河说,"你不要担心。"

孙玉河一脸怀疑。

"我承认当初来这里是跟她有关系。我知道她在杭州，也知道她在这所大学。"

"你还喜欢她？"

许辉轻轻地哼笑一声。

孙玉河："你……"

"都过去很久了，没必要再想了吧。"

许辉抽了一口烟，神色在烟雾后面显得淡淡的。

孙玉河这才放心了："行了行了，都听你的，你是老大。话说回来，咱们现在过得多好，你跟家里也没联系了，完全没负担。咱们好好干，就凭你这脑子，将来啥也不用愁。"

许辉笑笑，没有再说话。

窗外华灯初上，车水马龙；走廊里幽深静谧，昏沉黯然。

一切都过去很久了。

自己没必要再想了吧。

"哎！大踏步，跟姐走，想要的东西都能有！"

皮姐拖着健硕的身躯，左手握着刚买的巨型冰激凌，右手挎着老幺的肩膀，一步三丈远。

"凯旋——"

宿舍楼下面的女生都像看精神病人一样看着皮姐一行人。

皮姐毫不在意，连上楼都比平日有劲了，几个大跨步回到寝室门口，"咣咣"拍门。

"寝室长！寝室长寝室长！八百里加急！前方捷报！"

门被打开，白璐让几个人进屋。

皮姐的手粘上了冰激凌，她去洗手间洗了手，兴奋劲还没过去。

老三换了一件凉快的睡衣，说："我说，人家还没答应呢，你现在兴奋是不是早了点儿？"

皮姐仰头："我看那态度差不多了，就差点个头。老幺，你说呢？"

老幺点点头，说："我也觉得他们听得挺仔细的，好像还蛮感兴趣的。"

皮姐掏出手机:"我把他们的微信号也要来了,晚上我再加把火,到时候趁热打铁,直接拿下!"

"皮姐。"

皮姐眼睛不离手机:"怎么啦寝室长?"

"换一家行吗?"

气氛凝住了几秒,然后三个人都看了过去。

"什么?"皮姐不解地问。

白璐说:"我说,咱们换一家店可以吗?"

皮姐张着嘴,还没回过神来,只是下意识地又问:"换一家?为啥啊?"

白璐:"这家店是新开的,而且规模不小,他们的要求肯定不会低,太麻烦了。"

皮姐一甩头:"哎哟,我以为什么呢。怕啥?他们高标准、严要求我们就花心思做呗。你对我们没信心啊?你身为寝室长,这样可不行,得相信我们的战斗力。"

白璐:"毕竟只是一个模块课,不像专业课那么重要,要是花太多时……"

"我认了!"皮姐一拍大腿,"花再多精力我也认了!天天在学校看一群不修边幅、蓬头垢面的理科男,我真是……越看越没眼看,咱给这小老板干活儿,就当洗眼睛了。"

老三在旁边"哈哈"大笑:"没错没错。"

老幺也难得地加入话题。

"那个老板好白净,长得精致,看着像漫画里的人一样。"

白璐坐在一旁,看着三个姐妹兴致高昂地讨论着许辉和策划案。

第二次模块课。

王老师让同学们把自己着手的店铺列出来,她帮忙做分析。结果不出意外,517寝室的项目跟其他两个组的撞车了。

所有的店铺里,只有许辉的店同时被这么多人盯上。

"什么他的店，根本就是他的人被盯上了！"皮姐的血压又上来了，她按着太阳穴，"哎哟啊，脑袋疼。"

王老师也觉得惊讶。

"哟，哪儿的店啊？这么多人想做。"

另外一个组的一名女生说："老师，刚开的，还没有店名呢。所以我们组策划案的第一项就是给这家店铺起一个合适的名字。"

王老师："嗯，不错。"

皮姐在一旁咬牙切齿。

"那其他两个组……"王老师有意一指，皮姐马上大声说："我们也给它起名儿！"

"呃……"王老师见各组情绪都这么高涨，便说，"你们要是私下协商不好，那就只能让商家选定了。这样也行，有竞争才有动力，你们三个组都加油吧。"

课上，王老师在前面讲着课，白璐完全没法儿集中注意力。想了想，她还是拍了拍皮姐的肩膀。

皮姐从策划案里抬头，一双大眼睛里写满了希冀，闪烁着金光。

"咋了？"

顿了几秒，白璐摇头。

"没事，你继续吧。"

就给许辉店铺起名字的问题，517寝室连夜开会讨论。

老幺提议："店铺装修得很好看，要不起个清新的名字？比如'忘忧'啊，'晴天'啊。"

"拉倒。"老三听不下去了，一边往脚指甲上涂指甲油一边说，"还'忘忧'，你怎么不让它叫'四叶草'啊？"

老幺眼睛一亮："哎，也行啊，很好听。"

皮姐在一旁琢磨："太淡了，不是我的菜。"

老三："你给起一个。"

皮姐："我觉得这店适合走潮流路线，比如'夜色''天街'……要不就来点儿欧美范儿。它所在的楼层不是高吗？就叫'巴别塔'得了。"

她们聊了一会儿，皮姐扭头，看向旁边空着的位子。

"寝室长最近跑图书馆的次数更多了。"

老三也看过去:"嗯,不过她去自习也很少搞专业相关的事,我跟她去过一次,在图书馆待了四个小时,她有三个小时是在干别的事。"

老幺说:"也行呀,之前学得多。她的雅思和托福分数都超高,她可能是想出国吧。"

"谁知道呢?"皮姐手托着下巴,嘀咕道,"看着乖,主意可正了。"

她们第二次去许辉的店是在一个星期后。皮姐在得知竞争激烈后,又将策划案完善了一遍,添加了不少细节。

白璐看着打印出来的策划案,说:"这样弄的话,预算不会低,你们还是跟老板商量一下,看他愿不愿意出这么多钱。"

"商量商量,今晚就去商量,我已经跟他们约好时间了,晚上七点过去。"

白璐放下策划案,"嗯"了一声。

当晚,白璐在食堂吃完饭,回到宿舍,看见皮姐正在翻箱倒柜。

"干什么呢?"白璐把饭放到皮姐的桌子上,"给你带的,先吃饭吧。"

皮姐的大屁股在柜子外面晃来晃去,最后她大叫一声,直起腰,头发蓬乱,眼睛溜圆。

"寝室长……"

"嗯。"

皮姐扶着白璐的肩膀,痛心地说:"你说,我怎么一条裙子都没有啊?我还是不是女人啊?"

白璐指了指桌子:"我买了你喜欢的烧鸭饭,你先吃点儿东西。"

皮姐一屁股坐在凳子上:"没胃口……"

白璐:"等下不是还要跟人家谈事情吗?不吃东西哪儿来的精力?"

皮姐瞄了白璐一眼,嗔怪地说:"你都不上心,光我们三个哪儿够?没有凝聚力,谈也谈不下来。"

白璐低着头:"没有……"

"还说没有,你上午不还说晚上你不去了?"

213

过了一会儿，白璐说："好，等会儿我跟你们一起去。"

皮姐这才开始吃东西。

许辉店里的人比上次多，十一层有六个房间被包了出去，皮姐又是微信又是电话，找了半天才把孙玉河从一个房间里拉了出来。

他不知道跟人玩了什么，满头是汗。

"来吧，还是在这边说。"

一行人再一次来到水吧，还是坐在上次的位置。

"喝点儿什么不？"孙玉河问。

皮姐："哟，这么一会儿工夫也不忘做生意。来，我看看你这儿都有什么。"

不好意思空口求人，皮姐她们都点了比较贵的饮料。

聊了半天，皮姐左右张望，装作不经意地问孙玉河："阿辉今天不在啊？"

孙玉河说："在，就在隔壁屋，不过被人缠着脱不开身。"

在座的都是一愣，皮姐笑得意味深长："是吗？也没办法，长得越帅责任越大。店是你们两个人开的吗？看你们岁数也不大，真厉害啊。"

"跟我没关系，我是来抱大腿的，厉害的是阿辉。大事都是他在管，我就是给他打杂儿的。"孙玉河不甚在意地说，"哦对了，旁边那屋的人好像是你们学校的呢，不知道你们认不认识。"孙玉河说着，忽然注意到什么，看着门口的方向。

许辉走进来，老样子打扮。他从吧台里抽出一罐啤酒，然后径直走过来。

皮姐以迅雷不及掩耳之势从旁边抽了一把椅子，放到自己和白璐中间。

许辉脚步不停，拉开椅子直接坐了下来。

白璐移开一点儿，给他腾出位置。

他坐下的一瞬间白璐就闻到了淡淡的香气。

香水的味道很熟悉，他的喜好一直没有变。

手里拿着金黄的啤酒罐，许辉打开之后仰脖灌入，喉结上下滚动，他一口气喝了半罐啤酒才放下。

孙玉河看着他:"怎么出来了?"

许辉低声说:"让小方去了。"

孙玉河:"能行吗?"

许辉:"就是牌不太懂规则,教会就行了。"

孙玉河挑挑眉。皮姐在旁边问:"你们这儿有多少种牌啊?"

孙玉河笑着说:"市面上能见到的桌游我们这儿都有,信不信?"

"哎!吹牛吧。"

"其实玩起来都差不多。"孙玉河冲皮姐仰仰下巴,"你把你们那个什么策划案跟他说说吧。"

皮姐刚好在跟许辉讲,许辉伸手把她的策划案拿了过来,说:"我自己看吧。"

许辉手指纤长,一页一页翻过去,似乎看得很仔细。

旁边的皮姐不时地给他解释其中的细节。

"这个宣传单的话,过一阵我们学校要举行运动会,连带着有不少活动,可以抓住那个时间点。"

许辉侧头,对皮姐笑了笑:"嗯。"

皮姐老脸一红,有点儿不好意思。

皮姐兴致盎然地解说着,忽然感觉对面的老三浑身一紧。

老三眼睛一翻,眼角往门口一斜,示意皮姐往那儿看。

皮姐回头——

一个女生正走进水吧,本来只是想去吧台那儿买点儿喝的,结果眼睛一斜,看见窗边的一桌人后,惊讶地睁大了眼睛。

皮姐马上回头,一秒内心里默念了三遍:看不见看不见看不见……

太晚了,黄心莹水都不买了,直接走过来。

"璐璐!"

皮姐白眼快要翻到天上去了。

黄心莹已经走到她们的面前。白璐转头,对黄心莹说:"你也在啊。"

黄心莹圆圆的眼睛眨了眨:"你们寝室的人怎么都在这里?"说着,

215

她又看见了孙玉河和许辉,"干吗呢?"

白璐:"广告学模块课的作业。"

"嗯?"黄心莹似乎来了兴致,"什么作业啊?"

白璐解释道:"就是找店铺做宣传。"

"咦——好玩好玩。"黄心莹从旁边拉来椅子坐下。

中间加不进去人了,黄心莹坐在白璐和许辉的后面,手扶着两个人的椅子,歪着头看许辉手里的策划案。

孙玉河看着黄心莹,问:"你们认识啊?"

黄心莹点头:"当然啊。"她揽过白璐的肩膀,"寝室长啊!"

因为517寝室的三个人很少叫白璐的名字,总是喊"寝室长",加上白璐经常帮别人喊"到"、占座,班里很多同学也半开玩笑地跟着叫她"寝室长"了。

黄心莹一来,气氛明显不对了。

皮姐她们三个都是直肠子,旁边坐着黄心莹,她们明显不想接茬儿,只剩下白璐张嘴应对。

白璐问黄心莹:"你也来玩吗?"

"是啊。"黄心莹一仰头,看着孙玉河,"刚刚还在旁边的屋子里呢,团部聚会。"

皮姐眼珠子都快翻出来了:团部聚会聚到这儿来了。

孙玉河的目光回到许辉的身上。

"怎么样?"

许辉放下策划案。皮姐想问什么,犹豫之间,黄心莹问:"你们已经定下来了吗?"

"还没最终确定。"孙玉河靠在椅子上,点了一根烟,看着白璐,"不瞒你们说,这个星期啊……好多上你们这个课的人来找,我都听混了,谁是谁都记不住。"

白璐放下手上的饮料,不经意地看了孙玉河一眼。

"是吗?"

孙玉河眉尖一抖,烟灰掉到了裤子上,他立即低头去拍。

黄心莹在旁边说:"选我们嘛。"

孙玉河抬头。黄心莹眼睛闪闪："好不啦？选我们呀。"

孙玉河："为什么？"

黄心莹不愧是在学校混得开的交际达人，性格爽朗，笑容宜人，把以白璐为首的四个人夸得天花乱坠，又把策划案从许辉的手里借来，一目十行地扫过，突然，她看到什么，眼睛一亮，指着说："喏，你看这个，运动会。我正好负责组委会的饮料采购，我们要是合作，我应该能把这个项目签到这里，差不多有两千元的预算，虽然不多，但是你们可以在入场的地方放一个易拉宝，那几天人员流动量特别大，宣传效果加倍。"

孙玉河一听，有点儿动心："真的？"

"当然啊！"黄心莹说服力奇佳，"我们的专业是学校的王牌专业，资源不是其他院能比的，很多事情学校都是优先选我们，你跟我们合作没错。"

孙玉河摸摸下巴，眼睛看向一直沉默地坐在那儿的许辉："哎……"

黄心莹本来离许辉就近，看见孙玉河等着他拿主意，她抬起小手拍拍他的肩膀。

"许大老板，你觉得怎么样呀？"

许辉动了动，松了松肩膀，侧头。

他看的是白璐的方向，也是黄心莹的方向。

他的笑在白璐的余光中呈现，与从前不太一样了。

"行呀。"许辉轻描淡写地说，"劳你多帮忙了。"

黄心莹笑着推他，许辉弱不禁风一样，随着她的手晃动身体。

"啊啊啊啊啊！啊啊啊啊啊啊啊啊啊啊啊！"

生意正式谈妥，皮姐却饱受打击。跟黄心莹分开之后，皮姐回到宿舍，用两床被子捂住自己的脸，才大吼出声。

老三把包扔到桌子上，也有点儿生气："真憋屈！"

老幺在旁边小声说："算了吧，不是谈成了吗？"

皮姐的脑袋从被子里探出来，发丝凌乱。

"让她说成我宁可不谈了！你瞅她那样……"皮姐一提黄心莹就咬

牙切齿，"播音学院那个男的看来没戏了，毕竟她瞄上更好的了。明明自己春心荡漾，还一副……一副……啊啊啊！"

老幺："毕竟她帮忙了，咱们说了那么久都……"

皮姐在这边糟心，一转眼看见白璐坐在电脑前，不知道在看什么。

皮姐把凳子蹭过去，看见白璐的电脑屏幕上有一张黄色罐子的图片。

图片下面是介绍。

"啤酒？"皮姐眯着眼睛看了几秒，认出了那个黄色罐子到底是什么东西，顿时深吸一口气，掐住白璐的肩膀一顿晃，"这什么东西？我们在这儿痛不欲生，你还有心思查啤酒的酒精度，你是不是想气死姐几个啊？！"

白璐被晃得左右摇摆，可目光还落在啤酒的介绍上，眼波流转，嘴唇紧紧地闭着。

距离运动会开幕还有半个月。

大学的运动会与高中的不同，不需要人人都到，每个班凑齐二十几个人就可以，一般是班委必须到，其他人自愿来。

运动会举行三天，是学校除招新和美食节以外最热闹的时候，一条从生活区通往教学区的主干道上摆满了摊位。

摊位最大的是通信商。各通信商不放过任何拉活儿的机会，面对面地嘶吼，激情碰撞一万年也不腻。

其次是学生在外拉的赞助商，像饭店、留学中介等，只要有学校党部的盖章，运动会期间也可以进校园宣传。

还有学生自己组织的小团体，也会凑热闹招人。

许辉店铺的海报和易拉宝是白璐和皮姐负责的，因为当初讨论的时候，许辉留下话说不要担心预算的事情，所以皮姐将这两样外包给了艺术学院的一个师妹来做。

第一次师妹很快将图交了上来，皮姐拿给白璐看，白璐只看了一眼，就让皮姐去问师妹到底想不想做，不要浪费时间。

第二次师妹带着图亲自来到517寝室，白璐花了半个小时跟她讨论，最后挑出几个需要改的点。事后，师妹偷偷问皮姐："你们那个寝室长是学过设计吗？感觉好专业啊，我都不敢乱弄。"

"没啊。"皮姐说，"不过她看的书多，什么都知道，杂家一个。"说着，皮姐才反应过来，抬手敲师妹的头，"你还敢乱弄！找抽是不是？"

小师妹捂着脑袋："人家开玩笑的啦。"

师妹第三次将图交上来，白璐总算满意了。

周六上午，白璐准备去许辉的店里。皮姐难得地起了个大早，说一起。

因为时间还早，所以店里人很少，皮姐连续打了几个电话，才把昏昏欲睡的孙玉河从十二层弄下来。

他刚睡醒，迷迷糊糊的，穿着背心、短裤，脚上是拖鞋。

孙玉河不懂海报设计，也提不出什么意见，只觉得画面的色彩很好，冲击力很强，便点头同意了。

皮姐问："你老板呢？让他也看看。"

"他不管，我定就行了。"

海报很大，为了放下它，几张桌子被拼在了一起，白璐站在桌前，听着皮姐跟孙玉河的谈话。

"那就这么定了？要是定下来了，我们就去印刷了。"

"行。"

"印刷的话我们是打算大海报印五十份，小……"

"皮姐。"白璐忽然出声打断了她的话。

皮姐转头，看向白璐："怎么了寝室长？"

白璐低声说："我想起来，昨晚我们好像把移动硬盘忘在宿舍楼下的印刷店了。"

"啊？！"皮姐惊呼道，"我下载了一晚的韩剧都在里面啊！下午开会我就指望它了！"

皮姐顿时坐立不安。

"不行不行，我得去看看。那个……寝室长……"

白璐点头："你去吧，等下东西我拿回去。"

"那我先走了！"皮姐跟孙玉河打了招呼，"不好意思啊，真的是火烧眉毛了。"

皮姐走了，空荡荡的水吧显得格外安静。

脱离月光与夜色，这里当真如老幺所说，宁静而清新。

"啪"的一声，孙玉河在旁边点了一支烟。

白璐卷起桌面上的海报，看向孙玉河。他的目光比起刚刚，锐利了许多。

不知是不是烟草让他彻底清醒了。

"许辉呢？"

孙玉河嘴里叼着烟："跟你有什么关系？"

安静。

少男少女的记忆力极强，白璐甚至可以一字不差地背下两年前孙玉河最后给她发的那几条短信的内容。

两年时间，在人生路上不算长，在青葱年华里不算短。

白璐微微低头，不用看，也能想象出孙玉河目光里的拒绝。

她在某一个阳光直射的瞬间，想起了儿时看过的童话故事《小红帽》。她或许就是那个骗人的狼外婆，只是还没来得及走到小红帽的屋子前，就早早地掀开了伪装，现在说什么也没用了。

许久之后，白璐轻轻地"嗯"了一声："那就这样吧，海报我会……"

孙玉河打断她的话："你们那个什么模块课是你负责，还是黄心莹负责？"

"我负责。"白璐顿了顿，又说，"你想让黄心莹负责也可以，但她的课程跟我们几个的不一样。我们选了课就一定要跟到底，你要是不想见我们……"

"不是不想见你'们'。"孙玉河意味深长地说。

白璐条件反射般握紧手里的海报。

只是一眨眼的工夫，白璐又松开了。

她深呼吸一下，低声说："好，你们不想见我，我尽量不出现。"

步子从来没有像现在这么果决，白璐提脚便往外走。

"站住。"孙玉河嗓音低沉地说。

白璐停下脚步。

还没完?

那继续。

今天你说什么,我听什么。

白璐站在水吧的门口,风从走廊里吹过,带着楼道里潮湿的水汽。她指尖冰凉,等着孙玉河接下来的话。

"我都知道了,你真的敢啊!

"你把我们当猴耍是不是?

"装得挺像那么回事,楚楚可怜……心狠得跟狼一样,怎么会有你这种人?!"

脚步声渐渐逼近,孙玉河的声音紧紧地贴着她。

"你敢不敢转过头让我看看?"

白璐没动,孙玉河一脚踹开旁边的椅子。空旷的环境里,椅子倒地的声音显得格外刺耳。

孙玉河走到白璐的身前,白璐头低着,被孙玉河的手粗暴地扳了起来。

白璐的脸很小,事实上,她整个人都很娇小,细细的眉,小小的唇,尖尖的下巴。

就是这样一个瘦弱的人,却让孙玉河感受到一股阴冷的倔强。

孙玉河手上的动作不轻,把白璐的脸甩到了一边。

他恶狠狠地骂道:"骗子!"

白璐转回头。

胸腔空荡,她听得见自己的每一声心跳声。

孙玉河伸出食指,指着她的额心:"老子告诉你,阿辉想干什么是他自己的事,没人管得着。我管不着,你更不配!"

白璐点点头:"知道了。"

她一张嘴,感觉有点儿意外——嗓子竟有些哑。

孙玉河沉默了。

白璐:"说完了?那我走了。"

孙玉河站着，白璐从他的身边绕过去，推开水吧的门。

她一只脚踏入微凉的走廊，心也凉起来，与身后的玻璃门一样，缓慢而自动地扣紧，还剩一丝丝缝隙的时候，孙玉河的声音传了过来。

"阿辉的弟弟死了。"

她的耳边突然一阵嗡鸣，似风在肆意地大笑。

走廊一瞬间变得空旷，阴湿的风刮着她的骨头，像是要把皮也扯下。

孙玉河："阿辉跟之前不一样了，他已经离开家，已经从过去挣脱了。"

"前两年他一直在别的地方干，赚了钱，今年才来杭州开店。我不知道他为什么来这儿，但我劝你别自作多情，阿辉现在过得很好，也不缺女人。"孙玉河斜着眼看着白璐的背影，"除了有眼无珠被某人骗了一次，所有女人都对他没的说。

"所以我告诉你，给我离他远……"

"什么时候……"白璐忽然开口，声音很轻，轻到孙玉河根本没有听清楚。

"什么？"

"什么时候死的？"白璐头垂着，"他弟弟。"

孙玉河皱眉："跟你有什……"

白璐转过身来，孙玉河的声音戛然而止。

白璐凝视着孙玉河，那种表情让他觉得，她的话远比他要说的重要。

"是不是去年冬天？"

孙玉河愣住了。

白璐还看着他："去年冬天，十二月七号。"

孙玉河的眼睛睁大了："你怎么……？"

白璐没等他说完——答案已经得到了验证——就轻轻地点着头，自言自语似的说着："我知道了，谢谢你……"

孙玉河根本来不及再问，白璐已经拿着东西走了。他只赶上跑到走廊里，对她喊："你别找许辉了！听见没有？！"

这次，白璐没有应答。

九月的杭州，蒸笼一样。白璐从大厦里出来的那一刻，头晕眼花，身上出满了虚汗。

可她并没有感觉到热。

相反，她的眼前是另外一番景象。

杭州的冬天，屋里屋外一样冷。

白璐怕热不怕冷，冬季穿得也不多，只是喜欢在脖子上围一条厚厚的围巾，显得有点儿笨重。

大清早，她跟随上课的大部队往教学区走去。

风"呼呼"地吹，人也懒得说话。

十二月份，已经进入期末复习阶段，老师每天飞速地划着知识点和考试范围，学生们上课的热情空前高涨。

她走到操场和体育馆中间的地方时，手机响了。

她拿出手机，发现是一个陌生的手机号码打来的电话，号码的归属地是广州。

接通后，手机那端一直没人说话，她连续问了好几句也没有问出什么。

就在白璐以为是恶作剧，准备挂断电话的时候，她好像听到手机里传来的一声呼吸声。

事后回忆，她也分不清那到底是谁的呼吸声，或者干脆是风声，只是在那一瞬间，她被一声似幻似真的呼吸声拉住了。

那一通无声的电话，持续了半个小时。

白璐也不知道自己当时是怎么想的，没有上早课，躲在体育馆里，静静地过完了这半个小时，直到对方挂断电话。

她没有再打回去。

脚像被钉在地上一样，艳阳炙烤，白璐的心揪在一起。

心底有两股力量在拉扯，最后竟然挣扎出撕裂般的感觉。

一万道声音在她的耳边咆哮：走，快走快走，不要管！这比任何一次都要艰难，插手是活受罪！

只有一道声音在心底轻轻地对她讲：回去，帮帮他，求你了。

白璐细细分辨，听出那是两年前自己的声音。

白璐，他在向你求救。

你听见了吗？

电梯直达十二层，楼道里安安静静的。

她拿出手机，手垂在身侧，连屏幕都没有看，快速拨出十一位号码。

按了通话键，白璐顺着走廊前行。

为了不错过任何声响，她连呼吸都屏住了。

她不知道他换没换手机号码，不知道他关没关手机，也不知道他会以什么样的态度出现。

对于朦胧的一切，她只能猜测、试验，把焦虑和不安狠狠地压住，不停地对自己说：白璐，再挺一挺。

强烈的预感告诉她，若不对那通电话做出回应，她的心将永无宁日。

下一秒，手机铃声响起。

找都不用找，声音就在她身旁的房间。

白璐转身之际，铃声断了——被房间里的人掐断的。

"许辉，"隔着一扇门，白璐开口，"你在里面吗？"

没有人回应。

"我们谈谈。"

依旧没有人回应。

白璐低声说："周三晚上七点，我在广场后面的喷水池旁边等你。"

寝室门被推开。

皮姐看韩剧，老幺听着歌翻着漫画，老三照例出去跟大刘约会。

一切都与平常一样。

白璐性格内敛，平日不太会以这样的力度推门，皮姐从电脑里抬起头，看向后方。

"寝室长回来啦。对了，咱们的硬盘没有被忘在店里，我在你的桌子上找到了。"

白璐无声地点点头。

皮姐感觉有点儿不对,摘了耳机:"怎么了?"

"没什么。"白璐低声说。

"海报他们看完说什么了吗?"

白璐吸了一口气,缓缓摇头:"没有,就照这个弄吧,明天我去……"

她的话还没说完,身后的门就被敲响了。

"寝室长?璐璐?在不在?"是黄心莹。

白璐转头开门,黄心莹穿着浅色的吊带裙,头发被高高地扎起,露出光洁的额头,因为天气热,脸上透着隐隐的红。

白璐问:"怎么了?"

"来跟你们说个事。"黄心莹手里拿着一个小本子,"班里在统计参加聚餐的人员,你们寝室参加吗?"

"聚餐?"

"是的呀,就在许辉的店里。"黄心莹说,"房间我都看好了,最大的那个。"

此时听到许辉的名字,白璐心里有种说不出来的感受。黄心莹见她停顿,马上说:"你得来呀,你们不是跟他有合作吗,不去怎么能行?而且很好玩呀,我们自己做饭——包饺子!怎么样?来不来?"黄心莹说着,又探头进去看皮姐:"皮姐,一起来嘛。"

皮姐是想去的,不知道白璐为什么犹豫,但秉承着517寝室一致对外的管理理念,她没有马上表达看法,而是淡定地道:"寝室长,全听你的。"

黄心莹又回头看向白璐,眼神里有明显的疑惑。

的确没道理拒绝,白璐点头:"嗯,我们四个都去。"

"好嘞。"黄心莹一拍手,"聚餐费用一个人五十块钱。"

对大三的学生来说,聚餐远比考试吸引人。还剩一周时间,数学课代表就已经开始计算要买的肉和菜的比例了。

周一到周三,白璐一节课都没听进去。

她处在一个纷乱复杂的状态里，脑子里一片空白，时不时胸闷气短，焦躁不堪。

这不是她常有的状态，她调节了三天也没有成功。

周三，她在自习室里坐了一个下午，在太阳即将落山之际，终于得出了一个结论——

她紧张了。

这种感觉有些像去参加一个肯定不会通过的测试，或者参加一场注定不会胜利的战争。

败亡在所难免。

最后一刻，白璐在英语参考书上飞快地写了一句话，力透纸背，却泄气一般：

"两个人之间，最后犯错的那个永远低人一等。"

写完，她合上书，背起包离开。

校门口的广场后面人很少，有一个小型的喷水池，旁边是一个巨大的金属装饰雕塑。这里地界开阔，灯光暗淡，偶尔会有些闲聊和散步的人经过，彼此擦肩而过，互不相识。

白璐来的时候，许辉已经到了。

他坐在雕塑后面的一条长椅上，手臂张开，搭着椅背。

椅子旁是浓密的灌木丛，夏夜有虫鸣叫。

许辉垂着头，看不清脸，可白璐依旧一眼就认出了他。

他的身形在夜色里格外好辨认。

白璐走过去。他一动不动，好像睡着了一样，长腿微张，弯曲的腹部隐约能看见金属的腰带扣。

"许辉。"白璐叫他。

许辉反应有点儿慢，仰起头。他应该是刚洗完澡就出来了，发丝没有完全被吹干，尚有重量，垂在额际。

"哦……"他真的是才注意到白璐，"你来晚了。"

白璐没有看表，知道自己没有迟到，但也不想跟他辩解。

"坐吧。"许辉说。

他坐在椅子的正中央,而且没有让开的意思,白璐看了看,只能挑空大些的左侧坐下。

一入座,她就感觉到不对劲。

味道太浓了——许辉身上。

她知道他用香水,上一次她也闻到了忍冬的味道,只是那次的气味清雅,没有这一次这么浓烈,浓烈到刺鼻。

白璐微微侧头,看见许辉眼角发红,唇色浅得发白,眼里没有神采。

许辉是个讲究的人,或许这是有钱人通常的特点,即使看着再邋遢,他的吃穿用度也还是比一般家庭出来的孩子精致许多。

简而言之,这是一个有品位的人。

他不可能把香水喷成这样出门,除非……

白璐的脑海中浮现出那些瓶瓶罐罐,4.9% 的啤酒……

手指叠在一起,白璐低垂着头,说:"别再喝了。"

他听都听不清楚。

"什么?"

白璐摇头:"没事。"

二人又静了一会儿。

如果把生活当作题目,那此时的情况一定是道大型证明题,需要极其细致的分析,才能梳理出答案。

可时间太紧了,白璐什么都来不及准备。

许辉淡淡地说:"你叫我出来,就是坐着?"

白璐胸口发沉。

她不习惯这样的交流。

对白璐而言,人与人之间的交往都是被划在一定范围之内的,但凡涉及更深的层面,必然要经过谨慎的考虑。

现在这种毫无腹稿就坦诚相见的局面让她坐立不安。

终于,白璐问了一句:"你为什么来杭州?"

许辉:"你觉得呢?"

白璐自然有自己的猜测,但她说不出口——她已经被羞辱过一次了。

她心里这样想着,手却已经做好准备,紧握成拳。

不说清,他们的这次见面就没意义。

还是那句话,再坚持一下。

她看向他:"你是为了我来的吗?"

许辉听了这话,哼笑一声。

白璐抿嘴,不待他笑完就转回头,望着远处的喷水池。

开阔的视野能稍微舒缓她的紧绷感。

"许辉,两年前的事,我很抱歉。"

许辉缓缓动作,掏出一支烟,点燃,火焰在她的余光中一亮一灭。

白璐接着说:"我还没正式跟你道过歉,那个时候……那个时候……"白璐回想当初,也觉得有些难以开口,"我做得太过分了,一开始我没想过会是那样。"

"哪样?"许辉开口问。

顿了顿,白璐没有细说,只道:"总之对不起,我不该那么做。"

许辉弹了弹烟灰:"快三年了。"他的声音比起从前低哑了许多,不知道是不是跟酒有关。

"两年多的时间里都没有跟我道过歉,现在说这些,你觉得有用吗?"

其实她道过歉,在那个烟花灿烂的除夕夜,可现在都不重要了。

"对不起。"她知道无力,但也只能这么说。

许辉把烟扔了,起身要走。

"许辉。"

他转过头,等着她说话。

白璐本想劝一句,让他不要酗酒,可开口前那一刻,她又不知道自己要以什么样的口吻和身份说出这句话来。

早在上幼儿园的时候,老师就讲过《狼来了》的故事,温声细语地告诫孩子们失去信任的可怕。

没有信任,真心也就不值钱了,许多话说了也是徒增猜疑,平添嘲讽。

白璐咽下了到嘴边的话，转而说道："周六我们班在你店里聚餐，黄心莹说可能要借厨具用。"

许辉点点头："知道了。"

他转身离开，手随意地插在裤兜里。

他肩膀削瘦，背影单薄。白璐看着看着，忽然脑子一热，站起身，冲他大喊了一声："许辉！"

他停住脚步，回头。

"你别再喝酒了！"

他逆着喷水池微弱的光站着，白璐看不清他的脸，也不知道他是什么表情。

那一声吼让白璐的头脑通畅起来，一时间，许许多多回忆挤进脑海。

两年前的过往，他的笑和眼泪，还有几天前，孙玉河大声说的"他现在过得很好"，糅杂着此时他苍白的脸色、身上刺鼻的香水味、清瘦的剪影……

最后的最后，时光凝固，一切都化成了那个无声的电话。

冰冷的天地间，一声浅浅的呼吸声。

他已经挣脱过去？过得很好？

不对劲吧。

"许辉，你弟弟……"

"行了。"他很快打断白璐的话，语气平静，"阿河跟你说的？"他不耐烦地微微蹙眉，"有病。"

他心有怨恨，白璐想，他不甘心就这样相信我。

许辉又点了根烟，看向白璐，说："人已经走了，没必要说什么了。"

白璐凝视着他。许辉接收到她的目光，冷笑一声，道："该说的你不是已经说完了吗？还是——"他微微侧过头，挑眉，"没说够？"

白璐嘴唇轻颤，还好被夜色挡住了。

"你恨我。"手在身旁紧握，白璐问许辉，"你怎么才能咽下这口气？"

许辉冷淡地看着她，半晌，不屑地哼笑，转身离去。

他走后很久，白璐才回过神来，反应过来的时候，身上已经渗出了薄薄一层汗。

周六没人喜欢早起，班委强行抓了几个男生当劳动力，搬菜搬物品，好在许辉的店离得近，过条马路就到了。

大清早睡不了懒觉去扛白菜，谁都不乐意，有人跟班长黄心莹抱怨，黄心莹一句话堵回去："那女生来搬，你们做饭呀？"

图方便，大家决定只包白菜猪肉馅儿的饺子。饺子皮是在超市买的现成的，馅儿要现做。

白璐寝室四个人是在下午两点到店里的，那时包间里已经有十几个人了。门口，黄心莹在做卡片，看见白璐她们进来，给她们一人手里发了一张。

"喏，晚上做游戏用的，匿名在上面写东西。"

老幺问："干吗用的呀？"

"整人用的。"

"写什么？"

"随便，到时候做游戏挨个儿上去抽，抽到什么就做什么。啊！别写太过分啊。"

白璐将卡片拿在手里，往里面的房间走。

这是个套间，里面的房间有张双人大床，搬完东西的男生在屋里看电视、吹空调。

过了一会儿，皮姐她们也进来了，众人放下包，去洗手间帮忙洗菜。

太阳落山了，屋里却炸开了锅。

空调的温度被调到了最低，但还是热，在外面切菜的、门口做道具的、屋里玩牌的、厕所里拉屎的……所有人都一头大汗。

女生大多在忙活饺子。

做饭啊，多好的表现机会。

会做饭的贤惠，不会做饭的可爱；从容的成熟，手忙脚乱的也惹人怜惜。

无论如何，你只要来，总能找到自己的一方席位。

白璐和老幺在后场帮忙分盘子，老三和皮姐在前面弄饺子馅儿。

没有人有完整的经验，女生们几乎人手一部手机——查饺子馅儿的做法，最后葱、姜、盐、花生油……每样作料都没浪费，倒了一整盆。

筷子和不开，皮姐洗干净手，一撸袖子："都让开！"

皮姐一爪子伸进去，开始人工搅拌。

几个女生捂住嘴："啊——"

皮姐瞪过去："'啊'什么？！"

一名女生赶紧说："皮姐牛！快点儿拌匀，等会儿包饺子要来不及了。"

一名男生还在旁边起哄："就是啊，饿死了啊。"

"喊什么喊？！再喊来吃生的！"

磨磨叽叽两个小时后，饺子终于包完了。二十几个女生成功包出了二十几种风格，千奇百怪，不胜枚举。

这个时候屋里的人基本已经饿疯了，一个小小的电磁炉周围围了三圈人，同学们一只手拿碗另一只手拿筷子，期盼的表情如同难民。

谁也顾不上好吃还是不好吃，饺子一出锅即被分光，差不多三百个饺子，瞬间被瓜分干净。

外面天黑透了，屋里的气氛却越来越热闹。

吃完饭的同学聚在一起各玩各的。店里接过不少类似的活动，所以准备得十分周到，各种桌游都有，扑克牌更是叠了高高的一摞。

白璐寝室四个人来到屋子里贴近空调的地方，直接坐到地毯上，打算玩牌。

"哎哟——"皮姐体形庞大，坐下时费了不少力气，伸手拿来一盒扑克，"玩点儿啥看看。"

"红K，四冲，还是打娘娘？"皮姐嘴里嚼着口香糖，忽然感觉旁边落下了什么，转头，被惊到，不由自主地来了句："你谁？"

白璐她们三个也看着这位不速之客。

一个男生，瘦瘦小小，长相清秀，不像是店里的服务员，有股学生气,可又不是本班同学。

男生不好意思地笑笑,抬手:"学姐们好。"

皮姐眼睛瞪大:"你谁?"

男生打完招呼也坐下了,因为旁边的皮姐体格实在健硕,男生张不开腿,就干脆像小姑娘一样并腿坐着。

皮姐看着,下巴都要落在地上了:"你——谁——?"

白璐被皮姐逗乐了,把牌拿过来拆了,问那个男生:"哪个学院的?"

男生挠挠头,笑呵呵地说:"新媒体。"

"哟,"老三挑眉,"我们的直系学弟啊。你怎么来这儿了?"

男生说:"我跟张晓风学长都是团部的,他邀请我来玩的。"

皮姐扭过头看了看后面"大刀阔斧"往嘴里塞饺子的团支书,又看了看并腿而坐的清秀学弟,点点头,长长地"啊"了一声。

白璐看了学弟一眼,然后笑着低头洗牌。

学弟也加入一起玩,其间白璐要去洗手间,老幺跟着:"寝室长,我也去。"

洗手间里,老幺跟白璐说:"小学弟被皮姐逗得好好玩呀。"

白璐笑着说:"你问问学弟多大,搞不好比你大呢。"

老幺一扬眉:"那也是学弟。不知道怎么会来我们这儿玩呢。"

白璐她们寝室平时很低调,并不是什么热门寝室。

白璐在水池边洗完手,甩了甩水,冲老幺勾手指。

老幺乖乖凑过来,白璐在她的耳边小声说:"你还记不记得,我们早上上自习,走在路上,总有人盯着皮姐?"

"哎?有吗?"老幺惊讶地道。

"有呀,被皮姐喊过几次,不过她大大咧咧的,应该没有印象了。"白璐说着,"啧啧"两声,"可怜的小学弟。"

"我也没有印象呀。"

白璐笑笑。老幺像发现了新大陆一样:"你是怎么注意到的呀?哇!那他岂不是……?"

白璐手指放在嘴边:"小声点儿。"

老幺兴奋得使劲点头:"好的好的!"

白璐手放在门把手上,刚一拉开门,就听见黄心莹一声大叫。

"男神!"

白璐手一顿,看见门口进来一个人。

或许是知道要来跟客人一起玩,许辉今天多少打理了自己。

他的"打理"和"不打理"相差并不明显,只是体现在一些细节上。比如熨过的衣裤、边沿干净的鞋子、精致的腕表,还有清淡的香水味……

至少来之前他没有喝酒。白璐看了两眼,拉着老幺回到皮姐的身边。

"原来已经这么熟了。"老三靠在墙边,看着许辉在男生堆里坐下,不只黄心莹,班里还有不少人去跟他打了招呼,许辉笑着一一应对。

黄心莹在许辉旁边说:"等你好久啦!"

"不是说八点?我还早到了。"

黄心莹到后面拿来两瓶洋酒,说:"我刚去水吧买的,玩游戏时喝吧。"

许辉拿过一瓶,看了看名字,笑着对黄心莹说:"拿它玩游戏时喝,几个你够的?"

黄心莹疑惑地睁大眼:"啊?"

旁边,班里另一个经常出去玩的男生看见了,嚷着说:"要兑的,直接喝你就完蛋了。"

黄心莹"哼"了一声:"怎么就完蛋了?我的酒量好得很!"

男生还在打趣她玩。许辉拎着酒到门口,似乎喊了什么人。

过了一会儿,有人送来一桶冰块,还有一瓶水。

黄心莹好奇地凑过去:"什么呀?"

"青柠水,我帮你们兑吧。"

"柠檬呀,多酸啊!"

许辉笑笑:"女生多吃点儿酸的有好处。"

旁边的人听见,哄笑起来。

酒兑好后,男生们拉开架势玩色子。

玩法简单：一对一，输的人喝一杯酒。

许辉不是张扬的性格，但是依旧有强烈的吸引人的点，玩着玩着，不少人就围过来看着许辉这一对。

许辉和张晓风都坐在地上，摇完色子，两个人低头看了一眼，然后各自盖住自己的。

许辉挑挑眉："你先吧。"

张晓风眯起眼："两个四。"

许辉："三个五。"

张晓风又眯眼："嗯……四个四！"

许辉："开。"

张晓风的三个色子都是四，许辉的三个色子分别是一、二、三。

"再来！"

一轮一轮又一轮。

"两个二。"

"三个三。"

"五个六！"

"开。"

"啊！"

兑过的凉爽淡酒，张晓风依旧喝得面带红光，一条腿不老实地抖着。

"五个六！"

"开。"

"啊啊啊啊啊！"

周围的人越来越多，大家看着好笑，气氛高涨。其实许辉不是没输过，只是太过漫不经心，输了好像没输。

他掏出烟，点了一支，往后靠，笑道："太菜了啊你。"

…………

"张晓风可喝了不少了啊。"老三透过人缝看着那边，小声说。

白璐他们玩完了牌，一边吃零食一边休息。

老幺说："是啊，我看他都喝了快二十杯了……会不会醉啊？"说着，她撞撞旁边的白璐。

白璐正在收拾玩完的牌——黑桃、红桃、方片、梅花，从 A 到 K 归类整理，被老幺碰了一下后，放下牌，似乎思考了一会儿，然后对老幺说："帮我也拿一杯好吗？"

"酒？"

"嗯。"

"为什么喝酒啊？"

"有点儿渴，想喝点儿凉的。"

"行。"老幺过去，抽了个纸杯，倒了一杯酒回来。

"谢谢。"白璐拿过酒，一饮而尽。

"啊，你怎么喝这么快？"老幺刚坐下。

"没事，酒不浓。"白璐说。

"张晓风喝了那么多呢。"

"不要紧，上次聚会时他跟辅导员干掉了半箱，那酒可比这个狠多了，这种浓度的他再喝二十杯也不会有事。"白璐把杯子放到一边，又说，"只不过他喝酒上头，看着吓人……每个人喝酒后的反应都不一样。"

"那也喝得太多了……"老幺嘀咕道，"不过许辉真不愧是干这个的，玩色子好厉害。"她佩服地说，"他才喝了三四杯。"

三四杯……

白璐透过人群，看向许辉的方向。

男生们都抽着烟，张晓风终于被换下来了，另外一个桌游高手上场，跟许辉玩得有来有回。

好不容易连输两次，许辉在众人的哄笑声中拿起酒杯。

有那么一瞬间，他与她的视线在某一个细微的角度碰到了一起。

许辉的笑在那个瞬间被手中的凉酒熏得有些冰冷。

他仰起头，酒极快地入了喉咙，同时他也错开了视线。

"玩游戏啦——"快九点的时候，黄心莹在外间大喊，又去里屋叫人："别看电视了！玩游戏玩游戏，快点儿都出来！"

所有人聚成一圈，客厅就算再宽敞，此时也不免显得拥挤。

没有那么多沙发、凳子，男生表现得很有风度，纷纷让出位子，坐在地毯上。

许辉跟张晓风坐在一起，两个人在视觉上形成鲜明的对比。

张晓风喝得满脸通红，许辉的脸上则是煞白一片。

黄心莹的嗓音做主持人有得天独厚的优势，她扯着嗓子喊了半天，总算在嘈杂的环境中将游戏规则讲明白了。

兑完的酒还有很多，班委觉得不能浪费，第一个游戏就要把酒消耗光。

"第一项游戏很简单！大家看我手上的牌！"黄心莹高举着扑克，大声说，"等下给每个人发一张，留一张给庄家，庄家拿到牌后，根据自己的点数，决定叫大还是叫小！然后下面的人可以选择跟牌或者放弃！"

黄心莹从牌里抽出一张，示意说："比如庄家如果拿到这张梅花10，决定押大，那下面的人就可以开始选了，如果有人抽到2、3这种小牌，觉得自己肯定比不过庄家，可以选择放弃，放弃的喝半杯酒！剩下的人全部跟牌，赢的不用喝，输的喝一杯！"说完她又补充了一点，"以上是对男生而言，女生的量减半！"

几十个人一起玩的游戏，毫无组织纪律性，乱七八糟，前几轮还像那么回事，后面完全是瞎玩。

白璐寝室四个人都不高调，很容易被淹没在这种热闹的氛围里，毕竟在这样的场合里，不可能所有人都被照顾到，人们的注意力总是集中在几个人的身上，比如班里的活跃分子们，还有许辉。

那边喊声震天，掐着脖子灌酒，这边白璐低声问老幺："还行吗？"

第一轮，517寝室的人除了皮姐都押输了，白璐正好口渴，把一杯酒喝光了，一不留神，老幺也喝了半杯。

老三推老幺："你咋那么实诚呢，喝不了还喝？"

老幺有点儿委屈："不是输了吗？"

老三："输了你就喝啊？谁也没看着你，你喝点儿饮料意思一下就行了啊。"

老幺没怎么喝过酒，反应比较强烈。

皮姐过来："还行不行啊？"

白璐看着皮姐："学弟呢？"

"走了，回去写作业了。"皮姐抻了抻衣服，拍拍自己的肩膀，对老幺说："来姐这儿，别靠着寝室长，她的肩膀干巴巴的，你也不嫌硌得慌。"

白璐扶着老幺："你觉得怎么样？要不我带你先回去吧。"

老幺摇头："没事。"

皮姐撇嘴，说："寝室长，你太小题大做了，咱幺儿好歹也快二十岁了不是？也该一步步踏入成年人的世界了。"

老三"哎"了一声："没错，所谓成年人的世界，就是要喝酒吃肉，你总不能天天让她喝奶。"

皮姐跟老三一唱一和："第一次喝酒都晕乎，慢慢练就好了。"

白璐笑笑，直着身子坐回去："没有那么好练。"

"怎么？"

"酒量没那么好练。"白璐听着身后黄心莹"叽叽喳喳"的叫声，还有"叮"的碰杯声，若有所思地说，"能不能喝，天生的。"

不管是玩法还是闹法，总之奏效了，几缸兑好的酒很快见底。

所谓"酒后吐真言"，屋里气氛热烈，一群人围在一起高谈阔论畅所欲言。

白璐转头，看见许辉趁着空闲，靠坐在电视旁的墙壁上抽烟。

老三也看见了，小声说："可能觉得无聊了吧。也可能玩累了，你看他的脸好白。"

白璐微不可见地摇了摇头，自言自语般说："他在醒酒……"

黄心莹抱着一个小盒子从屋里出来："来来来，都过来，玩下一项了！"

第二项就是玩下午刚进门时准备的，每个人匿名写的卡片。

众人磨磨蹭蹭地回到客厅中间。

"这个就不用介绍规则了吧。我看看从哪儿开始抽呢……"黄心莹把箱子放到中间，点了一个男生："就从你开始吧。"

"啊？！"男生夸张地喊了一声，然后慢吞吞地抽出一张卡片。

黄心莹一把将卡片抢过去，高声念道："女人卸妆，男人脱光！"

237

第一张卡片就充满戏剧性，全班同学哄然大笑，旁边的男生直接上去扒他的衣服，被扒的男生叫苦连天。

许辉起身，离开了房间。

白璐转头，皮姐和老三看得起劲，老幺闭着眼睛休息。

所有人的注意力都被游戏吸引，白璐默不作声地跟了过去。

门开了一道缝隙，白璐看见许辉的背影进入了水吧旁的房间。

已经快十点了，大学宿舍都有门禁，除了包宿的，剩下的都走得差不多了，所以走廊里很静。

白璐来到水吧。一个小服务生正在偷闲玩手机，看见有人来了，问道："小姐需要点儿什么？"

"请帮我拿杯温水。"

"温水？"

"嗯。"

虽然感觉奇怪，但服务生还是倒了杯温水给白璐。

旁边的房间没来得及上锁，白璐推开门，毫不意外地听见了从洗手间里传来的呕吐声。

一声接着一声，让听的人不禁去想那脆弱的内脏究竟能不能承受这样的折磨。

空荡的屋子里没有开灯，白璐站在门口，听着他把胃里的东西吐光，到最后只能干呕酸水。

白璐反手关门，来到洗手间门口。

空气里散发着浓浓的酸味。

许辉撑不住了，扶着马桶跪在地上，她看见了他背上明显的脊椎轮廓。

许辉吐完，冲了马桶，从地上站起来的那一刻没能掌握平衡，向后仰，白璐下意识地托住他。

许辉转过身。

他似乎还没从刚刚的难受里缓过劲来，反应了好一会儿，赤红的眼睛才慢慢聚焦。

白璐把杯子拿给他，低声说："温水，你喝一点儿。"

许辉斜着眼，又转回头，一动不动。

白璐小声说："你酒量那么差，为什么还喝那么多？"

许辉冷冷地看着她，似醉似醒，嘴角带着嘲讽的笑意。

白璐尽可能地当成没有看见，又劝他："你喝一点儿温……"

"滚。"许辉的嗓音沙哑，像是被砂纸打磨过。

他以前的声音并不是这样的。

白璐没有动，手握紧杯子。

许辉头脑昏沉，手指着她："你要不要脸？"

白璐深吸一口气，又说："你喝点儿温水。"

许辉忽然像发了疯一样，抓过水杯，往地上使劲一摔。温水画出一道弧线，洒在白璐的脸上、身上，最后是一声脆响，杯子被摔碎了。

她倒是没有被烫到，水是温水。

水珠顺着她小小的脸颊一滴一滴地往下落。

许辉大步走过来，拨开白璐的肩膀要出去。

她抵着门，没有让开。

许辉喝了太多酒，站都站不稳，被她轻易地挡住了。

他狂躁起来，却不知道该在哪儿用力气。白璐抓住他的胳膊，尽可能地让他安静。

"许辉！"

许辉要推她，人又往后倒。

"地上有玻璃碴儿，你小心点儿。"

拉扯一阵后，许辉又不发狠了，头晕目眩地往后退了两步，高高在上地看着她。

"你把我挡在这儿干什么？我要去陪你的同学。"

"你醉了。"

许辉撇着嘴笑，靠近白璐："醉？醉又怎么样？怕我做什么？"

"许辉……"

"我想想。"许辉不以为意地皱皱眉，似乎在思索，"哦……你们寝室那仨，你最宠哪个？"

白璐咬着牙，没有说话。许辉又问："最胖的那个，还是最小的那个?"

白璐还是没有说话。许辉靠得更近了:"你是不是怕我报复你?怕我干那些你干过的事?"

这一次,白璐终于有所回应——她摇头:"不是。"

许辉使劲一挥手:"不是个屁!"

白璐往后仰头,但没躲开,眼镜被扇到了旁边。

屋里分外安静,她脸上没有擦干的水珠一滴一滴地落在地上。

白璐轻轻地吸气。

蒙眬之间许辉听见白璐声音低沉地说:"你要真的恨我,不甘心被我骗,想扳回一城,可以。"

许辉被一把扯过去。

他抬头,看见细细的眉下,白璐的双眼格外黑亮,衬着眼角下一颗泪痣,寒意逼人。

她抬起手指,戳向自己的胸膛,异常用力,清脆的嗓音因为发狠而颤抖。

"你想报复我,来!但我先说好,我比你能扛得多,你想赢,得下大本钱才行!"

他有一瞬间的茫然——醉成现在这样,他根本听不懂她的话。

他刚想说什么,胃里又一阵抽搐,他皱紧眉,反身去马桶边,又开始吐。

他什么都吐不出来了。

到最后,许辉额头上青筋凸出,头晕眼花,神志越来越不清醒。

长时间的安静让他更难思考,甚至忘记了身后白璐的存在,半晌,他终于醉倒。

白璐将他拉起来,在他的身上翻到了钥匙,拖着他出屋。

许辉看着瘦,可毕竟是个男人,白璐费了好大的力气才把他弄到电梯里。

十二层,他的房间是最里面那间。

屋里陈设简单,有点儿乱,沙发上扔着两件穿过的衣服。

床上的被子被了叠起来,上面有几张纸,白璐拿起来,是店里的进货单。她把单据整理好，然后把许辉拖到床上，给他盖好被子。

屋里拉着窗帘，白璐有种似曾相识的感觉，可这窗帘比那时的更厚重。

白璐觉得，可能不管白天黑夜，这间屋子都是拉着窗帘的。

她转头，看见了躺在床上的许辉。

从那不健康的肤色她能判断，他很少见阳光。

他睡得不踏实，眉头紧皱。

就算如此，他的容貌依旧俊秀，他静静地躺着，像是一幅陈旧的文艺电影海报。

该是多不好的经历，才会让一个这样的少年不得不躲进沉默中。

明明起名为光辉，他却与黑夜结缘。

这样的环境太容易滋生罪恶感，白璐深深地呼吸，余光扫到旁边的桌子。

桌子上东西不多，有一盒舒乐安定片，还有一盒吃光的胃药。

桌子最底下的抽屉锁着。

白璐看着那两盒药，思索了一会儿，回身去床边，在许辉的身上找到刚才的钥匙串。

上面有一把小钥匙，白璐将抽屉的锁打开。

里面是一个模型——《变形金刚》里面的人气角色大黄蜂，不是新的，很多地方都被磨破了。

模型受过摧残，右侧已经整个变形，不能站立。

看了一会儿，白璐把模型放回去，重新锁上了抽屉。

白璐回到床边，蹲下来看着他的脸。

她说错了。他没有报复她，他没有办法报复任何人，他所有的精力和所剩的力气，只够恨他自己。

大千世界，每天有多少恩恩怨怨烦琐尘事随风而去，留下罪孽折磨着善良而懦弱的人，令他们永世不得安宁。

一声轻响，门锁被打开。

白璐回头，看见孙玉河走进来。

"阿辉，112的酒钱结了没？好像……"声音止住，孙玉河瞪着眼睛看着床边的白璐，眼神一瞬间冷了下去。

"你在干什么？"

白璐站起身："没什么。"

"我问你在干什么！"

"他喝多了。"

孙玉河仰起下巴，一字一顿地道："用你管？"

白璐无言以对，低着头说："我先走了。"

"站住。"孙玉河挡在白璐的面前，"我之前说的话你没记住？"

白璐没有说话。孙玉河又道："我告诉你别找阿辉，你是听不懂人话，还是故意较劲？"孙玉河斜眼，看见烂醉的许辉，冷笑一声，"这时候来献殷勤了，你装什么装？！"

"他刚刚吐了。"白璐说，"你找点儿热水和醒酒药给他吧。"

孙玉河一愣，随即更不屑了。

"哦，我还得谢谢你帮我们照顾他了？"他眯着眼睛看着白璐，"哎，我真是奇了怪了，你到底是不是女人，被这么骂还觍着脸来。"孙玉河指着她，"我告诉你，你不来他就不会这样。我要说什么你已经很清楚了。"

白璐一直不应声，这让孙玉河的脾气更大，他骂道："你听没听见？你个阴险的女人！"说到气头上，他没控制住，扬起手，一巴掌扇了过去。

白璐有准备，身体向后撤，躲开了。

孙玉河好像没有想到自己会动手，有点儿发愣，但嘴上并没有松："你要再敢私下找阿辉，我就整死你。"

白璐蓦然抬起头，孙玉河被她的目光镇住了，就在他以为她要对他刚刚的动作追究点儿什么的时候，白璐却气势顿消，轻轻地开口："你多看着他点儿。"

孙玉河不想跟她闲扯："阿辉想干什么都是他自己的事，我不干涉。"他指着门，"快点儿走！"

白璐又说了一遍："盯紧他。"

孙玉河不耐烦地道："盯什么盯？！你快点儿滚！"

白璐点点头，走到门口，又停住脚步。

"孙玉河。"

她叫他的名字。

孙玉河忽然有点儿紧张，看向她的背影。

白璐没有回头，低声说："你要真的觉得我阴险……那就不要惹我。"

白璐回到聚餐的房间时，房间里的人已经快玩完了。白璐坐到沙发上，看了看，问："老幺呢？"

"她有点儿迷糊，先回去了！"

白璐点点头。进门前她把头发披下来挡住脸，可还是被坐得很近的皮姐发现了。

"哎！你的脸怎么了？这边怎么有道印？"

那是刚刚在洗手间，许辉抡胳膊时他的手表刮的。

老三听见了，也凑过来："哪儿？怎么了？"

白璐摇摇头："没事，刚刚不小心挠到了。"

"挠？！你也喝多了啊。"皮姐推推她，"哎，阿辉呢？刚才也不见了。"

白璐没回答，对皮姐说："你们两个玩，我先回去了。"

"不留了？"

"我有点儿累了。"

白璐从大厦里出来时，空气燥热，但是清新。

白璐回到宿舍的时候，老幺已经睡下了。白璐悄声来到洗手间，借着瓦数不高的灯光，静静地看着自己脸上的痕迹。

她扎起头发，拧开水龙头，水拂过脸颊。

冰冷让疼痛得以缓解。

她再次看向镜子。

她没有戴眼镜，视线并不清晰，一双黑眼却异常锐利。

没有入口，不被原谅——或许她现在经历的，他早就已经体会过。

没有人能逼迫他人负罪。

我们承受的，都是应得的。

我现在还找不到解决问题的办法，但是不要紧，我比你能扛得多。

运动会开幕前一天，校园里的气氛格外微妙。

为了占据更有利的地形，各商各团户虎视眈眈，各楼各院剑拔弩张。

但517寝室的人没有这些忧虑。白璐的前期工作都准备就绪了，早在三天前，所有的海报、易拉宝、宣传单就已经印好，皮姐骑着自行车满校园跑，将海报贴在之前四个人一起踩过点的地方。

因为517寝室没有班干部，所以运动会开始之后，没人被强征当观众，三天连着十一长假，算是悠长的假期。

晚上吃完饭，517寝室的人聚在一起开会，讨论假期要干些什么。

老三手指头一伸："出去玩！"

老幺："我们社团还要排练。"

老三挤对她："你一个背景总练什么啊？"

老幺不满："什么背景？我是负责准备道具的。"

皮姐一边嗑瓜子一边看热闹，又转身问正在看网页的白璐："寝室长，放假出去不？"

白璐摇头："我不去，你们去吧。"

"你天天宅寝室干啥啊？养膘啊？"

白璐不咸不淡地看了她一眼："我八十七斤，不知道这位壮士体重多少？"

皮姐晃悠着腿，权当没听见。

白璐回头接着看网页。

皮姐闲了一会儿觉得无聊，蹭到白璐的身边："你在看啥？……舒乐安定片的禁忌与不良反应。这是什么东西？药？"

白璐"嗯"了一声，皮姐惊讶地道："安眠药？你失眠？"

"看着玩。"

"天天查些稀奇古怪的。"

皮姐这边说着，门口响起黄心莹的声音："璐璐！在不在呀？"

皮姐一撇嘴，回到自己的位子上看韩剧，白璐去开门。

外面太热，黄心莹走得一头大汗。白璐给她倒了杯水："怎么了？"

"我明天有事，不能坐在看台上，我们班人不够了，你们有没有想去的？"

白璐转头看了一圈，屋里其他三个人该干什么干什么，没人搭腔。

这就是不想去了。

也对，大热天谁也不想在外面晒着。

黄心莹拉着白璐："璐璐——就第一天，后面就不用了。"

白璐虽然在同黄心莹讲话，心里却在想别的事，近期她一直在思索别的事。

而且，明天早上她还得早起，把两个易拉宝搬到运动会会场门口。

黄心莹还在诱惑白璐："我请你喝饮料！"

皮姐那边的凳子忽然发出刺耳的磨地声，屋里其他人都看过去，皮姐摆手："哎呀，不好意思，你们继续。"

黄心莹接着求白璐："璐璐——璐璐——"

反正明天也找不到理由去他的店里，白璐索性点头。

"好吧。"

黄心莹直接送给她一个拥抱。

门一关，另外三个人都拿手指头指着白璐。

老三："寝室长，你啊……你！"

皮姐："你耳根子怎么这么软？！"

白璐的心思完全没有在这个问题上，她无奈地笑了笑，应付了几句便坐回座位上。

运动会第一天，白璐醒得很早，下床的时候竟然发现皮姐也起来了。

"你怎么不睡懒觉？"

"我跟你去。"

白璐挑眉："哦？"

皮姐打着哈欠下床。白璐眼珠一转，轻轻地笑着问："学弟今天有项目？"

皮姐的哈欠打到一半儿就顿住了，她大嘴张着，跟狮子一样，瞪了白璐一眼："人精呢你？！"说完她就去洗手间洗脸了。

因为起得比较早，两个人先去校门口买了煎饼，又把重要地点的宣传海报检查了一遍，最后才回宿舍去扛易拉宝。

"太阳还没出来呢就一身汗了！"皮姐扭头，看到白璐举着易拉宝吃力地往前走，说，"行不行？要不先放着，我等会儿来拿。"

白璐摇头："没事，一趟搬过去。"

两个人到了操场的入口处，找好位置，又拿绳拴上石头把易拉宝固定住，这才彻底折腾完。

两个人拍拍手。

"不错，花钱花心思的就是不一样！"虽然一头大汗，但皮姐对效果相当满意。

时间差不多了，白璐跟皮姐来到本班的看台。

"天老爷！正好在大太阳底下！"皮姐愤愤地说。

白璐把伞从包里拿出来："等会儿打伞就行了。"

皮姐像没听见一样，只顾着瞪着俩眼睛往隔壁瞄，忽然，视线里多出一根手指，白璐贴过来小声说："那个方向才是大二的看台。"

皮姐"哑"了一声："你怎么这么欠揍？坐回去行不……"皮姐说了一半儿，忽然止住话头。白璐顺着她的目光回头，看见操场门口出现了几个人的身影。

黄心莹穿了一条坎袖花纹连衣裙，脚蹬高跟凉鞋，头发披着，箍了一条浅蓝色的发带，正指着操场门口的易拉宝对孙玉河说着什么，孙玉河一边看一边笑着应答。

皮姐难以置信地看着这一幕："什么玩意儿？！说好的有事来不了呢？！"

白璐拉着皮姐，劝说着让她冷静，随后将目光从黄心莹那儿移开，转到黄心莹后面某个人的身上。

许辉总是穿着黑衣长裤，极易辨认。

黄心莹跟孙玉河聊完，就来到许辉的身边，接着说话。

皮姐还在生气，白璐却在想别的事情。

白璐视线中的黄心莹像是一只不知疲倦的小鸟，不停地在许辉的身边绕来绕去，"叽叽喳喳"，笑盈盈的。

许辉话很少，但也有回应。

他很少在这个时间起床出门，因而不适应耀眼的阳光，手插在裤兜里，一直低着头。

"有她也不错。"白璐低低地说。

皮姐没听清："啥？"

白璐摇头，对皮姐说："等会儿我把黄心莹叫过来，你千万不要跟她吵。"

"叫来干啥？添堵啊？"

白璐拍拍她的手，忽然看见什么，又指："喏，学弟来了。"

皮姐"哼"了一声，嘀咕道："你就尿吧你，我先过去看看'豆芽'。"学弟姓窦名思齐，因为体格问题，一直被皮姐称作"豆芽"。

跟许辉和黄心莹一起来的，还有许辉店里的几个服务员，负责搬运饮品。

随着时间慢慢推移，太阳更毒了，白璐看着远处的人，拿出手机给黄心莹发了一条短信："亲，说好的饮料呢？"

黄心莹掏出手机看，然后朝白璐这边挥挥手，回复了一条："稍等，我马上来。"

放下手机，黄心莹又跟旁边的人热火朝天地聊了起来。

白璐手撑着下巴，看了看，又发了一条："拿饮料的时候把包放在我这儿。很重吧？我帮你看着。"

黄心莹看完，马上冲白璐比了一个大爱心，然后跟身边的人说了什么，从饮料箱里拿了一杯饮料过来。

黄心莹挤到白璐的身边，脸红扑扑的，额头上也流着汗。

"好热啊——"她把包放下，包很重，落地有声，"学生会的材料，沉死了。"黄心莹拿手给自己扇风，"折腾一早上了都，才有点儿空。"

"喏，请你喝饮料！"黄心莹递过来一杯冰镇西瓜汁。

"谢谢。"白璐接过，顺手将手里的东西塞给她。

黄心莹一看，是一把太阳伞。

白璐："你没带伞吧。"

"啊啊！"黄心莹激动得大叫，"是啊，忙得我都忘了！真的要被晒晕了。我拿了你还有伞吗？"

"皮姐还有。"

黄心莹使劲抱了抱白璐，说："那我先走了。"

白璐像是不经意地点明："这伞很大，两三个人一起用都可以。"

黄心莹不知听没听清，一路跟同学边打招呼边下了看台。

"挤死我了。"另一边，皮姐会完"豆芽"回来，一屁股坐下，看见白璐还看着入口的方向，跟着看过去："她还没走呢？哎？！那不是你的伞吗？"

白璐把西瓜汁塞给皮姐："喝饮料。"

"一杯饮料换一把伞呗？"

白璐笑笑。皮姐看着远处的黄心莹，不满地说："瞅她那样，还跟人家一起打伞。"她踢了白璐一脚，"告诉你，她肯定不会告诉阿辉伞是跟你借的。"

白璐"嗯"了一声：不告诉才好。

运动会开始后，太阳越来越毒，皮姐大口大口地喘气："我要被晒化了……"她斜眼看白璐，后者的脸也很红，脖子上都是汗珠，"我要不行了，你真能忍。"

白璐摇摇头："看比赛。"

皮姐示意白璐看一个方向——操场的看台下面有一片阴凉的地方，黄心莹收了伞，与许辉和孙玉河站在那儿，好像是在看热闹。

"他们也不用伞了，要回来行不？"

"再忍忍。"

皮姐长叹一声，靠在白璐的身上。

没看多久，黄心莹就带许辉和孙玉河离开了。中午休息的时候，白璐收到黄心莹发来的短信，她说自己回不来了，让白璐帮忙把包送到团部办公室。

白璐回复了一条"可以"。

一直到晚上十点多，黄心莹才来517寝室送伞。

"璐璐，太对不起啦。"

"没事。"白璐拿过伞，问，"对了，我看许辉他们一起来了？"

"是啊，说是来转转。"黄心莹一只手扶着腰，另一只手抹了抹额头上的汗，说，"本来以为就是看一眼，结果非要我领着在校园里走一圈，累死了。"

白璐把伞放回桌子上，回到门口，说："出去溜达一会儿吧，我请你喝东西。"

寝室里三只"兔子"耳朵都竖了起来。

黄心莹眨眨眼："为啥请我喝东西？"

白璐："正好说说许辉店的事情，他们对今天的宣传有什么意见吗？"

"啊，这个啊。"黄心莹这才明白，"走吧。"

白璐关上门，黄心莹揽着她下楼，一边说："他们很满意啊，我刚从他们的店里回来，孙玉河说接到了好多订房间的电话。"

"还提什么要求没？"

"没，放手干就行了。孙玉河好像还要去附近几所学校做宣传……你怎么不直接问他们？"

"我这不是先探探风声吗？怕他们不满意。"

"哈哈，对，你们是乙方，模块课的成绩还得指望他们。"

凉风习习，白璐在楼下的饮品店买了两杯冰奶茶。

两个人在夜色中慢行，身边有不少散步的学生。

"其实你们可以多去阿辉的店里啊，平时多坐坐，关系搞好一点儿。"黄心莹提议。

"四个人凑齐不容易，而且许辉和孙玉河也经常有事。"白璐说着，看向黄心莹，"他们经常陪客人一起玩吧。"

"是啊，年纪都差不多，能玩到一起去，有他们在，气氛好。"

"天天这么玩受得了吗？"

"我感觉受不了。"黄心莹拉着白璐，"你看阿辉那个脸色。"

249

白璐点点头:"他那么喝酒,睡眠质量肯定不好,搞不好还要吃点儿药才能睡着。"

"哎!"黄心莹瞪大眼睛看着白璐,"还真没准儿!孙玉河总跟我说阿辉失眠,睡觉跟要命似的。"

白璐:"那要注意,我听说安眠药之类的绝对不能喝酒后吃。"

"是吗?"黄心莹喝着冰奶茶,不以为意。

白璐:"那个喜剧大师卓别林,他就是这么死的。"

"啊,那还真是蛮危险的。"

"他可能自己也知道。不过——"白璐停下脚步,看着黄心莹,"提醒一下,表示一下关心,防患于未然,总不是坏事。"

黄心莹频频点头,赞同地道:"有道理。"

乌烟瘴气的房间里,一伙人正玩得不亦乐乎。

这伙人不是附近大学的学生,而是附近一家视觉工作室的员工,在此聚会。也因此,他们玩闹得要比学生厉害得多。

他们租用了音响,声音震耳欲聋。

孙玉河看向旁边的许辉,从十几分钟前开始,他就不怎么说话了。

又过了一会儿,许辉叫了两个服务生来替他,自己离开了房间。

水吧跟房间里简直是两个世界,轻柔的音乐声让他的头没有刚刚那么疼了。

拿了瓶啤酒,许辉来到窗边坐着。

没一会儿,孙玉河也出来了。

"热啊——"他坐到许辉的对面,"空调温度开得这么低都热,杭州这天简直没救了。"

许辉拿着酒瓶坐在沙发上,或者说沉在沙发里,闭着眼睛。

孙玉河本想说几句,但看他的样子,又硬生生地憋住了。

这几年下来,孙玉河也渐渐适应了许辉越来越怪的脾气,于是拿出手机,跟惠子聊天儿。

聊着聊着忽然进来一条短信,孙玉河一看,眼睛亮了。

"哎——哎!"孙玉河踢了许辉一脚。许辉动也没动,低低地"嗯"

了一声。

"猜谁给我发短信了？"孙玉河调侃道。

许辉缓缓地挪开胳膊，胳膊下面的目光有种醉酒后的麻木。

孙玉河说："黄心莹。"

许辉淡淡地看着他。孙玉河感慨地说："哎哟，我就说你这女人缘……长得帅有福啊！老天怎么这么不公平？"

许辉一言不发。孙玉河又说："知道她问我什么不？她问我你平时喝那么多酒，睡眠质量是不是不好。"

许辉似乎是累极了，扬了扬嘴角，看不出是什么态度。

"我给你念念她说的：'我之前就想到了，但是一直没机会说，要是阿辉真的吃助睡眠的药，千万不要酒后吃，很危险的。'"

黄心莹容貌秀丽，嗓音甜美，现下孙玉河学她的声音学得极像，还配合着眨眼睛。

可惜听的人似乎并不在意，重新将胳膊压在眼睛上。

"你觉得这个黄心莹怎么样？"孙玉河问。

许辉低声问："什么怎么样？"

"人啊。"孙玉河露出一副"你懂我也懂"的样子，"你别装啊，看不出来她对你有意思？你来杭州才多久，多少女的给你留手机号码了？"

许辉呼吸缓慢，别说讲话，好像连喘气都嫌费力。

"我感觉她还挺不错的，反正你身边也没……"

许辉在小沙发里艰难地翻了个身："别说了……让我静一会儿。"

孙玉河一顿，随后耸耸肩，不再说话。

孙玉河也没有考大学，高中毕业后直接去找许辉了。

他去找许辉的原因第一是他跟许辉是朋友，第二是他觉得许辉这个人头脑真的很聪明。

许辉的父亲出生于农村，是白手起家，一路敢打敢拼，打下偌大的家业。不管家庭情况如何，许正钢的本事是不容置疑的。

可能受到父亲的影响，许辉在做生意这方面极有天赋，在两年多的时间里，他们已经把本钱翻了几番。

虽然挣了钱，可孙玉河觉得许辉的精神一天比一天不好。他又不能总去问原因，毕竟他与许辉之间现在多了一层老板和下属的关系。

孙玉河接着跟惠子聊天儿，过了一会儿又收到黄心莹的短信。

孙玉河头也没抬地问许辉："黄心莹说过几天他们艺术团有演出——音乐剧，你要去不？"

许辉没动静。

孙玉河以为许辉睡着了，没有再问。过了几秒，他不经意地瞥过去，顿时吓了一跳。

许辉眉头皱着，双眼紧闭，脸上好像被刷了一层漆一样，灰白无比。

紧接着，他不由自主地抱住身体，额头上都是汗。

孙玉河连忙放下手机："怎么了？"

许辉连摇头都没力气。孙玉河连忙又问："难受？"

许辉紧闭的薄唇发白。

孙玉河："严不严重啊？要不要去医院？"

许辉这时才缓缓摇头，声音如同打磨过的砂纸："不用，一会儿就好了。"

孙玉河起身到吧台接了杯水拿过来。

"温水，你喝一点儿。"

许辉有瞬间的恍惚，好像不久前他也听过同样的话——"温水，你喝一点儿"。

那个声音更轻，也更细。

让我喝温水，凭什么让我喝温水？喝完有用吗？有什么用？……

一想，他头更疼了。

"阿辉！"孙玉河看着浑身冒汗的许辉，把水杯拿到他的面前。

许辉思维混沌，恍惚之间觉得什么都没用，攒下来的力气全用在推开水杯上了。

孙玉河没拿住杯子，杯子掉到地上，水洒了一地。

旁边的服务生赶紧过来："孙哥，擦一下吧。"

孙玉河点点头，服务生跑去拿拖把。

孙玉河一脸担忧地看着许辉，觉得他这状态说不出地差。

余光扫到桌上的手机，孙玉河将手机拿过来，边发短信边说："我帮你答应黄心莹了，过一阵你跟她去看那个什么音乐剧。你这样不行，得出去走走。"

许辉闭着眼，也不知道是听见了还是没听见。

孙玉河咬咬牙，干脆直接给黄心莹打了电话。

"你过来一下吧。"

半个小时后，黄心莹来了。

"怎么了？我一开完会就从学生会赶过来了。"擦了擦额头上的汗，黄心莹看到了窝在沙发里的许辉，"呀！脸色这么差，身体不舒服吗？"

孙玉河在一旁说："不好意思把你叫来，等下我还有几个客人要陪，实在是没空照看他了。"

黄心莹手扶着膝盖蹲下："没事，我来吧。"

孙玉河过去扶起许辉，黄心莹上去搭了把手。

回到十二层许辉的房间，孙玉河给黄心莹留了一把钥匙。

疼痛还没有缓过来，许辉昏睡在床上。黄心莹去洗手间里看了看，墙上挂着两条手巾。

她取下一条轻轻闻了闻，上面有淡淡的沐浴液的香味，她感叹道："男生的手巾也这么干净……"她将手巾浸湿后回到床边，给许辉擦汗。

他皱着眉头，表情痛苦，嘴唇微张着，疼痛让他的呼吸变得沉重。

黄心莹轻抚他的脸："许辉，好点儿了没？"

他没有回答。

他的身躯在床上显得更为修长，透过黑色衬衫的缝隙，偶尔能看到苍白的皮肤。

黄心莹慢慢变得安静，一点点地凑到许辉的脸颊旁。

他睁开了眼。

黄心莹离他很近，看他醒了，轻声问："你好点儿了吗？"

许辉还是没有说话，静静地看着她。

黄心莹跟平日不太一样了，没那么活泼，没那么爱笑，就连声音好像也染上了一层疲惫，极力地向他靠拢。

"你是不是有不开心的事？"许辉身上的酒味还没有散尽，黄心莹低声说，"其实，人人都有不开心的时候，我也有呀，只是我不喜欢把这些事说出来，可能是性格的原因吧，总喜欢一个人担着。其实有的时候我也会觉得很累，想找个能分担的人。"

他似醉似醒，一直看着她，又好像不止是看着她。

两个女儿儿，同样的年纪，同样的大学班级，同样的生活……同样别有目的。

黄心莹絮絮叨叨半天，终于问了许辉一句："你有喜欢的人吗？"

许辉人像从水里捞出来的一样，一句话都说不出来。

他的脆弱给了她信心。

"你这么帅，肯定有好多女生喜欢你吧。都是美女吧……像我这么普通的女孩儿，是不是一点儿机会都没有？"

许辉听着这样的话，不由自主地笑了一声。

不知道是不是因为疼痛，他的笑听着更像是在哭。

"你相信报应吗？"

他终于开口了，声音很低很低，低到黄心莹都没有听清楚。

许辉接着自言自语："曾经做错了事，没有去弥补……现在再也没有机会了……永远都没法儿得到原谅。往后所有的事，都是报应……

"身体、精力、生活，弄成这样，全都是报应……"

他的声音太过有气无力，黄心莹细细地听，只听到"报应"二字。

"什么报应？"她问，"你有什么报应？你人很好啊。"

许辉看着乌黑的天花板："你觉得我是好人？"

黄心莹点头："是啊。"

许辉静了一会儿，不赞同似的轻轻摇头。

黄心莹笑了："那你觉得自己是坏人啊？"

他想了想，又摇头，深深地吸气，抬手挡住自己的脸："我不知道……"他低声说，"我什么都不知道……"

黑暗似乎也跟着迷茫起来。

黄心莹不懂他话里的含义，只当他醉了。她站起身，来到窗边，拉开了窗帘。

月光照进屋内,外面的大学城灯火通明。

她被什么吸引了注意力——那是一个被放在窗台一角、刚刚被窗帘挡住的相框。

黄心莹把相框拿过来,上面落了一层灰,里面是一幅小小的素描。

"这是什么?"黄心莹拿着画看过去,问许辉,"是你画的吗?好好看呀。"

许辉的头侧过去。

在看见黄心莹手里的画的一瞬间,他有片刻的茫然,而后好似被唤醒了一样,挣扎着从床上撑起身体。

"哎?你要干吗?"黄心莹连忙放下相框。

脸上的汗还没干,许辉手有点儿抖地提起鞋子。

黄心莹走到他的身边:"怎么了?想要什么我去给你拿。"

"我要去你学校……"许辉好像迫不及待一样,说话都没力气,人却强撑着站了起来。

黄心莹赶快扶住他。

"去我学校?现在?为什么啊?"

为什么?他不知道。

做什么?他也不知道。

只是有一个念头驱使着他——他要见她。

他到现在也不确定他对她抱有的是什么样的感情。

他一直以为他们断了,以为全都结束了,以为那短暂的时光只是年少时不懂事犯的傻。

直到去年冬天,他的父亲打来电话,他满怀期待地接了电话,却得到弟弟去世的消息。

父亲疲惫地告诉他,王婕的精神变得不太正常,她被送到了疗养院。

"就是通知你一声。"父亲这样说。

放下电话后,他在马路上站了很久。他尝试着拨过一个手机号码,后来挂断了。

他不知道要做什么。

从日出，到晌午，从夕阳西下，到夜幕深沉。

他曾认定，那个下着初雪的日子已经是人生中最糟糕的日子，没想到老天还嫌不够。

是不是永远都不够？

连续一周，他茫然无措。

他第一次喝酒喝到身体麻木。

天旋地转中，他又一次想起了她。

白璐，那个披着羊皮的狼，那个细心又冷酷的女人。

他忽然想见她。

就像现在一样。

晚上九点多的校园生活区人来人往。

寝室里没有空调，很多学生都在楼下吹风，三五成群地聚在一起，男生聊聊游戏，女生聊聊感情，怡情怡性。

校园是最好的保护层，像蛋壳，虽然薄，但对其中尚未完全成熟的少男少女来说，依旧是一层壁垒，帮他们挡住了社会大潮的侵蚀。

这种保护，只有离开校园的人才能体会出来。

黄心莹揽着许辉的胳膊，看着像是在撒娇，其实是在搀扶。

他的身体还没恢复过来，人却一直坚持要出来。

他出来也好。

黄心莹喜欢与他的碰触。

黄心莹是学生会的大忙人，认识的人不少，在夜晚的校园里，每走一会儿就会碰到熟人，打声招呼。

只是她始终没有介绍自己旁边的人，好像他在她的身边是理所当然的事情。

朋友们笑着看着她。

晚风吹得她心里欢喜。

"我带你去我们艺术团看看吧，现在应该有排练，后天晚上就是正式演出了。"

许辉不知听没听清她的话，慢慢停住脚步，看着周围的几栋楼。

他脸色苍白，身体无力，神色有些茫然。

高中毕业后他就离开了校园，对大学一点儿也不熟悉，这里的一切让他感到遥远而陌生。

每个人的年纪都跟他差不多，可每个人看起来都跟他不同。

"去不去？"黄心莹还在问，"不过不看也行，这样观看正式演出的时候还有惊喜。"她冲许辉眨眨眼，"怎么定？听你的。"

"白璐住在哪儿……"

黄心莹没有听清："什么？"

许辉转头，低头看着她："白璐，你们班那个白璐，她住哪儿？"

黄心莹这次听清了，但是她不懂。

"璐璐？你找她干吗？"

许辉摸了摸身上——他的手机没有带。

"你想问她宣传的事情吗？"

许辉眉头微皱："她住哪栋楼？"

黄心莹依旧不懂，但还是给他指了指："喏，那栋楼，璐璐她们住五楼，我在六楼。"

许辉静静地看过去。

"璐璐她们对你们店的事情很上心的，等她们期末答辩的时候，你要好好配合呀，让她们取得好成绩。"

许辉迈开了步子，黄心莹紧紧地拉住他，又说："璐璐很厉害的，虽然平时看着很蔫儿，但做什么事都有准儿，跟她一起特别安心。"

许辉无意识地问："是吗……"

"是的呀。"黄心莹笑着看着他，又说，"她男朋友是上海交大的高才生，还是上海学联的副主席呢，听说他们高中就认识了，厉不厉害？"

许辉的脚步停下了。

风却还在吹。

许久之后，他才又说了一句："是吗……"

一个不起眼儿的女孩儿从他们的身边经过，刚好听见了他们的对话。不久之后，这个女孩儿一头雾水地推开517寝室的门。

皮姐看过去："回来啦，社团怎么样了？"

老幺回答："还行……"她扫了一眼，"寝室长呢？"

"她去杭州电子科技大学踩点了——过几天给阿辉的店做宣传活动——还没回来呢。"

"哦……"

皮姐看了她一眼："干什么？魂不守舍的。"

老幺摇摇头，到自己的座位上坐下，过一会儿又回头问皮姐："哎，寝室长跟那个上海交大的同学在一起了吗？"

"上海交大的哪个？那个学联副主席？"皮姐还在看剧。

"对啊，他们在一起了吗？"

"还没吧。有那方面的意思，但那个男的好像说等大学毕业了才能正式谈，我听寝室长说他很忙，没有时间。"

老三正跟大刘打视频电话，听见后也凑过来："你们说那个'地中海'啊？"

皮姐"哈哈"大笑："对对，'地中海'副主席。"

老三一撇嘴："他可真能折腾人，大一让寝室长考托福，大二让她考雅思，现在大三了，听说又想留校了。"

皮姐"呵"了一声："怎么回事还不一定呢，我看寝室长纯是考着玩，她连研究生都不想念，出国干什么？"

老幺这时才抽空插了一嘴："我刚才在楼下碰见黄心莹和许辉了。"

皮姐一听，扯下耳机，捶胸顿足。

"哎哟，还真让她给得手了！许辉那个不长眼睛的！"

"不是。"老幺打断她的话，把刚刚听到的说了。

"什么意思？"皮姐和老三面面相觑，一脸疑惑，"跟寝室长有什么关系？"

老幺耸肩："不知道，我就是觉得奇怪。"

老三："在那儿乱吹牛呗，显摆自己知道的多，天天在背后八卦别人。"

三个人一聊就过，没人往心里去。

周五下午的选修课是非线性编辑。

白璐提前占好了座——按照多年的经验,老师电脑的正前方往后数六排,是老师的绝对盲区。

课程主要是讲影片的剪辑和设计,因为不是专业课,所以517寝室的人对这门课的兴趣都不大。

毕业的学姐曾经说过:"后期学得好,要饭要到老。"除非真的是天降奇才,能拍能导,否则入了这一行真的就是一路苦到底。

窗外,天有点儿阴。

"这个星期也不知道怎么了,"老三手托着下巴,看着窗外,低声说,"天一直阴着。到底什么时候下雨啊?闷死了。"

白璐也看着窗外。

这几天的确闷热,尤其是在没有空调的大课教室里,喘气都出汗。

从运动会的第二天起,她就没有见过许辉了。

她给他打过一次电话,可他没有接。

昨天她跟杭电的学生谈完,本来想着有理由跟他说话了,可去他的店里时,上楼后不巧遇见了孙玉河,孙玉河把她拦下了。

孙玉河意有所指地暗示她,许辉似乎跟黄心莹有所发展。

"你这么想见他,明天在学校就能看见了。"他说了这样一句话。

白璐问他是什么样的发展,孙玉河只嘲讽地笑。

或许是因为天气,白璐觉得有点儿焦躁,也有点儿无力。

"叹什么气?"

白璐转头,看见皮姐正看着自己———一集韩剧演完,她有五分钟的休息时间。

"没什么……"

皮姐:"感觉你最近有心事呢。"

白璐看向皮姐:"你能看出来?"

皮姐一乐:"当然能。"

白璐想了想,问:"对了,黄心莹最近有什么动静没?"

一听黄心莹,皮姐眼睛就竖起来了:"你别说,还真有。"她悄悄靠

259

近白璐,"她好像把阿辉追到手了。"

白璐一顿,下意识地问了一句:"什么?"

皮姐把那天晚上老幺的见闻讲给白璐听:"你说怪不怪,她跟阿辉提你干什么?"

白璐静了静,嘴角微弯,自言自语道:"这样啊……"

"哦对了,"隔着皮姐,老幺悄悄过来说,"他们还排了一出音乐剧,昨天跟我们团借幕布来着。"

"音乐剧?"

"嗯,剧目还挺高端——《悲惨世界》。"

"我呸!"皮姐嗤笑道,"就他们那艺术团,能不能挑出三个五音齐全的都难说,还排《悲惨世界》?"

"反正就是排嘛,排不好还排不赖吗?就今天晚上演出。"

原来孙玉河说的进展是这些。

白璐趴在桌子上,旁边皮姐还在跟老幺讨论艺术团的事。

白璐转过脸,看向窗外。

天是灰色的,云很低很低。

黄心莹不是笨人,她对许辉有想法。

每个女人都有自己的方式和手段,如果真的有办法,她能帮到他,那也很好。

白璐转过头,额头抵着桌面。

她能帮到他,那也很好。

"真闷……"孙玉河一边抱怨,一边从冰箱里拿了一瓶冰好的饮料出来。

连续几日的闷热天气让所有人都跟着暴躁起来。

"阿辉呢?"孙玉河问服务生。

"辉哥还没起吧。"

"都几点了,不是说要跟黄心莹去看音乐剧吗?"孙玉河蹙眉,"等下我要出去,你去叫他一下。"

服务生点点头。

260

晚上六点半的时候，黄心莹接到了一个宿醉的许辉。

"怎么这样了啊……"黄心莹有点儿不满。

闷热的天气里，她跑上跑下，费了好大的力气，才从团长的手里要来两张位置最好的票。

她精心打扮了一个下午，他却是这副没精神的模样。

黄心莹看着许辉："还行吗？"

许辉没有说话。

"票都要了，不能不去呀。"黄心莹拖着他前往剧场。

路上，黄心莹又恢复了良好的心情，揽着许辉的胳膊，给他讲她是如何从竞争对手的手里要来演出票的。

"我给团里忙这忙那的时候，她可什么都没干，现在要正式演出了，开始要票了，她怎么好意思呢？"

她的小嘴一直没有停下，可惜身边的人一直没有回应。

黄心莹适应了许辉的沉默，依旧"叽叽喳喳"地说着。

"亏得团长跟我关系好，才没让她的贪票计划得逞，也不知道她是怎么想的，居然打算不劳而获。"黄心莹"哼哼"两声，跟许辉炫耀自己的小胜利和小骄傲。

"她配吗她？根本不配好吧！"

混沌之中，他目光一抖。

不配……

利爪从他的脑皮下方钻出。

"你但凡还是个人，就该自己下地狱。

"你不配过好生活。

"你不配……"

本来混乱的呼吸变得更重了，许辉用力地晃了晃头。

黄心莹拉着他往里面走："我们不用在外面等，我带你去后台。"

离演出开始还有一段时间，后台很热闹，演员都在休息，有人在聊天儿，有人在开嗓子。

黄心莹看见了熟人，跟许辉说："你在这儿等我一下，我去跟人打个招呼。"

· 261 ·

许辉低着头,来到墙壁边靠着。

他身后的一个房间里,有人在放原声音乐,似乎在酝酿感情。

隔着一道门,房间里的人跟着音乐哼起了曲子。

透过耳边的嗡鸣声,轻柔的音乐一点儿一点儿地钻进他的耳朵。

站了一会儿,他缓缓迈步,离开了小剧场。

夏虫鸣叫,草木飘香,夜间的校园柔情似水。

旁边,几个从图书馆出来的同学,背着书包,有说有笑地从他的身前经过。

他枯站了一会儿,拖着步子往回走。

Hear my pray.(聆听我的祈祷。)

In my need.(在我需要的时候。)

You have always been there.(你一直在我身边。)

刚刚的乐曲,康姆·威尔金森沧桑悲悯的嗓音还在他的耳边回荡。

He is young.(他还年轻。)

He is only a boy.(他只是一个孩子。)

You can take.(你可以。)

You can give.(你可以给予。)

Let him be.(随他去吧。)

Let him live.(让他活下去。)

他的步伐很虚,因为他已经被掏空了身体。

路过她的宿舍楼时,他抬头看了一眼。

If I die.(如果我死了。)

Let me die.(让我死吧。)

Let him live.(让他活下去。)

Bring him home.(带他回家。)

差不多够了吧,够了吧。

回到店里,进了房间,许辉轻轻关上门。

白璐坐在书桌前,没有开电脑,摊开一本书,拿笔在上面乱涂乱画。

皮姐放着韩剧，老三跟大刘打视频电话聊得欢快，老幺照例去社团排练。

只有白璐的心境与大家的格格不入。

她不停地思考。

音乐剧开始了吗？

他们应该已经到了吧？

白璐觉得焦虑。

她的后背发黏，出了一层汗。

她有点儿后悔——她应该跟着去，就算只是在后面偷偷地看一眼，看一眼他现在是怎样的情况。

她好久没有见到他了。

十点多，老幺从社团回来了，一进屋就狡黠地笑，跟大伙儿说："你们猜今天发生了什么？"

老三淡淡地说："你不用当背景了？"

老幺"啐"了一声："你再说我就不告诉你了。"

皮姐笑着问："咋了咋了？"

老幺关好门，揭开谜底："黄心莹被'放鸽子'了。"

白璐转头，慢慢站起身。

皮姐眼睛一亮："什么？"

老幺说："刚才我从社团出来，路过剧院门口时，看到她跟艺术团的团长解释呢，许辉好像提前走了。"

老三一拍大腿："该！"

白璐问："走了？他没有跟黄心莹看音乐剧吗？"

"没。黄心莹要气死了都，我特地站在后面听了一会儿，她还跟团长抱怨许辉是喝了酒来的，一点儿都不尊重演员。"

白璐直接往外走："黄心莹回来了吗？"

"她跟艺术团的人出去吃饭庆祝了。"

白璐顿了两秒，低声道了句："这个废物。"说罢，她又往外走。

皮姐在后面喊："十点多了！马上要关门了，你上哪儿去啊？"

白璐出了门，脚步越来越快。

在这样的天气里奔跑,让人呼吸困难,额头上的汗一滴滴流下,发丝紧紧地贴着面颊。

她必须去确认一下。

许辉的店里还很热闹,白璐找来服务生,因为之前的合作,服务生也认得她了。

"孙哥不在,出门了。辉哥刚回来,在屋里休息。"

白璐点点头,思索了一阵,最终还是上楼,叩响了许辉的房门。

没有人回应。

"许辉,是我。

"杭电的宣传栏我已经租下来了,我跟你谈谈细则,你开一下门。

"许辉?"

她拍了半天门,也没有人开。

攥紧拳,白璐咬了咬牙,转身往外走。

可她走得越来越慢。

走廊太静,静得她心慌。

转过身,跑回门口,白璐用力地拍门。

她又试图撞门,试了几下未果,冲回楼下,扯住一个路过的服务生,声音颤抖地说:"钥匙……快点儿,钥匙。"

服务生被她的神情吓了一跳:"什么?"

白璐陡然大吼一声:"给我钥匙!"

皮姐新看完一集韩剧,心满意足地伸了个懒腰,下地活动。

"完了,关门了。"

老幺已经上床了,在床上看书,听了皮姐的话,探头:"是啊,不知道跑哪儿去了……"她又道,"你们有没有觉得,每次一提到许辉的事情,寝室长就有点儿不对劲?"

皮姐耸耸肩:"谁知道她在想什么。"说罢,她来到白璐的书桌边。

书桌上很整齐,台灯忘记关了,温暖的黄色光照在一本摊开的书上,书页被白璐涂涂写写。

"就喜欢在书上瞎画呢……"

皮姐拉开白璐的凳子，跨坐上去，撑着下巴，看着书页上潦草的字，随口念道：

"他踉跄前行时，

清风，

请你温柔一点儿，

帮他吹开繁乱的思绪，陪在他的身边。"

许辉安静地躺在床上，周围是空空的酒瓶和空空的舒乐安定片药盒。

服务生吓得呆若木鸡，被白璐的声音惊醒，手忙脚乱地要叫救护车。

"太慢了！东方医院很近，你下楼拦辆车！"

老三跟大刘聊得欢天喜地，笑呵呵地哼着小曲儿。

皮姐悠闲地活动着脖子：

"他回天乏力时，

霞光，

请你温柔一点儿，

安抚一个孤独的灵魂，鼓励他在放弃之前，试着再笑一遍。"

白璐不停地安慰自己：

只是几片安眠药，没有那么大的剂量，绝对不会有事。

既然树苗已经扶不正了，那砍倒重长也是好的。

一切重建都要付出代价。

所以不要紧，咱们都别怕。

他的头枕在她的腿上，发丝轻柔，整个人和两年前一样脆弱。

司机从后视镜里看见白璐的样子，被她弄慌了。

"小姐啊，你不要这么哭，再有一分钟就到了，我已经开到最快了！"

窗外灯光璀璨，一闪而过。
她紧紧地抱着他，号啕大哭，什么都听不清。

"如果真的尘埃落定，
那么长夜，
请你温柔一点儿，
施舍他一寸土地，让他能够平静地合眼，然后安然长眠。"

第六章

少　年

许辉被送进了急救室。

一起来的服务生不停地打电话,白璐在外面填写信息。

"我已经通知孙哥了,他在滨江那边接人,马上往这儿赶,让我们先看着。"

服务生来到白璐的身边。他没有遇到过这种情况,也不清楚为什么自己的老板会忽然想不开,本能地想跟白璐说话缓解一下紧张的情绪,可白璐完全没有闲聊的意思。

她嘴唇紧闭,手握着笔,字不知是写出来的还是抖出来的。

"我钱带得可能不够,你叫人拿钱来。"白璐低沉地道,说罢转身往医院里面走。

抢救、检查、化验……

她一字不落地听着医生的话,又觉得声音只是过了一遍耳朵,根本没有进入大脑。

她强迫自己集中注意力。

许辉的初步检查结果为重度中毒。

医生站在她的面前,面容和声音都极为模糊。

"现在患者处于深度昏迷状态,全身肌肉弛缓,反射消失,要马上安排洗胃。"

白璐的神情太过阴郁,但医生依旧保持着严谨的说话风格,一句都不肯多说。

几个小时后,慌张的孙玉河赶到医院,看见白璐都没工夫理会,逮住医生就问:"怎么样?他有没有危险?"

医生的回答还是那句:"要做进一步检查。"

医生走了,孙玉河垂下头,手遮住眼,后背湿成一片,随即又向服务生发狠:"不是去看音乐剧了?这是怎么回事?!"

服务生遭受无妄之灾,立刻为自己辩解:"我怎么知道?辉哥没走一会儿就回来了。"

"他提前回来你不会问问?!"

"他直接上楼了啊,我们都以为他是累了要去休息,谁知道会……会……"服务生一撇嘴,又小声说,"何况以前这样的时候也都没问过……"

孙玉河急火攻心,脑袋发晕,服务生识相地闭了嘴。

胃镜结果出来后,医生问:"他之前是不是有持久性的腹痛?有没有呕血的症状?"

医生是直接看向孙玉河问的。孙玉河张了张嘴:"他……"他极力回忆,"他是经常疼,但没有……好像……我不知道他吐没吐过血。"

"头晕眼花,心跳过速,脸色苍白,出冷汗。"医生熟练地列举道,"症状应该出现很久了,患者有很严重的胃溃疡,又长期饮酒,引起胃出血,现在又服用过量的安眠药……"

他们一句一句地说着,白璐却忽然转身,不再往下听。

她来到病房门口,里面有两个病患,另外一个看起来像是附近大学的学生,出了车祸,胳膊和腿上都打上了石膏,正哼哼唧唧地叫着疼,身边围着几个同学,不停地安慰他。

相对的,许辉安静很多,就像平时一样。

白璐没有站近,只是站在门口看着。

他连呼吸都变得微不可察。

如果医生现在过来,告诉她他已经死了,她也会信的。

这个想法一冒出来,白璐不由得往后退了一步。

她看着他被灯光衬得更苍白的脸。

黑暗里随波而去的少年,荡在滚滚长河之中,没有目的,没有结局。

她缓缓摇头,越摇,这种想法就越是强烈。

他要是真的这么死了呢?

迷迷茫茫。

浑浑噩噩。

不明不白。

白璐深吸一口气,大步转身,路过盘问医生的孙玉河和服务生时停都没停。

孙玉河看见后,冲她的背影大吼一声:"你干什么去?!"

服务生拉住他,医生紧皱眉头,警告道:"不要大声喧哗,这里是医院。"

医生走后,服务生小声对孙玉河讲:"这次多亏了她啊。"

孙玉河问:"她是怎么发现的?"

"谁知道她是怎么发现的?"服务生把过程跟孙玉河讲了一遍,说,"直接就冲下来跟我要钥匙,吓我一跳。"

孙玉河手叉着腰,因为赶路喘着的粗气到现在也没有平复。

"浑蛋……"他下意识地开口就骂,也不知道自己在骂什么。

服务生还在旁边问道:"她怎么知道的呢?她好像很了解辉哥。"

服务生的态度很正常,听在孙玉河的耳朵里却像是在嘲讽一样。孙玉河瞪着眼睛,神情凶狠地说:"我不知道!别问我!"

白璐赶回学校的时候已经是后半夜了。

天气依旧燥热,雨还没有下。

宿管阿姨被吵醒,态度格外差,可当她拿起本子过来登记,看见白璐狼狈的样子时,手一哆嗦,训斥的话也忘了。

白璐一步一步上楼,寝室里的三个人都睡了。

白璐将声音放到最轻,来到自己的桌子旁。

皮姐帮她把书都收起来了。

已经凌晨三点多,她觉得疲惫,却无法休息。

她的精神仿佛是菜市场上的猪肉,被穿了钢环强行吊起来。

拿着手机,她漫无目的地翻着通信录,陷入了回忆。

皮姐一大清早醒来就看见坐在下面的白璐,打了个大哈欠:"寝室长,你醒得这么早啊……"

白璐没有回话,拿笔在记录什么。

皮姐睡眼蒙眬地看着她的背影,忽然感觉不对劲,察觉出什么。

"哎?你一宿都没睡吧?"

老幺也醒了,迷迷糊糊地扒着床往下看:"寝室长,你几点回来的啊?"

白璐好像没听见一样。皮姐皱着眉下地,拖鞋都没穿光着脚就过来了。一走近,看见白璐的脸,皮姐马上叫道:"我的天老爷!你这是干什么去了？上战场了？打仗了？！"

白璐的手机充着电，她拨开皮姐伸过来的手，低声说："我有事，等会儿再说。"

"嗓子怎么成这样了？"皮姐皱着脸，"到底出什么事了？"

白璐摇摇头，刚才说的那一句话让她察觉到喉咙的疼痛，但她无暇顾及。

等到天亮，白璐拿着手机和一个本子，去了阳台上，关好门。

电话一打就是一个上午。

其间，白璐回来给手机充了两次电。

往常处事最淡定的人变成这样，这让另外三个人都紧张起来。

"怎么回事？"老三起得最晚，看见这诡异的情形，问皮姐。

皮姐同样诧异："我不知道啊。"

阳台的门被拉开，白璐好像得到了自己要的消息，迅速拿过书包，把刚刚拿着的本子、手机、钱包以及充电器装进去。

皮姐蹙眉看着，下一秒，拉住白璐的手腕。

"你先等等。"

白璐挣了挣。皮姐将力气加大了一点儿，严肃地道："来，看着我！"

白璐看过去，皮姐紧紧地盯着她的眼睛："到底怎么了？你要干什么？"

白璐一天一夜没有睡，人已经憔悴得不能看了，嘴唇发白，眼睛下面有浓浓的黑色。

"我要……"白璐尽量平静地说，"我要出去一趟。"

"去哪儿？"

"四川。"

寝室里另外三个人一起开口："什么？！"

白璐把手从皮姐的手里抽出来："我回来再跟你们解释，我现在没有时间了。"

皮姐："不是，那课呢？课怎么办啊？"

白璐把包拉好："我很快会回来的。"顿了顿，她又说，"要是没赶

271

回来，你们也不用帮我喊'到'，就说我有病去不了，假条回来后我会想办法补的。"

白璐直接出门，身后脚步声急促，皮姐跟了出来。

"寝室长，你等等。"

白璐没有停，被皮姐一把拉住。

"站住！"皮姐厉声道，跟她在楼道里拉扯起来，"你知道自己现在什么样吗？你就这么出去，出什么事怎么办？！你至少告诉我你上四川干什么！"

白璐眼神涣散，嘴唇在闷热的天气里起了薄薄一层皮。

"我要去找一个人。"她说。

皮姐看着她："你要找谁？"皮姐仔细地看她的脸，"你这是哭过？"

白璐的视线并不集中。

皮姐问："你要找谁？"

疲惫的大脑让白璐不能思考太多事情，她低了低头，重新看向皮姐，目光坚定，却也有一丝绝望。

"我没有别的办法了。曹妍，我快没力气了……我也不知道我做得对不对，但他真的不能就这样结束。"

皮姐一头雾水："什么？"

白璐松开她的手："就这一次了，到时不管什么结果，我都认了。"

下午两点，一架飞机准时从萧山机场起飞，近五点的时候降落在双流机场。

成都的天气比杭州的稍好，没有那么闷，但一样热。

飞机上白璐也没有休息，从机场出来的时候，有片刻的眩晕。

她直接打了一辆出租车。

"四川大学江安校区。"

江安校区是四川大学的新校区，以大一、大二的学生为主。

江安校区最著名的景点是一条近千米长的景观水道，两侧坐落着七十二幅日历造型的雕塑作品群。

那是四川大学的历史文化长廊。

继承了天府之国慵懒的气质，余晖中的校园，宁静又安详。

白璐在校园门口看了一会儿，便去不远处的一家快捷酒店住下。

她躺在床上，大脑空白，又是将近一夜未眠。

第二天上午十点，白璐根据地图，找到了约定的地方——一家路边的小咖啡馆，装修风格清新又可爱。

白璐推开咖啡馆的门，挂在墙上的铃铛"叮铃铃"地响。

连续几天，她心里的弦一直绷着。

她在门口看了一圈，在靠近窗户的位置上发现了一个人的背影。

夏日，对方穿着一身浅黄色的连衣裙，头发被编成辫子，上面有一枚紫色的发卡，发卡上镶着小钻，在阳光下亮晶晶的。

白璐一步一步向她走过去。

周围都跟着静下来，白璐心里的那根弦还绷着。

她离对方越来越近，她心里的那根弦越来越紧。

终于，白璐来到对方的身后，低声叫了一句："蒋茹。"

对方转过头，在看见白璐的一瞬间高兴地叫了出来："白璐！"

二人很久没有见面，蒋茹有一点儿激动，站起身抱了抱白璐。

明明也是外地人，但蒋茹还是尽着地主之谊。

"坐呀。"

白璐看着她，慢慢坐到对面。

蒋茹还在说："昨天晚上到的吧，累不累？我说去机场接你你还不答应。怎么样？学校好找吗？"

她兴奋地说了半天，才注意到白璐的神情。

"哎？你的脸怎么这么白？黑眼圈好重。"蒋茹担心地说，"是不是没有休息好啊？"

白璐缓缓摇头："没……没有。"

蒋茹叫来服务员，把饮品单给白璐看："你想喝点儿什么？我请你。"

脑子里还有点儿空，白璐扫了一眼单子，随手点了一款，自己都不知道是什么。

"奇异果冰沙。"服务员记下。

蒋茹没有看菜单，直接点了三色果汁，看起来是这家店的常客。

果然，服务员走后，蒋茹说："我有店里的会员卡，这里的东西很好喝的。"

她眨眨眼，发现白璐还是话很少，只是一直盯着自己。

抬手在白璐的眼前晃了晃，她不由自主地笑着说："白璐，你怎么还是这么呆呀？"

这一句，将白璐推向过去，又拉回现实。

白璐终于找了个话题开口："你最近怎么样？"

"还行呀。"蒋茹说，"我不是休了一年学吗？今年才大二，你是我学姐啦。"

"学的什么专业？"

"数学。"

"这么难？"

"还好，本来家里人让我报金融，一直在劝我，但我不喜欢啊，觉得好乱，我还是倾向于基础学科。你呢？你学的什么？"

"传媒。"

"哎？"蒋茹睁大眼睛，惊讶地说，"传媒？你喜欢这个？"

"乱报的。"

蒋茹咧开嘴："你还是老样子。"

服务员把两杯冰饮端上来，蒋茹拿吸管搅了搅，喝了两口。

"啊——好凉好凉。你也喝呀。"蒋茹咬着吸管看着白璐，奇怪地说，"你干吗一直盯着我？"她又开玩笑道，"想喝我的啊？"

白璐摇头，轻声说："我看你，是因为你很漂亮。"

阳光挥洒，对面的女生盘着发，留着轻盈的刘海儿，皮肤娇嫩红润，一双大眼睛带着笑意，可爱甜美，充满活力。她褪下了几分稚气，曾经偏瘦的脸颊如今饱满起来，宽宽的额头白亮可人。

蒋茹挡住红了的脸，说："四川的东西太好吃啦！来了一年多胖了七斤。"

"没……"白璐还看着她，声音很轻，"真的很漂亮。"

蒋茹喝了一口饮料,静了静,还是有点儿不好意思地说:"我知道,你可能觉得有点儿……毕竟之前有过那样的事情。"

提起以前,她吸了口气,说:"那个时候吓着你们了吧。其实也没什么大事,就是我爸妈特别生气,那段时间确实是我太不懂事了,但当时心理问题已经很严重了,也不是我自己能控制的……"蒋茹的声音小了一点儿,"本来我想联系你的,但一直没有鼓起勇气,我觉得为了那种事搞成那样好丢脸……"

白璐默默地听着,蒋茹像又给自己打气了一样,搓搓手,说:"不过不要紧,都过去了,人还是要向前看嘛。"

"嗯。"

"对了,我给你看这个。"蒋茹把手机拿出来,找到什么,有点儿羞涩地拿给白璐看。

那是她和一个男生的合影,男生一看就是个好学生,戴着宽边眼镜,长得不算帅,但有股浓浓的书卷气。

她肯分享,说明这段感情真的让她觉得开心,刚见了从前的朋友,便迫不及待地让对方知晓。

"我们班的,成都本地人,样子是不是傻傻的?"

白璐摇摇头:"没。"

"就是脾气好,不知道是不是成都的男生都这样,每天懒洋洋的。"

她表情嫌弃,喜悦却隐藏不住。她不停地给白璐讲着她现在的生活、学习、爱情……好像要把这几年攒着的事情全部告诉白璐一样。

她很快乐。

说了半天,嗓子都快干了,蒋茹捧着饮料,狡黠地看着白璐。

"你呢?你有没有什么进展呀?"

"哦,我……"白璐笑笑,"我还是那样,在杭州读大学,南方的天气有点儿不适应。"

她依旧看着蒋茹红润的脸颊,总觉得声音不像是自己的。

"太阳太足了,空气太闷。

"刚刚在走过来的路上,我有点儿难受……

"这里跟家那边不太一样……"

她有点儿语无伦次，不知道自己在说什么。她发现自己根本无法去思考应该用怎样的话来应对此时的谈话。

她将全部的力气都用在堵大脑里那扇门上了，门外有无数的记忆片段，在门缝中朝她悲鸣。

你看你做了些什么。

撑不住时，白璐喉咙一哽，再也说不出话来。

她低下头，手指紧紧地扶着桌子边沿。

看看现在，想想你做了些什么。

你们都做了些什么。

许易恒死，她走，蒋茹忘了……

每个人都自顾自地与他纠缠，然后又撇得干干净净，走向自己既定的路和结局。

只有他一人，被遗留在那段纯真又残忍的时光里，跌跌撞撞间，一败涂地。

也许未来某一天，她也会甩开这一切，然后等到一个偶然的契机，被人问得心神一颤。

唉——

"你……还记得许辉吗？"

蒋茹："什么？"

她真的问了出来。

白璐抬起头，蒋茹被她的神情吓到了："白璐，你是不是不舒服呀？怎么……怎么……？"

她狼狈不堪，艰难地讲了下面的话。

"蒋茹，我要跟你说一件事。这件事在你看来可能会有点儿奇怪，甚至有点儿可怕，但你答应我，一定要听完。"

蒋茹愣愣地看着她，下意识地道："哦。"

太阳从东升到正中。

门口的铃铛响过一次又一次。

杯子里的冰已经全部化了，谁都没有再喝一口杯子里的饮料。

她们静了好久好久。

白璐说完整件事，心里的那根弦终于松开了，就像是一个交代完遗言的老人。

蒋茹怔住了。

纪伯伦曾经说过，忘记是自由的一种形式，记忆是相会的一种形式。

白璐的话，让她与那个苍白的男孩儿，在某个有着昏暗路灯、幽幽花丛的小巷的转角重逢了。

"许辉。"

她念出这个名字，表情并不欢快，但也不痛苦，那是一种只属于回忆的神情。

一双纤细白皙的手在念完这个名字后，不由自主地放到嘴上。

她的眉毛轻轻皱起，声音哽咽而颤抖。

"许辉……"她看向白璐，"你为什么要做这些？"

白璐回答："我不知道，我曾经给自己找过很多理由，但现在……都没用了。"

蒋茹凝视着白璐的眼睛，许久后"嗯"了一声。

白璐抬头："你恨他吗？"

蒋茹几乎是马上就说："恨。"

她的恨意那么轻，就像冰凌尖上的水珠，滴落之后马上消失不见。

白璐垂着眼。蒋茹说完，眉头皱得更紧了，她咬着嘴唇，有点儿难受也有点儿委屈，好像自己在劝自己一样："就是恨他……"

白璐还是没说话。

蒋茹忍了很久，终于问道："他的身体怎么样了？有危险吗？"

"我不知道，他出事的第二天我就来了。"

"那你为什么来找我？"

白璐的头低着，任何往来的人都能从她的身上察觉出疲态。

她没有马上回答蒋茹的问题，而是说起她在医院时的事。

"那天晚上……我在医院里，看见他躺在床上，很安静，就像个死人一样。我不太清楚那一刻自己的想法，我就是觉得，他不能就这样死去。"

蒋茹抿着嘴，似乎懂了："你想让他临走时得到一次原谅，不管来自谁，好让他得个心安。"

白璐摇头，声音低哑："我想请你告诉他真实。"

蒋茹："什么真实？"

白璐顿了顿，低声说："蒋茹，你知道吗……胆小鬼最擅长伪装成两种样子。一种是漫不经心，另一种是虚张声势。这两种样子他都试过，可装得都不像。"

她的声音无限疲惫，可也无限果决。

"他从来没有真正回过头，从来没有……他一直在逃避，逃到现在无路可逃了，就想一走了之。"她缓慢地摇头，"他不能这么不明不白地死去。他什么都不知道……不知道你们，也不知道自己……他不能这样死去。"

蒋茹被一股莫名其妙的感情压制住，下意识地问："为什么？"

白璐被她问得又是一顿，茫然间，用试探的语气说："你有没有觉得，其实许辉……并不是很坏？"

话一说出口，白璐眼角泛红。

你有没有觉得，他并不是很坏？你有没有觉得，其实他是个很温柔的人？

蒋茹目光悠远，被勾起回忆，深深地低下头。

白璐的目光紧紧地跟随着她。

"我从来没有想过博得原谅，不管是你对他，还是他对我。世上本来就没有真正的原谅……"白璐声音低哑，"可是蒋茹，他本心不坏……他至少应该拥有一次面对的机会。"

蒋茹低着头，刘海儿遮住了双眼，她轻声说："要是我不原谅，见了他还说恨他呢？"

"那就恨。"

白璐的声音里有种惨烈的坚持，听得蒋茹双手轻轻一抖。

"爱就爱，恨就恨，你是可怜他也好，憎恶他也好，让他知道真实。

"他从来没有真正见过被他伤害过的人，一切都是他自己猜的。他不敢问，也不敢接触，他如果现在死了，那也是被自己吓死的，下辈子还是一个胆小鬼。"

手掌在桌上张开,身体向前,语气异常坚定,白璐已经陷入他的故事中,陷入执拗的疯魔中。

"躲避和猜测里永远找不到自我。

"他必须面对。

"如果没有宽恕,那就让他在明确的恨中去死,清清楚楚,好来世再来。"

时间的光影映在带着水珠的玻璃杯上,反射出刺眼的光芒。

蒋茹在这漫长的停顿当中想起一件事情。

"你还记得吗?"蒋茹轻声说,"之前你劝我时曾经过,我对许辉的感情并不是爱,你说你理解的爱要更浓烈一点儿——

"要么救人,要么杀人。

"我一直不明白你说的是什么意思,现在我好像有点儿懂了。"

蒋茹抬起头,原来她早已经哭过。

白璐一颗心放下了:"跟我去一次杭州。"

蒋茹擦了擦眼泪:"我可能要准备一下,东西……"

白璐背起包:"现在走。"

蒋茹:"你现在都这样了,再歇一会儿吧,而且票还……"

"我不要紧,票已经买完了,下午的飞机,晚上到。"

她拉着蒋茹,走到门口时,蒋茹问了一句:"为什么提前买票?你怎么知道我会跟你去?"

白璐脚步一停,低声说了句:"猜的。"

她们都知道白璐不可能是猜的,但话题没有继续下去。

走在成都气氛慵懒的街头,白璐在心底默默地回答蒋茹:

因为昨晚我忆起,在整个故事的最初,你给我介绍你心爱的忍冬花时,也只是从地上捡起,而不忍心采撷。

你一定会去,因为你的心太软。

你们的心都太软。

长长的医院走廊里有消毒水的味道。

他已经被转移到住院部。

夜里很安静,孙玉河跟那天与白璐一起去医院的服务生在外面抽烟。

白璐领着蒋茹过去时,孙玉河并没有认出蒋茹。

他们都将对方遗忘了。

"你……"

白璐看着他:"给我一点儿时间。"

孙玉河看着她,没有再问,点点头,说:"就在里面第一间,他今早醒了。"

蒋茹又开始紧张,拉着白璐,小声问:"你不跟我去吗?"

白璐摇摇头。蒋茹看见白璐的脸,再紧张也忍住了。

只是聊了一上午,再坐了一次飞机赶到这儿,蒋茹已经觉得疲惫,可想而知白璐现在是什么样子。

蒋茹进了病房,白璐就在门口靠着墙壁站着。

头如同被灌了铅,她连睁眼都觉得费力。

她出了太多汗,出了干,干了再出,最后变成一张薄膜一样,紧紧地缠着她的身体,让她难以呼吸。

顺着墙壁慢慢蹲下,白璐将头抵在膝盖上。

不知过了多久,有人摸了摸她的头,白璐睁开眼,看见了面前的蒋茹。

她实在太累了,听不清蒋茹说了什么,或许蒋茹根本什么都没有说,只是靠过来,轻轻地抱了抱她。

白璐觉得自己该对蒋茹说些话,至少要道谢——

谢谢蒋茹答应她的请求,也谢谢蒋茹能对她如此温柔。

可她憔悴得张不开嘴,有点儿急的时候,蒋茹抬手摸了摸她的头,她的心奇异地安定下来。

蒋茹走后,白璐重新抱紧双膝。

她再一次睁眼,也是因为意识到什么。

许辉穿着淡蓝色的病号服。人过了生死关,总会有些不同,可她现在真的没有力气分析,只能看见他的脸依旧苍白,瘦弱的身体如同枯枝。

他们在对方的眼中都万分狼狈。

许辉靠在对面的墙上，两个人只有几步之遥。

"白璐……"只说了这么一句，他就没法儿再开口，所有的话，都在黑而清澈的眼里翻涌。

你能听懂吗？

白璐点头，她能。

他在无声地道歉。

在崩溃前夕，他下意识地寻找可以发泄的人。

他懦弱、迷茫、痛苦……又心有不甘。

可此时此境，他又后悔拉着别人一同承受。

许辉太虚弱了，靠在墙壁上，慢慢坐了下来。

我昨晚做了一个梦。

梦见什么了？

我梦见小恒了。

然后呢？

许辉瘦长的手指插在头发之中，挡住了自己的脸。

刚刚蒋茹来了，你猜她最后对我说了什么？

我不知道。

她哭了，她跟我说"对不起"，说"大家都有错"。

许辉紧紧地抓着头发，漆黑的发间，瘦白的手指关节突出。

白璐静静地看着他。

是不是你弟弟也跟你说了同样的话？

她听不见他的回答。

味道微微刺鼻的走廊里，响起了他压抑的哭声。

白璐默然。

她找蒋茹只是一时冲动，不想让他这样畏畏缩缩地逃避下去，并没有想过其他。

白璐以为蒋茹会对他说一句她不怪他，却没有想到她会对他道歉。

但仔细想想，蒋茹的行为也不是那么难以理解。

毕竟她，他们，都曾那样爱他。

白璐抱紧双臂。

她忽然体会到一种来自灵魂深处的藐视。

她被这种不需要思考和计算的、人世间最简单的善打开了心扉。

我真心爱过你，所以只要有机会，我就愿意帮你。

不管是在现实中，还是在梦里。

两个人都埋着头。

他们一样脆弱，一样沉默，一样筋疲力尽，似乎碰一下就会灰飞烟灭。

两只雏鸟抽出羽翼，挣扎着破开坚硬的蛋壳，直面五彩斑斓又鲜血淋漓的世界。

走廊里安安静静的，老天也对新生儿抱有慈悲。

世上本来就没有真正的原谅，所有的路，踩过就会留痕。

可我依旧感恩。

因为在人生最难的路段，善拖着恶在走，爱背着罪前行。

等跨过这片荆棘林，回头看时，真假善恶皆是我心。

白璐大病了一场。

事实上，她从医院回到宿舍的时候已经意识模糊了，一觉睡到第二天中午也没爬起来。

宿舍门被打开，另外三个女孩儿上完课回来了。

在门口的时候还"叽叽喳喳"，一进宿舍她们就自觉地将声音放轻了，空气里弥漫着豆腐汤、年糕的味道。

皮姐打头阵，来到白璐的床铺下面，踮起脚，与头脑昏沉的白璐看个正着。

"寝室长，醒啦？"皮姐扒着栏杆上去，"好点儿没？"

白璐张嘴，但喉咙干涩，说不出话。

"行了，你别让她说了。"老三在后面道。

老幺接了一杯水，皮姐拿过来给白璐递过去。

"你先喝口水润润嗓子。"

白璐声音沙哑地问:"怎么回事?"

"你们看。"皮姐一拍手,冲后面两个人说,"我就跟你们说,她昨晚就肉身飞回来了,魂不知道哪儿去了。"

白璐脑袋转得有点儿慢,又问了一遍:"怎么回事?"

皮姐回头,拍着自己的胸口,认真地说:"是这样,你昨晚灵魂出窍了,是我们作法把你拉回来的。"

白璐:"……"

老三从下面路过,照着皮姐的屁股就来了一下。

"她都这样了,你还在这儿扯淡!"

她们又吵了起来。白璐头痛鼻塞,只好把脑袋转回来。

过了几分钟,皮姐的爪子又伸了上来。

"来,先把药吃了。"

在白璐吃药的时候,皮姐"啧啧"两声,摸了摸白璐的头,感叹道:"瞅瞅这两天折腾成什么样了,你好好养着。"

白璐把水杯递过去。皮姐又说:"假条我们已经给你开好了,你老老实实养病。"

"好。"

好。

自己什么都不用想了。

白璐翻过身,看着天花板。

她浑身乏力,娇小的身体像是被抽干了一样。

理智告诉她不用再想了,可记忆还是不受控制地涌进脑海。

躺了半天睡不着,白璐挣扎着坐起来,蓬头垢面地喊皮姐递来手机。

昨天她险些累晕过去,还不知道蒋茹去哪儿了。

蒋茹有没有回四川?

白璐给蒋茹打电话,电话里吵吵嚷嚷的。

白璐顿了顿,谨慎地问:"蒋茹?"

"璐璐!"

"你那儿怎么了?"

"喂喂？！"周围的声音太杂，蒋茹什么都听不清楚。

白璐条件反射般紧张起来："你在哪儿？身边有谁？"

蒋茹这回勉强听清了，吼着说："我在市区呢！"

"你去市区干什么？"

"我想去西湖看看！"

"……"

蒋茹还在喊："我让同学帮我请了两天假！正好明天周末，我好不容易来杭州一趟，之前都没来过！"

白璐深吸一口气，看了看表，刚好中午十二点多。

白璐问蒋茹："你现在已经在西湖了？"

"没！我在找地铁站！"

白璐掀开薄薄的被子，说："哪站？你等着我，我带你去。"

"你要上哪儿去？"皮姐瞬间回头，"你老实点儿行不行？你看你的腿都直哆嗦，怎么最近改属猴了？"

"我朋友来杭州了，我去陪她玩一下。"

"你都这样了怎么玩？"

"没事。"

白璐冲了个澡，看着镜子里的自己——虽然憔悴，但精神很好。

那句话怎么说来着？无事一身轻。

换好衣服，白璐看着窗外，自言自语地说："怎么突然晴了？"

"哦，昨晚下大雨了。"皮姐回答她，"可算是下了，憋了一周多，老天爷也不怕肾坏了。"

艳阳高照，晴空万里。

一起紧着的，也都一起松了。

白璐回想几天前自己的状态，恍然如梦。

白璐扎起头发，换了件薄薄的短袖衬衫出门，与蒋茹在武林广场碰头。蒋茹拿着杭州地图，晒得满头大汗还兴致勃勃。

白璐带着蒋茹来到西湖边一家杭帮菜餐馆吃饭。白璐在病中，蒋茹的食量也不大，两个人排了半个多小时的号，结果十几分钟就吃完了。

"太甜了……"蒋茹捂着肚子,"完了,我又要胖了。"

白璐扶着她:"杭帮菜就这样,习惯了就好了。"

走在西湖边上,蒋茹眺望着远处:"西湖看着也很普通嘛。"

"就是一座湖,你还想让它怎么样?"

蒋茹努努嘴:"再好看点儿?"

二人在一条长椅上坐下,白璐说:"挺好看的。"

"你觉得好看吗?"

白璐点头。

"哪儿好看啊?"

昨天刚下过雨,今日气温降了一些,湖边有风,吹得两个人都放松起来。

白璐转头,看着蒋茹,给蒋茹讲了她第一次来西湖时的情形。

那是大一军训刚刚结束的时候,她得了空闲,慕名而来。

因为还没有完全适应南方潮湿闷热的天气,所以她特地把时间安排在清凉的夜里。

西湖靠近市中心,即便在夜里,人也不少。也正是因为紧邻市区,所以西湖比起其他地方的景色,少了点儿自然风情,却多了一分红尘味道。

白璐顺着西湖边走,吹着徐徐的晚风,即将离开的时候,在夜幕中看见了一个女人的背影。

女人面对着西湖,静静地站着。

她穿戴整洁,头发被高高地盘起,气质典雅,双臂轻轻地环抱在胸前,旁边放着一个行李箱。

白璐不认识她,不知道她有怎样的故事,不知道她要去往何方,赴什么样的约。

可白璐还是被这幅画面吸引了。

她站在那儿看了很久,久到日后每次回想起西湖,首先想到的都是这个背影。

城市被具象化。

她一瞬间对杭州产生了感情。

"所以你就喜欢上了？"听完白璐的话，蒋茹眨着眼睛问。

白璐点头。

蒋茹干脆地说："不懂。"

白璐也承认："是不太好懂。"

白璐垂着头，过了一会儿发现没有人说话，看向蒋茹，发现她正盯着自己。

"怎么了？"

"璐璐，"蒋茹轻声说，"你知道吗？高中的时候我就觉得你……"

"我怎么了？"

"觉得你很怪。"

白璐挑眉。

"也很厉害。"蒋茹又说。

白璐笑了笑："哪有？"

"也有点儿可怕。"蒋茹最后说。

行人从她们的面前走过，风吹来几片叶子。

白璐看向蒋茹，低声问："是吗？"

蒋茹说："我一直都不太懂你在想什么……高中的时候不知道你为什么招惹许辉，上大学了又不知道你为什么来找我。"

白璐的目光里带着微不可察的审视，嘴角轻轻弯着。

"什么都不懂，就这么跟我来了？"

蒋茹缓缓摇头："我也不知道为什么……"她将目光移向远方的湖水，又说，"昨晚睡觉的时候我回想了一下，也觉得很神奇。那个时候……其实你说的好多话我都没有听清楚，我只是看着你，就感觉后背上好像有股力量在推我一样。"

白璐没有说话。

"许辉也是个怪人……"静了一会儿，蒋茹转头问，"你喜欢他吗？"

西湖水，轻波澜。

蒋茹问过后，又好像不在意答案一样，重新看向远处，轻声说："白璐，我一点儿都不后悔跟你来杭州。"

白璐还是没有作声。蒋茹眺望着一个方向，抬起手指。

"你看那儿。"

白璐看过去,说:"那是雷峰塔。"

蒋茹靠近白璐,小声说:"许仙和白娘子的地盘呢。"

白璐转过头,看见蒋茹一派天真地嘟着嘴,忍不住上手掐了掐她的脸。

安静的病房里,有人在削苹果,削得很令旁人闹心。

邻床的大婶看不过去了。

"小伙子,照你这么个削法,苹果最后还能剩几口呀?"

孙玉河干笑几声,干脆将苹果放到一边,不削了,反正也没人吃。

他往旁边瞄了一眼,许辉拿着手机躺在床上——躺了一天了。

孙玉河深吸一口气,问:"想吃什么不?"

许辉摇头。

"喝点儿什么?"

许辉摇头。

"睡一会儿不?"

许辉摇头。

"上洗手间呢?"

许辉摇头。

"……"这里要不是医院,孙玉河就抽刀了。

他忍无可忍,指着床上的人。

"许辉!"

被指着的人一动不动。孙玉河咬着牙说:"你能不能别这么要死不活的?!"

许辉还是没动。孙玉河一着急,紧走几步绕到另一边,对着他的脸。

一看见许辉的脸,孙玉河又吼不出来了。

人虽然被救回来了,但就像医生说的,他的身体有问题已经很久了,尤其是胃部,根据胃镜观察,他的胃溃疡十分严重。

许辉的脸色依旧苍白,人也静静地躺着。

孙玉河叉着腰，憋了半天，终于说了句："你是不是想见那个谁啊？"

许辉目光轻移，看向孙玉河。

孙玉河："还不说话？那是想见还是不想见啊？"

许辉没有反应。孙玉河说："你想见就打个电话呗，有什么难的？！"

许辉像不想理他一样，侧了侧头。

孙玉河："你就随便找个理由。你现在不是得病了吗？来看望病人总行吧。"

他不停地发问，邻床的大婶又看不过去了。

"小伙子，他的胃坏了，要少说话，伤元气的。"

孙玉河被大婶教育得一哽，好半晌才说："好好，我自言自语好了。"

大婶还在絮絮叨叨："这种病一定要静养，心态得好。"

孙玉河实在不擅长这种跨越年龄层的对话，没一会儿就落败了，只好对许辉说："我先回店里，等下小方会过来。"

临走时，孙玉河拍了拍许辉的肩膀，以示鼓励。

虽然许辉现在没有什么大碍了，但一想到之前的事情，孙玉河还是忍不住后怕。

他知道许辉心思很重，但他从来没有往这个方向想过。

他开始严重怀疑自己对许辉了解得太少，打算弥补一下，回店里交代了几句后，跑到杭州大厦，买了一堆慰问品。

可等他晚上拎着大包小裹赶到病房的时候，迎接他的是空荡荡的床铺。

他问邻床的大婶："人呢？"

大婶说："那个帅小伙？刚才出去了。"

孙玉河干瞪眼："出去了？！跑哪儿去了？"

大婶只顾着啃苹果："我哪儿知道？"

校园晚风轻拂。

288

结束了一天的学习,学生们的步伐变得慵懒缓慢。

白璐是在送完蒋茹回到学校之后,在宿舍楼下看见许辉的。

他穿着一身黑色的衣服,坐在花坛边,看起来干净又单薄。

可能身体还有些难受,许辉没什么精神,双手叠在一起,头低着。

风将他微长的黑发吹得轻动。

他一直没有发现白璐,直到她坐到他的身边。

他侧过头,面容在夜间显得极淡。

白璐才想起来,他们好像很久没有像这样真正对视过了,没有酒精、隔阂或纷扰。

昨夜下过雨,空气里有潮湿和嫩草的味道。

他弯着背,安静地坐着,像是一个走丢的孩子,迷迷糊糊地来到这里,还浑然不知究竟发生了什么事。

白璐看着他,问:"偷跑出来的?"

许辉点了点头。

"不喜欢医院?"

他又点了点头。

白璐了然,转首之间,一对校园情侣挽着手,相互喂着冰激凌,有说有笑地从他们的面前经过。

"你现在身体没有恢复,不能乱走。"顿了顿,白璐又说,"胃病要静养。"

"我睡不着……"许辉终于开口,声音又低又缓,没有力气。

"你的作息时间太乱了。"

许辉微微垂眸,似乎是默认了。

白璐问:"为什么跑来这里?"

许辉看向她,目光里并没有复杂的"意味深长"或"明知故问",事实上他的眼眸里干净得什么都没有。

白璐被这种清澈的目光看得心神颤动。

没错,她想,走过生死关的人,真的会变得不一样。

白璐:"我送你回去吧,等一下太晚了,你得早点儿休息。"

许辉重新低头,无声地表达"不合作"的态度。

白璐："怎么了？"

许辉轻声说："不想回医院。"

"好。"白璐了然，"那就回店里。"

许辉看着她，不确定地问："可以吗？"

白璐站起身："走吧。"

许辉顺利地拉了一个"战友"，扶着石坛边缘慢慢起身。虽然他的个子比白璐高出二十多厘米，却是白璐在迁就他的速度，因为他还很虚弱，走得很慢很慢。

或许是孙玉河觉得晦气，许辉的房间被彻彻底底地打扫了一遍，所有的东西换了新的，厚重的窗帘被扯了下去。

没有窗帘，偌大的玻璃窗外，大学城的夜灯火通明。

白璐想让许辉早点儿休息，但许辉坚持要洗澡。

白璐："你现在身体这么差，感冒了怎么办？"

许辉像是一个不停重复一个动作的娃娃，摇头摇头再摇头，然后随手拉下挂着的毛巾。

"三天没洗澡了，"他嫌弃地说，"好恶心……"

他爱干净，醉的时候可以当成不知道，一旦醒了便忍不了身上残留的酒味和汗味。

"那你小心点儿。"

许辉点头，拿了两件换洗衣服进了洗手间。

许辉洗澡期间，白璐在屋里转悠，无意之中看见了窗台边的画框。画框被摔过，中间碎了，但她还是轻易地从细密的裂痕中认出这是自己当初画的忍冬。

许辉洗完澡出来，刚好看见她拿着画框，他走过去，坐到她的身边。

"那天晚上……我喝多了。"

白璐看向他，许辉没有与她对视，从她的手里拿过画框。

他带着水汽，身上有沐浴露的淡香，黑色的圆领T恤衫里露出清瘦的锁骨和白皙的皮肤，他半垂着眸，侧脸的线条柔和平静。

"你喝多的时候都在想什么？有记忆吗？"

290

许辉顿了顿，低声说："有……但不是很好。"

"那别想了，早点儿休息，已经不早了。"白璐指指床，"喏，躺下。"

许辉放下画框，很听话地躺到床上，就是没有闭眼。

"你睁着眼睛可以睡觉吗？"白璐说。

许辉淡淡地开口："不能。"

没等白璐再说，他又道："闭着眼睛也不能。"

白璐沉默了一瞬，又问："平时睡不着怎么办？"

许辉犹豫了一下，才说："喝酒……"

白璐"恍然"道："好办法啊。"

许辉对白璐的冷嘲热讽保持沉默。

白璐起身，他立刻问："去哪儿？"

"关灯。"

只剩月光从窗外洒进。

她坐在床边，许辉说："等我睡着你再走。"

白璐凝视他片刻，最后同意了："睡吧。"

往后的时间里，他们基本没有再说过话，只是会偶尔看对方一眼。他们几乎没有聊过彼此的生活，可又好像对对方的事情了如指掌。

时间慢慢推移，窗外的灯光也少了。

城市渐渐进入安眠。

许辉失眠已成习惯，但白璐不是。

本来最近几天她就已经累得不行，今天又强撑着出去陪蒋茹逛西湖，回来的时候已经筋疲力尽。

坐在宽大的床上，旁边就是松软的被子，屋里有淡淡的清香，白璐觉得自己的眼皮不受控制一样，越来越沉。

半睡半醒间，她感觉似乎有人从身边坐起，扶着她的身体慢慢放平。

白璐还在无意识地呢喃："你早点儿睡……"

许辉往旁边靠了靠，给她盖上一层薄被，然后侧着身躺下。

"嗯，"他回答她一样，低声道，"你早点儿睡……"

他将她的眼镜摘下，放到床头柜上。

不戴眼镜的白璐看起来更为娇小，细细的眉，小巧的鼻尖，薄而紧闭的唇，左眼角下有一颗痣，看着精致，也有点儿冷淡。

许辉靠得很近，近到能闻到她发梢上淡淡的香味。

他用鼻尖蹭了蹭她的发梢。

"白璐……"他睡不着，就在她的耳边叫她的名字，又怕吵醒她，声音轻得不能再轻。到最后，究竟有没有发出声音，或者干脆只是脑海中的臆想，许辉已经分不清了。

黑暗把一切淹没。

白璐醒的时候是清晨，睁开眼的瞬间她就意识到发生了什么。

她抬手想揉一下眼睛，结果发现一只手被握着。

他的手指很长，手背上的血管清晰可见。

白璐转头，许辉离她很近，面对着她，微微弯曲着身体。

他可能刚睡着。

白璐将手缓缓地抽出，悄声离开。

白璐回到宿舍时，另外三个人都还没起床，周六难得的懒觉时间谁也不想错过。

为了让宿舍保持安静，白璐出门散步。

快中午的时候白璐才回来，此时皮姐已经醒了，坐起来打了个哈欠。

白璐关好门："起来吧，要睡到下午吗？"

三个人磨磨蹭蹭地下床，脸没洗牙没刷就坐在下面聊天儿。

老幺问白璐："寝室长，你昨晚去哪儿了呀？怎么没回来？"

"昨天我陪高中同学，她从四川来玩。"

"噢噢。"

"话说寝室长，正好都有空，你看咱要不要开个会？"皮姐问。

"什么会议内容？"

皮姐："就许辉啊，他那店。"

"怎么了？"

皮姐从桌子上捡了块昨天没吃完的饼干，塞到嘴里，转头，说："传得沸沸扬扬啊，许辉几天前是不是自杀了？"

白璐一顿，老三已经插话进来："好像是，啧啧——以前就觉得他有点儿阴郁美，没承想……"

老幺害怕地说："自杀啊……好恐怖。"

"你们从哪儿听说的？"白璐问。

校园太小，甚至大学城都太小了，这周边发生的任何一点儿超乎寻常的事情，都会成为学生们茶余饭后的谈资。

可三天的工夫，消息未免传得太快了。

"黄心莹那儿啊。"老幺的嘴里还有根黄瓜丝，"昨晚她上我们寝室来串门的时候说的。"

"她自己也快被吓死了吧。"老三在旁边说，"听说许辉是跟她去看音乐剧，半路回去就自杀了，好多人还问她情况呢。"

老幺点头："她是快被吓死了，一宿没睡着，昨儿个上我们这儿压惊。她劝我们少跟许辉来往，说这人搞不好精神有问题。"

皮姐一脸凝重地看着白璐："寝室长，虽然这个混账平时净瞎放屁，但这事说得好像还有点儿道理。"

白璐走到饮水机边倒水："有什么道理？"

"就……就道理呗。"皮姐夸张地给白璐解释，"自杀啊！正常人谁会自杀啊？！"

白璐喝了一口水，说："我们在模块课上下了很大功夫了，没必要因为这么点儿小事就换。"

"小事？！"皮姐被她轻描淡写的语气震惊了，"自杀啊大姐！"

白璐放下水杯："不是没死吗？"

"……"

白璐靠在桌子上："没死就行了，我们该做什么做什么。"

老三也从皮姐的桌子上拿了块饼干吃："也对啊，说实话换店也麻烦，要不先凑合着？"

皮姐盯着老三，半响，不满地来了句："你能不能别总偷我的饼干？昨天晚上拿了两块以为我不知道？我都数过了！"

老三翻了一个白眼，嚼得越发响亮。

许辉是凌晨睡着的，睡得很浅，不到四个小时便醒了。

迷迷糊糊之际，他隐约感觉到一个人影蹲在床边，颇为担忧地看着他。

许辉睁开眼，发现蹲在床边的人是孙玉河。

二人对视了两秒，许辉翻了个身。

孙玉河："……"

孙玉河站起来，指着他问："你什么意思啊？不想见我？"

许辉起床时有点儿低血压，脸色不太好看。孙玉河冷笑一声："上赶着去见那女的，换兄弟来了就这姿态，许辉你老实告诉我，你是不是受虐狂？"

许辉一动不动。孙玉河凑过来，神秘地说："我可看见了。"他有点儿八卦地问，"哎，一宿啊，有啥情况没？我可是特地等到她走了才进来的。"

许辉想要推开孙玉河，后者又说："不过哥们儿劝你一句啊，你这身板现在……现在真的……"

许辉侧过头，面无表情地看着他。孙玉河努力让自己措辞严谨："我认真说，你现在这情况，确实不太适合剧烈运动……万一出点儿啥事，你说是不是亏死了？加上你本来就没经……哎，哎哎哎？！"

孙玉河诚恳地说到一半儿，脖子被掐住了。

许辉虽然在病中，但手上的力气不小，修长的手指卡在孙玉河的脖颈上，就差最后使下劲了。

"哎哟我……"孙玉河抓住许辉的手腕，"哥，你别照死里掐啊！"

许辉凑近一点儿，低声道："不想干了就直说。"

孙玉河赔笑："错了错了，真错了！"

许辉松开手。孙玉河捂着脖子，一边咳嗽一边想：还不错，看这样子，比前几天精神多了。

孙玉河把杯子拿过来。

"吃药。"他不容拒绝地说，"你要不想回医院住，就按时把药吃了。"

许辉坐起来吃药，孙玉河在旁边有些兴奋地盯着他，身体还有意地挡在他的前面。

许辉从杯子里抬起头瞟了他一眼："又怎么了？"

294

"嘿嘿！"孙玉河阴笑两声，忽然一弹，让开了身体。

许辉看见对面的墙边堆放着一套新型音响设备。

"哥们儿昨天去市区提的，送你！效果绝了！"孙玉河兴致勃勃地过去，把音响打开，"给你听听！"

房间里安静了几秒，然后，从这套顶级的全黑影剧院级音响中，缓缓流出勃拉姆斯的经典之作——《摇篮曲》。

许辉深吸一口气，垂下头，用手按住自己的脸。

"怎么样？是不是还不错？我特地去问失眠听点儿什么好，他们都推荐这个。"

说实话，孙玉河一点儿也听不懂这些，但是对音乐的舒缓度很满意。

许辉掀开被子，起身下床，路过孙玉河的身边时，孙玉河还在等他的反馈。

许辉看孙玉河看了很久，最后把一口气咽下，去衣柜里选了几件衣服换上，又回到他的面前。

"你接着欣赏，今天我不在店里，你看着。"

他拿起手机，转身就走。

孙玉河在后面喊："你又上哪儿去啊你？饭还没吃呢，大中午的吃点儿东西再走啊——"

517寝室的女孩儿们还在热烈地聊天儿，话题已经在许辉、大刘、"豆芽"之间来回走了一遍。

手机振动，白璐低头看，随即抬头问道："你们饿不饿？"

众人齐声回答："饿！"

皮姐接收到利好信号，一脸谄媚："寝室长要出去买饭不？帮忙带点儿。"

"这么懒！"白璐道，"有人请客，去不去？"

一听有人请客，那仨的眼睛全亮了。

皮姐大吼："不知是哪位义士挺身而出？！"

白璐往阳台走，随口道："自杀没死成的那个。"

正午时分，阳光已经将宿舍楼全部包围，南面阳台上都是晾衣服和晒被子的。

楼下，还是那个花坛的位置，许辉穿着万年不变的黑色衬衫、休闲裤，正拿着手机低头看。

蓦地，他似有所感，仰头。

白璐的胳膊肘子垫在阳台上。

皮姐几个人也挤过来看热闹。

"哪儿呢哪儿呢？人呢？"皮姐问。

许辉看着阳台栏杆上突然多出来的三颗人头，有点儿不知所措。

四个人在阳台边站着，高低不齐地码成一排往下看，架势非常之像儿时逛动物园。

皮姐冲下面吼了一嗓子："欸！"

这一声像是把他的魂唤醒了，许辉笑出了声。

他没有力气喊话，便负手，轻轻地欠身。

艳阳之下，人白衣黑，他安安静静的样子，就像是老天在勾画人间画卷时不小心遗留的一滴墨。

皮姐整个人往后仰，捂着自己的额头，有气无力地说："不行了，帅得我都站不住了……"

老三在后面顶着她："干什么？！就这点儿出息！"

皮姐拉着白璐："寝室长，你说得对。"

白璐看向她，皮姐紧攥着白璐的手腕，真诚地说："没死就行，真心的……啥也不用，没死就行！"

四个人三下五除二地洗完脸、换好衣服。

"走走走！"皮姐一脚踢开门，"别让人家等太久了！"

老三在后面不屑地道："昨天晚上还猫在被窝里偷偷跟'豆芽'聊微信，一转眼看见许辉就发疯成这样，我说你有点儿羞耻心行不行？"

皮姐在走廊里仰天长啸："哈哈哈——说得好像昨晚你没跟大刘打视频电话一样！"

老三踢皮姐一脚，皮姐给老三一拳，最后两个人手挽手凑到一起。

皮姐："欣赏，纯是欣赏。"

"没错。"老三点头。

两个人像是达成了什么秘密协议一样,一个字一个字地强调:"纯!欣!赏!"

"简直是一对精神病。"老幺在后面看到这一幕,忍不住说。

白璐锁好门,拍拍老幺:"走吧。"

前面两个人搂在一起,老幺跟白璐走在后面。

"有没有什么想吃的?"白璐问老幺。

"都行呀。"

下了两层楼,老幺忽然问:"他怎么会突然请我们吃饭呢?"说着,她小声在白璐的耳边道,"不是才……那个什么过?"

白璐顿了顿,刚想开口跟几个人说最好别在许辉的面前提这件事,皮姐和老三已经下到一楼了。

许辉等在一楼门口,皮姐见了他,上去就是一拱手:"恭喜啊!"

许辉有点儿迷茫:"怎么了?"

"恭喜你大难……"

"不死"还没出口,人就被老三拉了回去。

"不好意思啊。"老三冲许辉摆摆手,"她有病,你别管她。"

许辉顿了半秒。

白璐注意到他短暂的停顿,知道他已经察觉了皮姐要说的话。

白璐开口:"吃什么?"

大多数大学生在毕业之后,总结自己的象牙塔生活,都会觉得,即使加上繁复的专业课和永远也写不完的论文,四年时间里,最难的课题依旧是这三个字:吃什么。

此问题浅入深出,渗透生活,平均下来每人一天至少要被问个四五次。

皮姐成功地被转移注意力,看老三:"吃啥?"

老三给出经典答案:"随便。"

皮姐又问老幺:"你呢?"

老幺小声地给出第二个经典答案:"都可以。"

最后皮姐看向许辉:"你请客,你做主!"

许辉似乎是在等白璐的意见,但白璐并没有说话,他想了想,放弃似的道："别让我做主，还是你们定吧。"

皮姐坏笑："那我们挑贵的了？"

许辉点头，淡淡地道："行。"

皮姐表情陶醉地深呼吸，对大伙儿说："真心话，男人最帅的时候也不过如此了！走走走，出发了！"

十五分钟后，五个人坐到了食堂三楼。

"……"

许辉有点儿拘谨。

一张圆桌，白璐坐在他的对面，正在跟皮姐研究菜单。

"在……"许辉的声音在热火朝天的讨论声中格外小，但还是引起了大家的注意。

四双眼睛从菜单里抬起，齐刷刷地瞄向他。

皮姐努努嘴，让他继续说。

许辉以手指示意了一下周围，看着白璐，明显在问她："想……在这儿吃吗？"

"怎么？"白璐面不改色，"看不起我们食堂？"

许辉摇头，垂下眼："没有。"

"食堂的菜很好吃的。"老幺小声对许辉说，"而且我们在三楼的食堂，"她表情十分认真地跟许辉强调说，"是高级食堂。"

所谓高级食堂，就是不需要打饭，像在普通餐馆一样拿着菜单点菜，但价格比餐馆便宜，很多老师中午会来这里吃饭。

老幺郑重的态度不容置疑，许辉只能耐心地坐着，看着四个女生挑挑拣拣半天，最后选了四菜一汤。

"我们是先结账的。"服务员站在一边，问，"现金还是刷卡？"

许辉抬头看她："多少钱？"

"七十六块五毛。"

打开钱包的那一刻，许辉的心情和表情都有点儿复杂。

"再加一碗南瓜粥。"白璐对服务员说。

感觉耳根有点儿热，许辉低头看钱包以作掩饰，轻声问："现在多少钱？"

服务员把南瓜粥记上，一撕单子："七十八块五毛！"

一顿饭大家吃得开开心心。

许辉话不算多，但大家对他有所体谅，而且有皮姐在，场面一直没有冷下来。

"你们店的宣传我们前两天耽误了，不过杭电那边我们寝室长已经联系完了，最近学校课太多，抽不出空，等有时间了马上就去。"皮姐给许辉解释模块课的进程。

许辉不甚在意地说："无所谓，有时间弄弄就行了。"

"你们店生意最近怎么样？"老三也问，"我们的宣传有效果没？"

许辉笑笑："不错，有效果。"

众人都感觉今天的许辉说不出地善解人意。

皮姐满足地点头："那就好啊，不枉费我们下那么大功夫！"

因为气氛实在良好，餐桌上的话题慢慢从模块课转向了私生活。

皮姐挠了挠脸，说："有件事吧……咱们一直想问你，就怕唐突了。"

许辉早早地吃完了饭，闻言，轻轻地道："没关系，问吧。"

皮姐眼睛半眯："你跟我们班那个谁，是不是真的好了？"

许辉没听懂："嗯？"

"就那谁，"皮姐一念她的名字就忍不住撇嘴，"黄心莹。"

许辉停顿了几秒，众人皆以为他是在思考复杂的情感类问题，只有白璐看出他的大脑放空了。

他像是一副被重新洗过的牌，被彻底打乱了顺序，现在还不熟悉牌面，自己都不确定哪张牌放到了哪里。

许辉的确呆住了。

他花了两秒思考谁是黄心莹，又花了三秒把人物和大脑中的影像对上号，等他回过神来，第一反应是看向白璐，又在撞上她目光的前一秒僵硬地挪开了视线。

"你……"他问皮姐，"你为什么会这样问？"

皮姐让他宽心："哎，你别多想，我们就随便聊聊。这不看你太帅了，八卦一下吗？"

许辉的答案很简洁。

"没有。"

皮姐的眼睛一下子就亮了："真没有？"

许辉像是懒得回答这样的问题一样，只是缓缓摇头。

皮姐步步紧逼："那你现在有没有女朋友？"

他还是摇头。

"啊！"除白璐外的三个女生惊呼，异口同声地道，"你这简直是资源浪费啊！"

"为什么不找女朋友？"皮姐又问。

许辉特地为这个问题停顿了一阵，然后意味深长地说了句："女人太可怕了。"

白璐瞥了一眼过去，许辉自然没有接住。

皮姐和老三在一旁紧着说："可怕什么？一点儿都不可怕！让姐姐们疼你吧！"

许辉忽然抬头，问皮姐："都是姐姐吗？"

皮姐想了想，道："我记得你好像跟我是同一年，几月的？"

"九月六号。"

老三："哇，处女座！"随即她又道，"我觉得这个星座的名字不太好，男同胞多尴尬，有处女座也应该有处男座才对。"

许辉："……"

皮姐把老三推一边去："九月六号的话，那我们寝室只有寝室长比你大了，她四月份的。"

许辉悠长地"啊"了一声："四月啊。"

白璐："……"

她放下筷子，对大家说道："吃完没？走吧。"

插科打诨地吃完饭，皮姐作为代表，对许辉的慷慨表示了谢意，大家都觉得，517寝室跟甲方的合作在微妙的氛围中更上一层楼了。

"那咱们今天就这样吧。"皮姐搓搓手，"有空我们去你店里再细聊！"

五个人溜达着往外走，皮姐跟老三走在最前面，热烈地讨论下午要更新的剧目，老幺有点儿困了，打着哈欠下楼梯。

白璐刚想问她是不是累了,指尖就被人拉住了——

右手食指,被轻轻地捏着往后拽了拽。

白璐抽第一下没抽出来,他又往后拉了拉。

两只手接触的地方很小,小到除了这里,身体剩下的部分每一根神经都敏感异常。

走到转角处,白璐终于不动声色地抽出手。到了食堂门口,白璐说:"你们先回去吧。"

"你去哪儿啊?"

"我等下再回。"

等人走没了,白璐转头,发现许辉站在背后看着她,面无表情地等她开口。

白璐:"吃饱了吗?"

他点头。

"想回去吗?"

他摇头。

"南瓜把你的嘴粘上了?"

许辉浅浅地白了她一眼,懒洋洋地侧过脸,看向旁边。

不能总在食堂门口干站着,白璐问:"你想跟我走一会儿吗?怕不怕热?"

许辉终于赏脸,"嗯"了一声,先行迈开脚步。

周末中午校园很空,二人来到操场上,塑胶跑道上有三个人在锻炼。

白璐和许辉缓慢地围绕着中间的绿茵场散步。

不到四圈的工夫,许辉已经有点儿受不了了。

白璐领着他到看台阴凉的地方坐下休息。

许辉的额头上有一层薄汗,脸颊难得地泛着淡红,气息微微不匀。

白璐看他的样子,说:"你等我一下。"她下了看台,几分钟后,拎了一瓶矿泉水回来。

将矿泉水瓶拿到手,许辉皱眉。

白璐:"常温的,你就别喝凉的了。"

许辉握着矿泉水瓶看，白璐问："是不是我还得替你打开？"

她不经意间看到许辉的手正轻微地颤抖。

"有点儿中暑？"

许辉："没有。"

他看起来很没精神。白璐想了想，把矿泉水瓶拿过来，嫌弃地说："你也太娇弱了。"

将水瓶拿到自己手里，白璐用力地拧了半天也没拧开，细细的眉紧紧地皱着。

"怎么这么紧？"

许辉冷眼看着，半晌，一把将水瓶抢回来，瞬间便拧开了。

他没忍住"哼"了一声：还以为有多紧。

嘲讽的表情还挂在脸上，转头间他便看见白璐抱着腿，似笑非笑地看着他。

她在逗小孩儿吗？

意识到被最简单的陷阱骗了，许辉咽下一口气。他皮肤白，但凡变一点儿颜色，看起来就格外明显，此时干净的脸颊上铺开了好像晕染在绢纸上的胭红，不知道是窘的还是气的。

"喊。"他懒得计较，仰头，一口气喝了半瓶水。

宽阔的操场上有风吹来，舒心怡人。

休息之余，白璐发现许辉不停地按太阳穴。

"头疼吗？"

"没事。"

"昨晚睡得怎么样？"

许辉诚实地摇头。

"不怎么样。"

"慢慢来。"

许辉沉着脸，没有说话。

看得出来，二十岁冒头的男生，在操场上四圈都走不下来，这让他有种挫败感。

"这不是着急就行的事情。"白璐说，"你也不是用一天时间变成这样的。"

许辉用手挡住了脸,她看不到他的神情。

"你本来应该还躺在医院里。"她又道。

他轻轻地摇了摇头,放下手,低垂着头的样子看起来有点儿冷淡。

"我这身体已经让我糟蹋完了。"

白璐不赞同:"没那么夸张。"

许辉转过头看向她。

白璐渐渐觉得,自他一步一步从混沌中苏醒,他的目光也时时刻刻都在发生变化——似乎每一秒都比上一秒更为有神。

他淡淡地说:"我现在回想之前的日子,都不知道自己在干什么。"

白璐没说话,他自言自语地接着说:"那个时候,我看他们玩,我就跟着玩;他们要赚钱,我就也去赚钱,反正有人在就行,如果只有我一个人,我就不知道自己要做什么了。"

"现在呢?"白璐问。

许辉思考了一会儿,没有回答,看向远处,身体向后靠。

半晌,许辉问:"你有期待吗?"

"嗯?"

"对我。"

许辉眼睛黑亮,平淡地看着她:"你对我有期待吗?"

白璐点头:"有。"

许辉微仰下巴,示意她接着说。

白璐与他对视良久,才说:"我希望你能过得奢华一点儿。"

许辉眉头轻皱,自己想了一会儿,问她:"怎么奢华?你觉得哪种程度的生活才算奢华?"

白璐托着腮帮,认真地看着他:"至少一天三顿饭吧。"

许辉:"……"

"每天八个小时的睡眠。

"每天一个小时的日晒。

"中年没有啤酒肚。

"老年眼不花。"

…………

她一本正经地叙述着。许辉听了一会儿，终于笑出声来，笑着笑着便别开了头，手掌按在自己的脖子上，心中有种说不出的悸动。

他知道她在尽力逗他开心，让他放松心情。

白璐："你笑什么？"

许辉深吸一口气，用低缓的声音说："你跟我在一起，是不是很累？"

白璐没有应声。

"我知道。"许辉还侧着头，白璐只能看见他的手和柔软的黑发，"跟我在一起很累……虽然你们谁都没有说过。"

白璐："你……"

许辉："陪我半个月吧。"

白璐看着许辉，他转过头，目光淡而平静。

"半个月，行吗？"他又问。

她本来想问为什么是半个月，半个月后他想做什么，可看着他的样子，她又觉得没必要开口。

他跟之前不同了，用"脱胎换骨"形容也不为过，虽然现在还有些懵懂，但他的骨、血都肉眼可见地、迅速地变得坚固、浓稠。

他会逐渐发现自己有很多事情要做。

她不能左右他的想法，也不能把他困在某处。

于是她只说了一个字：

"好。"

静了两分钟，许辉低声说："我还有一个问题。"

白璐："说吧。"

他冷着脸看过来："你到底是几月几号出生的？"

白璐沉默了一瞬，才道："四月四号。"

"哼。"

第七章

忍 冬

一日，白璐起得晚了。

因为许辉睡眠状况堪忧，而且黏人黏得厉害——一次，白璐拒绝了他的邀请，隔着手机都能感觉出他的不满来——昨晚，白璐和许辉发消息发到手机滚烫，后半夜了，许辉才放白璐去睡觉。

皮姐她们上午有选修课，已经走光了。

白璐从床上下去，洗脸刷牙，打算出门吃个饭，结果在食堂门口碰见了黄心莹。

黄心莹是跟教专业课的张老师一起来的，完全没注意到白璐。

她似乎在求张老师什么事，表情无辜又天真。

黄心莹跟张老师上了二楼，白璐一边骂自己真是闲得无聊，一边跟了上去。

正好是饭点，食堂里人很多，白璐打好饭，就坐在黄心莹后面的一桌，背对着她。

"张哥，好不好吗？"

张老师年纪不大，但学术精湛，是系里的王牌专业老师，关键是长得还不错，跟混得熟的学生都是直接称兄道弟。

张老师说："现在主任那边也在争取，主任太想要这个金奖了，能多上一组就多一个机会。"

黄心莹跟着说："对啊！而且我们组也花了很多精力啊。"

白璐听着，筷子都没怎么动。

金奖……

他们说的应该是这届全国大学生计算机大赛。本专业共有两个班级，每个班报了两个组，参加游戏设计类的比赛。

"因为正常讲的话，每个学校的复赛名额就是两个。"张老师一边吃饭一边说。

"但我们是主办方啊。"黄心莹说，"一般学校举办比赛的话不是有推荐名额的吗？好像去年的比赛就有吧。"

"对，这是个点。"张老师说，"你提了之后主任也考虑了，现在在争取。"

黄心莹饭也顾不上吃，两只手搓在一起："那要是能推荐，推荐我们组好不好？"

张老师笑着说:"那你们得加把劲,你们组做的游戏现在漏洞还是太多了。"

"马上就改好了啊!"

白璐很快吃完饭,又随便听了一会儿,没什么兴趣,就端着盘子离开了。

两天后的课堂上,大家奋笔疾书。

因为是专业课,所以同学们都很认真,皮姐也把眼镜戴起来了。

课程内容讲得差不多了,快要下课的时候,张老师想起什么,推开电脑,说:"还有一件事啊,全国大学生计算机大赛初赛的成绩下来了,游戏组的话,结果皆大欢喜——我们班两个组,二班两个组,一共四个组,全都晋级了!"

"噢!"下面有人欢呼鼓掌。

张老师顿时被捧得更为热情:"我们学校今年是主办方,主任是下定决心要拿金奖的,你们都给我使使劲啊!"

"别给压力啊张哥!"黄心莹在下面喊。

白璐不由自主地挑挑眉。

学校居然真的把他们给塞进去了。

"你们组要抓紧!"张老师手指点点黄心莹,提点说,"还有不少问题,这样去比赛肯定不行!"

"知道了,我都跟'耗子'说了好多次了。"黄心莹推了推坐在前面的王浩。王浩在黄心莹组里负责程序部分。

黄心莹两手掐着他的肩膀,好像惩罚又好像按摩。

"听见没?赶快改!"

"在改啊。"王浩苦着脸,"又不是一两天能改出来的。"

皮姐瞥过去,忍不住翻了一个白眼:"什么玩意儿?!整个游戏都是人家做的,她干个屁的活儿。"

老三哼笑两声:"别说人家没干,在修图软件里拉个背景图也叫工作量。"

"而且就他们组做的那游戏,我觉得评委真是瞎了,这也给进复赛了。"皮姐又一转眼，看见后面坐着的团支书，又说，"张晓风那组倒是实至名归，东西不错，至少让人看着就想玩。"

老三赞同地道："张晓风是技术帝啊。而且拿到金奖可是直接加满第二课堂学分的，还有实习名额呢。听他们组的吴玲说，他这次是铆足劲了，加班加点不眠不休，三天就学会 VR 基础了。"

皮姐："张晓风家里好像挺困难，他就指着这次的金奖拿实习名额。"

老幺在后面紧张地拉她们的衣服："你们俩小点儿声，别让人听见了。"

白璐没有说话，静静地看着在那边聊得正欢的黄心莹。

结果还没欢腾两天，事情就出现了变故。

一天中午皮姐回来，把听到的消息当热闹讲给大家听。

"听说没？张晓风组被刷下来了。"

"什么？"

"还有一班的王鑫那个组，也被刷下来了。"

"为什么啊？"

"刚才我在楼下听见的，黄心莹正跟王鑫和张晓风解释呢，好像有别的学校举报，说我们学校专业比较对口，不能报业余组。"

游戏设计组具体分两类：一类专业组，一类业余组。当初报名的时候，老师们觉得张晓风组水平比较强，放到业余组里很容易夺得金奖。

"弄巧成拙了啊！"老三惊呼。

皮姐坐下："可不是吗？刚才在楼下，我看张晓风脸都黑成锅底了，简直想要杀人！黄心莹紧张得要死。"

老三"嘿嘿"两声："心虚吧。就她们组做的破游戏，拿奖根本没戏。"

忽然有人在旁边笑了一声。

皮姐转过头："寝室长？"

白璐摇头："没事。"

白璐深呼吸，眼角的笑还没消失，手里的笔转了一圈。

张晓风那组是被举报的专业性吗？

其实有时候她也蛮佩服黄心莹的——目标明确，花样百出，碰见自己想要的，能拉下脸想尽办法插一手进去，出了事又能第一时间找到理由撇清关系。

笔在指尖轻盈地旋转，她想起了那个潮湿闷热的夜晚。

"啪"的一声轻响，笔被扣在了桌面上。

白璐站起身："我出去一下。"

皮姐："上哪儿去啊大中午的？等会儿还吃饭不？"

"别等我了。"

白璐下楼，门口的人已经走了，她刚好看见在楼下等人的同学，于是问对方："看见张晓风了吗？"

"刚才还在的，现在好像回宿舍了吧。"

"没，"旁边另外一个同学说，"去团部送材料了。"

白璐点点头，往团部走去。

就在她在脑海中构思怎样与张晓风在团部"偶遇"的时候，她直接在实验楼北门外的树荫下看见了他。

他坐在路边抽闷烟。

这回理由都不用她想了。

白璐走过去："哟，你还会抽烟啊？"

张晓风抬头，见是白璐："啊，会啊。"

白璐看得出他想意思意思地冲她笑笑，但心情太差了，笑都笑不出来。

白璐在他的身边站住脚，疑惑地问："怎么了？"

"没什么……"

白璐皱眉，轻声问："脸色怎么这么不好？"

张晓风抬起头看向白璐。

在班里，白璐并不是活跃的女生，但人缘似乎又不错。

在张晓风的印象里，白璐从没跟谁红过脸，总是很安静，被皮姐她们天天"寝室长"地叫着，让人感觉成熟、安心。

他对她印象最深刻的一件事是大一秋游。

同学们因为是第一次集体出门，兴奋异常，玩闹之间忘了准备晚餐，要不是白璐和她们寝室那个老幺一直在穿羊肉串，估计同学们半夜都吃不上饭。

张晓风挠了挠脖子,终于说了实话:"就是被刷下来了,心里不爽。"

白璐:"什么被刷下来了?"

"计算机比赛。"

"怎么会呢?"白璐纳闷儿地说,"你们组做得不是挺好的?"

张晓风把事情说了一遍,就是刚才皮姐讲的那些。

说完,张晓风忍不住骂了句:"是不是有毛病,专不专业跟他们有什么关系?!"

白璐听完,一脸惊讶:"是被举报了?"

"嗯!"张晓风又抽了一口烟,"剩下两组做的都什么破玩意儿?!"

"张老师推荐的时候应该也考虑到这些了呀。"白璐有些遗憾地说,顿了顿又道,"应该不是专业的问题,而是数量太多了吧。"

你们是运气不好。四选二,人家其他学校的参赛队伍当然想把最强的作品剔掉。

张晓风转头,眉心皱成了"川"字:"什么推荐?"

"你不知道吗?"白璐说,"主任想增加得金奖的概率,其他两组是后塞进去的。"

张晓风眉头皱得更紧了:"你怎么知道?"

"我那天在食堂吃饭,这个方法还是黄……"

她刚说到一半儿,手机振动起来。

"不好意思。"白璐把手机拿出来,看见是一条短信。

某人语气透着明显的不悦。

"我到你宿舍楼下了,你又跑哪儿去了?"

他手机号码的备注名没变,时隔两年,再一次被她存成了"忍冬"。

白璐看着来信人的名字,顿了几秒。

"白璐?"

放下手机,白璐转头。

张晓风表情有些凝重,蓄势待发等着她接下来的话。

透过张晓风黑沉的脸,她看见他身后的阳光顺着茂密的枝叶照下,形成一道道光束。

一只小鸟落下,叼了两口食,又飞走了。

远处的池子水面平静。

天地无波。

她被某种看不清道不明的东西说服了。

"怎么了？你去食堂听见谁说什么了？"张晓风还在问。

白璐把手机放回衣兜，低声说："我听见有人讨论来着，好像是主任想借主办方的名义，多争取两个名额，本来都挺好的，结果现在……"

张晓风转回脸："主任怎么想的？！"

宿舍楼下，皮姐三个人出门吃饭，撞见在门口等待的许辉。

"哎哟许老板！"皮姐诧异地看着他，"你怎么又来了？"

从请客那天算起，许辉已经来过三次了。

他的状态看起来比之前好很多。

"我去买喝的，许老板要不要？"老三问。

"谢谢，我不要。"许辉笑着说，"还有，别这么叫我。"

皮姐问许辉："对宣传有什么新想法了？"

"没有。"

老三去隔壁的冷饮店买回两杯西瓜汁，递给皮姐一杯。

许辉说："我找你们寝室长，她去哪儿了？"

皮姐："不知道呀，刚才出去了。"她吸了一口西瓜汁，"你找她干吗？是不是对策划案不满意啊？"

许辉摇头。

"那总找她干什么啊？"

许辉认真地想了想，然后给出了一个合理的理由："你就当我在追她吧。"

"噗——"皮姐没憋住，一整口西瓜汁喷了出来，许辉接了个满怀。

"对对对对对不起！"皮姐惊慌失措，赶紧拉来老三："面巾纸！"

"你个蠢货！"老三一边骂一边掏出面巾纸。

许辉倒不是很在意："没事。"

接过面巾纸，许辉只是擦了擦胳膊。

皮姐看着他那身得体的黑衣，也不知道是什么牌子，一张老脸红到发紫:"不好意思,太不好意思了!"

许辉笑了:"真的没事。"

皮姐抬起手指头,颤抖着说:"不过这事你不能怪我,太劲爆了!你给点儿心理准备啊!"

许辉:"有这么夸张?"

皮姐就差仰天怒吼了:"有啊——"

"你喜欢我们寝室长吗?"老幺在皮姐身后,眼睛瞪得圆溜溜地问许辉。

许辉没有直接回答,手插在裤兜里,脚随意地踢了踢地上的石子儿,问了句:"我和你们寝室长的男朋友谁帅?"

三个人皆是一愣,电光石火间想起了什么。

老幺:"啊,那个不是……"她没说完就被皮姐捣了一拳,"哎哟!"

老三是过来人,明白皮姐的意思,端着架子道:"这个真是不好说。要说帅嘛,你是挺帅,但男生的帅又不止一种,那……"

老三卡住了。

那谁来着?老三无声地给皮姐递眼神:他叫啥来着?

皮姐也记不住了,外号喊多的后遗症——想不起真名。

"那个,对了,"皮姐生硬地把话题拧过来,"动机不纯啊,我就说你隔三岔五地来我们宿舍楼下肯定有鬼。"

许辉耸耸肩,忽然意识到什么,转过头去。

白璐正在往这边走,不知是在思考还是在发呆,总之并没有像他这么早地察觉对方的存在。

老幺使劲冲白璐招手。

白璐终于注意到门口的几个人。

皮姐见她看过来,难抑兴奋地冲她喊了一嗓子:"寝室长——"

老三也跟着喊:"寝室长——"

那种热烈的表情就像是在迎接凯旋的将军。

白璐一愣:这是哪出?随即,她将目光转向旁边站着的男生。

许辉双手插兜站着,摆出一副事不关己的样子,只是目光还是落在白璐的身上。

她的发丝上洒满了阳光，一如既往地泛着金色的光泽。

她愣神的模样让他想起了那个夏天。

当初在公交车上，他第一次注意到她的发丝，那种金色让他联想到自己喜爱的花朵。

白璐走过来，被皮姐用双手捆住一顿转。

"干什么？"

惊愕之间她又往许辉那边看，虽然不了解原因，但她觉得此时的氛围应该与在场唯一一位男士有关。

她试图从他的脸上搜寻出蛛丝马迹，但很快发现这是不可能的。

如今他摸清了二人各自的底牌，一步步地往掌舵手的位置爬，日渐跩得二五八万似的。

"别勒了皮姐，上不来气了。"她求饶。

许辉在一旁淡淡地看着。

校园安静平和，被喂得老肥的野猫躺在路中间晒太阳，小鸟落下又飞走。

他再一次想起那朵花——

不起眼儿，不张扬，不知不觉香满街巷。

若他代表着苍白，那金华或许便归她所有。

他低下头，渐渐相信老天自有安排。

许辉走过去，拎着白璐的领子往后一扯，她没站住，后背靠在了他的胸口上。

他以这种诡异的方式解救了她。

许辉开口对皮姐她们道："有空吗？一起吃个饭，有件事想跟你们说。"

孙玉河坐在凳子上，眼睛都不知道该往哪儿看，掩饰地盯着没有内容的手机屏幕足足十分钟了。

下午三点多，他坐在广场顶层的一家韩式料理店内，算上他，桌边一共六个人——

许辉，加上517寝室的所有人。

孙玉河本来在店里干活儿，下午的时候才收到许辉发来的两条短信。

第一条通知他中午跟白璐寝室的人一起吃饭。

出于某种复杂的心理，孙玉河在看见白璐的名字后，给许辉发了二十多条短信，婉转地表达自己不太想去，结果半个小时过去，他收到了许辉的第二条短信，告知他餐厅的位置。

他严重怀疑许辉根本没有打开之前那二十几条短信。

白璐坐在孙玉河的对面，正在跟皮姐研究菜单。

"这个也可以，还有这个……"白璐忽然一抬头，与他的视线撞了个正着，于是问他："五花肉吃吗？"

孙玉河脸上淡定，心里万马奔腾。

"哦，可以啊。"

白璐的目光又回到菜单上。

孙玉河斜了斜眼，自己的兄弟坐在旁边，静静地看着女生们点菜。

孙玉河分析，白璐应该是了解室友们的口味，也知道许辉现在不能吃太油腻的东西，所以才问他的意见。

孙玉河察觉自己牙槽生疼。

这世上还有比得罪兄弟的女人更尴尬的事吗？

别说，还真有。

思考了一会儿，他绝望地想到一个答案——

得罪老板的女人。

孙玉河坐在空调下面，虽然冷风"飕飕"地吹，但他还是额头冒汗。

回想当初，自己真是什么难听的话都说了，甚至还动了手……

谁承想，三十年河东三十年河西，才几天的工夫，剧情就峰回路转。

孙玉河暗自嘀咕：也不知道她有没有跟许辉说过。

他偷瞄了白璐一眼，感觉她应该不会说。

可谁能保证呢？女人都那么小心眼儿……

他再一次扭头看许辉。

许辉的目光从一开始到现在就没移开过。

这场面像不像他陪兄弟见兄弟老婆的娘家人？

孙玉河看着看着，心里冒出恨铁不成钢的感叹：又让人拿捏得死死的。

就在孙玉河天人交战的时候，皮姐她们已经点完了菜。

"许老板，这次我们可真不客气了啊！"皮姐说。

皮姐跟老三相互挤了挤眼睛，一股"天知地知你知我知"的气氛弥漫开来。

白璐一顿，转头看许辉，后者面无表情，了然地点头。

"随便。"

皮姐她们的脸上是压制不住的笑——完全是那种瞧热闹、看八卦的笑容。

老三暗地里推了推皮姐，用眼神示意她差不多行了：寝室长多精啊，再笑就让她看出来了。

没错，白璐已经看出来了。

白璐淡淡地吸了口气，让收回的目光落回筷子尖上，安静了一会儿，默默一抬头，许辉刚好也在看她。

他目光平静，没有躲开她的视线，好像一切理所当然。

菜上来后，皮姐的注意力全被五花肉吸引了，吃到过瘾时，叫道："服务员，来两瓶冰啤酒！"

孙玉河赶紧道："他身体还没好，喝不了酒。"

"不给你们喝！"皮姐大手一挥，"姐儿几个喝！"

孙玉河哑然。

忽然发现许辉在看自己，孙玉河扭过头，张张嘴："咋了？"

许辉仰仰下巴，淡淡地道："不要让女生自己喝酒，你陪着。"

"……"

这也叫兄弟？

你是老大你说了算。

皮姐又叫了两瓶啤酒，开玩笑道："你别喝多了啊。"

"喝多？"孙玉河觉得荒唐，表情不屑，似乎连回应都嫌费力。

"啧啧啧！"皮姐左右看看，对身边的姐妹说，"你们瞅瞅他那样。"

孙玉河道："我是干什么的你们不知道？"

皮姐冷笑一声："你是开店的，那又怎么了？谁说卖酒的肯定比买酒的能喝？"她随便一指许辉，"这位还是老板呢，有什么用啊？"

· 315 ·

许辉无辜"中枪"。

孙玉河看过去,许辉面不改色地坐着。

皮姐等人跟许辉的相处模式,在他说完那句"你就当我在追她吧"之后,发生了翻天覆地的变化。

517寝室的小姐妹们简直就是一朝翻身,扬眉吐气。

狗屁的甲方乙方,统统被扔到一边了。

孙玉河心里大骂许辉厌货一个:这还没怎么着呢就让人骑到头上了,以后可怎么办?

他顿时心生豪情,往后一靠,歪着头,冷冷地道:"我跟他可不一样。"

许辉斜眼看过来。孙玉河冲对面的女生们仰下巴:"你们四个加在一起不一定够我一个的,信不信?"

"噗。"皮姐差点儿笑掉大牙,扭头:"三儿,听见没?"

老三翘了翘嘴角,从包里掏出一盒烟,抽出一根点上。

孙玉河微微一愣。

皮姐已经在问许辉:"许老板,酒钱也结呗?"

许辉看着她们,半晌,轻轻地笑了一声。

"都结。"

皮姐转头冲服务员吼道:"先来一件纯生啤酒!"

孙玉河瞠目结舌地看着对面几个女生。

"你们……"视线无意间扫到白璐,孙玉河抿了抿嘴,真心实意地感叹了一句,"你们寝室还真是藏龙卧虎……"

经过这么一吵闹,气氛轻松了,孙玉河刚刚的别扭也缓解了些,他晃晃脖子。

"别一件了,那够什么的?今儿我代辉哥奉陪到底了!"

他拿起手机,打了一个电话。

很快,店员小方赶过来,送来一个小箱子。

"什么玩意儿?"皮姐扒着要看,被孙玉河挡住。

"还不能看。"

"什么宝贝不能看?"

"那就不知道了。"

孙玉河摆出做生意的架势，故弄玄虚。

皮姐道："四对二，哎？搞不好是五对一，我们直接抢了你信不信？"

许辉："……"

"别啊，那就没劲了。"

孙玉河把箱子放到身后，站起身。

他没有许辉高，但比许辉结实很多，事实上，大多数男生都要比许辉结实。

撸起袖子，孙玉河把那箱纯生啤酒拎上来，指了指，睥睨着对面的女生，说："这个喝完，还能坚持的话——"他大拇指往后一比，"我就开后面那个。"

许辉笑了。他是了解孙玉河的，也知道孙玉河喊小方送来的是什么。

老三将烟往桌上的烟灰缸里一按："怎么算啊？一对一？"

"一对一？"孙玉河爽朗地笑，"说出去我丢人。你们四个一起，我一瓶你们一瓶。"

老三冷笑一声："你找死吧。"

旁边的许辉忽然开口，友情提示："他真的很能喝，你们量力而为。"

孙玉河耸耸肩。

老三用实际行动表示不服，从箱子里抽出一瓶啤酒，用筷子启开。

孙玉河看这熟练的手法，忍不住"哟"了一声。

老三道："别四个一起，咱们一对一，我不行了就换下一个！"

说着她人也站了起来，指着孙玉河，恶狠狠地下战书："今天不放倒你，我们517寝室从此绝迹江湖！"

白璐："……"

老幺在一边坐着，一脸担心地看着老三和她身边咋咋呼呼的皮姐。

老幺是知道实情的。

别看皮姐能喊能闹，其实酒量跟她差不多，基本就是一杯倒。

寝室里称得上战斗力强的是老三和寝室长。

不过一想到白璐，老幺的心又安定了一点儿。

老幺看过去，白璐手撑着头，正在看热闹。

白璐异常敏感，很快注意到有人在看自己，挑挑眉，用嘴型问老幺：怎么了？

老幺无声地表达了自己的担忧。

放心。白璐冲她笑了笑。

于是老幺真的放下心来。

老三跟孙玉河已经伐上了，为了表现必胜的决心，开场第一口，两个人都直接对瓶吹起来。

皮姐一直盯着老三的状态，脸跟着皱到一起。

一瓶啤酒进肚，两个人将酒瓶放下，均坐了下来。

"可以啊。"孙玉河也抽出一支烟抽了起来。

又拎出两瓶啤酒，孙玉河挑挑眉："继续？"

老三无所谓地说："继续呗。"

两个人在那儿喝得热情高涨，皮姐备受鼓舞，凑过来小声跟白璐聊天儿。

"我说三儿可真行啊，艺术家的女朋友就是不一样。"说着说着，皮姐撇起了嘴，"那大刘别的不行，抽烟喝酒倒是全给老三教会了。"

白璐静静地看着，过了一会儿，忽然低声说了句："老三喝不过他。"

皮姐疑惑地道："喝不过？为啥？我看差不多啊。"

白璐没有解释，只是轻轻地摇了摇头。

脸色、呼吸、充血程度……一个人能不能喝，其实一瓶就能看出来。

两瓶酒下肚，许辉开了口："慢点儿喝吧，不要太急。"

孙玉河混迹酒圈多年，也看出老三的酒量来，正自我感觉良好，闻言扭头对许辉道："别的听你的，喝酒的话你这个外行就别插手了！"

许辉这么一说话，皮姐忽然想起一件事："对了许老板，之前你在学校里说有事跟我们说，什么事啊？"

"哦，"许辉也想起来了，"想问问你们周末有空吗。"

皮姐回答："有啊，干吗？"

许辉："想不想出去玩？"

老三和孙玉河也停下了。

孙玉河："玩？"他好像没被提前打招呼，"上哪儿啊？"

"哪儿都行，最近天气没有那么热了，旅个游怎么样？"许辉看着四个女生,笑着说,"我请客。"

他一说请客,大伙儿的注意力都集中了。

"你请客?去哪儿玩?"

"你们挑。"

"能出杭州吗?!"

"当然可以。"

"噢噢噢噢噢!"

皮姐使劲摇晃白璐,那目光和力道,暗藏的话简直呼之欲出——全是你的功劳啊!

老三喝了酒,更为放得开:"带亲属行不?"

孙玉河瞪眼:"别得寸进尺啊!"

许辉抬头看她:"男朋友吗?"

"对。"

老三探身,眼睛半眯,声音低沉,好像神婆一样。

"许老板,带鸳鸯容易结情缘的。"

许辉没喝酒,却也微醺。

"好。"他低声同意了。

皮姐马上说:"那我也带!许老板,带两对肯定比带一对结得结实!"

孙玉河忍无可忍,拿出几瓶啤酒,码成一排,放到对面四个女生的面前。

"带带带,带什么带?!干完这些再说带!"

说罢,他真的硬生生地一人塞了一瓶。

老幺实在不能喝,她的那瓶被白璐拿了过来。

"我替她喝吧。"

许辉对白璐道:"喝不了别勉强。"

皮姐在旁边挑眉咂巴嘴。

饭桌到酒桌,质变的开始。

老三已经有点儿醉了,皮姐也因为刚才的一杯酒脸颊通红,孙玉河战斗力不减,一瓶接一瓶地打开。

傍晚时分,白璐觉得老三喝得差不多了,就把她手里的酒瓶拿下。

"别喝了。"

老三晕晕乎乎地道:"没事……"

皮姐把老三拉下去,白璐转头看向孙玉河。

真是酒壮怂人胆,孙玉河直直地回视她,脸上变色虽然不如老三明显,但也散发着热气。

"换你?"

"换我。"

孙玉河点点头,他们面对面站着,气氛与刚刚跟老三喝酒时完全不同。

孙玉河的表情严肃了一点儿,他叉着腰,沉下一口气。

"来吧。"

他刚要拿啤酒,白璐说:"天色不早了。"

孙玉河一顿,看向她。白璐与之对视,道:"不如咱们速战速决?"

"怎么个速战速决法?"

白璐朝他的后面仰仰下巴,孙玉河回头,知道她指的是什么,有点儿犹豫。

"藏的是什么?"白璐语气轻松,还带着点儿笑意,"红的还是白的?"

孙玉河盯着她,冷冷地道:"都有。"

白璐挑挑眉:"拿来呀。"她又拎了一瓶啤酒来,"这个就当漱口了。"

孙玉河一听这话就知道了,她明显是懂一些刚猛的喝法的。

脑子莫名其妙地一抽,孙玉河也不知道自己是被什么激起来了,直接把后面的箱子打开,从里面拿出两瓶酒。

果真如他所说,一红一白,都是烈性酒。

许辉终于伸出手,拦住要开酒的孙玉河。

"不行。"他又看向白璐:"不能这么喝。"

可惜不管是白璐还是孙玉河,都没有回应他。他们对视着,好像拉满的弓。

孙玉河拿来大杯子,红、白一比一兑好,又启开一瓶啤酒。

老三在一边打了个酒嗝:"哇,'三蛊全会'啊。"

孙玉河举起杯子,咬着牙。

如果自己该说什么，现在就是时候了。

自己兄弟年纪轻轻，就被老天爷翻来覆去折腾个透，好不容易才走到现在这步，虽然不知个中情由，但他知道，这一定跟面前这个女人有关。

他不想因为他，他们之间生出隔阂。

孙玉河深吸一口气。

"白璐，我要跟你道……"

"歉"字还没出口，他的耳边传来一声脆响，手上轻颤了一下。

孙玉河回过神来，就见自己的杯子已经被白璐碰过了。

她看了他一眼，一言不发地仰起头。

白璐喝酒不豪放，软绵绵的，跟她平时的行事风格很像。

如果捏住鼻子，不闻酒精的味道，光看画面很容易觉得她是在喝汤。

孙玉河不甘示弱，举杯就灌。

辛辣的混合酒入肚，咽喉处如同火烧，脑中的神经被刺激得一跳一跳，瞬间热汗淋漓。

虽然是白璐先喝，但孙玉河速度快，两个人几乎是一齐放下杯子，然后便夺来旁边的啤酒，一饮而尽。

许辉看着看着，坐回凳子上。

孙玉河前面已经喝了不少，灌这拨有点儿勉强，喝完头重脚轻，手扶着桌子，额头上的血管根根分明。

"你……"孙玉河眼球充血，抬起一根手指，指向白璐。

这样一顿喝完，白璐的呼吸也明显重了，她凝视着孙玉河："我怎？"

孙玉河咬着牙，指完她又指了指身边的人。

"阿辉……"

白璐面色不变："他怎么？"

孙玉河的眼睛里渐渐泛出水光。

他酝酿了半天，皮姐和老三在旁边等得不耐烦了，异口同声地冲他喊了一嗓子："大老爷们儿能不能给个痛快的？！服不服？！"

情没来得及流出，莫名其妙的笑意又涌上心头。

孙玉河一屁股跌回凳子上，使劲揉了揉脸。

"服！"他瘫软着仰头，长叹一声，"我服还不行吗？"

皮姐跟老三一个击掌。

战斗告一段落，转眼间一群人又玩了起来。

天边洒着余晖，红得像醉了的美人脸。

白璐的手机忽然响了。

她在看到屏幕上的来电显示时微微顿了一下，然后接通电话。

她接电话的声音很小，吵闹的室友听不到，喝得欢腾的孙玉河也听不到。

"吴瀚文。"

白璐抬起头，只有对面坐着的许辉一直安安静静地看着她。

夜到了，天暗下来。

广场的大厦高二十四层，十一楼处在中间位置，视野开阔。

出院之后，除了核对账目，店里的其他事情许辉都交给了孙玉河处理。

孙玉河将店打理得还不错。

九点多，店铺正在营业，水吧内一桌女生聊天儿聊得开心。

不知是讨论什么新奇的话题，她们不时爆发出大笑。

这里全是这样的学生——找一个聚会的地方，兴致勃勃地来，心花怒放地玩，然后心满意足地离开。

他们每次出门，不一定有明确的地方去，但一定有明确的地方回。

许辉安安静静地坐在靠近落地窗的位置。

孙玉河因为下午喝了太多酒，窝在对面的沙发里养神。

许辉看向窗外。

大学城的点点亮光看得久了，会有种天倒过来，星都洒在地上的错觉。

"你看什么呢？"孙玉河迷迷糊糊地醒过来，身上还有酒味。

"没什么。"许辉回头，低声说。

孙玉河坐起来，搓了搓脸，打了个哈欠，扭头喊来一个服务生。

"帮我倒杯冰水！"孙玉河说罢，又看向许辉："你喝点儿什么不？"

许辉摇头。孙玉河看了他一会儿，道："怎么了？又这么蔫儿呢。"

"没怎么。"

冰水被送来，孙玉河喝了一大口。

"爽！"

许辉还是很安静。孙玉河精神了一点儿，凝眸看他。

"人家不都说清楚了？"孙玉河道，"他们根本就没关系，当初那女的是骗你的。"

一想到自己曾经也相信过黄心莹，孙玉河又来气了。

"这女的嘴里就没一句真话！我真想揍她！"

"哟，孙哥又要揍谁啊？"小方路过这里，听到孙玉河的话，问他，"你怎么有那么多想揍的人？"

"滚滚滚！一边去！"

小方嬉皮笑脸地离开了。孙玉河又对许辉说："白璐不也说了吗？他们俩……"

"跟那无关。"许辉忽然说。

"嗯？"孙玉河一愣，随即问道，"那是怎么了？"

许辉没有说话，玻璃窗上映出他淡淡的身影，他看得入了迷。

"阿河……"

孙玉河连忙应声："啊？"

许辉顿了顿，然后不太确定地问："你说我现在，是不是有点儿变丑了？"

"……"

孙玉河为这个诡异的问题卡壳了五秒。

许辉因为身体不好，看着偏文弱，尤其是最近。虽然从医院出来后他有心改变，不再酗酒，但失眠的毛病不是一两天能治好的，几日下来，他消瘦得厉害。

孙玉河沉思了一会儿，手挂着膝盖，轻松地说："许辉，这么跟你说吧，你要跟我比呢，优势可能没有之前那么明显了，但是——"他话锋一转，指着窗外，激动地说，"你要是跟今天楼下的那个比，我告诉你，你就是拎一副骷髅架子去也比他帅一万倍！"

许辉轻声笑："你小点儿声，这么激动干什么？"

"我说你要挑对手也挑个差不多的行不行？怎么这号人物也能让你紧张？"

"人家怎么了？"

"许辉，"孙玉河苦口婆心地道，"白璐不瞎，但凡是个女人，不，就算男人也算上，你和他二选一，肯定都选你好不好？"

"我说的不是这个意思。"许辉低声说。

"那是什么意思？"

许辉没有解释，但他的神态很明显——他有几分不自信。

这在孙玉河的眼里简直就是笑话。

"阿辉，你不要乱担心，那个男的在我眼里真的一丁点儿战斗力都没有，而且白璐这个女人……"他说到这儿停了停，许辉看过来："白璐怎么了？"

孙玉河回忆过往，总结出深刻的经验。

"白璐这个女人，真的有两把刷子。"

许辉挑眉，孙玉河说："不愧是把你治得服服帖帖的女人。"

许辉笑着摇头，渐渐地，笑意又淡了下来。

"阿河，我今天看到他后，感觉很不好。"

孙玉河简单直接地道："下次告诉白璐，让他滚远点儿，哪儿凉快哪儿待着去。听她室友说他是在上海上学的，真是闲的，跑这么远。"

许辉沉默许久，才低声道："我大概能猜到他会怎么跟白璐说我。"

"怕什么？！"孙玉河瞪他，"他说出花来也没用，白璐喜欢的是你。"

许辉抬头："你觉得白璐喜欢我吗？"

孙玉河："当然喜欢！"

停顿了一会儿，许辉点点头，不咸不淡地说："我也这么觉得。"

"……"

孙玉河深吸一口气。

324

"许辉,你知不知道你有时候真的很欠揍啊?"

许辉静了一阵,才收敛了开玩笑的神色,道:"我有点儿羡慕他。"

"谁?今天来找白璐的那个?"

"嗯。"

"羡慕他啥?跟白璐一直有来往?"

许辉摇头,唇角难得抿出一道坚毅的线条。

"跟那无关。"

"那你羡慕他什么?长得还没你一半儿帅。要我说你今天就该直接下楼,面对面让他知难而退就完了。"

"我觉得他挺帅的。"许辉忽然道。

"……"

孙玉河瞠目结舌。

"你什么眼神?"

"他的帅跟我的不是一种。"

许辉抬头,孙玉河看着那目光,话止住了。

许辉说:"这人你可能没有印象了,他跟我们是一个初中的。"

孙玉河:"你跟我说过,我是真想不起来有这号人。"

"我有印象。"许辉十指交叉,低声说,"你还记得吧?初中的时候我们是分片入学的,一个学校里,学生的素质参差不齐。"

孙玉河乐了:"没错,我就是那个差的。"

许辉说:"学校为了把好学生集中起来,每隔一个学期就会按照考试成绩分班,我印象很深,第一次分班考试的时候,吴瀚文就坐在我的旁边。"

"哟,那你们俩还挺有缘。"

许辉:"然后他去了三班,我去了一班。"

孙玉河哑然。

许辉语气平缓,淡淡地说:"那时候我还挺喜欢交朋友,跟他很快就认识了。他性格内向,不喜欢玩,成绩一直不上不下,只是特别努力。

"好多时候我去他们班叫朋友打球,都能看见他在埋头做题。但他的成绩进步得很慢,感觉他们班的老师也不是很喜欢他,可能觉得他有点儿笨。

"一直到初二下学期，他的成绩才慢慢赶上来，最后考到了六中。"许辉吸了一口气，又说，"高三时又被保送到上海交大，现在做了上海学联的副主席。"许辉瞥了孙玉河一眼，"你觉得他不帅吗？"

没等孙玉河回答，许辉嘴角弯了弯，低声道："我怎么觉得他超帅的？"

孙玉河无言以对。

他觉得自己好像稍微理解许辉那句"我有点儿羡慕他"是什么意思了。

静了一阵，许辉不知想到什么，又意味不明地嗤笑一声，仰头靠在沙发的靠背上，把手盖在眼睛上，声音沙哑地道："真想抽烟……"

孙玉河到底跟许辉相识多年，可能不懂许辉到底是怎么看待白璐和吴瀚文的关系的，但是许辉这一声笑，他彻彻底底地明白了其中的含意。

他的脑海中浮现出下午跟白璐她们吃饭时，那个壮硕女生豪气的问话：

"大老爷们儿能不能给个痛快的？！服不服？！"

此时，他觉得自己可以替许辉干干脆脆地回答一句：

"不服。"

"阿河，"许辉手还盖在眼睛上，用低沉、平缓但无法拒绝的语气说，"我可能要提前回去了。"

孙玉河默然。

他想起许辉之前对他说过的决定，那时他不懂：他们现在过得这么好，又有空闲，又有钱赚，许辉为什么还要自己找罪受，做这种丢了西瓜捡芝麻的事？

他正思索着，前面传来热闹的嬉笑声，孙玉河看过去。

因为时间晚，所以店里客人少，无聊的服务生们凑到一起玩扑克，这是他们每天打发时间的方式。

旁边小方和新招来的女服务员在角落里你碰碰我我招招你，调情调得正开心。

看着看着，孙玉河缓缓地开口了。

"许辉，"他似乎是同许辉讲，也似乎是自言自语，"我之前看你，总有一种奇怪的感觉。这两年下来，很多事我们干你也干，我们做你也做，可我就是觉得你……

"我形容不好，就是落不下来，感觉很飘。"

他将目光转向许辉。

"现在我知道了，你跟他们不一样，跟我也不一样。"

许辉垂眼看他。

孙玉河爽快一笑，踢了许辉一脚，一脸自豪地说："我可是十班的！"

许辉赏脸白了他一眼。

"对了，你跟白璐说了吗？"孙玉河问。

"不说。"

"为什么不说？就那么走了？"

许辉拿开手，表情好像有点儿不耐烦："我回去休息了。"

孙玉河灵机一动，问："啊，你是怕到时候万一砸锅了丢脸是不是？"

许辉寒着一张脸看过来，孙玉河马上识趣地闭嘴。

许辉往外走，孙玉河又喊："那咱们周末去哪儿玩啊？"

"听她们的。"

孙玉河看着他的背影撇撇嘴："这偏心偏心，也不知道问问我的意见……"

517寝室内，三姐妹正就这个"去哪儿玩"的问题展开热烈的讨论。

"要不去乌镇？"皮姐提议，"很有名啊。"

"有名也没用，无聊死了，我跟大刘去过一次。"老三道。

老幺说："那去苏州吧，看看园林。"

"苏州感觉也没什么玩的呢。"

老三："购物去吧，去广州、香港！"

皮姐推她："你别太过了啊！想坑死许辉啊？"

老三笑道:"开玩笑呢,要不问问寝室长的意见吧。她还没回来?"

老幺:"嗯,还在楼下跟副主席聊呢。"

老三和皮姐不约而同做了个鬼脸。

宿舍楼下,白璐跟吴瀚文在印刷店门口的空地上谈话。

说是谈话,差不多都是吴瀚文一个人在讲,白璐一直在一旁听着。

吴瀚文来杭州参加活动,百忙之中来看望白璐,结果便得知了爆炸性的新闻。

真是职位造就英雄,白璐一边听着吴瀚文的发言,一边暗想,也不知道他去学联开会的时候都做多长时间的报告。

吴瀚文已经这样不间断地说了快一个小时,从过去到现在,思路清晰,一条条分析她现在的情况。

白璐在心里叹了几次气后,问吴瀚文:"你渴不渴?我给你买杯饮料?"

吴瀚文:"你这么转移话题可一点儿都不高明。"

白璐看向一边。吴瀚文说:"他为什么来找你我不知道,但绝对不会是什么好事。"

白璐不言。吴瀚文语气放缓:"你的托福、雅思成绩都很好,足够申请一个国外的好学校,就算不想出国,留在国内也可以考研究生。"

白璐:"我不想考研。"

"那也要实习,也要工作。"

吴瀚文目光如炬。

"白璐,我还是那句话,他不会给你好的影响,也不会给你的未来提供帮助。"

"我需要什么帮助?"

"你现在可能体会不到,但等你真正开始生活你就知道了。"吴瀚文平静地道,"你告诉我,虽然都是同龄人,但你觉得他跟我们是一路人吗?"

白璐转回头。吴瀚文也静默了片刻。

"或者,你心甘情愿被他拖着。"

白璐忽然转头，紧紧地盯着他。

"都是相处，谁拖着谁？"

吴瀚文的目光比她的更为坚定，打破了她此刻的虚张声势。

"你再跟我犟也没用，谁拖着谁你自己清楚。我不知道他找你到底为了什么事，但我能肯定的是，不管什么事，一定是你带着他走。"

"不是。"

"不是在哪儿？"

白璐低声说："差不多行了。"

"你也找不到理由对不对？"

晚风一吹，她忽然有点儿想笑。

"吴瀚文，我为什么要找理由？"

吴瀚文："那……"

"你知道吗？"白璐没有管他，接着说道，"在我做过的所有事里，最令我自己意外的就是去招惹他。"

吴瀚文静静地看着，白璐的双眼在夜色中和她的声音一样安宁。

她在说这句话前想起了一幅画面，是她第一次真正意义上见到许辉那次：一个阴沉的下雨的夜晚，她在那条小巷里，看见了他。

许辉一个人站在路灯下，好像在发呆，也好像在等待。

白璐凝视着吴瀚文。

"我最不意外的，就是喜欢上他。"

她很不擅长这样表露心情，但说出口了，又觉得没什么。

"对不起。"她为了一些大家都知道的事情向他道歉。

沉默蔓延开来。

吴瀚文发现自己异常平静，好像等这个答案很久了。

他蓦然嗤笑一声。

"你终于承认了？"

他在夜间深深地呼吸，也像回忆起了从前。

"白璐……我认识他和我认识你，都比你认识他的时间久，这个结果还真是有意思。"

吴瀚文的手机响了，他接通电话，又是工作上的事。

放下手机，吴瀚文说："我那边还有事，先走了。"

白璐点点头。

他离去得很快，白璐等到他走得没影了，才慢慢回宿舍楼。

其实吴瀚文说得都没错，他比他们都要成熟。

恋爱是所有人都配有的资格，但生活又是另外一码事。

她曾在某本书里看过这样一句话："真正成功的生活伴侣，是在合伙人的基础上，加一点点爱情。"

可她懂了又如何呢？

她一步步往楼上走。

懊悔、遗憾、心动、波澜……她这小小的身体里能产生的浓墨重彩，全部用在填满那一张图画上了。

"想那么多干吗呢……"白璐将繁乱的思绪拨开，轻轻敲响寝室门。

周六早上五点半，517寝室里，闹钟响起。

这可能是上大学之后，唯一一次四个人都在早上不到六点的时候起床。

还是白璐第一个下床。她很快梳洗完毕，把剩下三个人都喊了下来。

"不行了……好困啊……"皮姐和老三相互搀扶着进了洗手间。

白璐在旁提醒："快一点儿，约在四十五分集合。"

因为游玩时间短，大家都没有带太多东西，只有皮姐准备了不少零食，塞了满满一包。

"你背着不累啊？"老三看着皮姐，忍不住问。

"不累！"皮姐把包背起来，"你到时候可别跟我要！"

四个人下了楼，"豆芽"乖乖地等在门口。

"学姐好。"

老三："哎哟，真乖。"

"豆芽"看见皮姐背了那么大一个包，主动上去帮忙："我来拎吧。"

"你可得了。"皮姐拨开他，"我自己来！"她转头问老三："大刘呢？"

"生活区门口呢。"

生活区门口，三个男生站着等。

三个人个子都不矮，长得都不赖，在门口聊着天儿，远远看去，一股晨曦般的朝气蕴藏其中。

大家会合，一共八个人，赶上一个小型旅游团了。

孙玉河看看时间，说："我昨晚叫了出租车，六点到，再等等吧。"

白璐来到许辉的身边，后者单肩背着个小型挎包，低着头看地面，似乎就等着白璐过去和他说话。

"休息得好吗？"白璐问。

许辉摇头。

"几点睡的？"

"三点多。"

他只睡了两个小时。

许辉看了白璐一眼，淡淡地问道："起这么早困不困？"

"你比我早。"

"我都习惯了。"干净的板鞋无聊地轻踩地面，他又对白璐说，"比起之前好多了。"

"那就好。"

六点钟，两辆出租车准时开到，将众人送到杭州汽车东站。

一个城市最热闹的地方大概就是汽车站和火车站，还是清早，车站门口已经人满为患。

因为车次很多，所以他们到站之后现买票。

许辉面对着人群皱眉，旁边白璐正在跟大家要身份证，被他一只手拉了回来。

"怎么了？"白璐转头。

拥挤的人潮让许辉没经过充分休息的大脑越发昏沉，他看了孙玉河一眼，孙玉河马上接收到信号，把身份证从白璐的手里拿过去。

"我去买票，你们等着。"

大刘和"豆芽"异口同声地说："我跟你一起去吧。"

三个男生去买票，剩下许辉跟四个女生等着。

少爷病……

517寝室的众人不约而同地想。

孙玉河很快回来，拿着票对了半天，成对成对地发下去。

最后剩下两张，孙玉河分给老幺一张，咧嘴道："不好意思了妹子，估计你得跟哥坐一起了。"

老幺："……"

七点半，一行人坐上大巴。

白璐和许辉的座位挨在一起，走到座位旁，白璐问他："你想坐在窗边还是过道边？"许辉手插着兜，因为个子高，所以微微弯下身，也没答白璐的问话，一言不发地直接坐到里面。

白璐由着他。

大巴很快发车。他们后面的一对是皮姐和"豆芽"，白璐就听皮姐一包一包地拆零食，大巴还没上高速呢，半包吃的就已下肚。

"你也来点儿。"皮姐趴过来，递给白璐一包零食，又问许辉："许老板要不？"

"我不用。"

皮姐退回去，又给后面的人发零食。白璐看着许辉的脸色，说："等下看能不能睡一会儿吧。"

许辉瞟了她一眼："哪儿那么容易睡着？"

"没办法理解失眠的人。"清晨杭州城宁静的景色在窗外一闪而过，白璐同他聊着天儿，"我们寝室都是一天能睡十几个小时的。"

许辉轻轻地笑："那分我一点儿吧。"

白璐提议："要不睡前喝点儿温牛奶什么的？"

"有机会试试吧。"他淡淡地说。

其实他没好意思告诉她，何止温牛奶，被逼急了的时候，他真的连孙玉河给他选的那首糟心的《摇篮曲》都试过了。

"不要急。"白璐看着他。

"嗯。"不过说起来，他现在的睡眠质量真的比之前要好了。

他看向窗外。

自己的身体在慢慢恢复，他自己知道。

这种身体渐渐有力、头脑也渐渐清晰的感觉很好，好到无法形容。

太阳一点儿一点儿爬上高空。

他张开手。

白璐瞬间就察觉了。

他还看着外面,身姿未动,只是放在腿上的右手,掌心向上,轻轻张开了。

这幅画面似曾相识。

"想要什么?想喝水?"

许辉淡淡地转头,冷眼看着她:"还装?"

白璐终于笑出来,把手伸了过去。

他很瘦,手掌却异常干燥温暖,修长的手指将她的手轻轻地握住,整个包住。

这种圆满让他们两个人都觉得安心。

许辉安心的表现很直接——渐渐入眠。

白璐看着他,看得久了,觉得这些年不管心理和身体情况如何,他的睡颜好像从来没有变过。

又过了一阵,兴奋劲过得差不多了,后面一起来的伙伴们都开始睡觉。

车里安静了下来。

许辉这一觉难得地睡了两个小时,醒来的时候,他的脸色稍显苍白。

"晕车?"白璐把晕车袋打开,"想吐吗?"

许辉拧着眉头拨开她的手,有点儿无力地说:"别恶心我。"

"你不要在这种时候洁癖发作,想吐就吐出来。"

许辉还是摇头。白璐把袋子放回去,又说:"不过你也没吃什么东西,估计想吐也吐不出来。"

她把包打开,拿出一小瓶风油精。

"擦一擦,可能会好一点儿。"

许辉盯着她手里的东西,眉头依旧拧着。

"你连这也带?"

"怕有人晕车或者被蚊子咬。"

许辉背靠着窗户,侧着头面对白璐:"这种东西没用,你还不如直接给我带点儿晕车药。"

白璐看着他,又一翻包,一盒晕车药拿在手里。

许辉:"……"

"不过你不能吃。"白璐把药放回包里,"这种药有镇定作用,你本来血压就低,吃了会很难受的。"

许辉盯了她半天,最后哑口无言地点点头。

"要擦风油精吗?"

"不了。"许辉在有限的空间里舒展了一下身体,"味道太大,全车人都能闻到。我刚睡醒时就这样,没什么大事,一会儿就好了。"

这种刻在骨子里的教养让白璐觉得他有点儿可爱。

风油精被她收了起来。

车子又行驶了一个多小时,终于到达目的地。

他们一下车便闻到了被风卷来的海潮味,这冲淡了他们所有的疲惫。

"啊——"皮姐伸了个懒腰,忍不住嚷道,"好棒啊!"

顺着道路,所有来此旅行的游客都在往码头走,路旁已经有很多小商贩在卖水果和纪念品。

码头边,人越发多了,各个旅行团的旗子被举得一个比一个高。

今日是阴天,没有耀眼的阳光,山海都呈现出淡淡的赭石色,人仿佛身在画间。

皮姐抬起双手,挡在额头旁,眺望远方,不禁吟了一句诗:"忽闻海上有仙山,山在虚无缥缈间!"

"豆芽"一直在她的身边,听了之后笑着说:"那不是这座啦。"

皮姐扭头:"那你来一句!"

"豆芽"想了半天,说:"古代的我记不住了,近代的话康有为写过——'观音过此不肯去,海上仙山涌普陀'。"

皮姐大笑:"不错!不错!"

东海舟山一座岛,海天佛国观音乡。

海风猛劲,山野清宁。

渡轮载了满满的乘客,荡漾在汪洋之中,机轮嗡鸣,慢悠悠地开着。

"怎么想到来这里？"许辉被海风吹得半眯着眼，问白璐。

"她们选的，这里离杭州近，也很有名。"

一行人登上普陀山时刚好是吃午饭的时间。

"你们饿不饿？"孙玉河问。

大家都表示已经被皮姐的零食喂饱了。

"先走走吧。"老三提议。

完全的自由行，没有领团导游，一行人随着性子到处乱走。

走了一会儿，白璐发现许辉的步伐变慢了。

"累了？"

许辉没答。皮姐过来说："要不你们慢点儿走，我们先去前面？"

说起来，八个人一起走问题也多。

像皮姐这种精力旺盛的，步子急，走马观花；而大刘跟老三简直就是来度蜜月的，不一定在哪儿停脚；老幺则更倾向于蹭一蹭别的团的导游，听听故事。

孙玉河与许辉对视一眼，然后干脆地说："这样吧，分开走，先溜达一会儿，晚一点儿集合。"

大家都同意，孙玉河晃晃手："电话联系。"

人散得差不多时，白璐问许辉："要不要坐一会儿？"

许辉却忽然一洗之前的疲态，手插着兜往前走。

"不用。"

白璐紧跟着他，走了一会儿，问："你是真累吗？"

沉默的少年淡淡地回头瞥她一眼，手从兜里拿出来，拉着她接着走。

白璐低头抿嘴：真是越来越贼了。

他们牵着手，漫无目的地走在山林间。

佛国香火鼎盛，古刹琳宫，云雾缭绕，空气更是无比清新。

"普陀山有什么好玩的？"走了一会儿，许辉问道。

"最有名的是南海观音，要去看吗？"

"看看呗。"

白璐在一处景区地图前停步，仔细辨认方向，许辉大爷一样在后面一站，无聊状等着。

"还没看完？"许辉不耐烦地发问。

"看完了，走吧。"

南海观音是普陀山最著名的景点，也是整个普陀山佛教文化的中心，白璐和许辉到的时候，售票处已经挤了很多人。

许辉看着售票处，低声说："也不是节日，怎么这么多人？"

白璐："周末啊。"

许辉往里面走："我去买票。"人却被白璐拉住，她把自己的包拿下递给他："不劳许大人大驾，我去买好了。"

许辉拧着眉头："你……"

没等许辉说完，白璐已经去了。因为人实在太多，白璐又异常娇小，一个不留神就被人潮淹没了。

许辉等了五分钟还不见白璐出来。

"不是被挤死了吧……"

他一边嘟囔着，一边担心地起身想寻，就看见前方的人缝里艰难地伸出一只小手。

"白璐！"

许辉一见那只手，瞬间认定是自家那只，大步上前，握住了便往外拉。

后面还有人推他，许辉转头道："别挤，前面还有人。"

大家都抢着买票，谁也没理会他，该挤照样挤。

许辉费了九牛二虎之力才把人拉出来，后面又有人拍他。

这回他是真的动怒了："我说别挤听不懂人……"

他的声音戛然而止。

白璐站在他的身后，淡淡地看着他："听得懂，我没挤。"

"……"

许辉回过头，一个瘦弱的女孩子满脸通红地站在他的面前，手还被他拉着。

"谢……谢谢。"女孩子不好意思地道谢。

许辉扭头再一次看看白璐，好像确认什么一样，然后瞬间松开手。

"不客气。"

女孩子离开后，许辉自然地问白璐："你从哪儿出来的？"

白璐没说话，抬手指了指一旁——那边有一条小路，虽然稍微绕远，但是人少不拥堵。

"哦。"许辉点点头。

白璐还看着他。

许辉坦然地说："刚才她喊人帮忙，我就搭了把手。"

白璐的脸在阳光下显得极为通透，许辉忽然发现，细看之下，其实白璐的五官相当小巧精致。

他以前没怎么注意，大概是因为她不曾这样直直地看着他。

许辉在她的注视下有点儿心虚，感觉她像是拿着剧本一样，什么都知道。

许辉走过去，拉住她的手，说："走了。"

白璐由着他。

半分钟后，许辉听见了白璐带着笑意的问话。

"你不是认错了？"

她的手瞬间被惩罚似的捏紧，他想着她刚刚的容颜，不敢侧头，怕露出红了的脸，一边大步往前走，一边轻描淡写地说："怎么可能？"

依旧是阴天，没有太阳，天地都带着土色。

他们顺着平坦的坡路慢慢向上走，右侧是林木，左侧是海洋。

他们的身边都是游客，今天不是节日，所以前来爬山的多是中老年人。

年迈的气息加上山寺的香火味，把普陀山熏得更加祥和悠远。

虽然老年人很多，但他们步伐有力，虎虎生风，一个接一个地从白璐和许辉的身边走过。

反正很闲，所以他们俩走得奇慢。

走到半路觉得前面的人多了，他们干脆在路边的石板凳上坐下休息。

山野间的汗水也带着凉意，许辉身体比较虚，汗出得很多。

"松开吧。"白璐说，她的手还被许辉拉着。

许辉淡淡地看了她一眼。

白璐："我拿东西。"

他松开手,白璐察觉被他拉过的手掌上也有薄薄的汗水。

白璐从包里拿出纸巾和水壶,抽出一张纸巾给许辉:"擦一擦。"

许辉接过,白璐一边看着他擦汗一边说:"这回是真累了吧。"

许辉一听她忍着笑意的语气,便将纸巾放下了,想要好好说道一番。

"白……"

一只小手伸到他的身前,手上是一个保温杯的杯盖。

"喝点儿东西。"

许辉沉默了几秒,拿过喝了一口:"热的?"

"嗯,红花蜂蜜水,养胃的,你不要乱吃乱喝。"

许辉满不在意,耸耸肩,一仰头,将杯盖里的水喝完。

水是温的,各种材料比例合理,清甜不腻,喝完了嘴里还有余香。

他偶然间一转眼,白璐还是刚刚那副表情,手没有收回,还晃了晃,嘴里小声说:"看清了,这才是我的手。"

"……"

许辉刚刚喝的蜂蜜水差点儿没倒流出来。

他赶紧深呼吸。

许辉刚要用暴风雨般的气势教育她,让她知道谁该听谁的话的时候,忽然起了一阵风。

风从背后来,带着海潮的气息。

他的头发和她的头发,都随着这阵风荡漾开来。

他看着她,蓦然意识到,跟白璐这样的人生气简直就是浪费感情。

因为他永远也气不过她。

许辉漫不经心地一乐,也不知道是懂了还是想开了。

"怎么了?"白璐在一边轻声问。

他转头瞥着白璐。

白璐带着笑意,又问:"怎么了?"

许辉目光未动,单手过来,把盖子扣回保温杯上。

手撑在身后,许辉晃了晃脖子,白璐又要开口的时候,他道:"还想说?"

"你……"

他拎了拎领口，斜过眼睛，对她道："再说我可要想办法堵你的嘴了。"

"……"

怎么堵？拿什么堵？白璐默默地坐了回去。

果然还是这样好使。

"走吧，歇得够久了。"白璐道。

许辉也觉得歇得挺久，久到现在浑身气血通畅，于是一把将白璐的包扯过来，单肩挎着，拉过她的手。

"走。"

他们跟着人流继续向前，忽然，身边响起一个老奶奶的声音："哎哟，观音！"

众人纷纷向右看去，浓密的林叶间，透过一个小小的空隙，真的得见高耸的南海观音像。

在这个角度能看见观音像的整个面部，因为庞大，所以即便距离很远，观音的五官也清晰得仿佛就在眼前。

观音像通体金色，面容安详，左手持法轮，右手结无畏印，慧眼俯视人间。

游客渐渐都安静下来。

"走吧。"白璐拉了拉许辉的手，他还远远地看着。

"嗯。"

绕过树林，走到道路的尽头，双峰山最南端的观音跳山岗上，南海观音像终于完全呈现在人们的眼前。

"好高……"许辉仰头看着。

南海观音立像台座有三层，一共三十三米高，台基面积有五千多平方米。白璐虽然在来之前查阅过照片和介绍，但是亲身站在这里的感觉，跟看照片的感觉完全是两回事。

观音像面颊饱满，眉如新月，表情慈悲，神韵尽显。

不知是不是因为今天没有碧海晴空，皇天之下的观音像更显庄严凝重。

白璐觉得自己的手被握得很紧，于是看向许辉，发现许辉眼睛半眯，发梢被大风吹起，露出的额头白皙光洁，鼻峰俊秀高挺。

宽阔的台面上有很多合影留念的人，白璐和许辉都不太喜欢照相。

"上去看看吧。"白璐拉了拉许辉。

"好。"

二人站在观景台上眺望远方，有海波和山峦。

海面上有几艘船，因为海洋太过广阔，它们在海面上像是静止了一样。

二人回到下层，观音像后有石雕墙壁，工艺复杂巧妙，吸引了很多游客驻足欣赏。

风景很美，许辉和白璐找到一处稍偏的地方坐下。

"往这边点儿吧。"白璐招呼许辉坐到里面，"风太大了。"

风的确很大，而且是一阵一阵地吹，前面不远的开阔处，每到起风的时候，旅行团的游客都紧紧地捂住脸，丝巾、帽子到处飞。

白璐他们在坐着的地方只能看见观音像的背影和小半张侧脸。

微微发愣之际，她感觉胳膊被人碰了一下。

她转头，是一杯盖温水——许辉把她包里的保温杯拿出来拧开了。

"喝一点儿。"

白璐接过喝了，许辉还想倒，白璐摇头说："不用了，喝不了了。"

许辉皱了皱眉："你怎么吃喝都这么少？喂猫呢？"

白璐看着他，轻声说："好养活。"

许辉给自己倒了两杯盖温水饮下，随即嗤笑一声，淡淡地道："别说一个，十个你我也能养，信不信？"

白璐歪着头看他："你以后要找十个吗？"

"……"

许辉懒得回她，浅浅地白了她一眼，接着喝水。

她看他高昂着头颅，感觉在轻动的黑发下，有股干爽而年轻的傲气蕴藏其中。

"慢点儿喝，又没人跟你抢。"

许辉一口气喝了半杯水，然后低头，嘴唇泛着湿润的光泽。

"信还是不信？"他喝了半天，还在纠缠刚刚的问题。

白璐爽快地说："信。"

他这才满意,抬起手揉了揉他喜欢的细软发丝。

风吹着海,吹着林。

波涛、松涛层层滚滚,此起彼伏。

净土之上,似乎感情也变得纯洁无瑕。

又或许这两个单薄的生命本就纯洁,风只是吹开了他们人生旅途上的迷雾,而后向前一指,无声地说道:

看,路还有很长。

两个人肩抵着肩,手拉着手,靠在清凉的石板上,不由自主地倚着对方。

前面又刮了一阵大风,游客在大笑间拉住衣帽,姿态滑稽。

观音像在狂风中纹丝不动。

"该回去了。"坐了好久,白璐说。

时间掐得当真准,她话音一落,许辉的手机便响了起来。

孙玉河打来的。

"你们在哪儿呢?"孙玉河道,"走了这么半天。"

"在南海观音像这儿。"

"跑挺远啊!差不多了,往回走吧,我们得把晚上住宿的地方安排了,今天人这么多,万一订晚了没有房间了怎么办?"

"怎么可能?"

"总之你们快回来,我们都到得差不多了,就等你们俩了,还在刚进山的地方集合。"

放下电话,白璐和许辉收拾好东西起身。

已经下午四点多了,太阳开始慢慢西沉,游客也比他们刚来的时候少了。

"走吧。"许辉牵着白璐往回走,"饿吗?"

"不饿。你呢?"

"我还可以。"

"等回去了先找住的地方,再出去吃饭。"

顺着原路返回,许辉和白璐真的是最后到的。

皮姐问:"你们都去哪儿啦?"

"南海观音像那儿。"

"我们也去了!"老三在旁边说,大刘的背后出了一层汗,他陪在她的身边,"也是刚刚啊,怎么没看见你们?"

皮姐调笑道:"哎,偷偷摸摸地躲哪儿去了?"

许辉大大方方地坐在石头上休息,剩下白璐一个人,说:"就在观音像后,你没看到吗?"

老三"哈哈"大笑:"逗你呢!我们就在下面晃了一圈,没上去。"

"……"

"走吧走吧。"作为唯二没有配对的成员,指望老幺安排是没戏的,孙玉河只能出头当指挥,"我刚刚问过了,普济寺那边住宿的地方很多,离得也不算远,咱们现在过去吧。"

大家你一句我一句,一边闲聊一边往普济寺走。

回来之后,白璐便关照自己的室友们更多。

许辉跟孙玉河走在后面,听她们说说笑笑,聊下午的见闻。

不一会儿,不知道讨论到什么内容,几个人大笑起来,皮姐回头喊道:"许老板——"

许辉正在跟孙玉河谈店里今后的注意事项,听见皮姐喊话,马上抬头:"怎么了?"

皮姐道:"等会儿找酒店,你们找还是我们找啊?"

许辉仰仰下巴:"你们找。"

老三也转头喊:"那房间怎么分配啊?!"

许辉:"……"

孙玉河在旁边乐,等了一会儿,看许辉实在被噎得没词儿了,便出手解围,嚷回去:"都注意点儿行不行?大庭广众的,像什么样子?"

女生们开完玩笑,嘻嘻哈哈地转回头接着聊天儿。

许辉还没说话,孙玉河就用胳膊肘子推了他一下。

"干什么?还想呢?"孙玉河半开玩笑地说,"这个问题还用考虑吗?"手臂一展,他把许辉的肩膀搂住,朗然道,"肯定是咱哥俩一起住啊!"

许辉面无表情地看了他一眼,孙玉河拉下脸抽回手。

"真是……"孙玉河撇着嘴,"天天腻在一起,不知道女人得吊着啊?"他一摆手,总结道,"外强中干,白瞎你那张脸,给我得了。"

许辉手插着兜,微垂着头:"我回去后就走……"

"你怕她舍不得啊?"

孙玉河一瞪眼,又怕前面那贼精的女生听见,使劲压低声音。

"我告诉你许辉,这一点你还真得跟人家学学,要走就走,说留就留,厉害吧。"他拍拍许辉的肩膀,又道,"那女的可比你爽利多了,你别咸吃萝卜淡操心。"

许辉垂眼,没有说话。

孙玉河看他那不争气的样子简直要气死了,指着许辉:"你就黏吧你,我看你这辈子是投错……"

孙玉河话没说完,后颈又被许辉掐住了。

"哎哎——哎!"孙玉河仰着头,"停停——停!我错了,错了还不行吗?!"

许辉一言不发地松开手。孙玉河捂着脖子:"你也就跟我厉害吧。"

孙玉河揉了揉颈部,瞄向许辉的手——皮肤白皙,十指修长,关节线条干净利落,他小声说:"手劲怎么这么大呢?"

许辉没理会。走了一会儿,快到普济寺的时候,孙玉河又忍不住凑过来出主意。

"我看你还是没有安全感,要不这样,干脆今天晚上一不做二不休……"孙玉河目光深沉,右掌劈在左手手心上,"你就直接把她办了!"

"……"

许辉看了他一眼,孙玉河摸不清许辉的想法。

"行不行?"

"行不行啊?我真觉得这建议不错。"

"只要你给句话,等会儿房间我给你安排!"

"你能不能给个准话?"

…………

风轻吹,日西沉。

女孩儿在前面嬉笑,朋友在耳边絮絮叨叨。

许辉走着走着，心底忽然涌出一种感觉来。

他抿着唇，倏然一笑。

那一笑如蜻蜓点水，浮光掠影，异常温柔，可惜无人得见。

普济寺建于乾隆年间，修筑在开阔平坦的地带，是普陀山香火最旺盛的寺庙，一年到头，一天到晚，游客不断。

几个年轻人一边聊一边走，在一条僻静的小巷里发现了一家旅店。

旅店不大，风格很朴实，有一个铺满青石板的小院子，院中有树，枝繁叶茂，树边有一口老井，井口搭着几条两指粗的麻绳。

房子修成三面，围着院子，白墙黑顶，没有多余的装饰，与这座山一样古朴深沉。

门口没有迎宾的服务员，一行人进了店，隐约能听见里面一个开着门的房间里有象棋落盘的声音。

孙玉河先走过去，在门口敲了敲门。

"有人吗？想住店。"

里面的人又下了两步，这才慢悠悠地走出来一个老头儿。

"还有房吗？"孙玉河问。

老头儿鹤发鸡皮，但眉目间透着股硬朗，背着手，说："有，要几间？"

孙玉河也没问后面人的意见，直接道："五间。"

"身份证给我。"

登记完毕，老头儿一边拿钥匙，一边说："房间不挨在一起，行不行？"

"没事。"

孙玉河身后的人都很安静，大概都在心里想着五间房间要如何分配。

很快，钥匙到手，孙玉河看了一遍，然后给四个女生一人分了一间，自己留了一间。

"都懂吧。"孙玉河老神在在地说，"进屋放东西，歇个脚，二十分钟后集合出去吃饭。"他一挥手，潇洒地说，"该领人的就领人吧！"

众人都笑得意味深长，皮姐摸摸耷拉着嘴角的老幺。

老幺哭丧着脸："单身活该被鄙视吗？"

· 344 ·

皮姐哄她道:"乖啊,回去后给你买巧克力。"

白璐拍拍许辉:"走吧。"

许辉表情淡然:"嗯。"

不知道是不是孙玉河有意安排的,五个房间里,其他四间都在二楼,只有白璐和许辉这间在一楼。

白璐开了门,一眼就看见了正对着门的窗户。

也不知是佛门清幽不防小人,还是岛上本就有路不拾遗夜不闭户的传统,一楼的窗户全敞开通风,外面也没有防护栏,视野开阔,直接能看见院落里的古树。

空气异常清新。

放下包,白璐问许辉:"你想睡哪张床?"

"随便。"

白璐把靠窗的床留给了许辉。

二人简单地洗手洗脸,坐了一会儿,孙玉河便来敲门了。

"走啦走啦,吃饭了!饿死了!"

皮姐利用刚刚那点儿休息的工夫,在网上搜了一家餐馆。

"就在普济寺旁边,说是很有名的斋菜馆,去试试呗。"

饭店很好找,但因为刚好是下午六点多,正是吃晚饭的时间,所以大堂里人满为患。

他们好不容易才等到一张大桌。这张大桌位置不错,刚好在窗边,坐在桌边能看见外面的池子。

普济寺前有近一万平方米的莲花池,池中设有八角亭、瑶池桥。

这时节,池里只剩残荷,却依旧营造出一种自然衰败的美,与旁边的老树、古刹交相辉映,构成一幅浑然天成的画卷。

"斋菜怎么这么贵?"拿着菜单,老三不禁发问。

"哎,就当捐功德钱了。"大刘在一旁劝她。

"素鸡、素鸭、素鲍鱼……"皮姐盯着菜单笑,"这也叫斋菜啊。"

旁边的服务员说:"这是因为很多客人吃不惯素斋的口味,师傅们就在技法上做了改良。"

"做成荤菜味？那跟吃荤有什么区别？"

服务员看起来对这类问题已经习以为常，淡定地说："古有济公'酒肉穿肠过，佛祖心中留'，我们做改良斋菜也是为了让游客在体验到佛门清净的同时品尝到美味佳肴，素口素心，最重要的还是心诚，只要心诚，佛祖就能感觉到。"

"……"

"听着好像挺有道理啊……"皮姐扭头看老三，老三耸耸肩，开始讨论点菜。

别看这些猪、牛、羊、鸡、鸭、鱼前面都冠了个"素"字，价格比真的还贵，七八个菜就要三百多块钱了。

刚刚进门的时候她们就注意到别的桌上的菜，那些素菜的量都很少，她们现在点的肯定不够桌上四个大小伙子吃的。

趁着男生们在聊天儿，老三凑到皮姐的耳边小声说："要不这顿我们四个担了吧，人家都请我们出来玩了。再说，吃人嘴软，拿人手短，咱别自己乐和却把寝室长给整短了，到时候抬不起头呢。"

皮姐眼睛一竖："没错！"

皮姐给白璐递了个眼神，白璐过来，老三和皮姐把这个提议跟白璐说了。

"行。"白璐点头，"你们点吧。"

白璐回到座位上，身边的许辉看了她一眼，白璐说："这顿我们寝室的人请。"

许辉眉头不经意地一皱，沉声道："嗯？"

许辉旁边的孙玉河听见，顿时明白了女生们的担忧，笑着说："他不可能让女生出钱的。"他又对白璐道："你就让他花吧，你不让他花他受不了。"他一指许辉，满脸调侃，"不知道你们辉哥不装能死吗？"

许辉冷冷地看了他一眼，孙玉河马上闭嘴，桌上的其他人已经被逗笑了。

"许老板厉害啊！"大刘在一边感叹，"我和老三第一次去你店里的时候就觉得氛围特别棒，她就嚷着回去要介绍给室友。许老板是不是特别喜欢开店？"

许辉听了这个问题，微微一顿，模棱两可地道："还行吧。"

白璐看了他一眼，默不作声。

大刘长叹一口气："唉，我将来也想自己开个工作室，就是不知道是否养得起，自己创业太难了。"

许辉有些渴，把自己面前小瓷杯里的水喝光了，又顺手拿起白璐的小瓷杯。

"难吗？我觉得赚钱挺简单的。"

他淡淡地说完，淡淡地喝水。

众人："……"

孙玉河忍不住了，斜眼看他："许辉，你真的好欠揍啊。"

放下杯子，许辉抿嘴："开玩笑的。"他看向大刘："想开就开，经营不下去了再换一行。"

他说得很轻松，大刘道："要是真这么简单就好了……"

老三在旁边说："别好高骛远，你先把英语四级过了吧。"

一听英语四级，壮汉险些落泪，举起双手，作投降之势。

"能不能别这么伤人？别提英语四级！"

菜很快上来，佛门清净之地不能饮酒，大家装模作样地叫了两壶茶。

"天哪，还真的一模一样啊！"吃了素牛肉，皮姐惊叹道，"好厉害，口感都一样！"

大家来这儿旅游，主要就是图个新鲜，于是你一筷子我一筷子，每道菜挨个儿品尝。

"不过还是有区别，"皮姐细品之后，认真地说，"吃完之后它不饱啊。"

"嗯，"大刘和老三也表示同意，"没有吃肉后的爽快感。"

"不过味道真的不错。"

众人聊得很欢乐。

白璐吃得少，放下筷子的时候往旁边看了一眼，刚好许辉也看过来。

他也吃完了。

无声地对视了两秒,两个人都站了起来。

"怎么了?"皮姐问。

"吃完了,去外面转转。"白璐说。

"你们俩——"皮姐吃惊地说,"也太快了,我还没开始呢!"

白璐笑:"那就慢慢吃。"

从饭店出去后,清新的凉意轻拂白璐的脸颊。

余晖渐尽,天边朦朦胧胧。

"冷吗?"许辉问她。

白璐摇头,拉住他的手:"走走吧。"

他牵着她,顺着莲花池慢慢散步。

"为什么还有香味呢?"许辉看着池水,"花不是谢了?"

"不知道,可能是香太久,习惯了。"

他们走到一条无人的长椅旁,并肩坐下。前面不远处有小孩儿在玩耍,手里拿着纸飞机,旁边是看管的家长。

天是淡淡的青色,这样的色调似傍晚,也似破晓。

白璐觉得自己的手被握紧了。

"白璐……"他看着池中的残荷,叫她的名字。

"嗯。"

"我很快回来。"

白璐没有马上回答,过了一会儿,轻轻地笑了一声。

"不多一年,去个更好的?"

她已然知晓他要去做什么,许辉侧过头。

他的面容在傍晚显得尤为清俊,如碧潭清池,一尘不染。

"不用。我想做,在哪儿都一样。"

白璐也看着他。

"别太勉强,身体最重要。"

"我知道。"

"还有……"白璐抿抿嘴,斟酌着说,"毕竟已经这么多年了,耽误了很久,如果真的差得太多,也不用非要……"

"白璐,"他轻声打断她的话,"我回去之后,就不跟你联系了。"

他的声音轻缓,白璐侧过头。

她却从他的话语中听出了一股赤诚的坚持与热情,那是她从来没有在他的身上见到过的。

四目相对,白璐觉得自己的心跳得厉害。

残荷在池中随风摇曳。

许辉低声说:"明年九月见。"

这样一句话说完,两个人的心底不约而同地泛起波澜。

好像一直以来的纠缠都被捋清了,所有拖住脚步的包袱和过去也通通被卸下了。

他轻装上阵。

一切重新来过。

白璐喉咙哽咽,要集中全部的注意力才能管住自己越来越酸的眼角。

他眼睛也红了,缓缓地说:"以后,我们就去过你说的那种'奢华'的生活。"

他记得很清楚。

一日三餐,八个小时的睡眠,一个小时的日晒,中年没有啤酒肚,老年眼不花……

白璐说不出话来,只能用力地点头。

"嗯!"

他们对视。

他们是如此相似:狠绝又脆弱,孤独而善良。

那条一开始在大家眼里微微异于常人的路,走得久了,才发现并无不同。

两个小朋友在池边玩,小男孩儿忽然指着旁边:"看,有人在亲亲!"

小女孩儿赶快看过去,惊呼:"真的在亲亲!"

斋菜馆里,众人嬉笑着,热闹非常,皮姐以茶代酒,猛灌孙玉河,逼得他上了十几次洗手间。

老三和大刘还在讨论英语四级的问题。

老幺扒着窗户看向窗外，晃着脑袋，叹道："啊——好想谈恋爱啊！"

坎坎坷坷，无非是老天爷玩笑般的考验，拨开迷雾，还是青涩蓬勃的花样年华。

外面的小男孩儿很快觉得无聊，重新玩起了纸飞机。小女孩儿看座位上的男生去旁边的小摊买水，颠儿颠儿地跑过去。

"大姐姐！"小女孩儿睁着大眼睛，甜甜地叫着。

大姐姐垂着头，听见有人说话，慢慢抬起头。

小女孩儿天真地发问："那个哥哥是你男朋友吗？"

大姐姐看着她，半晌，轻扬嘴角："嗯，帅吧？"

小女孩儿猛点头："帅！"

白璐侧过头，看着古树之下的摊位前，那道消瘦却笔直的黑色背影。

他一定会有一个光明的未来，才对得起他曾经历的一切苦难、一切艰难。

"我也这么觉得，"白璐轻声说，"没有比他更帅的人了……"

他有所感觉，转过头，冲她挥挥手。

白璐抬手回应。

观音道场，风吹莲池香，纸飞机顺风而行，飘向远方。

尾　声

八月末。

"杭州这天真是没救了。"

皮姐开了一宿的电扇,还是一大清早就被热醒了。

"到底什么时候安空调?!"她大吼一声,"学校不是说今年有希望装的吗?!还剩一年就毕业了,还能不能用上了?!"

老三也醒了,坐在床上:"这你也信?天真!"

皮姐从床上下来,老三惊讶地道:"你这么早下床干啥?今天又没课。"

皮姐一边梳头发一边说:"'豆芽'他们院要迎新,还得取新书,但是新书都堆在实验楼了,不好拿回来,我跟张晓风借了辆板车。"说到这儿,皮姐又去踹老三的床,"你下来,一起帮忙!"

老三磨磨叽叽地下床,老幺也被皮姐拉了下来。

三个人拖拖拉拉地洗漱穿衣,皮姐问:"寝室长呢?"

老幺:"早上就出去了。"

"又跑……"

还没说完,寝室门就被人从外面推开了,三个人回头看向走进屋的白璐,皮姐眼珠子都要瞪出来了。

嘴里还咬着牙刷,皮姐震惊地道:"美女你谁?!走错屋了吧?!"

白璐来到桌边,把书包放下。

"别闹。"她转头看了皮姐一眼,"你也不怕把牙膏吃了。"

"不怕。"皮姐淡定地说,"已经咽下去了。"

"咦——"老三和老幺都被皮姐恶心到了,把她推进洗手间。

老幺跳到白璐的身边:"寝室长,你今天好漂亮啊!"

"就是。"老三也过来,上下打量着白璐,"什么情况啊?这么些年从没见你化过妆。"

妆如人清淡。

老三拉着白璐转了两圈:"寝室长,你可以啊!"

白璐一身鹅黄色的丝绸混纺无袖连衣裙,头发散下来后被编成一条复杂的鱼尾辫,露出整个额头。

她将框架眼镜换成了隐形眼镜,巴掌大的小脸儿上,皮肤异常细腻,眼角的泪痣更添精致。

因为身材娇小,她站在那儿不动时,整个人就像个秀气的娃娃。

"这这这……"老三还惊讶着,那边皮姐"咣当"一声推开门,冲出洗手间:"我刷完牙了!"她一个大步来到白璐的面前,转着圈地来回看。

"你这偷偷摸摸的……"皮姐感叹,"藏得挺深啊!"

老三在一边点评:"我慢慢总结出来了,所有潜在美女的身上都具备至关重要的三点:第一白净,第二脸小,第三肉少。剩下的就是捯饬的事了。"老三斜眼看看皮姐:"所以你是没戏了。"

"呸!"

白璐收拾东西,室友们不依不饶。

"赶紧说,弄成这样是什么情况?"

"我去接人。"

"谁啊?"

"一个新生。"

校门口人来人往,到处是学生和家长。

各系各院都不甘落后,迎新的条幅、海报被贴得到处都是。

夏日的花开满校园,到处是或馥郁或淡雅的味道。

大二、大三都派出了不少志愿者,在校门口带不认识路的学生去报到处。

刚刚跨过高中的新生们对大学生活抱着好奇和一点点无所谓,倒是身边的家长们兴致勃勃,一个比一个着急。

孙玉河与小方早早地等在学校门口。

"什么时候到啊?"小方在旁边问孙玉河。

"应该很……"孙玉河话还没说完,视野里就进来了一辆黑色的轿车,车上有灰尘,是一路向南的证明。

小方也知道老板是哪里人,一看车牌号就认出来了。

"哇——"他感慨道,"自驾来的啊!这得开了多远?"

孙玉河心神震动。

他认得，那是许辉父亲的车。

"咱去迎接啊。"小方就要上去，被孙玉河拦下了。

"再等等。"

很快，从副驾驶的位子上下来一个男生。

他的行李很少，只有一个单肩挎包。

许正钢也下了车，但没有进校园，在门口与许辉说了几句话，便上车离开了。

"去吧。"孙玉河拍拍小方的肩膀。

"辉哥！"小方过去。

许辉看到他们，笑了笑。

"辉哥，"走近了，小方越发感慨，"帅炸了啊你！"

许辉剪了头发，脸部的轮廓更为清晰了。

孙玉河走过去，一拳打在他的肩膀上。

许辉没动。

孙玉河："行啊，结实了。"

许辉静了一会儿，低声说："好久不见。"

孙玉河眼眶一热。

门口的迎新队伍打许辉出现的一瞬间就瞄准了他，他刚步入校园，一群女生就围了上来。

"哪个系的？"

"什么院？"

"去报到不？"

"认得宿舍楼在哪儿吗？"

"知道在什么地方领军训服不？"

…………

许辉从裤兜里抽出一只手，摆了摆，笑着说："不用了，我来过的。"

"别啊！学姐们领你参观一下啊！！！"

旁边路过两个男生，其中一个不屑地说："这些老菜帮子，次次见新生都这样。"

许辉四下张望,看见了一个背影。

那人正在跟一个问话的家长说着什么。

他拨开人群,走过去。

"对,从这里过去,往左拐就是办理校园网的地方,让您的孩子带着学号和身份证去就可以了。"

"好的好的,谢谢你了。"

"不客……"

手忽然被人从身后拉住了,她蓦然转身。

一张帅气的脸出现在她的身后,冲她笑。

白璐挑挑眉:"你谁啊?"

他直起身:"哦,不好意思,认错了。"

"是吗?"

他抱起手臂,自上而下地看着她。

白璐挑衅似的说:"认错了还不走?"

短发的他看起来精神极了。

"这位学姐,我看你有点儿眼熟,咱俩是不是在哪儿见过?"

白璐抿着唇,上下打量着男孩儿:"哦……这么一说,我看你也有点儿熟悉呢。"

男孩儿说:"既然这么有缘,不如认识一下?"

白璐侧了侧头,似乎在考虑,男孩儿大大方方地等着。

半晌,白璐道:"好啊。"

男孩儿在张嘴之前顿了顿。

他们看着对方,体会到了无言的情话——

我要先说一声"谢谢"。

因为有你的存在,回忆年少时光时,我必将笑如春华灿烂。

过了很久,他才认认真真地说:"我叫许辉,'许诺'的'许','光辉'的'辉'。"

你我一次又一次遇见,在一个又一个夏天。

周围人声鼎沸,朝气蓬勃。

他自我介绍完,便不由分说地拉起她的小手,轻声道了句:"这次明明没认错。"

他们手牵着手朝校园里走去。

艳阳天，晴空如洗。

走了一会儿，两个人终于情不自禁地笑了出来——他们都想起了普陀山上的那次牵手。

久别的矜持，让他们不好意思地瞥向两侧，只能听见对方的声音，感受来自掌心的轻颤。

云飘扬，小鸟环绕在四周凑热闹，"叽叽喳喳"地浅唱。

你有温良心一颗。

你有心上人一个。

你们比花娇艳，比风缠绵，比天地更有缘。

他们拉着手，视线慢慢汇在一起，笑容未变。

鸟儿也飞累了，在枝头落脚，停在他们初遇的季节。

【正文完】

番外

白仙和许娘子的日常生活

话说自从许辉入学以来，517寝室的人对他的看法基本经历了三个阶段。

第一个阶段是新鲜和好奇。

虽然许辉比同龄人晚来了几年，但此人细皮嫩肉，比女人还白，精致到极点，根本看不出年龄，加上比常人多走了点儿弯路，比起同龄人，又多了几分安静和沉稳。但安静归安静，他从不低调，站在那儿便吸引了所有人的目光。

当初大家认识他的时候，他还是开店的老板，如今店铺犹在，他却已经换成了学生身份，这样的差异让他看起来帅得别有一番韵味，也为他增添了一点儿神秘感。

517寝室另外三个人从开学当天就在逼问白璐这个许辉到底是怎么一回事，白璐一概推说不知，被问急了，就把皮球踢到了许辉那儿。

"你们自己问他吧。"

从许辉那儿她们当然更问不出什么来。

等新鲜劲过去了，第二个阶段就到来了——顺心。

首先，她们仨从低年级部打听来的消息是许辉的成绩出乎意料地优秀，个人能力极为突出，加之外面还有一个店开着，一堆店员每天二十四小时卖命干活儿，许辉不差人不差钱不差脑子。

然后，许辉又是从入学第一天，或许更早些，大半年前，又或许更早，三年前，就落入了某个蔫儿坏蔫儿坏的小姑娘之手。

这两件事叠加的效果，就是517寝室的人最后一年的校园生活过得格外顺风顺水。

单举一个吃方面的例子。

许大少爷大学期间，满打满算，在食堂坚持了一周，象征性地刷了刷饭卡，之后便顿顿在外面吃。除了偶尔需要二人世界，通常情况下，他和白璐吃饭时总是拉着517寝室其他三个人，大伙儿的生活质量得到了质的提升。

孙玉河又隔三岔五地往517寝室送零食。开始时大家都有点儿不好意思，全靠孙玉河生推硬塞；后来众人习惯了，脸皮也渐渐厚了，不管这那，一概收下。

等第二个阶段过去，第三个阶段便不可避免地到来了——疲软。

别的不说，就黏人这一点，许辉绝对是刷新了517寝室所有人的认知。

皮姐她们很喜欢从白璐这里打听许辉的八卦，但是得到的消息很少很少，白璐只是偶然间提过一句"他这人很黏人"。

大伙儿都觉得这是在变着花样秀恩爱，加之她们都没有跟许辉长时间接触过，所以谁也没放在心上。

可随着日子一天一天过去，许辉"黏人"的特点慢慢显露出来。

就拿刚入学的时候说，新生要参加军训，白璐每天中午都会去陪他，给他带点儿水，再跟他聊聊天儿。

这是头三天。三天之后，耐心被磨光了，许辉开始觉得军训乏味。可刚入学，他不能明目张胆地逃避训练，于是这份心情被转移到白璐的头上。

自那天起，白璐就得从早到晚坐在实验楼下面的树荫下，抱着水壶打着伞，陪着万般不耐烦的"许娘子"进行军训。

开始的时候517寝室的人还在看热闹，觉得小情侣长久不见黏糊黏糊很正常，后来连续一个多星期这样，某天晚上白璐回寝室之后，皮姐忍不住发话了。

"最近可晒得又有点儿瘦了啊。"

"哪儿有？"白璐把东西放到一边，去洗手间简单地冲了个澡。她在外面待了一整天，浑身都是汗。

出来以后，白璐被拉着坐到座位上，开始开寝室会议。

"怎么回事啊他这是？"皮姐问道。

白璐一边擦头发一边说："反正军训没多久，很快就结束了。"

"天天让你陪，他小孩儿啊？"

白璐耸耸肩。

老幺也说："现在外面那么热，他也不心疼你。"

三个室友"叽里呱啦"在旁边说着，白璐随便找了点儿话搪塞过去，一笑了之。

晚上睡下时，白璐的手机照例振动起来——许辉发来短信，关心地问她累不累。白璐翻了个身，熟练地回复起来。

许辉近来便是这个样子，白璐在他第一天问她能不能去陪他的时候已经有所察觉。

如果说三年前，许辉与她的相处是天性使然，那么现在，天性之中又夹杂了很多复杂的情感。

许辉比起从前开朗了很多，独独面对白璐的时候，偶尔会行事偏颇。或许连他自己都没有察觉这点：他对待白璐，要比对待其他人严苛很多。

但严苛往往也只是一阵，之后他就像现在这样，小心地询问她的情况。他关心的方式就是东拉西扯，顾左右而言他，那种怕她会生气会有意见的心情被很好地隐藏在了言语间。

白璐却体会得出。

他的感情，他的试探，白璐都能体会出来。同样，许辉也能从白璐的只言片语中品出白璐是不是真的怪他了。

他们之间有种奇妙的默契，虽然两个人从不言明。

所有人都觉得在这对恋人之间，白璐是低一等的那个，是怕失去的那个，所以才会这样小心翼翼地听许辉的话，维持他们的关系。只要许辉开口，白璐都满足他，就算有些事情完全没有必要，譬如全天候陪同参加军训，也从来没有人听过白璐抱怨一句。

到后来皮姐她们都说白璐太不争气了，被治得一点儿脾气都没有。

白璐没有解释，也没觉得勉强。

她明白，不管如何改变，许辉的心理都与同龄人有差，在他的笑容下面，定有一片乌黑被他强行压制。

或许有那么几个瞬间，他压不住了，不得不找人分担，而自始至终，他只对白璐一个人有过要求，面对这样的许辉，她又有什么理由拒绝呢？

"喂——喂喂！回魂了！喂！"

眼前手掌一晃，白璐转过头。皮姐一手拿着零食往嘴里塞，一边问："合计啥呢这是？"

白璐看了眼表，皮姐顿时皱眉："又看表，等他下晚自习啊？"

"嗯。"

"我说……"

时间差不多了,白璐起身收拾了一下东西。

皮姐:"干啥去?又去他店里?"

"嗯。"

这不是第一次了。

开学一个月后,许辉就去店里住了。宿舍里他的床位还留着,一张空的木板床。许辉来杭州时没有带什么行李,一切从简,孙玉河这边都给他准备齐活了。

有了开学一个月的时间做基础,517寝室另外三个人对许辉会把白璐叫去店里一点儿都不意外。

老三"哼哼"道:"他是恨不得你长在他的身上,二十四小时贴身伺候他。"

皮姐:"你是丫鬟吗?"

老幺也忍不住发表意见:"寝室长,你得强势一点儿,男人不能太惯着。"

皮姐"扑哧"一声乐了,扭头对老幺道:"男人?你知道啥叫'男人'?"

老幺脸红了:"哼。"

白璐收拾好东西,在她们"叽叽喳喳"的讨论声里出了门。

白璐走了,但屋里的话题还没结束。

老幺被挤对得没招儿,哭丧着脸说:"你们是不是欺负人?你有'豆芽',她有大刘,寝室长有阿辉,就我单身!"

皮姐瞪眼:"谁让追你的都被你打发了,赖谁?"

"我不是很喜欢……"

皮姐:"恋爱又不是结婚,这种事是需要经验的,你都大四了,再不找,以后等着剩下吧。"

老三在一边帮忙"恐吓"老幺:"是啊,是啊,到死都是处女。"

老幺顶嘴道:"怎么就剩下了?而且……而且……"她欲言又止。

皮姐问:"而且啥?"

老幺小声说:"而且我觉得寝室长也未必……未必跟许辉……已

经……那个什么了。"

"哪个什么？"皮姐还有点儿茫然，最后老三"啧"了一声，她才瞬间清醒，"上床？"

老幺的脸红成了苹果，皮姐大大咧咧地道："怎么可能没有？她基本天天被叫去……秉烛夜游啊？"

老三赞同地道："就是，肯定是去给许娘娘侍寝的。"

两个人你一言我一语，老幺的声音被淹没："我就是觉得没有嘛……"

刚刚入秋，夜里比较凉爽，繁星满天。

路上很多散步和聊天儿的学生，白璐出了宿舍楼，一眼就看见了花坛边的人。

许辉穿着简单，黑衣长裤、深色板鞋，用孙玉河的话说，最帅和最丑的人都穿得简单，只有中游的需要打扮。

许辉是典型的"晒白皮"，军训一趟下来肤色也不见什么变化。他的头发长了些，单肩松松垮垮地背着包，百无聊赖地等着，打了一个哈欠，余光注意到白璐。

"困了？"白璐走过去。

许辉揉揉脖子，懒洋洋地说："没。"

许辉顺手把白璐的包接过去一起背在肩上，两个人往校门口走。

"课怎么样？"

"没意思。"

"所以书也不带了？"

许辉斜眼看了白璐一眼，鼻腔里轻"哼"一声。

白璐："大一都是基础课，确实有点儿无聊，很枯燥。"

许辉默不作声地拉过白璐的手，随口道："那你大一的时候逃过课吗？"

"逃过。"

"哟。"

白璐转头看他："说实话，你能坚持到现在还没逃课，我真的很意外。"

许辉翘着嘴角淡淡一笑："你意外的多着呢。"斜眼瞟了白璐一眼，他又道，"过一阵就要进行期中考试，要不要我找人把你往年的成绩调出来，咱们俩比一下？"

白璐知道许辉的脑子很好使，对这种嘚瑟的挑衅行为基本免疫，说道："调成绩？你才来多久，就认识这么多人了？"

"学生会主席。"

白璐抬头："那个校舞蹈队的队长？"

许辉："你也认识？"

"大美人，谁不认识？"

许辉瞥过来一眼。白璐抿抿嘴，问："你跟她很熟吗？"

许辉挑眉："吃醋了？"

白璐低头走路，没有应声。

刚好出了学校大门，许辉回过头看红绿灯，顺便捏了一下掌心里的小手，玩味地笑道："你装也装得有点儿诚意行吧？"

绿灯亮了，许辉扯着白璐往对面走。白璐看着他的背影，只觉得逗他越来越难了。

"你都买什么了？"过了马路，许辉低头往袋子里看，"莲藕？"

"你不是说想吃桂花糯米藕吗？"

许辉坦然地"哦"了一声。

许辉的店里有厨房，但是常年不用，有一次许辉也不知道抽什么风，打算利用起来，隔三岔五地向白璐点菜。

亏得白璐手巧，样样都做得出来。

两节糯米藕，孙玉河也来凑份子。

"福利。"

坐在水吧的角落里，白璐问："许辉呢？"

"我刚才打电话叫他了，可能在楼上。"

白璐点点头。

没一会儿，许辉下来了。孙玉河问："新生做作业去啦？"

许辉随意地踢了他一脚，孙玉河甚是不服，开始挑拨离间。

363

"白璐你不要太惯着他,他这人就这德行,蹬鼻子上脸,臭屁得不行。"

许辉懒散地靠在沙发里,不咸不淡地说:"念书很费脑子的,算了,反正你也不懂。"

孙玉河大怒:"我也是经过九年义务教育的!"

许辉摆摆手:"赶紧干活儿去。"

孙玉河愤愤离席,剩下白璐坐在许辉的身边,问道:"念书很累吗?"

"还行,怎么了?"

白璐回忆道:"好像开学到现在,你早、晚自习一次没落过,作业也百分百完成,也没有逃过课。"见许辉耸耸肩,白璐又说,"其实你不用这么辛苦,大一而已,课很简单,你最后一个月看下书就没问题了。"

许辉笑了,放下手里的牙签,慢悠悠地说:"这是干什么?好歹也是六中毕业的呢,诱拐学弟逃学?"

啧,"诱拐学弟逃学"这个罪名可就有点儿严重了。

许辉一边说一边扭过身,半压半靠地挤着白璐。

好新鲜的食材……白璐心想,他嘴边还有桂花的鲜甜味。

许辉伸出一根手指,逗猫一样在白璐的下巴处刮了几下,低声道:"白小姐,要说玩呢,我比你懂得多。"

你是懂得多……好痒……

"不过现在还不是时候,"许辉回过身,吃饱喝足后开始闭目养神,"我不想被扣学分。"

静了一会儿,白璐小声问:"想跳级?"

许辉似乎是默认了。

白璐垂下头,看着自己细细的指尖,半晌,笑着回眸:"好啊。"

许辉笑笑,拉过白璐的手,和她一起上楼。

孙玉河在吧台后看着两个人的背影,身旁的小方凑过来:"哎,辉哥真跟以前不一样了啊,我们的夜生活刚刚开始,他就上去准备睡觉了。"

孙玉河"哼"了两声:"人家现在拖家带口,还有学业,能跟你一样吗?"说着,眼睛扫到小方在一旁擦杯子擦得欢实,孙玉河有点儿嫌弃地补充,"不对,以前人家跟你也不一样。"

在他眼里,还没人能跟许辉比。

许辉房间里的东西很少,与以前相比,桌子上多了些书籍,墙角依旧堆着孙玉河给他买的黑色音响,旁边摆着一盆绿色植物。

许辉:"我先洗澡。"

白璐"嗯"了一声,余光扫见他白皙精瘦的后背。

"进去了再脱啊……"她小声地说。

两个人并排躺在一张大床上。许辉的身上有刚刚沐浴完的清香,若有若无的香味钻进白璐的鼻腔。

许辉往白璐这里凑了凑,白璐:"你不嫌挤吗?"

许辉:"冷。"

白璐:"你把空调开这么低,当然会冷。"

许辉:"天气太闷。"

白璐:"那就宁可被冻死?"

许辉像看笨蛋一样看着白璐,说:"所以你就靠近一点儿啊。"

"……"

白璐往他那儿挪了挪,由着他靠着,仰面看天花板。

"宾馆的床睡久了也会习惯呢。"白璐小声说。

许辉喜欢睡软床,松软的鸭绒被,还有几乎能把脸包起来的枕头。刚开始的时候白璐很不习惯,每次睡醒之后都觉得腰酸背疼。

"你把我这儿当宾馆?"

"我是说你的床类似宾馆的床,软软的。"

"老太太才喜欢睡硬板床,年轻女性就要睡软床。"

"哪儿来的理论?"

"你听着就行了。"

"是是是……哎哟!"白璐的身子忽然一缩,手本能地捂住肋骨,"干什么?"

他的手指细长,戳在她的骨头上,如蜻蜓点水。

许辉懒洋洋地翻了个身:"睡觉。"

"空调还没……"

"你去关嘛……"

白璐去拿空调遥控器,将空调调成睡眠模式,回到床上的时候,许辉已经闭上眼睛渐入梦乡。

晚上十一点,白璐费了好大的力气才帮许辉固定了这个生物钟。

刚开始的时候,早上五点白璐便拉着许辉起床,并规定白天三餐定时定量,放学了还要让他去操场跑几圈,不管他多困,白天都不让他睡觉。

这样坚持了数周,许辉终于适应了晚上十一点睡觉的生活。

白璐还不困,躺在他的身边看了他好一会儿。

许辉身材颀长,骨骼分明,一点儿赘肉都没有,完全是少年的体格,加上容貌俊秀,干干净净,至关重要的是……许辉睡觉时只穿一条内裤,全身皮肤白皙,怎么看都是性感无比。

"只看皮囊,还真是捡到宝了呢……"白璐"喃喃"地说着,慢慢地也闭上了眼睛。

她不知道自己是几点钟被弄醒的。

她迷迷糊糊地睁开眼,窗外是幽静的夜,察觉有点儿热,她再定睛看看,许辉紧紧地靠着她,气息不匀。

"醒了?"她小声问他。

静了一阵,许辉才"嗯"了一声,声音有点儿哑。

白璐把床头柜上的杯子拿过来,许辉就着她的手喝水。这不是第一次,他们两个似乎都习惯了。

白璐把杯子放回床头柜上,重新躺下,两个人面对着面。

许辉的眼睛有点儿肿,这是休息不足的表现。

白璐:"做梦了?"

"嗯……"

每次梦醒的时候,许辉总有一种平日里看不出来的感觉,散发出隐隐的阴冷。他紧紧地盯着白璐,眼神格外陌生,充满怀疑和审视。

白璐任他看着,耐心地等,等他缓过这一阵。

慢慢地，许辉的眼神不再那么陌生，白璐才低声说："睡吧。"

许辉无言。白璐把被子给他往上拉了拉，平淡地说："我守着你呢。"

他这才卸了力气，把头沉进软绵绵的枕头里，却半天不闭眼睛。

白璐："不想睡了？"

许辉："睡不着。"

"别想太多，闭上眼睛数羊。"

许辉本来要闭眼的，听见白璐的话，重新看过来。

"数羊？"

"或者数星星。"

许辉嗤笑一声，黑夜里，他的笑声显得格外近。

这一声笑声打破了夜晚的宁静，两个人似乎都不想睡了。

"白璐。"

"嗯？"

"我没数过羊，也没数过星星。"

"哦。"

"你知道我回去复读的那段时间，若是晚上睡不着，用的什么方法吗？"

"不知道。"

许辉轻轻靠近，白璐觉得自己的呼吸刚出鼻口就被拦住了。许辉贴近她，在她的耳边说了几句话，才重新躺回去。

白璐静静地看着他，半响，问了一句："许辉，你是变态吗？"

许辉好像也有点儿不好意思，把被子拉起来，挡住半张脸，低声浅笑。

哦，这个是属于男人的笑呢。

许辉笑够了，把被子掀开，直接盖在旁边人的身上，身体也随之翻了个个儿，压到白璐的身上，下巴意有所指地蹭了蹭她的脸颊。

"来，咱们看看，我到底是不是变态……"

月明星稀。

夜深，人不静。